KB270767

다성의 시학

다성의 시학

류 신 평 론 집

창작과비평사

별과 별 사이에
섬이 있다

이 책은 우리 시대 시인들이 밤하늘에 쏘아올린 별들과 열애한 흔적
이자 교감의 기록이다. 우선 고백컨대 '위대한 밤의 어머니'가 지닌 풍
요로운 다산성 덕분에 내 배움과 기쁨은 적지 않았다.

오오, 위대한 밤의 어머니
그 무궁한 자궁 깊숙이에서
빛의 알들을 품고 있다가
하나씩 깨뜨려 눈뜨게 하는가
금강초록 터지는 듯
별들의 웃음소리
까르륵 까르륵 쏟아지네

—나희덕 「밤의 힘」 부분

하지만 아름답게만 보이던 '빛의 알들'도 사실은 비루하고 고단한 삶
으로 인해 군데군데 생채기난 사금파리이거나 허공에 떠 있는 무지무지

하게 못생긴 큰 절망의 돌덩어리였다는 사실을 깨닫는 순간, 나는 내가 바라본 별들이 어떤 시인의 노래처럼 "저 먼 우주의 어느 곳엔가/나의 병을 앓고 있는 별"이 아니었는지 가만히 묵새겨보기도 했다. 지난 2년 동안 숨가쁘게 달려온 내 평론의 행보는 아마도 이런 낭만과 탈환상, 매혹과 의혹, 희망과 절망, 암중모색과 동병상련의 단애를 아슬아슬하게 오가며 삐뚤빼뚤하게 그려졌을 터이다. 내 당나귀 귀는 영롱한 별들의 웃음소리에 쫑긋거렸고, 내 흐린 눈은 신기루 같은 몽유별빛을 뒤쫓았으며, 내 둔한 손은 별들을 듬뿍 담고 있는 자궁 언저리를 더듬었지만, 그 사이 내 몸은 하늘에 박힌 유리파편에 여기저기 긁히고 찔렸으며, 신음하는 돌(불)덩어리들과 정면충돌한 탓에 구석구석 시퍼렇게 멍꽃이 피었다. 지난 2년 동안 비평을 한답시고 시의 별밭을 애면글면 우러르며 얻은 명예로운 상흔이자 아름다운 응혈인 셈이다. '별밭'은 기실 '가시밭'이었다.

프로메테우스가 인간을 두 발로 설 수 있게 만든 건, 별을 볼 수 있게 하기 위해서였다고 한다. 더없이 고마운 일이다. 그의 호의가 없었다면 나의 비평은 '네발로 기는 정신'이 되기 십상이었을 터이고 시의 별자리에 얽힌 이런저런 사연을 캐물을 기회조차 갖지 못했을 것이다. 그런데 턱없는 욕심과 실없는 치기로 들릴지는 모르겠으나 내가 찾아헤맨 별자리는 우리가 익히 잘 알고 있는 그런 별자리가 아니었다. 잘 알다시피 별들은 크게 세 가지 계기에 의해서 천공의 스크린 위에 수놓아진다.

① 한 작품을 구성하는 여러 요소들이 어우러져 별 하나가 어둠 속에서 빛을 분무(噴霧)한다. 이 별의 내부구조를 분석하고 좌표를 가늠하는 것이 작품론이다.

② 작가가 세상에 흩뿌려놓은 별들이 모여 특정한 모양의 별자리를 만든다. 우리는 이 별자리를 통해 한 작가의 정신세계를 판독한다. 소위 말하는 작가론이다.

③ 별들은 역사적·사회적·정치적·문화적·철학적 맥락이라는 좀더 큰 틀에서 묶일 수 있다. 이 거대한 별자리는 흔히 본격적인 문학사 연구의 표적이 된다.

그러나 이러한 별자리 이외에도 저 은하의 만다라에는 수많은 작은 별자리들이 오롯이 빛나고 있다. 별과 별 사이에 떠 있는 섬, 망각의 어두운 창고, 그 후미진 구석에서 구조신호를 보내고 있는 미지의 성좌(星座). 나는 아무도 가보지 않은 그 섬에 가보고 싶었고, 비평의 구원을 기다리는 그 성좌를 찾고 싶었다. 별자리 대신 성좌라, 슬그머니 동화에서 철학으로 건너뛰려는 내 속내가 자연스레 드러난 셈이다.

우리 시대 최고의 '별밤지기' 아도르노(T. W. Adorno)는 현대 자본주의 사회 전반을 관리되는 사회 혹은 총체적 지배관계로 파악하며 그에 대한 대응물로서 성좌, 말하자면 '짜임관계'(Konstellation)란 개념을 내세운다. 이처럼 '관계의 망(網)'을 존중하는 입장은 하나의 인위적인 정의에 따라 사물을 도식에 맞추는 자본주의의 폭력적인 통합체제를 부정하면서 자신의 정당성을 확보한다. 그에 의하면 짜임관계는 '원인에 대한 낡은 물음'을 던져버리고 여러 요소들이 서로 자유롭게 스미고 얽히면서 짜이는 역동적인 전개과정에 다름아니다.

이론적 사상은 자신이 해명하고자 하는 개념의 주위를 맴돈다. 마치 잘 보관된 금고의 자물쇠들처럼 그 개념이 열리기를 희망하는 것이다. 이때 그 열림은 하나의 개별적인 열쇠나 번호가 아니라 어떤 번호들의 배열에 의해서 이루어진다.

—아도르노 『부정의 변증법』

그렇다. 시 역시 스스로 개념을 방사하지 못한다. 시는 자신이 해명하고자 하는 담론 주변을 어슬렁어슬렁 맴돌 뿐이다. 그리고 모름지기

시에 채워진 자물쇠는 하나의 개별적인 열쇠나 번호만으로는 호락호락 자신의 보물상자를 열어 보여주지 않는다. 수많은 번호들의 다채로운 '배열과 조합', 말하자면 정적인 '규정'이 아니라 역동적인 '짜임'을 통해서만 비로소 시는 자신의 입을 열기 시작하는 것이다. 앞서 말했듯이 나는 특정한 시인의 감춰진 비밀금고를 열려고 노력하기보다는 서로 어울릴 것 같지 않은, 멀리 떨어져 있어 좀처럼 서로 이야기를 나눌 것 같지 않은 시들을 조심스럽게 만지작거리면서 '움직이는 모자이크'를 만들어보는 데 더 많은 시간을 투자했다. 다시 말해 나는 자존심이 강해 좀처럼 마음을 터놓지 않는 한국시와 독일시를 내 비평의 실험실로 정중히 초대해 이들을 대상으로 벤야민(W. Benjamin)이 말한 글쓰기의 '실험배열'(Versuchsanordnung)을 조금은 짓궂게 한국적으로 실험해 본 셈이다.

　별과 가장 어울리는 소리는 파도소리일 터이다. 별이 빛나는 밤, 연인과 바닷가를 거닐며 잔잔히 밀려오는 파도소리를 음미한다, 꽤나 그럴듯한 낭만적인 풍경이 아닐 수 없다. 그러나 무언가 골똘히 궁리하기를 좋아하는 독일의 한 철학자는 파도소리를 들으면서도 심오한 인식론을 펼친다. 바닷가를 산책하는 그의 귀에 파도소리가 들려온다. 곧바로 그는 자신이 들은 소리를 파도소리로 인식한다. 파도소리를 파도소리로 인식한다, 너무나 '명석한' 인식이다. 그러나 이내 그의 자명하던 인식은 다음과 같은 물음에 덜미를 잡히고 만다. "그렇다면 당신이 들은 파도소리란 도대체 무엇이죠?" 갑자기 막막해진다. 그는 자신이 들은 소리가 파도소리라는 사실 자체만 인식했지 그 소리의 실체가 무엇인지, 어떤 소리들로 구성되어 있는지는 구체적으로 따져보지 않았던 것이다. 그러므로 그는 '명석한' 인식 뒤에 '혼돈스러운'이라는 형용사를 덧붙인다. 명석하고 혼돈스러운 인식. 철학자다운 주도면밀함이다. 그러고는 다시 그는 진일보한 인식의 단계를 궁구하기 시작한다. 그는 자신이 들은 파도소리의 실체를 규명하기 위해 파도소리를 구성하는 모든 소리들을 하나하나 구별하여 인식하기 시작한 것이다. "내가 들은 파도소리는 하릴없는 물고기가 하품하는 소리, 바닷물이 바위와 부딪치며 갈라지는 소리, 모래와 엇섞이며 내는 물거품소리, 신나게 바람을 타며 내지르는 휘파람소리, 수많은 나뭇잎들과 수다떠는 소리가 하나로 합쳐진 소리일 거야. 아참, 그리고 어쩌면 이 파도소리에는 먼 옛날 뱃사람을 유혹하기 위해 불렀다는 바다의 요정 사이렌(Sirene)의 아름다운 노래와 태양을 향해 치솟다가 추락해 수장된 '촛농날개'의 주인공 이카루스(Ikarus)의 단말마가 뒤섞여 있을지도 몰라. 그래 내가 지금 들은 이 파도소리는 이런 모든 소리들이 '각자의 음을 잃지 않으면서도' 하나로 어우러져 자아내는 자연의 위대한 교향곡임이 분명해." 이런 인식 이후 그는 심히 마뜩치 않았던 '혼돈스러운'이라는 형용사를 떼어버리고 대신 '판명한'이란 새로운 형용사를 기분좋게 내건다. 명석하고 판명한 인식. 이제야 그는 자신의 산책을 '철학적'으로 성공리에 완수했다는 만족감에 발길을 총총히 집으로 돌린다.

그러나 유감스럽게도 나는 이 통찰력이 우뚝한 라이프니츠(G. W. Leibniz) 할아버지처럼 수많은 별들이 한데 모여 노래하는 중층적인 목소리들을 낱낱이 구별해낼 만큼 청각이 예민하지도 지력이 높지도 못하다. 그저 나는 '명석하고 혼돈스러운 인식'과 '명석하고 판명한 인식' 사이에서(어정쩡하게 양다리를 걸치고 있는 이 서투른 인식론적 포즈에 나는 '미학적'이라는 조금은 거창한 형용사를 달아주고 싶다), 여러 시인들의 목소리가 포개지고 겹쳐지면서 자아내는 멜로디의 한 소절이라도 내 작은 비평의 '공명상자'를 통해 세상에 울려퍼지기를 희망했을 뿐이다. 선명한 하나의 목소리가 아니라 무수한 타자들의 목소리들이 자신의 음을 잃지 않으면서도 함께 어깨동무하여 빚어내는 '다성'(Polyphonie)의 율동! 다성은 결코 여러 소리들이 한 음으로 스며들어

사라지는 소리의 액화(液化)가 아니다. 다성은 모든 개별적인 소리들이 자신의 음가를 그대로 유지하면서 동시에 타자의 목소리와 끊임없이 대화를 나누는 입체적인 의사소통의 과정이다. 음악철학자 무테지우스(E. Muthesius)의 말대로 단성(Homophonie)이 하나의 소리라면 "다성은 하나이면서 하나가 아닌 소리이다." 독립성과 통일성, 차이와 동일성 사이의 치열한 변증법적 긴장 속에 바로 '다성의 논리'가 깃들여 있다.

제1부의 글들은 우리 문학공간에 나타난 새로운 별자리들을 특정한 소재를 중심으로 추적해본 주제비평이다. 그 가운데 「0/1의 비평에서 0/2의 비평으로」는 이 책의 연장된 머리말로 봐도 무방한 글이고, 「배를 밀어올리는 시지프스」는 요즈음 한국 시단에 대한 내 생각과 비판의 일단이 집중적으로 들어 있는 글이다. 제2부에 실린 글들은 다성의 논리라는 이 책의 문제의식이 최근 문학현장에서 생산된 시들과 구체적으로 어디서, 어떻게 만나 적용될 수 있는지를 점검해본 실제비평이다. 제3부는 동세대 혹은 앞세대 시인들의 시세계와 그들의 시집을 탐색해본 작가론과 작품론으로 짜여 있다.

내 부끄럽고 부질없는 욕심에 등떠밀려 끌려나오고 만 어설픈 글들을 책으로 묶으며 헤아릴 수 없이 고마운 분들의 얼굴을 떠올려본다. 내 삶과 문학의 꿈을 키워준 부모님과 가족들, 이만큼이라도 내 자신을 추스를 수 있게 만들어주신 모교의 선생님들에게 이 책을 마음으로 헌정하고 싶다. 그리고 미처 여물지 못한 글들을 말끔한 책으로 만들어주신 창비 문학팀의 노고에 고마움을 전한다. 끝으로 내 철없는 '별바라기'의 대상이 되어준 미더운 시인들에게도 이 자리를 빌려 감사드린다.

함부르크는 내가 지금 공부하고 있는 브레멘에서 그리 멀지 않은 곳에 위치한 항구도시이다. '함부르크 보슬비'(Hamburger Nieselregen)라는 이름이 따로 있을 정도라니, 그곳에는 우산을 펴자니 좀 그렇고 그냥 맞자니 또 망설여지는 보슬비가 시도 때도 없이 자주 내리는 모양이다. 바로 그 도시에 시인 볼프 비어만(Wolf Biermann)이 살고 있다. 비어만은 보슬비를 소재로 이런 흥미로운 시를 썼다.

> 함부르크 보슬비는
> 귄터 그라스만큼이나 아주 유명하다
> 그라스는 언제나 독일사람들을 통통통 두드린다
> 그렇다고 그가 사람들을 완전히 촉촉하게 젖게 만드는 건 아니다
> —볼프 비어만 「독일. 겨울동화」 제11장 부분

소나기와 달리 보슬비는 누군가를 끈질기게 '두드리지만' 완전히 적시지는 않는다는 데 그 매력이 있다. 비어만은 이런 보슬비의 모습에서 『양철북』의 작가 귄터 그라스(Günter Grass)를 읽어내는 시적 기지를 발휘한다. 앞으로 나의 글쓰기도 이런 보슬비를 닮았으면 좋겠다. 덩치만 컸지 두루뭉술 소리를 얼버무리는 허울좋은 '큰북'보다는 작지만 가슴 뜨끔한 일침을 토해놓는 암팡진 '양철북'. 자칫 긴장을 늦추면 언제 '공소한 메아리'로 흩어질지 모르는 '다성의 메아리', 그 무딘 끝을 이제는 벼르고 담금질할 때가 온 것 같다. 그러기 위해선 무엇보다도 부실한 밑공부를 가능한 한 치열하게 채워나가면서 동시에 내 자신을 여유 있게 비워나가는 역설의 지혜가 절실할 터이다.

2002년 11월 독일 브레멘에서
류신

차 례

책머리에   별과 별 사이에   5
         섬이 있다

제1부   미지의 성좌

0/1의 비평에서 0/2의 비평으로   17
새로운 별자리를 찾아서

거미, 상징의 파천황(破天荒)   41
'아라크네'가 수놓은 다섯 가지 성좌

세기말, 책과 젊은 시인들   63
책인동형동성설(冊人同形同性說)

아르고스의 눈   87
시인의 의무와 역할

김춘수와 천사, 그리고 릴케   106
변용의 힘

배를 밀어올리는 시지프스   138
최근 안도현의 시에서 떠올린 몇가지 생각

제2부   다성의 메아리

무너진 바벨탑, 공포의 바벨의 도서관   175
최승자·장이지·차창룡

짧고도 긴 매미의 일생   188
박영근·이나명·안도현

눈을 읽는 눈   203
윤제림·심은희·임선기

크로노스와 싸우는 시인들   213
김진경 시집 「슬픔의 힘」, 최영철 시집 「일광욕하는 가구」,
김명수 시집 「아기는 성이 없고」

닿소리 셋이 디자인하는 비경(祕境)   225
고원 「바다, 배 그리고 사람」

휴전선 원시림의 꿈   239
고은 「휴전선」

제3부   경계에 선 시인, 경계 위에 핀 꽃

자의식의 투명성으로 돌아오는 새   253
1990년대 오규원의 시세계

수평성의 시학   273
김광규의 시세계

비트도시를 산책하는 전사, 싸이보그 021   294
이원의 시세계

경계에 선 시인, 경계 위에 핀 꽃   320
송찬호 시집 「붉은 눈, 동백」

나뭇잎 시인, 나무 인간   325
윤희상 시집 「고인돌과 함께 놀았다」

세 겹의 길: 길, / 길. / 길   331
고창환 시집 「발자국들이 남긴 길」

나이틀라이트   343
나희덕 시집 「어두워진다는 것」

에필로그   비평의 연기, 연기의 비평   350

찾아보기   353

미지의 성좌

0/1의 비평에서 0/2의 비평으로

거미, 상징의 파천황

세기말, 책과 젊은 시인들

아르고스의 눈

김춘수와 천사, 그리고 릴케

배를 밀어올리는 시지프스

0/1의 비평에서 0/2의 비평으로

새로운 별자리를 찾아서

1. 부엉이

무슨 일이 일어나도, 황폐한 세상은
노을 속으로 다시 가라앉는다.
세상을 위해 수면제를 준비하고 있는 숲들,
탑지기가 떠난 탑 위에서,
조용히, 계속 내려다보고 있는 부엉이의 두 눈.

무슨 일이 일어나도 그대는 그대의 시대를 알고 있다.
나의 새여, 그대의 베일을 쓰고
안개를 뚫고 내게로 날아온다
우리는 무리들이 살고 있는 大氣 위에서 지켜보고 있다.
그대는 나의 손짓에 따라 박차고 나아가
깃털을 휘두른다.

나의 유일한 무기, 저 깃으로 장식된
나의 무기, 내 백발의 어깨동지여!

―잉에보르크 바흐만 「나의 새여」 부분[1]

이 시를 읽으니 새삼 헤겔(G.W.F. Hegel)이 『법철학』서문에 남긴 "철학의 여신 미네르바의 부엉이는 황혼녘에야 날아오른다"는 구절이 떠오른다. '대낮' 같은 세상사의 들뜬 변동에 부화뇌동하지 않고 '황혼'의 차가움으로 냉정히 세상을 바라보는 미네르바의 부엉이. 마찬가지로 이 시에서도 "노을 속으로 다시 가라앉는" 저녁 어스름, 부리부리한 두 눈을 홉뜨고 숲 속에 앉아 있는 부엉이는 "황폐한 세상"을 지키고 감시하는 "탑지기", 곧 깨어 있는 지식인의 초상으로 읽힌다. 수면제를 풀어 인간의 영혼에 최면을 거는 숲의 유혹에 아랑곳하지 않고 묵묵히, 그러면서도 날카롭게 어두운 세상을 응시하는 부엉이의 눈길이 매섭기만 하다. 미망과 혼돈의 안개를 꿰뚫고 진리에 육박해들어가려는 부엉이의 명징한 시선에서 서슬 퍼런 결기마저 느껴진다. 마치 부엉이의 부리에서 "궁핍한 시대 시인들은 왜 존재하는가"[2]라는 횔덜린(F. Hölderlin)의 시구가 흘러나올 것만 같다. 이를 뒷받침이라도 해주듯 부엉이가 세상과 맞서 싸우는 "유일한 무기"는 "깃털"로 묘사된다. 시인에 의해서 호명된 부엉이가 세상으로 "박차고 나아가" 휘두를 무기는 바로 언어, 곧 '펜'인 것이다. 이런 맥락에서 부엉이는 어두운 시대와 직면한 시인의 '다른 자아'(Alter Ego)인 동시에 '시작(詩作)' 행위 그 자체를 상징한다고 볼 수 있다.

언어에 존재의 모든 것을 거는 자가 어디 시인뿐이겠는가. 문학평론가에게도 자신의 "백발의 어깨동지"이자 세상과 맞서는 유일한 무기는

<hr>

1) Ingeborg Bachmann, *Werke 1*, München/Zürich: Piper 1993, 96면.
2) 프리드리히 횔덜린, 박설호 옮김 『빵과 포도주』, 민음사 1997, 44면.

바로 펜이다. 평론가라면 누구나 깃털로 장식된 창을 높이 쳐들고 "수면제를 준비하고 있는 숲"과 싸우는 '통찰의 흑기사'를 꿈꿔보았으리라. 자본의 논리에 굴복한 "무리들이 살고 있는 大氣" 속의 타락한 존재들을 향해 냉엄한 비판의 필봉을 휘두르는 '예술재판관'(Kunstrichter)의 모습을 가슴에 품어보지 않은 비평가가 어디 있겠는가. "무슨 일이 일어나도 그대는 그대의 시대를 알고 있다"는 시구처럼 시대의 흐름을 직시하는 비판적 계몽의식은 평론가가 갖추어야 할 중요한 자질임이 분명하다. 알다시피 비판이라는 개념은 18세기 인간이성의 자율권에 기반을 두고 태동한 유럽 계몽주의 정신의 씨앗이자 열매다. 칸트(I. Kant)가 계몽주의 정신의 표어로 내세웠던 "계몽이란 인간이 자신에게 책임이 있는 미성년 상태에서 벗어나는 것이다. (…) 자신의 오성을 사용하려는 용기를 가져라"[3]라는 전언은 바로 비판적 자의식의 회복에서 비롯될 수 있는 시민적 공공성의 강력한 촉구에 다름아니었다. 이런 맥락에서 볼 때 부엉이는 "수면제를 준비하고 있는" 시대에 맞서 자발적으로 사유하는 용기(sapere aude)를 지닌 비평가의 의연한 모습과 새로운 전이의 계약을 맺을 수 있다. 나에게 부엉이가 "단순히 작품과 독자 간의 문학적 매개 역할에만 만족하는 것이 아니라, 독자로 하여금 '이성적 삶의 실천'으로 나아가도록 유도하는 중요한 기능을 맡고"[4] 있는 계몽주의적 비평가의 모습으로 읽히는 까닭은 여기에 있다. 비평의 입법적 기능과 위상이 땅바닥으로 추락한 이즈음, 실로 절실히 요청되는 비평가의 모델이라 하겠다.

그러나 안타깝게도 "'문학적/시민적 공공성'을 꾀한 계몽주의적 비평의식은 점차 자신이 비판하고자 했던 자본주의의 시장논리에 굴복하고

---

3) Immanuel Kant, *Was ist Aufklärung?*, Stuttgart: Reclam 1992, 9면.

4) 최문규 「독일 비평의 흐름과 비판적 비평에 대한 요청」, 『현대비평과 이론』 제20호(2000년 가을/겨울호), 16면.

마는 타락의 징후를"[5] 띠어가고 있는 것이 사실이다. 백낙청(白樂晴)의 지적처럼 "근대화 과정의 후발성과 타율성으로 본격적 비평작업을 위한 사회적 공간이 늦게야 형성되기 시작한 반면, 지난 한 세대 동안의 초고속 산업화는 문학의 상품화와 이에 따른 '중개상으로서의 비평가'에 대한 수요를 걷잡기 힘든 속도로 키워놓은 것이다."[6] 한편 과도한 비평적 자의식에 함몰되어 오른손에는 "채찍을 쥐고" 작가들을 "절망감과 수치심으로 무릎을 꿇게" 만들기도 하고, 왼손에는 "자를 들고서 모든 작가들의 작품을 측정하며 수준 미달의 작품들에 대해서는 심한 멸시와 거부감"[7]을 선사하는 문학경찰 같은 비평가도 많이 등장했다. 대중문화를 경시하는 엘리뜨적 폐쇄성과 작가와 독자 위에 군림하려는 잘못된 권위주의, 그래서 비평을 한갓 자기 신념의 연설장으로 전락시키는 비평가의 지적 오만 등은 다른 사람의 인도 없이 오성을 사용하려는, 그래서 자신만의 독자적인 합리성을 근거로 인식을 체계화하려는 계몽주의적 비판의식의 과잉과 남용에서 비롯된 결과라 하겠다. 그렇다면 비평의 또다른 모델은 없는가? 이제 부엉이를 숲 속 깊숙한 곳으로 다시 날려보내고, 허공 속으로 아스라이 비상하는 비둘기에 주목해보자.

2. 비둘기

밭을 지나 저 쪽으로 비둘기들의 날아감—
날개를 한번 치는 것이 아름다움보다 더욱 빠르다.

---

5) 같은 글 16면.

6) 백낙청 「비평과 비평가에 관한 단상」, 『문학과사회』 1997년 여름호, 520면.

7) H. Jaumann, *Zur Rhetorik der Literaurkritik in der frühen Neuzeit*, in *Colloquia Germania*, Bd. 28, Francke 1995, 191면.

아름다움은 그것을 따르지 못하고,
나의 마음속에 불안으로 남는다.

비둘기집 앞에서, 녹색 페인트칠을 한 그 조그만 새장 앞에서,
비둘기들의 웃음소리를 들은 것만 같아
나는 깊이 생각에 잠긴다.
나는 것이 그들에게 중요한 일일까,
땅을 내려다보는 그들의 눈은 얼마나 날카로울까
그들은 어떻게 모이를 쪼아먹으며
또한 매가 날아오르는 것을 알아차릴까.

나는 비둘기들을 두려워하리라 마음먹는다.
나는 말하고 싶다, 네가 그들의 주인은 아니라고, 네가 모이를 뿌
려주고,
네가 그들의 깃에 통신문을 매달고,
네가 그들을 예쁜 모습으로 치장해주긴 하지만, 새로운 색깔,
머리와 발목의 새로운 깃털.
너의 힘을 믿지 말라,
그러면 너는 놀라지 않으리라,
네가 중요하지 않다는 것을 알아도.

너희들의 곁에 숨겨진 왕국이 있어,
알아낼 수 없는, 소리 없는 언어가 있고,
힘은 없어도, 침범할 수 없는 다스림이 있고,
또한 비둘기들의 날아감 속에 결단이 내려진다는 것을 알아도.

—귄터 아이히(Günter Eich) 「비둘기」 전문[8]

우선 시인은 하늘을 가로지르는 비둘기의 날갯짓에 주목한다. 새들의 "날아감", 새가 공중에 그리는 궤적은 시인의 마음속에 긴 자취를 남기고, 그 아쉬움은 "날아감"이라는 단어 뒤의 "——"로 가시화된다. 제2연에서 시인은 시선을 지상으로 돌려 평상시에는 주의깊게 보지 않았던 "비둘기집 앞에서" "깊이 생각에 잠긴다." 그러고는 "비둘기들의 웃음소리를 들은 것만 같"다고 고백한다. 하지만 이것은 '새도 웃을 수 있는가'라는 비아냥거림이 아니다. 오히려 이 말은 새의 웃음소리조차 이해할 수 없다는 시인의 자각이 겸허하게 반영된 말일 터이다. 그렇다. 우리는 자신의 감관(感官)으로 인지할 수 없는 현상을 존재하지 않는 것으로 너무 쉽게 단정해버린다. 하지만 인간의 이성과 오관(五官)을 통해 포착되지 않는 현상들은 얼마나 많은가. 제3연에서부터 시인의 마음속 깊이 똬리를 틀고 있던 불안은 이제 서서히 두려움으로 바뀐다. 그리고 이러한 감정의 전환은 시인으로 하여금 "나는 비둘기들을 두려워하리라 마음먹는다" 혹은 "네가 그들의 주인은 아니라고" 토로하게 만든다. 비둘기의 주인은 바로 자신이라고 믿고 있는 어리석은 인간들에게 시인은 정중히 "너의 힘을 믿지 말라"고 충고한다. 인간이 자명한 것으로 알고 있는 현상 바로 그 안에 "숨겨진 왕국" 즉 "알아낼 수 없는, 소리 없는 언어가 있고,/힘은 없어도, 침범할 수 없는 다스림"이 있는 세계가 존재한다는 깨달음에 이른 것이다. 이렇듯 이 시에서 비둘기는 인간의 한계를 초극하는 총체적인 전일(全一)의 세계에서 보낸 사자(使者)로 읽힌다.

여기서 우리가 '비둘기'를 '문학작품'으로 시적 화자인 '나'를 '비평가'로 각각 치환해보면, 이 시는 낭만주의적 비평정신에 대한 모종의 암시를 흘리는 텍스트로 읽힌다. 왜냐하면 인간의 인식보다 더 **빠르게** 날

---

8) 김광규 『귄터 아이히 硏究』, 문학과지성사 1983, 76면.

아가는 비둘기(자연)에 대한 무한한 동경, "네가 그들의 깃에 통신문을 매달고,/네가 그들을 예쁜 모습으로 치장해주긴 하지만" "너희들의 곁에 숨겨진 왕국"은 알 수 없다는 세계의 비의(秘意)에 대한 천착, 그리고 비둘기들이 우리에게 타전하는 "소리 없는 언어"에 대한 찬미에서 독일 낭만주의의 냄새가 물씬 풍기는 비평적 태도를 감지할 수 있기 때문이다. 무엇보다도 "네가 그들의 주인은 아니라"는 전언은 계몽주의적 비판정신의 당위성을 포기하는 선언으로까지 들린다. 다시 말해 이 말은 비평이란 작품의 진리를 확정하여 밝혀내는 서술적 행위, 곧 "작품의 가치판단에 대한 근거를 합리적이고도 과학적으로 제시하는" 것이 아니라 "현실을 뛰어넘는 상상력과 미래 선취의 독특한 직관능력을 토대로 작품의 가치를 논하는" "예견적 비평"[9]이어야 한다는 낭만주의적 비평에 대한 간접적인 옹호로 읽힌다. 내가 비둘기를 대하는 시적 자아의 모습에서 세계의 근원적인 힘은 비합리적이고 시적인 존재이어서 다만 '예감'할 수 있을 뿐, 이성으로 구명할 수 없는 신비로운 존재라는 낭만주의 정신의 본령을 훔쳐볼 수 있는 까닭은 여기에 있다.

　주지하듯, 낭만주의적 비평정신에는 창작과 비평의 경계를 인정하지 않는 '비평의 문학화'에 대한 내밀한 열망이 숨어 있다. 독일 낭만주의 이론을 정초한 슐레겔(F. Schlegel)이 "비평은 이미 존재하는, 완성된, 활짝 꽃핀 문학작품에 대한 논평(Kommentar)이기도 하지만 동시에 스스로 꽃망울을 맺는 살아있는 문학작품 그 자체이기도 하다"[10]고 말한 대목은 비평이 기존 작품을 읽고 분석하고 평가하는 이차적 '소비행위'에서 새로운 문학작품을 창조하는 일차적 '생산행위'로 전환되어야 한다는 점을 잘 보여준다. 비평의 최종 목적은 '사실내용'(Sachgehalt)이

---

9) 최문규, 앞의 글 18면.

10) Friedrich Schlegel, *Kritische-Friedrich-Schlegel-Ausgabe*, Bd. 1, Hrsg. Ernst Behler, München/Paderborn: Schöningh 1979, 133면.

아니라 '진리내용'(Wahrheitsgehalt)을 밝히는 데 있다는 발터 벤야민(Walter Benjamin)의 아래와 같은 진술 역시 그의 비평관이 낭만주의의 본령에 젖줄을 대고 있음을 잘 보여준다. 보라, 화려한 비유와 수사를 동원한 벤야민의 아래 글은 웬만한 문학작품보다 더 문학적이지 않은가.

성숙해가는 작품을 장작더미에 비유한다면, 논평가는 마치 화학자처럼 그 앞에 있고, 비평가는 연금술사처럼 서 있다. 전자에게는 나무와 재만이 분석의 대상이 되는 반면, 후자에게는 장작더미에서 피어오르는 살아있는 불꽃의 수수께끼가 관찰의 대상이 된다. 이렇듯 비평가는 장작더미와 재를 넘어 계속해서 번뜩이는 불꽃, 곧 작품의 살아 숨쉬는 진리를 묻는다.[11]

비평가를 불꽃의 수수께끼를 풀어내는 연금술사로 비유하는 대목에서 "너희들의 곁에 숨겨진 왕국"과 "알아낼 수 없는, 소리 없는 언어"를 갈구하고, "침범할 수 없는 다스림"과 "날아감 속에 결단"이 무엇인지를 궁구(窮究)하는 비평가의 모습이 겹쳐 어른거린다. 그러나 이런 낭만주의 비평방식에도 항용 위험은 따르게 마련이다. 무엇보다도 상상력과 직관에 의존하는 '문학화된 비평'은 주관주의적 인상비평이나 무비판적 감상비평으로 함몰될 혐의가 짙기 때문이다. 물론 "비평이 단순히 작품을 '읽어내는' 차원에서 머물지 않고 '허구성' '심미성' '수사성'을 지닌 '글쓰기'의 차원으로 전환"[12]했다는 측면은 낭만주의적 비평이 갖춘 미덕일 터이지만, 자칫 발을 헛디디면 힘있고 설득력있는 객관적 비

---

11) Walter Benjamin, *Gesammelte Schriften*, Bd. I-1, Frankfurt am Main: Suhrkamp 1972~89, 126면.
12) 최문규, 앞의 글 21면.

평의식을 완전히 외면한 문학적 신비주의에 빠질 위험성도 배제할 수 없다. 어떤 가치판단을 내리고 있는지 좀처럼 가닥을 잡을 수 없는 비평, 자신의 논리적 취약성을 화려한 언어로 덮으려는 수사적 비평, "진리를 방기(放棄)하기 위해서 아무런 희망 없이 계몽화된 허무주의적 교양비평"[13] 등은 모두 낭만주의적 비평의 잘못된 부산물들이다. 이렇듯 비평이 지나치게 계몽주의로 치달으면서 발생하는 문학의 정치화, 곧 '미학적 캠페인'도 문제이지만, 낭만주의적 비평이 가파르게 경사지게 하기 쉬운 무기력한 '미학적 신비화' 또한 문제이다.

그렇다면 비평의 진정성은 도대체 어디에서 열리는 걸까? 짐작컨대 그 "가능성은 '현실의 이곳'을 적시(摘示)하는 기능과 '초월의 저편'을 암시(暗示)하는 기능의 통합에서"[14] 나오는 것이 아닐까? 매서운 부엉이의 눈으로 비둘기를 지켜보거나, 비둘기를 관찰하던 견자(見者)가 부엉이의 깃털을 휘둘러보면 이상적인 비평의 모델이 탄생하지 않을까?

3. 속임수

여기까지 동행한 눈치빠른 독자는 이 글의 행보를 이렇게 내다볼지 모른다.

필자는 이 논리를 계속 밀고 가 계몽주의적 비평의 끝은 낭만주의적 비평의 시작이며, 낭만주의적 비평의 끝은 계몽주의적 비평의 입구라고 열을 올리겠지. 그러고는 계몽주의적 비평과 낭만주의적 비

---

13) H. M. 엔쩬스베르거, 류신 옮김 「디지털 복음」, 『열린지성』 제7호(2000년 봄/여름호), 34면.
14) 유성호 「서정시의 모반, 그 반어적 가능성」, 『작가들』 2000년 겨울호, 63면.

평이 아슬아슬하게 맞닿은 경계에서 비평의 새 길이 열릴 수 있다고 주장할 거야. 비평가란 이성과 감각, 논리와 직관, 그리고 과학과 예술의 세계를 태생적으로 한 몸에 지닌 채 살아갈 수밖에 없는 '양서류'와 같은 존재라는 수사 하나를 양념처럼 곁들일지도 모르지. 혹은 올곧은 비평이란 감각과 개념적 사고의 균형을 탐구하는 '심미적 이성'에서 비롯된다는 김우창(金禹昌)의 개념을 끌어들이면서 자신의 테제가 정당함을 입증하려고 시도할 거야. 조금이라도 문학적 식견과 안목을 갖춘 사람이면 귀가 닳도록 들었을 비평의 이상국 건설을 재차 거론하며, 마치 이 길만이 위기에 처한 비평을 구원할 수 있는 유일한 방법인 양 으름장을 놓겠지. 구업(口業) 하나를 또 보태는군. 계몽주의적 비평과 낭만주의적 비평의 변증법적 길항(拮抗)을 통해서 열리는 새 길! '낭만화된 계몽주의적 비평' 혹은 '계몽화된 낭만주의적 비평'! 언뜻 들으면 그럴듯하지만, 이 얼마나 현기증나는 말장난인가. 꽤 진지한 것 같지만 하나마나 한 문학개론의 반복일 뿐이다.

이처럼 가혹한 비판을 내린 독자가 한 사람이라도 있다면 이 글은 일단 성공한 셈이다. 왜냐하면 위와 같이 생각한 독자에게는 대단히 미안한 일일 터이지만, 애초부터 나는 계몽주의적 비평과 낭만주의적 비평의 비교와 한계에 대한 성찰을 통해 비평의 새 길을 모색해보겠다는 의도로 이 글을 시작하지 않았기 때문이다. 나의 관심은 다른 곳에 있었다. 그렇다면 왜 나는 두 편의 시를 인용해가며 글을 여기까지 끌고 왔는가?

4. 불륜

눈밝은 독자는 눈치를 챘겠지만, 정작 나의 관심은 인용한 두 시를 만지작거리는 '비평적 접근방식'에 있었다. 즉 시 텍스트의 내용이 '무엇'(was)인지를 파악하는 일이 아니라 시 텍스트를 '어떻게'(wie) 다루는가라는 방법론에 글의 초점이 맞추어져 있었던 셈이다. 주지하듯, 내가 펼친 비평적 곡예의 출발점은 분명 바흐만과 아이히의 시라는 텍스트였다. 그러나 도착점은 계몽주의적 비평과 낭만주의적 비평에 대한 일종의 성찰과 반성이었다. 나의 시읽기는 시인의 본래 의도나 시에 대한 일반적인 해석과는 꽤나 거리가 먼 지점으로 이동해온 셈이다. 물론 이러한 '이주'는 원텍스트에 대한 무시와 왜곡에서 비롯된 것이 아니라 롤랑 바르뜨(Roland Barthes)의 말처럼 "사랑하는 사람과 함께 있으면서 그 사람과는 다른 생각을 하는 태도"[15]에서 시작될 수 있는 성질의 것이다. 원텍스트를 사랑하지만 원텍스트의 암묵적 동의 아래 다른 텍스트와 사랑을 벌이는 비평적 불륜! 그리고 이런 비평적 탈선이 가능한 지점은 각각의 텍스트 '안'이 아니라 텍스트들이 맞부딪쳐 겹치는 중첩지대, 곧 텍스트들의 '사이'였다. '상호 텍스트성'(Intertextualität)에 입각한 이러한 비평적 접근방식은 '작가→작품→독자'라는 전통적인 삼각관계의 틀을 인정하지 않는 일종의 배신행위라 볼 수 있다. 이것은 분명 작품에 대한 작가의 소유권을 침해하는 일일 터인데, 이런 위법행위가 가능한 이유는 지젝(S. Žižek)의 말처럼 "한 작품의 담론에 각인된 이데올로기적 영향력은 독자에 의해 경험되고, 소비되고, 이용될 때까지는 무의미한 공동(空洞)으로 남아 있는 것"[16]이기 때문이다.

---

15) Roland Barthes, *Die Lust am Text*, Frankfurt am Main: Suhrkamp 1996, 38면.
16) 어도선 「라캉 정신분석학의 정치성」, 『비평』 1999년 창간호, 39면.

　텍스트의 무대에는 관객들에 의해서 각광을 받는 앞면이 따로 없
다. 텍스트 뒤에는 능동적인 사람(작가)이, 텍스트 앞에는 누군가 수
동적인 사람(독자)이 있는 것도 아니다.[17]

　롤랑 바르뜨의 이 도발적인 선언 역시, 작가는 천재적인 창조력의 입
김을 불어넣어 '잘 빚어진 항아리'를 만들어놓고, 그런 항아리는 홀로
거룩하고 아름다워 감히 범접하기도 힘들며, 그래서 독자(비평가)는 그
항아리가 내뿜는 신성한 아우라(Aura)를 제대로 이해하고 해석만 해도
과분하다는 문학의 오래된 불문율을 깨부수려는 의도에서 감행된 것이
다. 이처럼 바르뜨는 의미의 생산자·기원·통제자로서의 작가/저자의
존재를 내포하는 '작품'(Werk)이라는 개념 대신, 의미의 기원을 인간이
아닌 '의미작용'(Signification)의 구조에 두는 '텍스트'(Text) 개념 위에
방점을 찍는다.[18] 미국의 신비평주의자들이 문학작품을 고정불변한 '언
어적 성상(聖像)'이나 위대하고 영원한 기념물로만 여김으로써 "문학비
평을 이렇게 주물화된 대상을 섬기는 사제적인 임무로 만들어버렸다"[19]
는 헤이든 화이트(Hayden V. White)의 비판 역시 이런 문맥에서 비롯
된 것이다.
　당겨 말하지만, 나는 마치 전통적인 가부장제도의 규율에 따라 아버
지를 모시듯 텍스트에 갇힌 성전화된 진리(?)만을 섬기는 비평보다는
문학 텍스트의 다가성(多價性)과 다원성을 인정하는 비평, 다시 말해
텍스트와 텍스트 '사이'의 금줄을 자유롭게 넘나드는 '위반의 비평'을
꿈꾼다. 쑤잔 쏜탁(Susan Sontag)의 표현대로 '예술의 해석학'이 아니

---

17) Roland Barthes, 앞의 책 25면.
18) 도정일 『시인은 숲으로 가지 못한다』, 민음사 1995, 330면 참조.
19) 김욱동 『문학의 위기』, 문예출판사 1993, 137면.

라 '예술의 에로틱학'을 꿈꾼다 하겠다. 그리고 이런 텍스트와의 에로스
적 소통은 바르뜨가 보여준 아래와 같은 텍스트 읽기의 용기를 발휘할
때 비로소 가능할 터이다.

> (…) 진실과 허위의 대립을 파괴할 때, (…) 기원과 부성(父性)과
> 예법에 대한 모든 존경심을 경멸할 때, 텍스트에 ('유기적인') 통일성
> 을 부여해주는 목소리를 파괴할 때, 한마디로 말해서 인용문을 정직
> 하게 감싸고 있으며 마치 땅을 가르듯이 냉정하고도 기만적으로 문
> 장의 소유권을 각각의 주인들에게 분배해주는 인용부호들을 모두 없
> 애버릴 때 비로소 가능하다.[20]

5. 0/2

알다시피, 텍스트와 텍스트의 관계맺음의 동역학인 '상호 텍스트성'
이론은 1960년대 말에 줄리아 크리스테바(Julia Kristeva)가 러시아의
사상가이며 문학이론가인 미하일 바흐찐(Mikhail Bakhtin)의 핵심용어
인 '대화성'(Dialogizität)에서 힌트를 얻어 이론적으로 체계화시킨 개념
이다. 바흐찐은 대화성을 기존의 권위적이고 독선적인 사회소통구조를
전복시킬 수 있는 탈중심적 해체의 장치로 이해했다. 즉 구심적인 독백
성(Monologizität)에 의해 경직된 구조를 내파(內波)하기 위해 창안된
미학적 폭탄이 바로 원심적인 '대화성'이었던 셈이다. 여기서 바흐찐은
대화성이 작동할 수 있는 가능성을 문학 텍스트에서 본다. 왜냐하면 바
흐찐이 볼 때 문학 언어는 단수가 아니라 복수, 홀로 완전한 단독자가
아니라 끝없이 담론의 상대자를 요구하는 '대화하는 언어'이기 때문이

---

20) 같은 책 139~40면에서 재인용.

다. 크리스테바는 이 '대화하는 언어'를 자신의 이론에 접목시켜 '상호 텍스트성'(텍스트와 텍스트가 서로 주고받는 대화)이라는 개념으로 확대·발전시킨다. 크리스테바에 의하면 하나의 문학 언어는 '발신자'(작가)와 '수신자'(독자)라는 '수평축'과 '텍스트'와 '컨텍스트'라는 '수직축' 사이에서 쌍방향적으로 끝없이 소통하는 입체적인 존재인데, 여기서 텍스트와 컨텍스트의 수직적 소통관계를 다르게 부른 것이 '상호 텍스트성'의 출발이다.

이 이론에 따르면 이 세상에 홀로 완전한 독창적인 텍스트는 없다. 텍스트는 이제 통일된 의미를 생산하는 구조적 실체로 파악되지 않는다. 존재하는 것이 있다면, "태초에 컨텍스트가 있었다."[21] 그러므로 각각의 문학 텍스트는 텍스트들의 우주, 즉 텍스트들의 맥리(脈理) 안에서만 존재의 근거를 갖는다. 마치 대화 속에서 개인과 타자의 관계가 규정되듯이, 문학 텍스트는 그와 관련된 다른 텍스트(컨텍스트)와의 대화, 그리고 그 대화로 인해 확인되는 차이와 틈새로 말미암아 생명을 부여받는 것이다. 모든 텍스트가 자신 속에 다른 텍스트의 메아리를 품고 있으며 이 메아리를 통해 공시적·통시적 구획을 자유롭게 넘나들며 울려퍼질 수 있는 까닭이 여기에 있다.[22] 따라서 문학 텍스트는 어디까지나 다른 텍스트들을 흡수하고 다른 텍스트가 던진 질문에 응답함으로써 생명을 연장해가는 도상(途上)의 존재이다. 한마디로 "집요한 관찰자의 눈앞에 나타나는, 과정의 정지상태"[23]가 바로 텍스트의 실체인 것이다.

크리스테바는 '상호 텍스트성'의 이러한 성격을 '더블'(Double)로 바꿔 표현한다. 그에 의하면 다른 텍스트와 소통이 단절된 텍스트의 의미 값은 제로다. 텍스트가 의미로 충전되는 순간은 다른 텍스트와 연결되

---

21) 김영민 『컨텍스트로, 패턴으로』, 문학과지성사 1996, 11면.
22) 남진우 『신성한 숲』, 민음사 1997, 21면 참조.
23) Theodor W. Adorno, *Ästhetische Theorie*, Frankfurt am Main: Suhrkamp 1990, 17면.

어 특정한 문맥을 구성하는 순간이다. 하나일 때가 아니라 둘일 때, 단수가 아니라 복수일 때 비로소 텍스트는 존재의 이유를 획득한다는 것이다. 그러므로 그에게 '더블'은 모든 텍스트의 존재론적 운명을 가리키는 표징이다. 여기서 그가 특유의 시적 상상력을 발휘해 '더블'을 '0/2'이라는 기호로 치환하고 있는 대목은 경청에 값한다.

0/1의 논리(거짓/진실, 없음/있음)에 토대를 두고 움직이는 학문적인 논리씨스템은 문학적 언어가 어떻게 작동하는지를 설명하는 데 적합하지 못하다. (…) 문학 텍스트의 기호학은 0/2이라는 '문학의 논리'에 근거를 두고 구축되어야만 한다. 이 문학의 논리 안에서 기동하는 '연속성의 잠재력'(Potenz der Kontinuität)은 0과 2 사이의 인터페이스를 어우른다. 0을 지시하고 1을 내포하면서 2로 넘어가기, 그것이 연속성의 실체이다. 그리고 0/2이라는 문학의 논리를 지탱하는 '연속성의 잠재력'에 내포된 (언어적·정신적·사회적) 금지조항은 바로 '1'(신, 원칙, 규정)이다.[24]

'1'이라는 절대적 존재를 허락하지 않는 '0/2'의 논리, 이 얼마나 매혹적인 표현인가? 여기서 1은 중심이다. 오만한 로고스중심주의이다. 주변의 존재를 인정하지 않는 독재의 원칙이다. 홀로 완전한 신이며 기표의 유희를 용납하지 않는 '초월적 기의'의 다른 표현이다. 바흐찐이 말한 단선적 '독백성'에 다름아니다. 이와 반대로 0/2이라는 문학의 논리는 탈중심적 해체를 지지하는 메가폰이다. 타자를 인정하는 상생(相生)의 논리다. 흑백이데올로기의 이분법에 대항하는 비판적 수단이며 하나의 절대적 텍스트를 허락하지 않는 '양가성(兩價性)'의 출발점이다. 바

---

24) Julia Kristeva, *Bachtin, das Wort, der Dialog und der Roman*, in *Text zur Literaturtheorie der Gegenwart*, Stuttgart: Reclam 1997, 342~43면.

흐쩐식으로 말하면 '대화성'을 숫자로 풀어낸 것이다. 한마디로 '상호 텍스트성'의 기호학적 변주인 셈이다. 여기서 0과 2 사이의 보이지 않는 간격을 메워주는 '연속성의 잠재력'은 텍스트는 완결된 존재가 아니라 컨텍스트와의 교차 대구적 교응을 통해 항상 새롭게 갱신하는 도상의 존재란 점을 새삼 환기시킨다. '연속성의 잠재력'은 텍스트끼리의 단순한 결합과 상호 결탁, 그리고 합종연횡의 횡포를 저지하는 '상호 텍스트성'의 마지막 보루인 셈이다. 다시 말해 이것은 페터 지마(Peter V. Zima)가 구르비치(G. Gurvitch)의 『변증법과 사회학』(*Dialectique et sociologie*)에서 인용해 설명한 것처럼 "어떤 형태의 종합도 거부하는 이율배반·부정·반명제의 변증법일 뿐만 아니라, 다양성(이질성)의 모든 세부를 추적해가는 변증법적 방법"[25]이다. "이데올로기의 이분법을 회피하되, 그렇다고 교환가치의 무차별성에도 함몰하지 않을 것. 대립자를 매개하며 양가성을 술화의 출발점으로 삼을 것."[26] 이것이 바로 '연속성의 잠재력'이 내건 현수막이다.

이렇게 볼 때, 황종연(黃鍾淵)이 문학비평의 원리를 사물과 개념의 궁극적 합일을 주장하는 0/1의 논리, 곧 '개념적 언어'(철학 언어)에서 구하지 않고 '연속성의 잠재력'이 발동하는 0/2의 논리, 곧 "사물과 개념의 궁극적 동일성에 대한 불신을" 표현하는 '수사적 언어'(문학 언어)에서 찾고 있는 대목은 각별한 주목을 요한다.

(…) 수사적 언어는 사물의 실재가 불변적이고 규정적인 형태 속에서가 아니라 끊임없는 생성의 움직임 속에서 발견된다는 생각, 따라서 언어를 통한 사물과의 일치는 어느 순간에도 최종적이지 않다

---

25) Peter V. Zima, *Ideologie und Theorie: Eine Diskurskritik*, Tübingen: Francke 1989, 346면.
26) 같은 책 342~43면.

는 생각을 그 수사적 언어 자체의 형식 속에 구현하고 있다. 그런 점에서 그것은 철학을 비롯하여 절대성을 주장하는 모든 개념화의 양식에 대한 반항을 대표한다.

(…) 그것은 개념적·이데올로기적 담론들의 자의성과 기만성을 의식하게 하고, 그것들이 삶에 가하는 억압에서 탈출하도록 도와준다. 문학은 언어에 의해 구성되는 현실의 환상적 성격을 경고하는 수사적 행동을 함으로써 현실과 일치된 개념을 확보하고 있다고 자처하는 모든 권위주의적 담론으로부터 자유를 약속한다. 그러한 자유의 약속을 알아보고 이행하는 것, 이것은 문학비평의 의무이자 영광이다.[27]

나 역시 '0/1의 비평'이 아니라 "모든 권위주의적 담론으로부터 자유를 약속"하는 '0/2의 비평'을 꿈꾼다. 자기동일성의 이데올로기에 빠져 섣불리 작품의 진위나 우열을 가리기보다는 작품의 심연에서 울려퍼지는 '다성의 메아리'(echo multinome)에 귀기울이는 비평. "단발의 타깃'을 노리는 것이 아니라 '연발의 지형'을 그리는"[28] 비평. 다른 방식으로는 서로 대화하지 않을 것처럼 돌아앉은 텍스트들(한국문학과 독일문학)을 중개하여 회통(會通)을 촉진하는 다국적 비평. "뭔가를 작심하고 비판적 호오(好惡)의 칼날부터 벼르"는 불같은 비평보다는 "세상 구석구석에 사금파리처럼 박혀 빛나는 삶에 대한 정직한 기록들 속으로 잔잔히 스며들어, 훈연(薰煙)과 같은 문자향(文字香)을 빚어내는"[29] 비평. 작가/작품이란 종속적 논리에 의지해 쏟아지는 어슷어슷한 해설적 작가론이

---

27) 황종연「문학의 옹호」,『문학동네』2001년 봄호, 401~403면.

28) 김영민, 앞의 책 6면.

29) 류신「비평의 연기, 연기의 비평」,『현대문학』2001년 1월호, 281면. 텍스트와 텍스트의 빈틈으로 잔잔히 스며드는 무정형의 연기는 바로 '연속성의 잠재력'이라는 굴뚝에서 피어오른다.

나 주석적 작품론에서 한걸음 더 나아간, 텍스트/텍스트의 평등한 인식에서부터 출발해 다채로운 의미의 스펙트럼을 빚어내는 주제비평. 작가의 '독창성'은 존중하되 작품의 '독자성'은 인정하지 않는 비평. 부엉이와 비둘기를 소재로 한 텍스트에서 바흐만과 아이히의 자취만을 뒤쫓는 데 만족하지 않고, 계몽주의적 비평과 낭만주의적 비평의 경계와 한계까지 성찰하는 비평. 80년대 문학/90년대 문학, 대중문학/순수문학, 리얼리즘문학/모더니즘문학, 고전문학/전위문학 등의 손쉬운 이분법에 투항하지 않고 양편에 대한 끈질긴 응시를 통해 대안을 모색하는 비평. 타인의 존재를 무시하는 독백의 비평이 아니라 텍스트와의 "상호침투를 통해 끝없는 자기갱신을 투기(投企)하는 대화의 비평."[30]

한마디로 0/2의 비평! "관계적 사유"라는 단어가 유난히 돋을새김되어 보이는 이광호(李光鎬)의 아래와 같은 비평의 출사표가 나의 폐부를 깊숙이 찌르는 소이연(所以然)은 바로 여기에 있다.

비평은 '대화적인' 행위이다. 비평은 타자의 담론에서 나의 관심을 읽는 행위이며, 주체의 내면에 스며든 타자들의 목소리를 듣는 행위이다. 타자의 목소리를 봉쇄하거나 그 목소리에 갇혀버리는 일방적이고 억압적인 언어는 대화적 사유를 허락하지 않는다. 이러한 비평의 대화적 성격은 '관계적 사유'를 이끈다. 비평은 담론들 사이에 끼여들어가 관계에 대해 질문함으로써 관계의 양상을 드러낼 뿐만 아니라, 그 관계에 참여한다. 비평이야말로 그 관계를 생산한다. 비평은 담론들의 맥락에 대한 탐구를 통해 세계와 관계하고, 세계에 개입한다.[31]

---

30) 최원식 『생산적 대화를 위하여』, 창작과비평사 1997, 5면.
31) 이광호 『위반의 시학』, 문학과지성사 1993, 4면.

이야기를 여기까지 끌고 와보니, 결국 나는 '상호 텍스트성'의 핵심 개념인 '더블(0/2)'을 '상호 텍스트적'으로 다시 읽은 꼴이 됐다. 크리스테바의 '0/2'이라는 텍스트가 여기 지금 '나'라는 컨텍스트와 대화를 나눔으로써 '비평의 원리'라는 새로운 텍스트로 다시 씌어진 셈이다. 이렇듯 좋은 텍스트는 꼿꼿이 서 있는 팽이가 아니다. 그 속에는 다른 텍스트와 텍스트로 통하는 수많은 실마리들이 숨어 있어, 내가 그 가운데 하나를 끌어당기는 순간 텍스트는 빙빙 돌아가는 팽이가 된다.

6. 포월(匍越)

물론 이러한 비평적 방법론은 현재 젊은 비평가들의 문제점 가운데 하나로 지적되고 있는 국적불명 이론의 무차별한 수입과 무분별한 적용이란 질책에서 그리 자유롭지 못한 것이 사실이다. 또한 문학 텍스트를 특정한 명제를 구체화하기 위한 방증(傍證) 정도로만 취급한다는 의혹을 떨쳐버리기도 쉽지 않을 터이다. 그러나 외국산 이론의 몇몇 개념을 맥락 없이 끌어다가 요긴한 수사적 밑천으로 사용하는 그야말로 국적 없는 비평보다는, 처음부터 하나의 이론을 온전히 이해하고 소화해낸 뒤 그것을 실제 비평에 생산적으로 '남용'하는 것도 의미있는 일이 아닐까. 지명도 높은 특정 작가를 겨냥한 엇비슷한 작가론과 작품론을 양산하는 데 맹목적으로 동참하기보다는 언론 편파에 밀리고 문단 권력에 나동그라진 작가의 작품들을 특정한 주제 아래 포섭해 새로운 의미의 자장(磁場)을 모색하는 비평적 모험도 필요하지 않을까.

물론 허점도 많다. 무엇보다도 상호 텍스트성을 기반으로 이루어지는 비평행위는 주제를 요령있게 포괄할 수 있는 강한 비평적 응집력을 발휘하지 못하면 자칫 동일한 모티프의 단순한 변주에 그쳐 편협한 소재주의 비평으로 전락할 위험성이 적지 않다. 텍스트에 대한 꼼꼼한 독해와 주제에 대한 깊이있는 통찰을 외면한 채 성급하게 자신의 구도에 텍스트를 짜맞추는 공허한 지적 놀음으로 함몰될 가능성을 배제할 수 없다는 말이다. 또한 특정한 가치평가를 계속해서 유보하는 지나친 상대주의적 태도는 상호 텍스트성에 입각한 비평행위를 작품의 가치를 완전히 외면하는 비평적 탐미주의로 몰고 갈 소지가 다분하다. 도정일(都正一)의 질책처럼 당대적 현실의 신경중추를 건드리지 못하는 "이 계열의 비평은 자본주의의 격파는커녕 자본주의의 '엄마 품 같은 풍요' 속에서 마음놓고 자기도취의 언어유희에 빠진 유아적 퇴행으로 전락하거나 인간 분열을 이론적으로 수행함으로써 자본주의 사회의 인간 파편화를 옆에서 거드는 동조자의 지위로 몰락"32)할 혐의가 짙은 것이 사실이다. 무엇보다도 상호 텍스트성 남용의 대표적인 사례로 원본 없는 복제가 창궐하는 세상에 슬쩍 편승해 태어난 '혼성모방'(pastiche) 기법을 손꼽을 수 있을 것이다.

　이런 오류는 텍스트의 정확한 독해와 이해를 무시한 채, 다른 텍스트의 일부분만을 도려내 조각조각 짜깁기하는 것이 상호 텍스트성의 문학적 실천이라는 잘못된 인식에서부터 비롯된다. 그러나 내가 생각하는 상호 텍스트성은 작가와 작품 '이전'이 아니라 그 '이후'에 오는 어떤 것이다. 따라서 텍스트와 텍스트의 중첩지대를 탐색하는 상호 텍스트성은 텍스트와 텍스트를 껑충 뛰어넘는 '초월(超越)'의 기쁨만을 의미하지 않는다. 오히려 텍스트에 대한 면밀한 이해와 정치한 분석을 디딤돌로 삼아 다른 텍스트들과의 함수관계를 조명하는 것이 상호 텍스트성의 진정한 의무이자 가치다. 텍스트의 굴레를 벗어나기 위해 먼저 텍스트와 밀착해야만 하는 지독한 패러독스가 상호 텍스트성의 천형인 셈이다.

---

32) 도정일, 앞의 책 283면.

텍스트를 끌어안고 다른 텍스트로 기어넘어가는 '포월(匍越)'의 고통! 무엇보다도 "문학적 몽상의 활동은 텍스트를 충실하게 다시 읽을 때에만 비로소 시작되기 때문이다."[33] 홍정선(洪廷善)은 텍스트의 상호 관련성에 입각해 전개되는 이러한 '맥락의 독서와 비평'의 중요성을 다음처럼 피력한다.

> 작품 속에 등장하는 하나의 단어나 구절의 의미에서부터 작품 전체의 의미에 이르기까지 그것들에 겹쳐진 풍요로운 문학적·개인적·사회적 의미들을 짐작하고, 중요하고 중요하지 않은 것을 가리며 읽어낼 수 있는, 맥락의 독서를 전제로 한 비평으로 돌아갈 필요가 있다. 맥락의 비평은 부지런한 독서와 뛰어난 재구성의 능력을 전제로 한다는 점에서 대단히 어려운 일이지만, 그러나 요즘처럼 정서의 울림이 없는 메마른 비평계를 기름진 풍토로 만들기 위해서는 반드시 필요한 일이다. 그리하여 우리 비평은 대상으로 삼는 작품과 한 몸체가 되어 작품보다 더 싱싱하게 넝쿨을 뻗을 수 있는 유연한 가변성과 부피, 충분한 맥락의 부피를 갖춘 생명체로 거듭 태어나야 한다.[34]

하나의 텍스트를 숙주로 삼아 뻗어나가는 싱싱한 넝쿨, 텍스트에 대한 구심적 경의에서 메아리치는 원심적 확산! 문학비평이 제아무리 거창한 이론을 앞세워 텍스트를 뛰어넘어보려 해도, '비평은 텍스트에서 출발해 텍스트로 귀환한다'는 대명제를 뿌리치기는 힘든 모양이다. 어쨌든 이론의 나사못을 풀고 죄는 마지막 손은 결국 텍스트가 아닌가. 텍

---

33) 홍명희 「바슐라르의 몽상의 의식」, 『현대비평과 이론』 제20호(2000년 가을/겨울호), 209면.
34) 홍정선 「맥락의 독서와 비평」, 『문학과사회』 1996년 여름호, 679~80면.

스트와 텍스트 사이를 자유롭게 넘나드는 비평의 여행을 즐기기 위해선 먼저 텍스트 속에 고고학적 발굴의 붓을 들이대야 한다. 0/2의 비평이라는 '돛'을 올리기 위해선 우선 텍스트의 심연에 '닻'을 내리꽂아야 한다. 결국 상호 텍스트성이라는 먼길을 돌아 내가 도착한, 아니 비로소 다시 들메끈을 동여맬 수 있는 지점은 '수정의 메아리'가 울려퍼지는 여기다.

내 마음속의 무엇이 움직여 그 글로 내 마음을 무의식적으로 이끌리게 하는 것일까? 그것을 생각다 보면 때로 내 마음을 움직인 글은 자취도 없이 사라지고 내 마음이 움직인 흔적들만 남아, 마치 달팽이가 기어간 흔적처럼 반짝거린다. 그 흔적들을 계속 쫓아가면, 그것은 기이하게도 다시 내 마음을 움직인 작품으로 가닿고, 그 길은 다시 그것을 쓴 사람의 마음의 움직임으로 다가간다. 내 마음의 움직임과 내 마음을 움직이게 한 글을 쓴 사람의 마음의 움직임은 한 시인이 '수정의 메아리'라고 부른 수면의 파문처럼 겹쳐 떨린다.[35]

7. 성좌

이제 나는 창문을 열고 밤하늘을 수놓은 별들을 우러른다. 청색으로 총총히 빛나는 별떨기들의 속삭임을 염탐하기 위해, 저 은하의 만다라에서 수군거리는 별들의 대화를 엿듣기 위해. 그러자 돌연 별들이 속삭이는 이야기는 내게 아름다운 왕비인 카시오페아도 되고 그녀의 딸인 안드로메다의 성운(星雲)도 된다. 하늘을 나는 페가수스도 되고 용맹한 장수 오리온으로 변신하기도 한다. 무시무시한 전갈이 되어 나를 위협

---

35) 김현 「속꽃 핀 열매의 꿈」, 『분석과 해석』, 문학과지성사 1991, 54면.

하기도 하고 쌍둥이 오누이처럼 어깨동무를 하자고 유혹의 눈길을 던지기도 한다. 큰곰과 황소가 천칭의 양편에 앉아 자웅을 겨루고 있는 흥미로운 모습도 보인다. 이렇듯 별들이 무리지어 만들어내는 다채로운 성좌는 나의 무한한 상상력이 투영된 천공의 스크린이다. 고정된 의미로 환원될 수 없는 무한한 씨니피앙(signifiant)들이 서로 스미고 얽히고 짜이면서 빚어지는 거대한 '텍스투스'(textus)인 것이다. 텍스트의 엄마 텍스투스란 무엇인가? 변화하는 여러 계기들이 지속적인 짜임을 통해 만들어지는 직물이 아닌가. 바로 이 역동적인 관계맺음을 아도르노(T. W. Adorno)는 '성좌'(Konstellation)라고 멋들어지게 불렀다. 이제 나는 문자로 된 별밭, 체적도 무게도 없는 언어로 엮어진 천궁도(天宮圖)를 그려본다. 그리고 작가들이 쏘아올린 수많은 텍스트들의 풍성한 언어의 은하수, 곧 천문(天文)을 판독하고 신탁의 예언을 점치는 점성술사의 모습도 함께 떠올린다. 별과 별 사이에 접속사같이 존재하는 관계의 사유, 맥락의 비평! 나는 오늘 밤도 별밭을 촘촘히 훑어봄으로써 비평의 구원을 기다리는 미완의 성좌, "여전히 개발의 손길을 기다리고 있는 일종의 풍요로운 미개지(未開地)"[36]를 개간해보려는 욕망에 시달린다. 가스똥 바슐라르(Gaston Bachelard)가 그랬다지, 별과 이야기해본 사람만이 '우주의 아이'가 될 자격이 있다고. 하지만 흐릿한 점선으로 이어진 '연속성의 잠재력'을 좇아 새 별자리를 찾는 일은 분명 녹록치 않을 터이다. 갑자기 가슴이 먹먹해진다. 그러나 나는 서두르지 않고 내가 갈 수 있는 길만 골라 한걸음씩 내딛을 것이다. 서로 은밀한 정담을 나눌 것만 같은 이런 흘러간 노래들의 '사잇길'을 거닐면서.

별이 빛나는 창공을 보고 갈 수가 있고 또 가야만 하는 길의 지도를 읽을 수 있었던 시대는 얼마나 행복했던가? 별빛이 그 길을 훤히

---

36) 박혜경 「시와 시, 그 소통과 대화의 사잇길」, 『문학과사회』 1996년 여름호, 729면.

밝혀주던 시대는 얼마나 행복했던가?[37]

　(…) 별들이 무슨 말씀같이 우물 속에 떠 있다. 어느 순간 하늘에 바람이 부는 것처럼 우물 속의 별들이 출렁거렸다.[38]

　별을 보며 길을 묻던 날이 있었다.[39]

〔『오늘의 문예비평』 2000년 여름호〕

---

37) 게오르그 루카치, 반성완 옮김 『소설의 이론』, 심설당 1985, 29면.
38) 신경숙 『외딴방』, 문학동네 1999, 402면.
39) 박남준 『다만 흘러가는 것들을 듣는다』, 문학동네 2000, 24면.

거미, 상징의 파천황(破天荒)

'아라크네'가 수놓은 다섯 가지 성좌

발터 벤야민(Walter Benjamin)은 비평이 관계해야 할 것은 '사실내용'(Sachgehalt)이 아니라 '진리내용'(Wahrheitsgehalt)이라 했다. 비평가는 문학적 재료 앞에서 그것을 분석하고 정리하는 화학자로서가 아니라, 텍스트의 내밀한 광맥에서 발굴해낸 유적에서 침향 같은 진리의 냄새를 맡는 고고학자로서, 혹은 텍스트와 텍스트가 맞부딪쳐 번뜩이는 불꽃 같은 수수께끼를 푸는 연금술사로서 작품을 다루어야 한다는 뜻이다. 비평의 진정성은 '이미' 있는 것을 부리는 것이 아니라, '아직' 없는 것을 만들어내는 데서 비롯된다는 말일 터이다. 이 글은 우리 문학의 창공에 점점이 박혀 있는 별들을 샅샅이 톺아봄으로써, 미지의 성좌를 모색해보려는 의도에서 씌어졌다. 삼상(蔘商)처럼 흩어졌던 작품들이 '헤쳐모여' 새로운 의미의 자장권(磁場圈)을 형성하는 계기는, 가랑이 사이 실젖에서 투명한 "은실"(정복여 「감자꽃 폐가」)을 뽑아 다채로운 상징 '망(網)'을 올올이 엮어가는 '거미의 발끝'에 있다.

1. 하늘의 그물, 땅의 그물

거미. 온몸에 거뭇거뭇하게 돋아난 불길한 가시털과 사방으로 버르적거리는 일곱 지절의 다리, 그리고 포획한 먹이를 질식사시키는 점액질의 독샘. 하지만 이런 흉물스러운 외모에도 불구하고 자신의 몸에서 쉴새없이 실을 뽑아 그물을 잣는 거미의 긴절한 수고, 그 "유행에 둔한 건축법"(조말선 「거미」)을 골똘히 바라보고 있노라면, 우리는 실로 묘오(妙悟)한 길쌈 솜씨에 경탄을 금치 못하게 된다. 조선후기 문인 이덕무(李德懋)는 산책중 우연히 눈맞춤을 한 거미의 기민한 발놀림에서 감전(感電) 같은 깨달음을 얻는다.

여름날 저녁, 콩꽃이 피어난 울타리 가를 거닐다 거무튀튀한 거미가 실 뽑는 것을 구경하고 있노라니까 오묘한 깨달음이 부처와도 통할 수 있을 것 같았다. 실을 뽑아내고 또 그 실을 깁는데 다리 움직이는 방법이 영롱하였다. 때때로 멈칫대며 의심하는 듯하더니, 때로 획 내닫기도 하는 것이 마치도 보리 모종하는 사람의 발뒤꿈치도 같고 거문고를 퉁기는 손가락 같기도 하였다.[1]

능수능란하게 "거문고를 퉁기는" 거장의 손놀림처럼, 베를 짜듯 집을 엮는 거미의 탁발한 솜씨가 "부처와도 통할 수 있"음을 깨달은 이덕무의 혜안이 돋보인다. 방적돌기에서 자아내는 주사(蛛絲)를 바람에 날려 다른 편에 얽혀 붙이고, 이것을 보강하여 튼튼한 다리줄을 만든 후, 이 다리줄을 기점으로 몇몇의 지점을 만들어 테두리줄을 치고, 다시 그 안

---

1) 정민 『한서 이불과 논어 병풍』, 열림원 2000, 92면.

쪽에 방사상으로 세로줄을 쳐가면서 촘촘한 원형의 그물망을 만드는 거미. 무에서 유를 창조하듯, 허공에 자신의 우주를 펼쳐가는 거미의 "영롱"한 움직임이 흡사 혼돈의 세계에 질서를 부여하는 전지전능한 신의 섭리를 빼어닮지 않았는가. 이 대목에서 재미있는 상상을 해본다. 나뭇가지 사이에 진을 치고 있는 작은 망상(網狀)조직을 두루 하늘에 펼쳐놓으면 무엇이 될까? 정호승(鄭浩承)은 이렇게 확대·팽창된 그물망을 하늘의 도리이자 법도로 읽는다. 우주의 삼라만상을 관장하는 천리의 그물망, 아름다운 거미줄 성좌! 누가 감히 이 천리의 그물코를 빠져나갈 수 있겠는가. 그래서 시인은 노자(老子)의 『도덕경(道德經)』에 나오는 "하늘에 짠 그물은 하도 커서 그 올이 성기어도 무엇 하나 빠뜨리는 것이 없다"〔天網恢恢 疎而不失〕는 구절을 오랫동안 저작(咀嚼)한 후, "하늘의 그물은 성글지만/아무도 빠져나가지 못합니다"(「하늘의 그물」)라는 시구를 한달음에 토해낸다.

이런 맥락에서 거미는 '하늘의 그물'을 짠 조물주에 비유될 수 있다. 고대 켈트인들 또한 거미줄을 모든 존재의 생명을 하나로 묶는 정교한 그물망의 상징으로 믿었다고 한다. 최승호(崔勝鎬) 역시 거미를 "제가 친 그물에는 절대로 걸리지 않는/자유자재한 왕", 혹은 대승불교에서 모든 법의 진실상과 통정한 지혜의 왕을 일컫는 "반야왕거미"로 높여 부른다.

> 너는 조물주를 흉내낸다
> 너는 게워낸다 세계를
> 펼치고 그 위를 걸어간다
> 망가진 세계를 너는 기울 줄도 알지
> 다 낡아버린 세계는
> 우적우적 먹어버리지

제가 친 그물에는 절대로 걸리지 않는
자유자재한 왕
걸려 있는 것은 찐득한 인간들이다
엉겨붙어 신음하며 허우적거리는
불쌍한 인간들을 보며
반야왕거미는 말한다
세계에 붙지만 말고 세계를 타라
이것이 비밀이다

—최승호「반야왕거미」전문

이 시의 의도는 거미의 탁발한 창조력을 찬탄하는 데 있지 않다. 오히려 시인은 거미를 세계를 "게워"낸 "조물주"로 돋을새김함으로써 거미만도 못하게 살아가는 "불쌍한 인간들"에게 조롱의 쓴맛을 남긴다. 여기서 우리는 '하늘의 그물'이 속세로 내려와 '땅의 그물'이 되면 "파닥일수록 더욱 옥죄어드는 삶"(이나명「거미를 기다리네」)의 오랏줄이 될 수 있음을 목도하게 된다. 난마처럼 뒤엉킨 복잡다단한 관계사슬에 "엉겨붙어 신음하며 허우적거리는" 인간들, 그리고 그 위에서 조금은 거만한 포즈로 세상을 내려다보는 반야왕거미. 이렇듯 시인은 '높은' 거미와 '낮은' 사람이란 풍자적 뒤집기를 통해 아등바등 우겨대고 복닥대는 우리네 모듬살이의 숙명적인 비애를 발가벗긴다. 그리하여 이제 자비로운 반야왕거미는 삶의 신산고초에 시달리는 "찐득한 인간들"을 가엾이 여겨 "비밀" 하나를 누설하기에 이른다. "세계에 붙지만 말고 세계를 타라." 지상적 삶의 그물에 악착같이 매달리지 말고 세상을 물 흐르듯 순리대로 타고 가라니, 도대체 어떻게? 이윤기(李潤基)는 이 잠언과 같은 시구를 쾌도난마의 장기로 이렇게 풀어낸다.

타인과의 관계는 이생의 소용돌이다. 너의 원심력을 시험하라. 타인에게 체중을 싣지 말라. 이생의 소용돌이와 싸우되 너 자신을 만나라. (…) 사람의 그물에서 벗어나라. 사람의 그물에서 벗어나 하늘이 짠 이치의 그물을 인식하라. (…) 그리고 마침내 하늘이 짠 이치의 그물에서도 벗어나라. (…) 이 중력의 법칙을 깨뜨리고 우주로 날아가는 우주선을 보라.[2]

하지만 "이 중력의 법칙을 깨뜨리고 우주로 날아가"기엔 우리를 포박하는 "이생의 소용돌이"는 너무도 흡입력이 강하고, 그것과 화간(和姦)하려는 인간의 욕망 또한 끝이 보이지 않는다. 더군다나 '하늘의 그물'에서도 탈주하라니, 말처럼 그리 쉬운 일만은 아닐 성싶다. 똑같은 말이 되겠지만, 어쩌면 반대로 '땅의 그물'의 억압구조는 중력의 무거움 못지않게 건조한 일상의 가벼움에서 비롯되는 것은 아닐까. "흔들리기 때문에/가볍고 가볍기 때문에/그 그물은 벗어나기 힘든 것인지 모른다"(나희덕 「귀여리에는 거미줄이 많다」). 참을 수 없는 거미줄의 무거움 혹은 가벼움!

2. 전방위적 그리움, 그리움의 광기

"거미는 항상 빈집 지키며 운명처럼 적막에 길들여져"(하종오 「거미집」) 있는 고독한 존재이다. 생명연장과 종족보존을 위해 밤을 지새워 홀로 그물을 짜는 거미의 실존적 고투를 생각해보라. "몇몇의 밤눈 어두운 날것들/그 빛에 발이 빠"(정복여 「감자꽃 폐가」)지길 애끓게 기다리는 포충망의 번민을 상상해보라. 이처럼 거미와 거미줄에는 처절한 외로움과

---

2) 이윤기 『하늘의 문』 제3권, 열린책들 1994, 178~79면.

긴절한 기다림이 화인(火印)처럼 찍혀 있다. 정호승은 거미줄의 속내를
이렇게 갈파한다. "거미줄이 가장 아름다울 때는/진실은 알지만 기다리
고 있을 때다"(「거미줄」). "내 유전자는 그리워하는 정보밖에는 가진 게
없다"(「유전자는 그리워만 할 뿐이다」)고 자백한 이문재(李文宰) 역시 거미
줄의 심연에서 기다림의 힘줄을 낚아올린다.

> 거미로 하여금 저 거미줄을 만들게 하는
> 힘은 그리움이다
>
> 거미로 하여금 거미줄을 몸 밖
> 바람의 갈피 속으로 내밀게 하는 힘은 이미
> 기다림을 넘어선 미움이다 하지만
> 그 증오는 잘 정리되어 있는 것이어서
> 고요하고 아름답기까지 하다
>
> 팽팽하지 않은 기다림은 벌써
> 그 기다림에 진 것, 져버리고 만 것
>
> 터질 듯한 적막이다
> 나는 너를 잘 알고 있다
>
> —이문재 「거미줄」 전문

이 시를 읽는 내내 줄곧, 김수영(金洙暎)의 「거미」 가운데 "내가 으스
러지게 설움에 몸을 태우는 것은 내가 바라는 것이 있기 때문이다"라는
시구가 생각의 꼬리를 물고 맴돈다. 그렇다. 대상에 대한 기다림의 과잉
은 미움을 잉태하는 법이다. 아니 미움을 넘어선 증오와 그 끝자락에서

흥건히 배어나오는 설움과의 입맞춤으로 굴절되기 십상이다. 하지만 그런 설움의 회한도 거미집의 무늬처럼 "잘 정리되어 있는 것이어서/고요하고 아름답기까지 하"며, 쫀쫀하게 짜여진 주망(蛛網)처럼 "팽팽"해야 한다는 시인의 비범한 직관력은 무릎을 탁 치게 만든다. "팽팽하지 않은 기다림"은 "그 기다림에 진 것"이라는 처연한 인식이 시에 생명을 불어넣고 있는 것이다. 이처럼 시인은 거미집을 기다림의 푸념과 설움의 눈물로 얼기설기 엮은 올이 성긴 망사(網絲) 따위로 보지 않는다. 오히려 그것은 "캄캄한 다짐 한가닥/바람에 걸어놓고 눈물도 아껴/거미줄 만드는/이 푸른 도화선의 순간들"(이문재 「거미여인의 춤」)처럼 강렬하고 선연하다. 내면의 긴장과 결기로 푸르스름한 인광(燐光)을 발하는 "도화선." 닿으면 튀밥처럼 폭발할 듯 탱탱한 "全方位"적 그리움의 심지! 시인이 거미줄을 "터질 듯한 적막"으로 묘사하고 있는 이유는 바로 여기에 있다.

한편 이면우(李冕雨)는 거미의 실존적 고독을 온전히 이해함으로써 타자에 대한 겸허한 외경을 투시하고 자신의 지나온 삶을 진지하게 되돌아보는 계기를 마련한다. 거미에게는 따스한 연민의 시선을, 자신에게는 가혹한 성찰의 시선을 보내는 것이다.

> 그래, 내가 열아홉이라면 저 투명한 날개를
> 망에서 떼어내 바람 속으로 되돌릴 수 있겠지
> 적어도 스물아홉, 서른아홉이라면 짐짓
> 몸 전체로 망을 밀고 가도 좋을 게다
> 그러나 나는 지금 마흔아홉
> 홀로 망을 짜던 거미의 마음을 엿볼 나이
> 지금 흔들리는 건 가을 거미의 외로움임을 안다
> 캄캄한 뱃속, 들끓는 열망을 바로 지금, 부신 햇살 속에

저토록 살아 꿈틀대는 걸로 바꿔놓고자
밤을 지새운 거미, 필사의 그물짜기를 나는 안다

—이면우 「거미」 부분

결코 녹록치 않았던 젊음의 질풍노도를 온몸으로 관통해온 시인은,
이제 외줄에 매달린 가을 거미의 외로움을 규지(窺知)할 수 있을 만큼
의 연륜에 이르렀다. 그래서 시인은 "필사의 그물짜기"에 아로새겨진
거미의 "외로움"을 보듬어안고는, "살아 꿈틀대는 걸로 바꿔놓고자/밤
을 지새운 거미"의 치열한 삶의 내부로 오체투지해 들어간다. 그 속에
서 시인은 "캄캄한 뱃속, 들끓는 열망"을 벼르고 가다듬어 "살아 꿈틀대
는 걸로" 전환시키는 "거미의 마음"과 쩌릿한 합일을 이룬다. 남진우(南
眞祐)의 해석처럼 "그것은 삼라만상의 질서에 대한 엄숙한 동참이자
최선을 다하는 존재에 대한 겸허한 인정이 아닐 수 없다." 그리하여 시
인은 "실오라기 하나로 이어온 가계"(조말선 「거미」)에 대한 동감과 연민
의 표시로서, 조심스럽게 "허리 굽혀, 거미줄 아래 오솔길 따라/채 해
결 안된 사람의 일 속으로 걸어들어"가는 한층 성숙해진 뒷모습을 보
여준다.
　한편 기다림은 거미의 덫에 걸린 나방의 생명을 마지막까지 "신선하
게 지탱시켜주"는 힘이 되기도 한다. 곧 맞닥뜨릴 죽음마저도 삶을 추
동하는 팽팽한 긴장으로 받아들이는 이 격렬한 생의 충동을 보라.

아 요지부동이네
챙챙 감겨드는 기다림만이 남아 있는 삶이네

나방이 온 힘을 가슴에 모으네
심장의 피가 끓어오르네

피가 끓는 심장은 신선하네
마지막까지 나를 신선하게 지탱시켜주네

―이나명 「거미를 기다리네」 부분

유하의 상상력은 이 지점에서 한발 더 나아간다. 그는 아예 "일상의
어둠 저편으로 날개의 족쇄를 내던지며,/식욕의 殺意가 빚어낸 저 황홀
한 무늬의 퇴폐,/끈끈한 덫의 은빛 유혹 속으로" 몸을 던지는 나방의 모
습에서 "중독된 삶의 권태를 살해하"려는 강한 욕망의 흔적을 읽어낸
다. 거미여인과의 죽음의 키스를 삶의 절정의 순간으로 즐기려는 나방.
이러한 나방의 '능동적 투신'에는 은빛 그물이 내뿜는 "광기의 그리움"
(「거미여인의 키스」)과 독대하고픈 시인 자신의 강렬한 욕망이 투영되어
있을 터이다. 유하에게 거미집은 삶의 우울과 무위를 유인하는 '집어
등'이자, 동시에 그것으로부터의 탈출을 꿈꾸는 '해방구'이다.

3. 이야기집, 언어 감옥

이 땅에 이야기가 없던 시절, 아프리카의 '아난시'라는 거미인간이
거미줄을 짜 하늘로 올라갔어. 하늘의 신에게 이야기가 든 황금 상자
를 얻기 위해서였지. 하늘의 신은 아난시에게 표범 오세보의 무시무
시한 이빨과 불꽃보다도 따가운 벌 므보르의 벌침과 어느 누구도 본
적이 없는 요정 므모아티아의 날개를 가지고 오면 이야기 상자를 내
주겠다고 약속했어. 아난시는 온갖 지혜를 짜내 거미줄로 꽁꽁 묶은
그것들을 대가로 치르고 이야기 상자를 얻어 땅으로 내려왔지. 그리
고 이 세상 구석구석에 이야기를 퍼뜨리기 시작한 거야.[3]

이 소설에서 거미인간 '아난시'는 무명작가인 '나'의 몸 안에 자신의 (이야기)집을 짓겠다는 가상인물이다. 그는 신의 화덕에서 불을 훔쳐 내려와 인간에게 전해준 프로메테우스처럼 천상에만 있던 이야기 화수분을 가지고 내려와 세상에 퍼뜨린 장본인으로 자신을 소개하곤 한다. 여기서 우리가 눈여겨보아야 할 장면은 하늘과 땅, 신과 인간, 이야기와 사람 사이를 잇는 사다리로서 거미줄이 등장하고 있다는 점이다. 스파이더맨 아난시는 자신의 몸에서 빼낸 자일을 타고 하늘로 올라가고 또 이를 통해 이야기를 땅으로 가지고 내려온다. 거미줄을 타고 내려온 이야기는 다시 인간과 인간을 연결해주는 소통의 촉매로 전이·확산되어, 결국 이 세상은 이야기로 짜인 거대한 네트워크를 이룬다. 재미있는 창세기 씨나리오 하나가 완성되는 순간이라 하겠다. 이 대목에서 우리는 소리 없이 돌아다니며 세상 어디에나 집을 짓고 사는 거미의 생태를 자연스럽게 연상할 수 있다. 문짝이 떨어져나간 폐가, 고층아파트 옥상, 그리고 네온이 반짝이는 화려한 간판 뒤, 그 어디든 보금자리를 마련하는 거미. "지붕에서 처마로/큰 나무에서 작은 나무로/벽에서 벽으로/풀꽃에서 흙으로"(나희덕 「귀여리에는 거미줄이 많다」) 자리를 옮겨가며 집을 짓는 거미는 세상과 인간 사이를 헤집고 다니며, 그 틈에 다채로운 이야기집을 축조하는 작가의 분신으로 자연스런 전이의 계약을 맺을 수 있다. 무엇보다도 몸 밖의 재료를 사용하지 않고 온전히 자신의 몸 안에서 실을 뽑아 정교한 발놀림으로 그물을 잣는 거미의 모습에서 텍스트를 직조하는 치열한 작가정신의 일면을 훔쳐볼 수 있기 때문이다.

거미의 신화적 시조(始祖)인 '아라크네'(Arachne) 역시 글쓰기와 무관하지 않다. 직녀신 아테나와 베짜기 시합을 겨루며 끝까지 앙탈을 부리다가, 아테나의 독초즙에 의해 거미로 변신하게 된 비운의 여인 아라크네. 자수 실력이 아주 빼어난 그녀가 베틀에 올라 신들의 이야기를 그

<hr>

3) 이평재 「거미인간 아난시」, 『문예중앙』 2000년 여름호, 223면.

림으로 수놓아 짠 양탄자는 작가가 모음과 자음을 조합해가며 만들어낸 텍스트와 기맥(氣脈)이 통한다. 텍스트의 어원인 라틴어 ‘textus’란 무엇인가. 바로 길쌈을 통해 짜여진 직물이 아니던가. 이처럼 아라크네의 베짜기 기술과 글쓰기의 조탁술 사이에는 원초적 친연성이 내재해 있다.

글쓰기 행위는 머릿속에 정리되지 않은 채 순환하는 사유들을 행별로 정리·정돈하려는 지난한 노력의 과정이다. 다시 말해 글쓰기는 질서화의 끝없는 욕망에서 촉발된다. 여기서 문제는 이 욕망이 인간을 완전히 충족시킬 수 없다는 비극이다. 아테나는 신을 이기려는 아라크네의 욕망에 제동을 걸고자 화해를 제의하지만, 우쭐해진 아라크네가 이를 받아들일 리 만무하다. 이런 측면에서 아라크네의 거미 변신은 신에 대한 모독을 참지 못한 아테나의 얄궂은 복수극에서 비롯된 것이라기보다는, 오히려 아라크네 자신의 베짜기 욕망의 만용이 초래한 결과로도 생각해볼 수 있다. 자신의 몸 속에서 꾸역꾸역 밀려나오는 주체할 수 없는 길쌈의 욕망, 글쓰기 천형! 그렇다. 문자를 통해 포착하려는 대상은 신기루처럼 잡는 순간 저만큼 물러가 앉는다. 글쓰기는 욕망을 온전히 충족시킬 수 없기에 인간은 쓰고, 쓰고 또 쓴다. 그렇다면, 무엇이 이 결핍을 완전히 채워줄 수 있겠는가? 라깡(J. Lacan)은 ‘죽음’만이 욕망을 충족시키는 유일한 대상이라 했다. 왜냐하면 욕망은 완벽한 기의를 갖지 못한, 아니 영원히 가질 수 없는 백지화된 기표에 불과하기 때문이라는 것이다. 부연하자면, 기의가 끝없이 기표의 밑으로 미끄러져가면서 의미를 지연시키는 ‘텅 빈 연쇄고리’가 바로 욕망의 작동원리이기 때문이다. 따라서 글쓰기 욕망으로 빚어진 ‘이야기집’은, 글을 쓰는 이로 하여금 무한한 결핍에 시달리게 함으로써 욕망의 ‘큐브’(cube) 속을 헤매도록 조장한다. 이럴 때 ‘이야기집’은 진리가 총체적으로 현재하는 신성한 공간의 은유가 되지 못하고 “아무도 들여다보지 않는 질서// 속에서,

텅 빈 희망"(기형도 「오래된 書籍」)과 같은 '언어의 감옥'으로 전락할 수 있다. 하지만 이런 부정적인 인식에도 불구하고 글쓰기 욕망은 여전히 시인을 뜨겁게 달군다. 그것은 주기적으로 되풀이되는 생리통 같은 것이어서, 오늘도 시인은 글쓰기의 매혹에 또다시 유기당한다.

> 내 집은 내 욕망의 무늬이자 미로인 셈이다
> 내가 풀어놓은 무늬에 때론 내가 헤매기도 하기에,
>
> 오늘도 하루종일 하루살이를 기다렸다 세상의 온갖 방황도
> 내 집에 갇힌 이상, 내 좋은 대리경험의 양분일 뿐이다
> 먹이는 고스란히 내 집의 실기둥으로 뽑혀져나온다
> 먹이들의 살과 뼈를 원료로 이루어진 집,
> 나는 안다 자기 몸이 결국 자기 덫이었음을
> 적어도 나는 그 죽음의 덫을 내 식으로 육화시킬 줄 아는
> 교활함을 지녔다…… 저주받았으므로, 난 즐겁다
> 자, 내 분신 같은 새끼들아, 날 남김없이 먹어 해치워다오
> 난 내 욕망의 무늬를 끝없이 확대재생산하고 싶다
> 그리하여 모든 너 안에 내가 살고 싶다
>
> —유하 「거미, 혹은 언어의 감옥」 부분

이 시에서 명징하게 드러나듯, 거미가 지은 언어의 집은 야누스의 얼굴처럼 양가적(兩價的)이다. 무엇보다도 그것은 "내가 풀어놓은 무늬에 때론 내가 헤매기도 하"는 "내 욕망의 무늬이자 미로"이기 때문이다. 그래서 시적 화자인 거미는 "먹이들의 살과 뼈를 원료로 이루어진 집", 자신의 영혼의 내장에서 실기둥을 뽑아 건축한 언어의 집이 "결국 자기 덫이었음을" 실토한다. 그러나 거미는 독방에 감금된 수인(囚人)이 아

니다. 오히려 거미는 죽음을 유예하기 위해 '네버엔딩 스토리'를 지어내야만 하는 『천일야화(千—夜話)』의 세헤라자드처럼 저주받은 운명을 "내 식으로 육화시킬 줄 아는/교활함"을 발휘한다. "내 욕망의 무늬를 끝없이 확대재생산"하며 존재의 전이를 꿈꾸는 것이다. 앞서 '거미인간' 아난시가 사람의 몸 속에 들어가 이야기의 씨앗을 싹틔우려 했듯, '거미 유하'도 "모든 너 안에 내가 살고 싶다"고 외친다. 실로 치명적인 아름다움이다. 그렇다면 "모든 너 안에 내가 살고" 있는 집의 정체는? 정과리의 해부도는 압권이다. "문학은 빛나는 보석 혹은 튼튼한 건물이 아니라 (…) 몸통은 없고 오직 신경만으로 이루어진, 따라서 체적도 무게도 없는 문자의 거미줄이다."

4. 허공 속 자궁, 허공 속 무덤

> 나는 꽁무니에서 나오는 거미줄을 잡아당긴다. 잡아
> 당긴다. 거미는 이미 어딘가 숨고 없는데
> 나는 잡으려고 거미줄만 잡아당긴다. 계속 계속
> 내 손이 허공을 만진다.

—하종오 「거미를 잡다」 부분

    욕망의 무한질주, 그 종착지는 텅 빈 공터와 같은 세상일 것이라는 인식이 이 시의 배면에 깔린 묵직한 전언일 터이다. 하지만 액면 그대로 들여다보면, 이 시는 거미를 잡기 위해 꽁무니에서 방사되는 줄을 잡아당겨도 결국 "내 손이 허공을 만"지기 십상이란 체험을 외피 없이 드러내고 있다. 공중에서 춤을 추듯 도망가는 거미를 붙잡으려는 숨가쁜 손놀림이 다소 허무하게 느껴지지만, 공중누각을 짓고 살 수밖에 없는 거미란 존재의 쓸쓸한 비애와 가련한 운명이 더 애처롭게 다가온다. 거미집 또한 동병상련이다. 거미집에 손가락을 갖다댔다가 당겨보거나 입심을 자랑하며 바람을 강하게 불어보라. 촘촘하게 짜여 있던 거미집이 소리 없이 끊어져 허물어지는 조락의 풍경을 목도할 수 있으리라. "거미줄이 가장 아름다울 때는/거미줄에 걸린 아침 이슬이/햇살에 맑게 빛날 때"(정호승 「거미줄」)이지만, 극과 극은 통한다고, 거미집이 일그러지면서 맺혀 있던 이슬방울이 투투툭 추락할 때 거미집은 가장 몰골스럽다. 그렇다면 거미집의 형해는 왜 그토록 허망하게 바스러지는 걸까? 내진(耐震)설계가 취약한 구조물이란 해석은 진부하다. 최승자의 시적 상상력이 촉수를 곤두세우는 대목은 바로 여기다.

　　둥그런 거미줄 하나
　　바람에 흔들린다.
　　하얀 씨줄과 날줄의 교차,
　　고통은 망상(網狀) 조직이다.
　　그 망상의 중심 하나, 맹목점(盲目點),
　　보편의, 눈먼 장미 한 점(點).

　　온통 뼈뿐인 우주 하나,
　　흔들리다 곰삭아
　　우수수 무너져내린다.

—최승자 「둥그런 거미줄」 부분

　둥그런 우주가 연상되는 "둥그런 거미줄"이 오랜 실밥처럼 닳고 "곰삭아" 일순간 허물어지는 것은 "그 망상의 중심"이 "맹목점"이었다는 시적 인식의 과격한 귀결이다. 서양 전통철학이 그토록 가닿고자 했던

부동의 일점, 그 절대적 진리의 중심이 더이상 '세계의 축'(axis mundi)
이 아니라, "보편의, 눈먼 장미 한 점"일 뿐이라는 사고의 극적 전환에
서 기존의 "하얀 씨줄과 날줄의 교차"로 짜여진 '아름다운 위계'는 "우
수수 무너져내린다"는 말이다. 지금껏 우주의 배꼽이라 믿어 의심치 않
았던 세계의 중심(신·이성·정신·기원·아르케·텔로스 등)은 니체(F.
Nietzsche)가 말하는 '원근법적 가상', 즉 중심점에 대한 신념적 집착의
환영일 뿐이라는 전복적 상상력이 시에 깊은 사유의 골짜기를 만든다.
평면에 입체감을 불어넣는 원근법, 즉 2차원의 평면에 깊이를 부여해 3
차원의 환상을 창조하는 '소실점'은 일종의 눈속임에 불과하다는 전언
이다. 따라서 탈중심적 사유방식이 배음(背音)으로 깔려 있는 이 시가
"소실점이 지워진다"고 종결되고 있는 것은 자연스럽다. 시인은 이를
통해, 데리다(J. Derrida)의 말처럼 "중심은 어떤 고정된 장소가 아니라
어떤 기능이라는 것, 그 안에서는 무한한 대체의 유희가 일어나는 일종
의 비장소"이기 때문에 애당초 중심 따위는 존재하지 않았다고 말하고
싶었을 터이다.

거미줄의 존재론적 토포스(topos)가 허공이듯 거미 역시 결여를 실
천하는 주체이다. 거미는 자신의 몸에서 자양분을 뽑아냄으로써 자신의
내부는 차츰 여위어가는 사늘한 희생을 감내한다. 거짓이 주는 포만보
다 진실이 주는 공허를 온몸으로 실천하고 있는 것이다. 공중에 집을 지
으면서 자신의 몸을 허공으로 비워내는 가공할 내공. 덧없는 허공에서
태어나 허공에서 살다가 허공에서 죽는 거미의 삶. 거미에게 허공은 삶
의 '모태'(womb)이자 '무덤'(tomb)이다. 허공에 매달려 자신의 자궁에
서 실을 뽑아 미래의 수의(壽衣)를 뜨개질하는 못난 거미! 예컨대 다음
시를 보라. 나는 죽은 거미의 모습을 통해 우리 삶의 비감함과 허무함을
이처럼 극명하게 시연해준 시편을 일찍이 보지 못하였다.

　　허공에서 찢어져 펄럭이는 거미줄

　　해질녘이면
　　처마그늘로 엉금엉금 돌아가던
　　늙은 왕거미는 홀로
　　죽었다

　　허공이 왕거미의 큰 무덤이다
　　허공이 왕거미의 큰 자궁이었지

—최승호 「거미줄」 부분

　　말라비틀어진 거미의 시신은 대책 없는 허공에서 소진된 박제된 시간의 미라로 읽힌다. 가만히 시를 음미하고 있자니, 거미에게는 "몸이 곧 집이며 집이 곧 무덤이며 무덤이 곧 허공이다"(「거미가 짓는 집」)라는 유용주(劉容珠)의 목소리가 귓전에 감돈다. 그렇다. 거미는 "가랑이로 배설한다/족보와/사랑과/무덤"(조말선 「거미」)을. 거미에 투사된 가장 처절한 내면의 사생화로 알려진 "나는 너무나 자주 설움과 입을 맞추었기 때문에/가을바람에 늙어가는 거미처럼 몸이 까맣게 타버렸다"(「거미」)는 김수영의 시구 역시 가슴을 친다. 배턴을 이어 김언희 시에 이르면, 거미와 허공의 내연관계는 좀더 지독해진다. 시인은 거미를 "극(極)과 독(毒)으로 내공을 쌓"아 "허공의 대갈통을 끌어안는" 절대적 단독자로 묘사한 후, 이렇게 시를 마무리한다.

　　거미는 허공에 대고 대화를 시작한다 허공에 대고
　　인사를 한다 그리고

없는 문을

닫는다

—김언희 「거미」 부분

허공을 궁리하는 거미. "허공에 대고 대화를 시작"하고 "허공에 대고/ 인사를" 하는 거미의 독한 악다구니. 여기서 허공(허무)이란 오랫동안 면벽좌선하여 터득한 선(禪)의 경지도 아니며, 이 세상을 다 살아본 노 인들이 체득한 삶의 무상도 아닐 터이다. 그것은 바로 우리 지상적 삶의 지저분한 욕망의 무늬가 현상되기 이전의 순도 높은 자의식의 영도(零 度) 상태이다. 이런 관점에서 "없는 문을//닫는" 거미의 포즈는, 김병익 (金炳翼)의 예리한 표현처럼 "의식이 순수한 결정(結晶)으로 남을 때까 지 모든 것을 분해, 제거함으로써 인식이 가능한 종말과의 해후(邂逅) 다." 삶의 허울과 허위를 대담하게 사상(捨象)시켰을 때 남는 절대적 '시원의 시원'! 김상환(金上煥)의 표현에 의하면, "그것은 무한한 변형 과 자기 실행의 미래를 자신 안에 충전하고 있는 상태이다. 색깔을 가지 고 비유하자면, 그것은 말레비치(K.S. Malevich)가 말하는 '무한의 백 색'"에 가깝다. 이렇듯 시인은 스스로 거미의 생을 체현함으로써 허공 의 속살, 그 '꽉 찬 텅 빔' 속으로 육박해들어가려 한다. "없는 문을// 닫"으면서 시의 끝에 지독한 투명성으로 들어가는 비밀문 열어놓기, 그 열개적(裂開的) 중첩구조가 이 시의 매력이다.

5. inter 'Net', ww 'Web'

디지털 신(神). 과학의 발달로 등장한 새로운 신의 복음을 전세계에 전도하는 인터넷. 그리고 거미줄처럼 복잡하게 연결된 웹망을 통해 자기 영토를 확장해가는 비트족. 바야흐로 디지털시대가 도래한 것이다. 여기서 굳이 거미와 네티즌 사이의 생태적 유사성을 들먹거릴 필요는 없을 성싶다. 왜냐하면 자기 나름의 생존전략에 따라 그물망을 쳐놓고, 어딘가 숨어 호시탐탐 기회를 엿보다가, 먹이가 망에 걸리면 가차없이 해치우는 거미의 생리는, 컴퓨터 네트워크를 통해 자신만의 개성있는 광(光)그물망을 구축해놓고(혹은 다른 거미가 펼쳐놓은 그물망 속으로 잠입해들어가기도 하면서), 골방에 틀어박혀 눈을 홉뜨고 웹써핑을 하다가, 먹잇감이 포착되면 재빨리 낚아채는 네티즌들의 생태와 비슷한 부분이 많기 때문이다. 거미가 장소를 옮겨다니면서 거미줄 텐트를 치고 유목민(nomad)처럼 살아가듯, "전자사막에서/유목하며 살아남기 위해"(이원 「전자사막에서 살아남기 위해」) 다양한 네트를 만들며 떠도는 '전자거미족'! 이런 형국에서 거미는 다가오는 디지털왕국의 상징으로 알맞춤하다.

일찍이 브레히트(B. Brecht)는 『마하고니시의 성장과 몰락』(*Aufstieg und Fall der Stadt Mahagonny*, 1929)에서 네트의 생리와 얼개를 다음처럼 꿰뚫어보았다.

> 이 도시의 이름은 마하고니라 하지
> 다시 말해 네트 도시!
> 이 도시는 마치 그물망과 같이 조직되어 있어야 하네
> 이 그물망은 먹음직스러운 새들을 포획하기 위해서 짜여져 있지
> 도처에 가득 차 있는 것이라곤 노고와 노동뿐
> 그러나 이 도시에 있는 것이라곤 즐거움과 재미뿐
> 괴로워할 일도 없고 어떤 짓을 해도 무방하네
> 이것은 우리네 남정네들의 쾌락이지

네트는 황금알을 낳는 중심이라네

윤리와 책임을 묻지 못하는 익명의 공간에서 배가되는 "즐거움과 재미", "어떤 짓을 해도 무방하"다며 우리를 호리는 싸이버스페이스, 그리고 디지털 자본주의의 투자의 메카("황금알을 낳는 중심")로 자리를 굳힌 인터넷. 이즈음의 네트 세상의 풍속을 내다본 예리한 성찰이라 하겠다. 알다시피 1989년 영국의 컴퓨터과학자 팀 버너스 리(Tim Berners-Lee)를 선두로 일군의 학자들이 세계에 흩어져 있던 연구팀들의 정보를 '직접' '실시간'으로 공유하기 위해 최초로 '월드 와이드 웹'(World Wide Web, WWW)을 개발한 후, 인터넷은 삽시간에 폭발적인 발전을 거듭, 전세계를 하나의 촘촘한 그물망으로 엮어놓고 말았다. 말 그대로 전세계(World) 만방에(Wide) 거미줄(Web)을 펼쳐놓은 셈이다. "모니터 속 네트워크로 하나된 만수산 드렁칡이"(정끝별 「관망」)와 같은 세상, 다시 말해 '리좀'(rhizome)의 진풍경이 지상 위에 펼쳐진 것이다.

그래서 디지털 낙관론자들은 네트 안에는 기존의 비대칭적이고 일방적인 수직적 위계질서의 세계를 대칭적이고 쌍방향적인 수평적 연대의 세계로 바꿀 수 있는 에너지가 잠재해 있다고 목청을 높인다. 네트는 전자민주주의의 실현을 위한 적절한 도구로서 '만인을 위한 자비출판'(Samisdat für alle)의 텃밭이 되고 있다는 주장인 셈이다. 하지만 우리는 이들이 그린 장밋빛 청사진 이면에 드리워진 불온한 그림자의 실체를 적시해야 한다. 여러 측면에서 접근이 가능할 터이지만, 그 가운데 디지털 매체와 인간의 새로운 관계에서 불거진 '정체성 혼돈' 문제를 손꼽을 수 있다. 이것은 "다중정체성과 순간성을 특정으로 하는 디지털시대에서" "지속성·일관성·정체성 등 오래된 인간적 가치와 디지털시대의 이런 속성이 과연 공존할 수 있을까 하는" 도정일의 사려깊은 우려와 맥을 같이하는 문제이다.

검색어 나에 대한 검색 결과로

0개의 카테고리와

177개의 사이트가 나타난다

나는 그러나 어디에 있는가

나는 나를 찾아 차례대로 클릭한다

광기 영화 인도 그리고 나……나누고

……나오는…나홀로 소송……또나(주)……

나누고 싶은 이야기……지구와 나……

(…)

계속해서 나는 클릭한다 고로 나는 존재한다

—이원 「나는 클릭한다 고로 나는 존재한다」 부분

시인은 컴퓨터로 재미있는 실험을 해본다. 인터넷 검색엔진에 "나"라는 글자를 올려놓는 일이다. 구체의 살이 발린 관념의 영역이 아니라 디지털 신호로 작동되는 기계와 '나'의 접속을 통해 '나'의 정체성에 대한 탐색의 돛을 올리는 것이다. 그러나 검색 결과 "0개의 카테고리"가 화면에 끔뻑댄다. 이는 싸이버스페이스 어느 구석에도 '나'의 존재근거를 확정짓는 '범주'가 부재하다는 생생한 방증인 셈이다. 하지만 뒤따라 그곳에도 '나'와 연루된 방들이 어딘가 똬리를 틀고 있음을 알려주는 "177개의 사이트가 나타난다." 그러나 정작 "나를 찾아 차례대로 클릭"하자, 모니터에는 '실재-나'(real-Ich)와의 잡종교배를 통해 복제·양산된 수많은 '의사-나'(pseudo-Ich)와 '초과-나'(hyper-Ich)의 무차별한 출몰이 연출될 뿐이다. 방치된 '나'의 다양성이 잡거성(雜居性)으로 전락하는 순간이다. 결국 시인은 나는 어디에도 없지만 동시에 어디에도 있을 수 있다는 '존재의 가변성' 앞에 심드렁해진다. 그래서 시인은 다시금 근본적인 질문을 디지털 유령에게 던진다.

> http://www. 나는. 누구인가/
> http://www. 그리고. 나는. 어디에. 있는가
>
> ─강윤후 「웹에서 길을 잃다」 부분

대답은 의외로 간명하다. "나는 클릭한다 고로 나는 존재한다." 'www'에서 인간은 데까르뜨(R. Descartes)적 코기토(Cogito), 즉 생각하는 근대적 주체로서 군림하지 못한다는 잠정 결론을 내린 셈이다. 싸이버스페이스에서 인간 존재의 짜임새와 질은 '생각하는 손'이 된 마우스, 그리고 그것을 째깍째깍 누르는 집게손가락 끝에서 결정된다는 진단인 셈이다. 여기서 하이데거(M. Heidegger)의 『존재와 시간』(*Sein und Zeit*)에 나오는 다음 대목은 이 시를 한참이나 만지작거리게 한다. "호기심은 모든 것과 저마다의 것을 개시하지만, 이때 내-존재는 도처에 있으면서 아무데도 없다(Überall-und-nirgends)." 원래 이것은 하이데거가 기술복제시대의 익명적 대중 속에 뿌리뽑힌 현존재의 속성을 지적한 말이지만, 디지털 매체와 맞물려 돌연변이하는 자아 정체성의 본질적 양태를 내다본 예각적인 성찰로 바꿔 읽어도 손색이 없다.

어쨌든, 인간의 감각마저도 씨뮐라크르(simulacre)의 기호 속으로 둔주(遁走)하고 있는 요즈음, 그래서 실제와 가상 사이의 경계가 갈수록 가뭇없어지는 여기 지금, 우리는 사태의 추이를 섣불리 낙관하거나 비관하지 말고 신중히 회의(懷疑)하는 자세를 견지해야 할 것이다. 장관을 연출하는 디지털 이미지들이 유두분면(油頭粉面)으로 우리의 시야를 어지럽히면서 생의 덜미를 쥐고 흔드는 건 아닌지, 맹목적인 기술중심주의가 인간성을 상실한 야만의 사회로 우리를 몰고 가지 않을지, 꼬치꼬치 따져 물어야 한다. 디지털시대, 그래도 문제는 결국 인간이 아닌가.

이렇게 해서 우리는 '아라크네'가 수놓은 다섯 가지 성좌의 흐릿한 크로키를 작성해보았다. 팔모로 봐도 거미는 다채로운 문학적 주제들을 두루 살펴볼 수 있는 다방면의 압축파일을 내장한 미물임이 밝혀진 셈이다. 천리와 굴레, 그리움과 광기, 집과 감옥, 자궁과 무덤, 그리고 네트와 웹 사이를 종횡무진 움직이는 미증유의 존재, 거미. 하늘과 땅 사이를 오르내리는가 싶더니 불쑥 인간의 몸 안으로 잠입해들어와 신경망을 짜기도 하고, 텍스트의 미궁을 이리저리 헤매고 다니는가 싶더니 생과 죽음이 깍지 낀 허공의 문을 여닫고 있기도 하고, 어느새 색깔도 무게도 없는 비물질적 무형의 비트(bit)로 옮겨타 전지구를 누비고 다니는 전대미문의 존재, 거미. 시인이든 식인(食人)이든, 조물주든 네티즌이든, 방랑자든 은둔자든, 낭만주의자든 허무주의자든, 어느 자리든 가리지 않고 둔갑의 곡예를 펼치는 천의 얼굴을 지닌 요괴, 거미. 이렇듯 거미는 모든 상징의 성역들이 설정해놓은 경계선을 깨부수고 사통팔달 자유롭게 넘나드는, 스펙터클한 '파천황(破天荒)'이다.

〔『현대문학』 2001년 1월호〕

세기말, 책과 젊은 시인들
책인동형동성설(冊人同形同性說)

1

우리에게는 이름이 낯선 독일 시인 에른스트 얀들(Ernst Jandl)의 「도서관」(bibliothek)이란 시의 전문으로 이 글을 띄우고자 한다.

수많은 자모음
그들은 단어에 갇혀 나올 수가 없다

수많은 단어
그들은 문장에 갇혀 나올 수가 없다

수많은 문장
그들은 텍스트에 갇혀 나올 수가 없다

수많은 텍스트

의미의 무한확산이 있다. 24개(한글 기준)의 자모음이 서로 만나 무수히 많은 단어가 조합되고, 거기에 몇개의 구두점이 첨가되어 수많은 문장이 줄을 잇고, 그 문장이 행을 바꿔가며 무수히 많은 텍스트가 직조되며, 그 텍스트들이 어우러져 무궁무진한 책들이 탄생한다. 시작은 미약하나 끝은 실로 창대한 것은 바로 이런 걸 두고 하는 말이 아닐까. 이렇게 완성된 책들은 다시 질서있게 책장에 꽂히고 여러 개의 책장들은 체계적으로 배치된다. '바벨의 도서관'이 완성되는 순간이다. 그래서 우리는 굳이 "도서관은 하나의 천체(天體)이다"라는 보르헤스(J. L. Borges)의 말을 기억하지 않더라도 도서관을 우주로 상상할 수 있다. 자모음과 단어, 단어와 문장, 문장과 텍스트, 텍스트와 책, 책과 책이 서로 유기적으로 연결된 도서관을 거대한 질서체계인 우주로 연상하는 것은 설득력 있는 상상이기 때문이다. 그러나 얀들은 도서관을 유기적 질서체계로 보지 않는다. 그에게 도서관은, 자모음은 단어란 독방에, 단어는 문장이란 독방에, 문장은 텍스트란 독방에, 텍스트는 책이란 독방에 갇혀 있는 일종의 거대한 감옥으로 보일 뿐이다. 사람들이 조용히 앉아 독서하는 도서관의 지적인 풍경은 보이지 않는다. 대신에 도서관이란 수용소에는 수많은 독방(책)을 청소하고 가끔은 재배치하는 "착실한 청소부"만이 존재한다. 그리고 책은 도서관에 갇혀 있는 동시에 "수많은 먼지"에 감금되어 있다. "단어는 이제 사물에 대한 표지가 아니다. 단어들은 책장 사이에 먼지가 뒤덮인 채 잠자고 있다"는 푸꼬(M. Foucault)의 전언을 연상시키는 "수많은 책/그 위에 수많은 먼지"의 가벼움이 불길한 죽음의 하중으로 책의 숨통을 짓누르고 있는 것이다. 이럴 때 책은 의미를 생산해내는 신성한 구조적 틀이 아니라 자모음, 단어, 문장, 텍스트가 스타카토적으로 나열된 "재생불능의 종이 뭉치"(장정일 「시집」)로 전락하게 된다. 의미의 무한단속(無限斷續), 이 끔찍한 메커니즘이 얀들이 목도한 책의 '해부도'이다. 이러한 맥락에서 얀들의 시는 무엇보다도 책의 종말을 예언하는 시참(詩讖)으로 다가온다.

시대의 변환은 늘 위기를 불러온다. 그래서 그런지 세번째 천년대를 눈앞에 둔 지금, 이런저런 위기설들——이데올로기의 종말, 역사의 종말, 주체의 종말, 이성의 죽음, 사회적 아노미, 욕망의 임계점 등——이 첨병을 앞다투어 쏟아지고 있다. 그것도 민족적·국지적인 차원에서가 아니라 세계적인 차원에서 이 대전환의 고갯마루 위에 음산하고 암울한 잿빛으로 퍼져나가고 있다. 한 평론가의 말대로 '우리가 위기의 시대를 살아가는 것'이 아니라 '위기가 우리를 살아간다'고 말해야 더 정확할지 모른다. 그리고 문학의 죽음이란 풍문도 20세기가 이루어놓은 것과 그것이 약속하는 미래를 야유하는 이러한 위기의 수사학에 덧붙여져 세기 말적 불안과 동요를 거들고 있다. 넓게 보면 자본주의와 테크놀러지의 전지구적 일반화로 궁지에 몰린 인문주의의 와해현상의 한 국면으로, 혹은 문화산업의 팽창과 영상문화의 확대로 인한 문학의 주변화 경향으로, 문학의 죽음은 공공연하게 회자되고 있는 실정이다. 이것은 앨빈 커넌(Alvin Kernan)이 『문학의 죽음』(*The Death of Literature*)에서 고찰하고 있듯이 개별적인 사건이 아니라 급변하는 문화적·사회적·정치적·기술적 시대변화와 맞물려 있는, 그래서 문학의 죽음이란 문제는 다면적인 측면에서 접근이 가능한 복합적인 사건이다. 문학의 제도와 중요한 가치들의 근본적인 동요를 조장한 여러가지 요소들 중에 나의 관심은 그 권위를 잃어가고 있는 책에 있다. 책은 문학작품을 인쇄해서 보존하고 독자에게 전달하는 요체이다. 구술문학 이후의 근대문학의 탄생과 확산은 책에 기초한 것이었다. 앨빈 커넌이 간파하고 있듯이 "낭만주의와 모더니즘에서 말하는 구시대의 문학이란 그 출발부터 인쇄된 서적의 개념이었다." 또한 "작가는 자신의 이름이 겉표지에 실린 책 덕분에 작가로서의 정체성을 객관화시킬 수 있고 이 세상에 실체로서 존재할 수 있었다." 이처럼 문학의 대중화, 혹은 작가의 탄생은 책으로부터 촉발되었다고 해도 지나친 과언은 아니다. 따라서 문학의 죽음이란 흉흉한 풍문, 그 이면에는 책의 위기가 똬리를 틀고 있는 셈이다.

책의 몰락이란 문제 또한 여러 층위에서 접근이 가능하다. 우선 컴퓨터의 발달로 지금까지 종이 위에 활자화되어 저장된 텍스트들이 데이터베이스의 광대한 하이퍼텍스트 속으로 사라질 것이라는 조심스런 예측도 있고, 문자 읽기의 시대에서 이미지 보기의 시대로의 거대한 전환·변환·이월의 과정에서 수반되는 필연적인 동반현상이란 설명도 가능할 것이다. 그리고 전자·전파 문화에 추월당하며 그 비중이 현저하게 쇠락한 도서출판이 일종의 사양산업으로 접어들면서 인류문화의 중심으로부터 주변 문화로 후퇴하고 있는 저간의 사정 또한 책의 위기설을 부추기고 있다. 그런데 여기서 한가지 분명한 것은 이런 진단들이 대체로 책을 둘러싼 외부환경의 변화라는 담론체계에 텃밭을 둔 논의라는 점이다. 그래서 여기선 시선을 책의 내부로 돌려서, 1990년대 책에 관한 불길한 상상력을 펼쳐온 젊은 시인들(남진우, 이선영, 이철성, 이원, 연왕모, 이대흠, 채호기 등)의 사방으로 흩어진 시를 채취하여 책이 직면한 위기의 한 생경한 측면만을 조망해보고자 한다. 여기서 채취란 독단적인 선택이 아니라, 책을 소재로 한 시 사이의 내적인 그물코에 대한 응시를 의미하고, 생경한 측면의 조망이란 책 자체에 암종처럼 포진하고 있는 책과 죽음의 친연성을 돋을새김해본다는 말이다. 위의 시인들 대부분이 책의 위기를 존재론적 불안과 정체성 와해를 함의한 세기말적 전회의 표지로 읽는다는 점이 이 글의 문제의식이라면, 이들의 시를 눈여겨봄으로써 세기말, 책과 인간 사이의 근본적인 관계정립을 위한 사고의 단초를 길어올려보고자 하는 것이 이 글의 목적이다.

2

　멀티미디어와 컴퓨터에 매료된 젊은 세대들이 제아무리 책과 활자문화에 대해 성급한 종언을 선언한다고 해도, 글을 읽고 쓰는 사람은 점점 줄어드는 반면 텔레비전·전화기·인터넷, 그밖의 여러 시청각 전자통신 매체들의 사용자는 점점 늘어간다고 해도, 우리는 여전히 잉크로 얼룩진 종잇장들의 홍수에 헤엄치고 있다. 복제기술이 없었던 중세의 문서필사 시대로부터 대량인쇄가 가능해진 구텐베르크 시대로, 그리고 다시 복사기가 발명된 시대로부터 컴퓨터 고속복사 시대로의 변천을 통해 책의 양은 기하급수적으로 늘어나고 있다. 후기 산업사회의 다면적인 관심사를 반영하는 장치로서, 갈수록 미분화되는 다양한 학문의 체계적인 보고서로서, 그리고 개체화된 인간의 특별한 정서와 욕망을 표출하는 기제로서, 책은 멈추지 않는 고속복사기를 통해서 자기 몸 부풀리기를 하고 있는 것이다. 그러나 과잉생산되는 인쇄물의 홍수 속에서 우리는 책을 읽기보다는 어떠한 책을 선택해야 할지를 고심하는 데에 더 많은 시간을 소비하고 있는 실정이다. 과유불급(過猶不及), 정보의 지나침은 미치지 못함과 같음이 아닐까. 풍요 속의 빈곤, 고등상술 공간 속에서 팔리기 위한 책은 많아졌지만 제대로 읽히는 책은 찾기 어려운 서글픈 문화현실이다.

그 옛날 난 타오르는 책을 읽었네
펼치는 순간 불이 붙어 읽어나가는 동안
재가 되어버리는 책을

행간을 따라 번져가는 불이 먹어치우는 글자들
내 눈길이 닿을 때마다 말들은 불길 속에서 곤두서고
갈기를 휘날리며 사라지곤 했네 검게 그을려
지워지는 문장 뒤로 다시 문장이 이어지고
다 읽고 나면 두 손엔
한 움큼의 재만 남을 뿐

(…)

이제 그 불은 어디에도 없지
단단한 표정의 책들이 반질반질한 표지를 자랑하며
내게 차가운 말만 건넨다네

아무리 눈에 불을 켜고 읽어도 내 곁엔
태울 수 없이 타오르지 않는 책만 차곡차곡 쌓여가네

식어버린 죽은 말들로 가득 찬 감옥에 갇혀
나 잃어버린 불을 꿈꾸네

—남진우 「타오르는 책」 부분

시인은 얄팍한 지식과 정보만을 자본주의 경제논리로 그럴싸하게 포장해놓은 책 속에서 인간 존재의 근본적 미스터리를 해명해줄 수 있는 신화적인 책을 희원한다. 우리를 진리의 문으로 안내하는 보르헤스의 「바벨의 도서관」, 그 어딘가 꽂혀 있을 "완전한 책"(a total book)을 꿈꾸고 있는 것이다. 그 책은 "식어버린 죽은 말들" 때문에 점화되지 않는 "차가운" 책과 비견하여, 언어와 세계, 책과 독자를 온전하게 합일시켜줄 수 있는 "펼치는 순간 불이 붙어 읽어나가는 동안/재가 되어버리는 책"이다. 아도르노(T. W. Adorno)가 창공을 찬란하게 수놓은 "불꽃"의 이미지에서 예술작품이 진리를 노출시키는 현현(Epiphania)의 계기를 읽어냈고, 벤야민(W. Benjamin) 역시 진리가 살아있는 성숙한 작품을 "타오르는 장작더미"에 비유했듯이 "불"이란 존재의 허기를 온전하게 충족시켜주는 마법적인 힘을 상징한다. 이처럼 불의 이미지가 전통적인 은유의 궤적을 따라 움직이고 있는 반면, 재의 이미지는 "온몸의 살이 썩고/온몸의 뼈가 허물어져서/재 밑의 재로 나는 돌아가리라"(「회저」)라는 최승호(崔勝鎬)의 시구처럼 자기소멸의 마지막 잔존물이자 무화된 자아의 잔해라는 일반적인 상징의 틀을 벗어나고 있다. 이 시에서 "불이 먹어치우는 글자들"의 재는 책의 자양분이 독자에 의해서 완전하게 흡수된 상태, 즉 책과 인간 사이의 간극이 완벽하게 지양된 공명(共鳴) 현상이라는 새로운 전이의 계약을 맺는다. 다시 말해 책을 읽고 남은 "한 움큼의 재"란 책의 가장 근원적인 심저에 묻혀 있는 원형질적인 앙금에 다름아니다. 하지만 유감스럽게도 읽는 순간 존재를 완벽하게 충전시키고 모든 문장과 독서의 시간을 지워버리는 타오르는 책은 시인의 아스라한 기억의 편린 속에 남아 있는 동경의 대상일 뿐이다. 그리움이란 결핍에 대한 충족의 갈망인 법. 지금은 존재하지 않는 절대적인 책에 관한 시인의 그리움은 날마다 집으로 배달되는 수많은 인쇄물더미와 "반질반질한 표지를 자랑"하며 서점에 "차곡차곡 쌓여" 있는 책들의 원시림 속에서 부유하고 있는 우리의 부박한 영혼에 명철한 정신과 비판적 안목의 필요성을 촉구한다. 도서문화의 위기는 정신문화 자체의 질적 타락을 가늠하는 중요한 지수라는 점에서, 이 시는 책과의 주체적 교감을 상실한 현대인의 무감각한 정신적 공황과 심미성의 표준화까지도 겨냥하고 있는 셈이다.

여기서 우리는 잠시 불과 선명한 대조를 이루는 "타오르지 않는 책"에 관한 묘사에 주목할 필요가 있다. "단단한" "반질반질한" "차가운" "식어버린"이란 형용사가 암시하고 있듯이 "타오르지 않는 책"은 딱딱하게 굳어 있는 차가운 대상으로 묘사되고 있음을 알 수 있다. 불과 대척점에 위치한 차고 딱딱한 것이 얼음이라는 연상이 허락된다면, 진리의 완전 소통과 승화를 촉진하는 매개인 불과 비견해 얼음은 의미의 통합과 완결을 방해하는 화석화된 책의 은유가 될 수 있다. 불타는 책이 불필요한 잉여를 소거함으로써 재에 이른다면, 얼음처럼 응고된 차가운 책은 읽는 순간 글자들이 질펀하게 녹아내려 증발해버릴지 모른다.

책을 펼치면
글자들이 한 자씩 녹아내린다
페이지를 넘겨도 이내 백지가 된다

(…)

내 머릿속에 가득 찬 얼음이
내가 읽어나가는 글을 따라
조금씩 녹아내리는 걸까
지상의 모든 책을 다 읽고 나면
얼음이 다 녹아 텅 비어버린 내 머리는

어떻게 될까

—남진우 「간빙기의 지상에서」 부분

  텍스트는 이제 통일된 의미를 생산하는 구조적 실체로서 파악되지 않는다. 의미가 잉태되어 확정되는 탄력있는 자궁이 아니라 의미가 '산종'(dissemination)되고 분산되어 '차연'(différance)이 조합되는 공간이다. 즉 텍스트는 계속해서 의미를 지연시키는 환상이며 문자 기호들의 사육제가 벌어지는 유희의 장일 뿐이다. 따라서 모든 텍스트는 불확실성을 지향하게 되고, 책을 읽는 행위도 특정한 의미의 핵으로 육박해들어가는 구심적인 방향이 아니라 원심적 방향으로 증폭되어 뻗어간다. 이러한 해체론적 독법을 따를 때, 기존의 해석학적 권위주의는 뿌리째 뒤흔들리고 텍스트에 대한 어떠한 해석도 가능한 민주적 상대주의의 견해가 합법화된다. 그러나 이런 부류의 이론이 극단에 이르면, 결국 더이상 읽을 것도 없고 어떠한 것도 명확하게 인식할 수 없으며, 텍스트에는 단지 흔적과 자취와 지연된 의미의 끝없는 역행만이 생겨날 것이라는 인식의 무정부주의적 상태에 이르게 된다. 책읽기란 인간의 인식행위와 관련된 것이 자명할 터인데, "책을 다 읽고 나면/얼음이 다 녹아 텅 비어버린" 머리만이 남아 소모적 자기회오의 늪으로 잠겨들게 된다면, 자칫 인식에 대한 극단적인 허무주의의 나락으로 함몰될 수 있기 때문이다.

  "나는 생각한다, 고로 나는 존재한다"(Cogito, ergo sum)라는 데까르뜨(R. Descartes)의 명제를 굳이 들먹거리지 않더라도 대상에 대한 인식의 불가능성은 그 대상을 인식하는 주체 자체의 위기를 초래하는 충분조건이 된다. "접혀진 책장 곳곳에 무수한 칼날이 숨겨져 있음을/책은 한순간의 번득임으로 내 머리를 절개한 뒤/어느새 낯선 말들을 밀어넣고 닫혀버린다"(남진우 「책 속의 칼」)는 시구처럼 씌어지기만 했을 뿐

제대로 인식되지 않는 책은 존재를 온전하게 충전시키는 자양분이 아니라 존재 내부의 골수를 마구 도려내는 날카로운 칼로 돌변한다. 이럴 때 책은 기억의 보존과 상상력의 확장을 위한 도구가 되지 못한다. 책은 타자를 향해 열려 있지도 자아 내부와의 접점을 찾지도 못한다. 종이도 시퍼런 날을 세우는 형국인데 글자들은 어떻겠는가. 이제 "뾰족한 칼날이" 된 글자들은 우리의 손가락과 목을 위협하기까지 한다.

> (…) 말들은 출구를 찾지 못하고 모음과 자음은 두꺼운 책 속에서 냄새를 흘리며 뾰족한 칼날이 되었고 책들을 넘겨보는 누군가의 손가락에 상처를 입혔다.
>
> —이철성 「書庫」 부분

> 당신들이 내게 '죽음'을 보여달라고 해보라.
> 난 글자를 뾰족이 갈아
> 당장 당신의 목을 겨누어줄 테니.
>
> —이철성 「독자에게」 부분

인쇄기의 압력에 짓눌려 책 속에 생매장되어 있던 "모음과 자음"의 망령이 부활해 인간에게 복수의 칼날을 휘둘러대기 시작한 것인가. 그렇다면 책은 더이상 영혼의 약이 아니라 독이 될 수도 있다. 사태가 여기까지 이르게 되면 책과 인간, 문자와 영혼의 상호 '교대적 타락'이 시작된다. 읽히지 않는 영혼은 읽을 수 없는 책과 같은 것, 소통되지 못하는 어두운 영혼은 일찍이 김수영(金洙暎)이 포착했듯이, "만지면은 죽어버릴듯 말듯 되는" "가까이할 수 없는 書籍"(「가까이할 수 없는 書籍」)으로 묘파되거나, "곰팡이 피어/나는 어둡고 축축한 세계"(기형도 「오래된 書籍」)로 전이되고, 반대로 인간의 영혼에 온전히 스며들어 승화되지 않는 책 속의 글자는 우리의 육체에 잔존해 죽음을 재촉하는 암세포가 되기도 한다. "육체 구석구석 글자 썩는 내가 난다/육체 밖으로 피어나오지 못한/맨 앞 글자 시들시들 죽어버리고 그 다음 글자 그 다음다음 글자 그 다음다음다음……//내 육체 안에 암매장된 글자들의 원혼,/글자라는 이 근근이 앓는 病"(이선영 「글자들의 나목이 되고 싶다」). 책에 관한 이러한 부정적 상상력은 책을 사갈시(蛇蠍視)하는 채호기(蔡好基)의 시에서 극에 도달한다. 책장 속에 숨어 호시탐탐 공격 기회를 노리고 있던 칼날은 이제 "야광의 이빨을 번쩍거리며" 우리 앞에 카니발적인 파괴본능을 전면적으로 드러내기 시작한다. 책은 가학과 피학, 해악과 훼손이 피로 뒤엉킨 그로테스크한 전장(戰場)이 된다.

> (…) 책들을 뜯어발기는 생피비린내가 도저히 참을 수 없을 지경이었다. (…) 책 속에서 조화롭게 서로서로를 지탱하는 말들이 찢겨져서, 절룩이는 말, 피 흘리는 말, 마지막 숨을 내쉬는 말, 비명지르는 말, 살려달라고 애원하는 말, 살점이 찢겨져 삼켜지는 말들로 삽시간에 아수라장이 되었다.
>
> —채호기 「말의 몸—몽염 8」 부분

우리는 지금까지 책을 대상으로 하고 있는 시를 통해서 세기말 부풀 대로 부푼 책의 묵시록적 살풍경을 엿보았다. 그리고 단순화가 허락된다면, 이 탐색의 도정은 세상에 미만해 있는 타오르지 않는 차가운 책들이 딱딱하게 결빙되고 급기야는 날이 시퍼런 칼로 뾰족해지는 '첨예화'의 과정이었다고 요약할 수 있다. 책 자체가 칼이 되고 이빨이 되고 가시가 되어 우리의 영혼을 찌르고 난도질하는 기막힌 형국이니, 책은 영혼의 양식이라느니, 하루라도 책을 대하지 않으면 혀에 가시가 돋는다느니 하는 경구는 최소한 이들의 시에서는 유효문이 되지 못한다. 하지

만 이런 결론은 아직까지는 책의 권위가 실추된 이후, 책의 타락한 위상
에 관한 대략적인 윤곽선을 따라가본 것에 지나지 않는다.

3

　그러니 문제는 지금부터인 셈이다. 새로운 천년에 직면한 지금, 우리
는 왜 책에 관한 온갖 부정적인 어휘를 토로하는 혼돈의 시들과 심심치
않게 조우하게 되는가? 도대체 왜 언어의 절차탁마를 미덕으로 삼아야
할 시인들이 책과 칼, 말과 피, 글자와 비명처럼 서로 어울릴 것 같지 않
은 이질적인 요소들을 용접하려 하는가? 우선 급한 대로 우리는 1980년
대식의 반성과 혁명이 고리타분한 것으로 매도되어버린 후 대두된 자기
환멸과 냉소라는 세기말적 징후의 하나로서, 혹은 서정성이 질식당한
산문의 시대를 향해 뛰쳐나오기에는 너무나도 무기력한 문자들의 정신
분열적 포즈로서, 위의 물음에 대처할 수 있을 것이다. 그러나 이러한
대답들이 다소 진부해 보이는 까닭은 무엇일까? 아마도 책과 죽음을 둘
러싼 외부적 환경요소만을 나열했기 때문일 것이다. 즉 이런 풍의 말들
은 1980년대 말 이후 확산되기 시작한 탈중심화·비정치성·가벼움·대
중화·유희성·다양성이란 개념들로 요약될 수 있는 포스트모더니즘의
장구한 중력권 안을 벗어나 있지 않아 보이기 때문이다. 그렇다면 이제
는 책의 위기를 바라보는 새로운 시각이 필요한 때가 아닌가. 책의 형이
상학적 이상을 포기한 이 시대의 문화적 풍경 전체를 스케치하려는 거
시적인 안목을 유보하고, 책 자체에 대한 미시적 관찰을 통해 책과 죽음
의 원초적 친족성을 밝혀보려는 까닭이 여기에 있다.
　앞을 내다보는 상상이 모자라면 뒤를 돌아보는 관찰로 지혜를 얻는
법이다. 세 개의 우회로를 따라가면서 위의 물음에 관한 새로운 답을 구

해보자. 먼저 어원학이란 푯말이 안내하는 길로 접어들어가보면, 우리는 책을 뜻하는 라틴어 'liber'는 원래 어떤 나무의 이름이고 '나무의 껍질'이란 뜻도 포함하고 있다는 것을 알 수 있다. liber는 그리스어 lepis(껍데기)에서 왔는데, 그 단어는 다시 원시 그리스어의 lep(껍질을 벗기다)에서 유래된 단어이기 때문이다. 그렇다면 책은 나무로부터 껍질을 벗겨내 만든 것이고 나무의 희생적 죽음을 강요한 산물로도 볼 수 있을 것이다. 푸른 숲의 유토피아에 대한 백색의 무화작용이 책의 탄생에서 부터 작동하고 있으니, 책과 죽음은 근친상간의 관계를 면하기 어렵다는 해석도 가능하다 하겠다. 그래서 그런지 한 시인은 "나무를 얇게 벗겨 만든 종이/종이로 만든 책"을 읽는 지식인을 "나무 한 그루를 발가벗겨/입에 쑤셔넣는"(김혜순 「염소 혹은 인텔리」) 염소로 비유함으로써 지금까지 고귀하다고 인정되어온 독서행위에서 나무를 발가벗겨 종이를 먹어치우는 잠재된 식인(食人)의 야성을 들춰내기도 하고, 또 한 시인은 "書庫, 책들의 무덤./양쪽으로 길게 책장들이 늘어서 있고 (…) 저쪽 철망친 창으로 순간 바람이 훅, 하고 불었다. 책들이 나무껍질 냄새를 흘리고 눈을 떴을 때 나는 거대한 나무 아래 있었다"(이철성 「어느 날 아침」)라는 시구가 암시하듯이 책들이 흘리는 나무껍질 냄새, 즉 죽음의 냄새를 맡으며 서고를 "책들의 무덤"으로 규정하기도 한다. 1950년대 중반 책이 집적되어 있는 도서관을 "오 죽어 있는 방대한 서책들"로 풍자한 김수영의 「국립도서관」이 연상되는 대목이다. 그리고 또다른 시인은 "썩은 나무 밑동에 머리를 묻어두고 오솔길을 걸어 도시로 왔다"가 쓰레기통에 버려진 구겨진 종이를 보고,

숲속에 두고 온 머리엔 풀뿌리가 얽히고
아무도 내 머리를 찾으려 하지 않는다

숨막히는 화장터의 연기를 벗어나
숲으로 향한다
두고 온 머리 아래 몸을 누일 터
흙 속에서나 평안해질 나

—연왕모「구겨진 종이」부분

라며 종이의 모체인 숲이라는 시원(始原)으로의 회귀를 갈망하기도 한다. 이처럼 시인들은 종이책에서 숲이라는 시적 창조력의 본원적 생명줄을 잔인하게 벗겨낸 파괴적 욕망의 흔적을 규지(窺知)한다.

두번째로 책이라 할 만한 것이 없었던 고대 그리스의 아테네광장으로 되돌아가서, 당시로서는 뉴미디어의 축에 들어가는 알파벳 문자에 관한 소크라테스(Socrates)의 반박논리를 들어보자. 플라톤(Platon)의 『파이드로스』(Phaidros)에서 소크라테스는 "문자는 단지 침묵하는 텍스트만을 제공하기 때문에 직접 대화로 전달될 때 지녔던 문답을 통해 의미를 해명할 수 있는 기회를 독자들로부터 박탈한다"고 문자 사용에 대한 부정적 견해를 주지하고 나선다. 문자를 쓰면 인간은 자신의 기억 능력에 의존하지 않고 외부의 기호에 자신의 정신을 맡기기 때문이라는 것이다. 그의 주장대로 말이란 인간 상호간의 다면적인 '대화성'(Dialogizität)에 근거를 둔 휴머니즘의 수사학이고 문자는 책과 인간 사이의 단선적인 '독백성'(Monologizität)에 갇혀 있는 고독한 단자에 불과한 것이라면, 문자들의 거주지인 책은 인간에 의해서 선택적으로 도살된 구어의 공동묘지로 볼 수 있다. 즉 살아 있는 인간의 구어를 시각적으로 화석화한 것이 문자란 말이다. 루쏘(J. J. Rousseau)가 문자 언어를 가리켜 "현전의 파괴"이며 음성 언어의 "억압기술"로 본 것이나, 데리다(J. Derrida)가 문자란 "인간에 의한 인간의 착취"로 이해한 것은 모두 이런 맥락에 놓여 있다 하겠다. 이처럼 인간 상호간의 풍요로운 담

론을 통해 개진되는 입체적인 다양성이 종이 위에 얇게 포개진 평면적
인 것으로 될 때, 책은 질식과 죽음의 메커니즘이 작동하는 위험한 기계
로 둔갑할지 모른다.

> 너는 이제 갓 구워낸 구수한 책 속에
> 기계처럼 반듯반듯한 글자들 안에
> 너무나도 정교하게 맞아떨어져
> 위험한 기계인 시 속에
> 나를 던져넣지 않고는
> 희고 검을 뿐인
> 책
> 이라는
> 종이로 만든 기계 속에
>
> —채호기 「책」 부분

구술된 말은 스스로를 변호할 수 있으나 활자화된 책은 기본적으로
아무 말도 하지 않는다. 쓰기는 원래 구술적인 말을 시각적인 평면 위에
재구성한 것이고, 인쇄된 문자는 더욱 결정적으로 말을 "희고 검을 뿐
인" 종이 위에 못박도록 했다. 이때 책은 더이상 완결된 진리 전체가 총
체적으로 현재하는 신성한 공간의 은유가 되지 못하고 "아무도 들여다
보지 않는 질서//속에서, 텅 빈 희망"(기형도 「오래된 書籍」)처럼 특정한 의
미론적 신진대사를 통해 성장하지 못하는 무기물로 전락한다. 채호기에
게 책이 "종이로 만든 기계"로 인식되는 이유가 바로 여기에 있다.

세번째 길은 두번째 길의 샛길이다. 그리고 이 길목에는 시간의 문이
가로막고 있다. 매체에 관한 철학적 접근을 시도한 빌렘 플루서(Vilem
Flusser)의 『디지털시대의 글쓰기』(*Die Schrift: Hat Schreiben Zukunft?*)

에 따르면 알파벳 문자는 구술시대의 그림과 형상(상형문자)을 파괴함으로써 기호화될 수 있었던 동시에 구술시대의 시간론을 전면적으로 부정함으로써 체계화될 수 있는 계기를 마련했다고 한다. 말이란 끝없이 머릿속에서 맴돌고 사람과 사람 사이에서 오가기 때문에, 시간의 구조로 치환해보면, 원형적인 동시성의 얼개를 가진다. 그래서 구술문화의 순환적 시간은 바로 전역사적·신화적 시간의식과 일치한다. 하지만 문자는 구어의 비논리적 중얼거림에 어떤 일관된 질서를 유도하기 위해 발명된 것이다. 그에 의하면 "알파벳의 발명 뒤에 잠복된 모티프는, 마술적-신화적(전역사적) 의식을 능가하여 하나의 새로운(역사적) 의식에 자리를 마련하는 것이다. 알파벳은 역사적 의식의 코드로서 발명되었다"는 것이다. 다시 말해 알파벳 발명가의 의도는 신화적 시간을 극복함으로써 선형적 시간, 즉 역사적 의식을 태동하게 만드는 것이었다. 역사적 의식이란 탈마법화된 근대적 의식을 말한다. 그리고 이런 계몽화된 의식이란 시작과 끝, 앞과 뒤를 논리적으로 인식하는 직선적인 시간의식이다. 직선이란 시작과 끝이라는 두 점을 연결하는 선이 아닌가. 그렇다면 문자에 내재한 직선적인 시간론은 출발점에서부터 끝을 향해 내달리는 종말론적 시간의식의 알레고리로 볼 수 있다. 결국 말의 문자화란 말의 작동원리인 순환적인 원에 대한 종말론적 직선의 무차별한 폭력이며, 이런 살인행위가 공공연하게 자행되는 공간이 바로 책이라는 결론이 나올 수 있다. 이런 직선적인 시간은 형식상으로는 순수한 흐름이지만 본질적으로는 완전한 정체이다. 책의 시간은 행을 따라 계속해서 흘러내려가지만 그것은 "아직은 인간의 냄새가 배어 있지 않은" 공허한 시간일 뿐이다. 그래서 우리는 "책에 시간이 정지되어 있다"는 한 시인의 반어적 표현을 보게 된다.

    (…) 책에는 시계가 붙어 있다 시계에 초침은 없다 가만히 보면 시

계는 언제나 한곳에 머물고 있다 사람들이 세계를 떠메고 쉴새없이
달린다 그 발자국을 시간이라 부른다 부른다는 듯이 책에 시간이 정
지되어 있다 아직은 인간의 냄새가 배어 있지 않은

—이원 「책」 부분

세 개의 우회로를 통과해 도달한 책에 내재한 놀라운 역설의 하나는
그것이 죽음과 밀접하게 연결되어 있다는 점이다. 되풀이되는 말이지만
책은 그 탄생의 신화에서부터 나무를 발가벗기는 죽음의 제의를 연출했
고, 그후에도 살아 있는 인간의 구어를 재단하여 직사각형의 인공적인
저장소로 제본하는 권력을 행사해왔으며, 계속해서 구어의 순환적인 시
간을 문자의 직선적인 시간으로 대체함으로써 종말론적 시간의식을 발
동시켰음이 밝혀졌다. 인정하고 싶지 않지만 책의 존재론적 심층에는
타나토스(Thanatos)의 본능이 꿈틀거리고 있는 것이다. 그렇다면 이제
앞의 질문으로 되돌아갈 차례이다. 왜 시인은 책의 본성에서 죽음의 검
은 얼굴을 들여다보았던 것일까? 하이데거(M. Heidegger)가 현존재의
본질을 '죽음을 향한 존재'(Sein zum Tode)로 인식한 것처럼 죽음이란
모든 존재와 사물의 실존적 조건이다. 하지만 문명화된 인간은 자신에
게 직면한 죽음의 공포를 망각하고 싶어한다. 근대 이후 계몽화된 인간
의 오만한 주체성을 확립하기 위해 죽음은 추방되고 배제되어야 할 첫
번째 대상이었다. 죽음이 가장 절대적인 자연의 본성이라면, 문명은 죽
음의 은폐와 억압을 전제로 존립한다. 즉 근대화란 죽음에 대한 망각의
산물이며, 계몽화란 과격해진 죽음의 공포에 대한 은닉의 결과인 것이
다. 여기서 물론 책은 다른 어떤 문명의 도구보다도 근대화의 정신을 촉
진하고 확산시키는 중요한 발진지로 작용했다. 무엇보다도 모더니즘의
사유는 책이라는 백색의 공간에서 잉태되었고 근대화를 추동한 모든 학
문은 활자화된 지면 위에서 존재해왔기 때문이다. 중세를 지배한 성서

라는 단 한 권의 유일한 책이 신이 거주하는 교회 바깥으로 나와, 근대의 정치·경제·문화의 광장 한복판으로 나와 대중과 만나는 지점이 바로 근대성이 태동하는 순간이다. "오성의 공공적 사용이라는 말의 의미는 각각의 개인이 학자로서 독자 세계의 사람들 전체 앞에서 오성을 사용하는 것이다"라는 칸트(I. Kant)의 말처럼 책은 그 분야의 전문가가 독자를 상대로 오성을 공공적으로 사용하는 지면이었다. 따라서 책에 위장된 죽음을 발가벗겨내는 시적 작업은 죽음이란 실존적 유한성을 망각한 오만한 근대적 이성에 대한 준열한 질타이자, 문명의 행복한 표정 속에 잠복한 죽음이란 어두운 심연을 응시하는 근대성에 대한 강한 부정과 회의의 소산이라 하겠다.

4

하지만 이런 잠정적인 결론 앞에서 몇가지 단상을 추스르게 된다. 우선 앞서 살펴본 대로 이들의 시가 책이라는 특정한 소재를 선택하여 희망없이 지속되는 삶의 잔인성과 이를 통해 배가되는 존재론적 불안감, 그리고 세기전환기의 불투명한 문화적 현상을 나름의 독법으로 표현했다는 유의미한 측면을 부정하고 싶지는 않다. 덧붙여서 근대성의 충실한 시녀였던 책의 전통적인 가치와 역할을 잔인하게 배반함으로써 근대성에 대한 도저(到底)한 부정의 정신을 온몸으로 떠맡아 체현해내려는데 이들 시의 비의(秘意)가 놓여 있었다는 점을 인정하지 않는 바도 아니다. 그럼에도 불구하고 이들의 시적 작업이 1990년대의 시정신에 밀어닥친 위기의 한 측면이자, 1990년대 내내 여러 젊은 시인들의 입을 전전하며 닳을 대로 닳아버린 '근대성 해체'라는 테마를 시화하기 위한 욕망의 외화(外化)에 불과해 보이는 까닭은 무엇일까? 아마도 이들의

시에서 한결같은 목소리로 들려오는 책에 대한 극단적인 부정성의 토로
가 벼랑 끝에 내몰린 이 시대의 문자문화에 대한 철저한 반성적 인식과
매개되지 못한 채, 단지 밀실의 독백 수준에 머물러 있어 보이며, 그래
서 최종적으로 책의 자기갱신과 신생의 계기로 이어지지 못하고 있다는
혐의가 짙기 때문이리라. 중심 허물기와 권위 해체가 새로운 중심의 형
성이나 또다른 다원화로 나아가지 못한다면 남는 것은 부재와 공백뿐이
다. 부정을 위한 부정은 동어반복의 공소(空疎)한 유희에 빠질 수 있지
만 긍정을 위한 부정은 그 해체와 생성의 역동성으로 변증법적 긴장을
유지할 수 있는 법이다. 문제는 부정과 해체의 행위 자체에 있다기보다
는 그 폐허와 잔해의 중심부에서 개진되는 새로운 구성에 대한 끈질긴
탐침(探針)에 있을 터이다. 이러한 맥락에서 책과 인간의 새로운 소통
관계 정립에 관한 모종의 암시를 흘리는 채호기와 이대흠(李大欽)의 시
는 주목에 값한다.

　　나는 너의 몸 속에서 사유-에너지로 소화되어 혈관을 통해 피에
섞여 뇌로, 신경으로, 근육으로, 힘줄로 퍼져나가며 네 몸의 문장이
되어 네가 한세월을 살아가는 바로 그때 그곳에서 너-나인 하나의 개
체로 숨쉬고 살아 움직이며 성쇠하는 한 권의 완전한 책이 된다.
　　그 책 속에 나-너의 실재하는 삶이 있고, 실재하는 삶이 그 책이다.

　　(⋯)

　　너의 입술은 다른 세계로 가는 입구이다.

—채호기 「너의 입술」 부분

　　이 시에서 "너"는 텍스트의 실존체이다. 나는 너를 읽지 않고, 나와

너, 인간과 텍스트는 상호 긴밀하고 끊임없는 피드백 과정을 통한 공진화(供進化)의 관계 속에서 실재하는 삶 속으로 용해된다. 책은 텍스트의 집이 아니라, 나와 텍스트가 함께 "숨쉬고 살아 움직이"는 삶 그 자체이다. 책은 고정된 텍스트를 진공 속에 담아두는 딱딱한 캡슐이 아니라 "그때 그곳", '여기 지금'(hic et nunc)에 일어나는 사건이다. 한마디로 책은 생명을 얻은 유기체로 승화된 것이다. 그래서 책은 더이상 관념으로 존재하지 않고 "혈관을 통해 피에 섞여 뇌로, 신경으로, 근육으로, 힘줄로 퍼져나가"는 구체적인 몸으로 거듭난다. 육체를 얻은 책에 입술이 있는 것은 당연하다. 입술은 나를 빨아들이는 텍스트의 성감대이자 나를 흡입함으로써 새로운 차원의 전이를 꿈꾸는 텍스트의 블랙홀이다. "너의 입술은 다른 세계로 가는 입구이다." 텍스트에 잠복하고 있던 에로스의 본능이 엿보이는 순간이다. 입술보다 좀더 관능적인 에로스의 상징은 성기일 것이다. 그리고 이것은 "완전한 책"의 자기보존과 승계를 위한 필연적인 생리장치이다. 나와 너, 인간과 텍스트의 쎅스를 통한 완전 합일! 이 지독한 사랑, 이것이 바로 채호기가 열망하는 "성기 달린 책"(「내가 나를 모른다는 것은 희망적이다」)의 실체일 것이다. 여기서 가만히 문맥의 전후를 되씹어보니, 채호기가 말하는 "성기 달린 책"과 남진우가 동경하던 "타오르는 책"이 서로 겹치고 있음을 알 수 있다. 그렇다면 결국 이 글은 "타오르는 책"에 대한 그리움에서 출발해, 그 책을 찾을 수 없음으로 인해 절망의 심연으로 곤두박질했다가, 텍스트와 인간의 에로스적 소통이란 극적 전환점에서 급상승해 "성기 달린 책"으로 되돌아오는 야릇한 부메랑의 궤적을 따라 움직인 것이다. 그리고 이 동선(動線)은 글의 전체 진행논리이기도 하지만 책의 미래에 대한 필자의 기대곡선이기도 하다.

하나의 성기로는 새 생명을 잉태할 수 없다. 두 개의 성기가 결합될 때 비로소 신생의 꿈이 배태될 수 있기 때문이다. 그래서 또 한 편의 시가 필요하다.

> ////////아리랑…… 겨레여, 역사여, 소리여////////부초
> ////////나가사키의 노래////////民族文學과 世界文學////////史記
> 列傳////////막스연대기////////삼민주의////////현대 미술의 원리
> (…) 미당 서정주 전집/꽃을 꺾기 시작하면서////////무의식분석
> ////////정신현상학////////순수이성비판////////문화운동론
> //

> 나는 자꾸 가치관을 정정하였다 꽃이 피기 전에
> 왜 자꾸 피고 싶은 열망은 성기를
> 세우는지 탁 털어버리고 싶다 이 탱탱함
> 어느 음부엔가 이 수억의 정자
> 집어넣고 싶다 해탈하고 싶다 여인이여
> 나를 이끌 여,…… 미치겠네 쏙
> 밀어넣고 싶은 이 딱딱한 이 지식이라는
> 이 성기

—이대흠 「책꽂이의 책이 내 삶의 단면이냐?」 부분

시인은 자신의 서가에 꽂힌 책들의 제목을 무질서하게 훑어내려간
다. 그러나 그것은 단속적이라기보다는, 정확히 일치하는 것은 아니지
만, 민족주의→사학→사회주의→미술→문학→심리학→철학→사회
학으로 이어지는 시인 개인의 지성사의 조감도이다. 이처럼 시인은 여
러가지 분야의 책들을 읽어왔고 지금도 읽는다. 시의 제목이 암시하듯
이 책꽂이의 책이 삶의 단면이 된 셈이다. 그러나 정말로 그러한가? 그
렇지 않다. 왜? 시인은 책과 자신의 삶이 절연되어 있음을 생체험하고

는 번뇌하기 때문이다. 책과 책 사이에 끼워진 사선(/)은 책과 삶 사이에 삽입된 절단면의 상징부호가 아닐까. 우리가 책에서 "딱딱한" 지식만을 얻어내고, 이 책 저 책 뒤적이며 "가치관을 정정"만 한다면, 책은 우리 '사이'에는 있지만 우리 '안'에 있는 것은 아니다. 우리의 삶과 영혼이 책과 진정으로 교통하지 못했기 때문이다. 그래서 시인은 자신의 삶 깊숙이 스며들 수 있기를, 그래서 책과 삶이 때로 길항하고 때로 삼투하며 서로 넘나들기를 바란다. 마치 남녀가 쎅스를 통해 완전한 사랑에 도달하듯이 시인은 책의 "음부"에 "수억의 정자/집어넣고"자 욕망한다. 책과 인간의 성교를 통한 정신의 사정(射精), 그리고 "해탈"!

이처럼 채호기와 이대흠은 책과 인간, 사유와 몸의 안과 밖의 구분이 지워진 완전한 합일의 관능적인 사랑을 꿈꾼다. 즉 책과 인간, 텍스트와 사람 '사이'의 간극이 완전히 지양된 분열 이전의 원초적 소통상태, 즉 '책-인간' '텍스트-사람'을 염원하고 있는 것이다. 분명 책은 생명체가 아니다. 그럼에도 여기서 책은 인간의 정신적 작업의 소산이기 때문에 인간의 숨결과 영혼의 현현체라는 특이한 존재성을 획득한다. 책은 생명체가 아니면서도 피가 흐르는 실존태, 즉 인간됨의 실존적 조건이 되어 단순한 사물의 차원을 넘어서 '인간화'되어진다. 마치 모든 존재, 예를 들어 신·동물·물체까지 인간이라는 모델에 입각해 표상하는 그리스신화의 핵자(核子)인 '신인동형동성설'(Anthropomorphismus)의 현대적 변주와 변용처럼 책은 자신의 모습대로 인간을 지어내고, 인간은 자신의 모습대로 책을 지어낸다. 책은 사람에 따라서 서로 다른 인간으로 태어나고 인간 또한 책에 의해서 서로 다른 삶을 창조한다는 말이다. 그래서 급기야는 "나는 글자들로 내 살갗을 삼고 옷을 삼아 세상으로부터 내 육체를 가렸다"(이선영 「글자 밖에서」)라는 시구처럼 글자는 구체적인 실존체의 옷을 입기도 하고, "나는 종이 위에 나를 한 자 한 자 새겨 넣는다"(이선영 「글자 속에 나를 구겨넣는다」)에서 선연하게 나타나듯이 글자는 나의 정체성 그 자체가 되기도 하며, "본 적이 없던 글자들의 벗은 몸 그의, 자연스럽게 드러내놓은 성기를 본다"(이선영 「생업」)처럼 글자 자체가 생명체로 의인화되기도 한다. 정과리가 "글자 실존학"이라 명명한 그대로 글자는 나의 몸이고 인격이고 생명이다. 그러니 그런 글자들의 총화인 책은 인간 그 자체가 아니겠는가. 이 순간 '책인동형동성설(冊人同形同性說)'이란 새로운 신화가 탄생한다.

그러면 왜 시인은 책을 인간됨의 실존적 조건으로 보는가? 무엇보다도 책을 문화의 한켠에 자리잡은 국지적 현상으로만 보는 사회의 천박한 유행논리를 가로질러가서, 책을 지식과 정보를 담은 활자의 집합으로만 보는 우리의 물신화된 정신을 꼬집기 위함이다. 비트(bit)에 밀려 그 종주(宗主)의 위치를 벗어난 문자는 책의 위기를 초래하고, 책의 죽음은 문학의 사형을 선고하며, 문학의 사라짐은 휴머니즘 해체의 비수가 될 수 있다는 점을 명심해야 한다. 그러니 책을 인간의 실존적 모습으로 보자는 제언은 컴퓨터의 발달과 확산에 힘입은 전자책(e-book)의 창궐에 대응하는 종이책의 휴머니즘적 부활이란 둔중한 문제의식을 업고 있는 셈이다. '디지털시대에'가 아니라 '디지털시대이니까' 오히려 책은 더 책다워져야 하고 인간다워져야 할 것이다. '책인동형동성설', 이것이 오늘날 책이 새로운 문화환경에 환기시켜야 할 신화의 법칙이다.

그러나 이 신화에는 영광과 굴레가 함께 자리하고 있다. 책의 위기를 소멸의 계기에서 부활의 계기로 바꿔 읽었다는 점이 그 성과라면, 그 부활의 청사진이 아직은 모호하고 추상적이라는 점이 한계일 터이다. 누구나 실감하고 있는 것처럼 글자에서 비트로, 문자에서 영상으로, 도서문화에서 컴퓨터 문화로 옮겨가고 있는 새로운 문명의 추세 속에서 '책인동형동성설'의 제창은 책의 존재이유를 확고히 다지기 위한 교두보임에는 틀림없다. 하지만 '책-인간'의 창조라는 다소 신화적인 상상력의 유영은 책이 직면한 위기를 해결하기 위한 이상향은 될 수 있을지 몰라도 그 자체로 구체적인 실천대안은 될 수 없을 것이다. 지금 우리에게 필요한 것은 신화가 육화(肉化)된 살아있는 역사의 몸이다. 즉 예측할 수 없는 미래로 돌진해가는 세기말의 혼돈, 그 불길한 죽음의 그림자 속에서 부유하고 있는 책의 존재이유에 대한 정확한 진단과 책의 미래에 대한 치밀한 방위 설정이다. 책의 미래는 예측하거나 꿈꾸는 것이 아니라 만들어나가는 것이기 때문이다.

〔2000년 경향신문 신춘문예 평론 당선작〕

아르고스의 눈

시인의 의무와 역할

1. 나는 본다, 고로 나는 존재한다

1990년대 들어 꾸준한 관심을 불러모은 주제 가운데 하나인 '근대성'
이란 개념에 작은 질문 하나를 덧붙여보는 것으로 이 글을 띄우고자 한
다. 근대성과 가장 밀접한 관계가 있는 인간의 오관(五官)은 무엇일까?
대부분의 사람들은 다른 어떤 감각보다도 시각을 손꼽는 데 주저하지
않을 것이다. 무엇보다도 근대를 추동해온 과학적 합리성의 약진은 시
각의 발달과 맞물려 진행되었기 때문이다. 인간은 망원경과 현미경을
통해 대우주와 소우주의 비밀을 하나하나 벗겨갔으며, 학문적 사유논리
의 준거가 되는 분류와 명명, 차이와 증명은 시각의 범주 안에서 이루어
졌다. 그래서 '보이지 않는 것은 존재하지 않는 것이다'라는 표어는 거
스르기 어려운 근대성의 화두로 확고하게 자리매김하게 된 것이다. 근
대성의 절대적 성역인 이성과 계몽의 영역에서 보이지 않는 것은 하나
의 가설에 불과할 뿐이다. 브레히트(B. Brecht)의 유명한 희곡『갈릴레
이의 생애』(*Leben des Galilei*)에 나오는 아래의 대사 한토막은 이에 대

한 좋은 실례를 제공해준다.

　갈릴레오: 우리가 어떤 것을 아마도 그럴 거야라고 여기지만, 이런 개연성은 사실을 포착하지 못한 것을 말한단다. 저 아래 광주리 가게 앞에서 아기를 안고 있는 펠레체가 아이에게 젖을 먹이고 있으리라는 것, 반대로 펠레체가 아이에게서 젖을 받아먹지 않는다는 사실은, 우리가 직접 가서 눈으로 증명할 수 없는 한은, 하나의 가설에 불과하단다. 별들에 대해서 우리는 아주 조금밖에 못 보는 흐릿한 눈을 가진 벌레들과 같단다.[1]

엄마가 아이를 품어안고 있는 모습을 멀리서 보고 '엄마가 아이에게 젖을 먹이고 있구나'라고 상정하는 것은 하나의 가설이자 편견에 불과하다. "아마도 그럴 거야"라는 "개연성은 사실을 포착하지 못한 것"이다. 단지 이성적 주체의 눈을 통해 증명된 것만이 과학적 사실로 인정될 수 있다는 자연과학자 갈릴레오의 신념에 찬 전언을 들을 수 있는 장면이다. 그리고 서양의 미술과 건축은 원근법과 균형에 의한 시각의 조화로운 통일을 목표로 하였으며, 영상을 매개로 하는 현대 소비사회에서 시각은 대량소비를 부추기는 광고와 영화, 그리고 컴퓨터의 과녁이 되고 있음은 주지의 사실이다.

그러나 시각은 근대성의 전방위에 선 '첨병'인 동시에 근대성의 과부하와 그 반동으로 밀려난 '낙오병'이기도 하다. 일견, 근대성의 사회학적 시험 모델인 자본주의에서 시각은 다른 감각들을 지휘하며 우월성을 과시하고 있는 것처럼 보이지만, 정작 자세히 들여다보면 시각이야말로 문명의 이기에 경도된 채, 가장 강력하게 유린당하고 있는 감각 중의 하

---

1) Bertolt Brecht, *Ausgewählte Werke in sechs Bänden*, Bd. 2, Frankfurt am Main: Suhrkamp 1997, 21면.

나이다. 각종 지면에 미만해 있는 고정된 씨니피에(signifié)를 갖지 않은 씨니피앙(signifiant)들의 사육제, 원본 없는 복제물들의 혼성모방이 걸어오는 씨뮬레이션의 최면술, 거리를 현란한 잡색으로 표백하는 상품 광고들의 난삽한 활보, 공중파를 통한 텔레비전 영상의 무차별한 폭격, 24시간 게임방의 모니터에서 펼쳐지는 싸이버스페이스의 무절제한 파노라마…. 이 북적거리는 가짜 이미지 속에서 어느 한곳, 편안하게 눈 둘 곳이 없다.

나의 눈이 가는 길, 서울에선 없다, 서울이 수시로 내 눈을 끌어당길 뿐이다, 광고의 아우성과 매체의 잡음 속에서 광고의 잡음과 매체의 아우성으로 나온다, 저, 아니, 이 길뿐, 빈틈은 없다, 내 시야와 시력은 이제 나의 것이 아니다, 그러하니
　내 눈이 보고 싶던 것이 무엇인지, 보고 싶은 것이 무엇인지를 알 수 없게 되어버렸다, 잠 안쪽에서도 두 눈 뜨고 있어야 하느니
　내 눈이 먼저 가닿아 내가 불려가는 길, 사라졌다, 시선이 떠나가 돌아오질 않는다, 서울은 캄캄할 만큼 현란하고 현기증으로 증발할 만큼 무섭게 돌아간다, 즐겁다고, 쫓아가고 싶다고, 누릴 수 있다고, 견딜 수 있을 것이라고……
　안구 패어나간 나는 말할 뻔하다, 뻥 뚫려 허당인 내 두 눈구멍 속으로 서울은 24시간 형광을 불 밝혀놓는다, (…)
—이문재 「타워 크레인—고독한 산책자의 몽상」 부분[2)]

이 시에서 명징하게 보여주고 있듯이, 사유하는 근대적 주체로서 인간의 선험적 정초였던 데까르뜨(R. Descartes)의 명제 '나는 생각한다,

---

2) 이문재 『마음의 오지』, 문학동네 1999, 90면.

고로 나는 존재한다'(Cogito, ergo sum)는 이제 유효성을 상실한 것처럼 보인다. 대신에 "뻥 뚫려 허당인" 눈으로 '나는 본다, 고로 나는 존재한다'(Video, ergo sum)가 모토가 된 사회, 이것이 작금의 우리가 살고 있는 서글픈 현실이다. 그러니까 현대인의 눈은 대상의 실체를 포착할 수 있는 능력을 상실했다. 오히려 눈은 대상을 붕괴시키고, 대상으로 반사된 빛을 통해 거꾸로 보는 자를 위험 속에 몰아넣는다. 시인의 말대로 "내 시야와 시력은 이제 나의 것이 아니다." 가치의 중심이 무너진 정신의 공동화 현상에 의한 시력의 탕진, 그로 인한 시선의 몰가치·무방향·무반성적 방랑이 세기말 우리가 앓고 있는 치유하기 힘든 문화적·정신적 중병(重病)이다.

2. 풍향계와 풍경(風磬)

시력의 약화는 1990년대 우리 문학의 시적 진정성을 훼손시키고 시의 위기라는 흉흉한 풍문을 배후에서 조성한 결정적인 숙주이기도 하다. 1990년대 들면서 시의 위기에 대한 우려의 목소리가 높다. 1980년대와 비견해 1990년대에는 시의 위의(威儀)와 시인의 위상이 심각하게 손상되었다는 볼멘소리도 들리고, 도서문화에서 영상문화로, 문자에서 비트로, 텍스트 '읽기'에서 이미지 '보기'로 변환·이월되는 새로운 세기에도 과연 시가 씌어지고 읽힐 수 있을 것인가라는 비관적인 목소리도 들린다. 그러나 무엇보다 1990년대 시에서 문제가 되는 것은 죽음과 허무, 분열과 해체, 광기와 환멸, 권태와 일상, 여성과 생태, 키치(kitsch)와 욕망 따위의 열쇠어로 요약할 수 있는 혼란스런 새로운 징후들의 창궐에 있지 않다. 오히려 그것은 그러한 변화된 당대적 현실에 대한 포괄적인 인식과 치열한 시적 응전력을 지니고 있지 못하다는 점에서 찾아야 할 것이다.

시대의 변환에는 늘 위기의식이 불어오는 법이고, 새로운 문화의 패러다임은 응당 전위적이고 다양한 시적 상상력을 요구하게 마련이다. 그러나 정작 중요한 것은 변화 그 자체, 혹은 변화된 현실의 다양한 면모에 대한 시적 표현이 아니라 그것을 바라보는 명철한 인식의 눈이다. 김상환(金上煥)의 간결직절한 표현처럼 "시(詩)의 가능성은 시(視)의 가능성"[3]에 달려 있는 것이 아닌가. 다시 말해 '시력(視力)'의 부재는 '시력(詩力)'의 부재와 직결될 수 있다는 단순한 진리를 잊어서는 안될 것이다. 1990년대의 시정신에 밀어닥친 위기의 본질을 "현실에 대한 구조적 이해가 부족하고 삶의 체제에 대한 문학적 자리놓음을 제대로 짚어내지 못함으로써"[4] 촉발되는 현실관통력의 결핍에서 찾고 있는 이윤택의 발언과 "미세하게 분화된 거대한 세계를 총체적으로 바라볼 수 없을 만큼 현실이 급변하는 데 그 이유가 있는 것이 아니라 총체적으로 세계를 이해하려는 인식 자체를 완강하게 부정하는"[5] 인식의 극단적인 허무주의에서 비롯된 것으로 진단하고 있는 이영진의 전망은 모두 이런

---

3) 김상환 「이성복의 「겨울비가」로부터」, 『현대비평과 이론』 제7호, 1994, 270면. 시(視)와 관련해서 우리는 김상환의 다음과 같은 발언에 주목할 필요가 있다. "이 글자는 示자와 見자가 합하여 이루어졌다. 見이란 사람(人)이 눈(目)을 뜨고서 보고 있다는 뜻의 글자이다. 示자는 二와 小가 결합된 글자인데, 二는 고문에서 上을 가리키고, 上이란 하늘을 말한다. 또 小는 고문에서 해·달·별의 셋을 가리킨다. 따라서 視라는 글자는 사람의 눈을 통해서 하늘에서 벌어지는 해와 달과 별의 운행과 조화를 바라본다는 뜻을 담고 있다. (…) 따라서 視자에 담긴 '본다'는 것은 생리적 지각현상도 아니고 심리학적 지각현상도 아니다. 그때 본다는 것은 외적인 대상에 대한 인과적인 반응도 아니며 어떤 종류의 공간적 지각에 그치는 것도 아니다. 視의 시선은 자기 주변의 이러저러한 대상들을 지나 하늘에 가 있고, 그것이 보려는 것은 궁극적으로 자기 자신의 존재, 또는 운명에 적응하려는 자신의 앞날이다"(같은 글 277~78면).

4) 이윤택 「전망부재 시대의 시」, 『오늘의 詩』 제8호(1992년 상반기), 72면.

5) 이영진 「90년대라는 가설, 황무지를 구원하는 견딤의 시학」, 『창작과비평』 1999년 여름호, 35면.

맥락에 놓여 있다 하겠다. 이처럼 1990년대 시가 맞대면한 위기와 불안의 징후가 무엇보다도 시력의 약화에서 유발되는 '시적 현실'[6]의 구축 실패에서 기인된 것이라면, 우리 시의 건강성을 회복할 수 있는 불씨도 시인의 '눈'에 대한 근본적인 성찰에서 찾아낼 수 있지 않겠는가?

이러한 의도에서 이 글은 '시인은 무엇을 어디서 어떻게 왜 보는가'라는 물음에 성실히 응답하고 있는 세 편의 시를 눈여겨봄으로써, '부박한 이 시대에 요구되는 시인의 눈이란 진정 무엇인가'라는 질문의 대답에 도달하는 것을 목표로 마련한 자리이다. 그러면 앞으로 다루게 될 세 편의 시에서 시인들은 '무엇'을 주목하는가? 풍향계 혹은 풍경(風磬)이다. 그러면 시인들은 각각 그것을 '어디서 어떻게 왜' 보려 하는가?

1) 전진 없는 공전(空轉)

마치 하늘을 나는 듯한 화살이 있다. 교회의 탑 위에서, 건물의 옥탑에서 바람의 결대로 헤엄치는 끝이 뾰족한 함석판. 비가 오거나, 눈이 오거나 바람의 길을 친절하게 가리켜주는 양철손가락. 바람이 어디로 흘러가는지를 그때그때 포착하는 순발력과 변덕스러운 바람의 외출을 불평 없이 대변해주는 너그러운 수용력을 자신의 미덕으로 삼는 화살표. 이것이 바로 풍향계이다. 말 그대로 풍향계는 바람의 방향을 표시해주는 계측기이다. 바람이 부는 한, 풍향계의 화살표는 한곳에 정지하기 위해 끝없이 움직인다. 그러므로 미세한 바람의 움직임에도 자기 몸을 떨어야 하는 풍향계는 움직임을 그 생명으로 한다. 돌아가지 않는 자,

---

6) 김혜순은 시적 현실을 "시 안에서 시적 주체와 대상 간의 관계맺기 방식"으로 규정하고 있다. 즉 시적 현실이란 "시적 소재로서의 현실이 아니라 그 시인에게 시작활동을 가능케 하는 역동적인 인자로서의 현실"에 다름아니다. 김혜순 「90년대 시적 진실, 어디에 있는가」, 『문학동네』 1999년 가을호, 338~57면 참조.

더이상 풍향계가 아니다. 하지만 정작 움직임에 예민한 촉수를 가진 풍
향계는 자력으로 한발짝도 앞으로 나갈 수 없다. 비유하자면 상반신이
아닌 하반신 불구자다. 타자의 길을 손으로 알려줄 수는 있지만, 정작
자신은 한걸음도 이동할 수 없는 서글픈 운명. 이것이 바로 풍향계의 존
재론적 비애다. 움직임 속의 정지, 혹은 정지 속의 움직임이 바로 풍향
계의 천형인 것이다.

이러한 풍향계의 존재론적 슬픔에 천착한 시가 독일 시인 페터 빌
(Peter Will)의 「풍향계들」(Wetterfahnen)이다.

> 우리 풍향계들은
> 양철손가락을 달고
> 재빨리 몸을 돌린다
> 순풍을 타고
> 색깔을 바꾸면서
> 삐걱 삐걱 쇳소리를 낸다
> 어떤 바람도 우리를 내밀지 못한다
> 이 자리에 녹슨 채 그대로 있다.[7]

간결주의 미학이 돋보이는, 쉽게 읽히되 정갈한 소품이다. 그러나 이
짧은 8행과 행간 사이의 여백에 내포된 의미의 장력(張力)은 심상치 않
아 보인다. 1942년생인 페터 빌은 구동독 출신의 시인이며 이 시는
1983년에 씌어졌다. 그렇다면 "순풍을 타고/색깔을 바꾸면서" 돌아가
는 풍향계는 당시 그가 비판적인 시각으로 바라본 체제순응적인 지식인
의 나약함에 대한 풍자인가? 불어오는 바람결대로, 시대의 유행대로,

---

7) Marcel Reich-Ranicki (Hrsg.), *1000 Deutsche Gedichte und ihre Interpretationen*, Bd.
10, Frankfurt am Main: Insel 1996, 343면.

그때그때 낯빛을 달리하는 줏대 없는 서독 정치인에 대한 맹렬한 비난인가? 아니면 "삐걱 삐걱 쇳소리를" 내며 돌아가는 풍향계는 진정한 사회주의 이데올로기의 실현 불가능성에 대한 자기비판의 대응물인가? 혹은 "녹슨 채"라는 시구에서 유추해볼 수 있듯이 풍향계는 점점 속이 곪아가는 사회주의 체제의 자화상인가? 그것도 아니라면 대립적인 양극점을 재빨리 상호공존의 윤리학으로 적당히 덮어버리는 썩 훌륭해 보이는 절충주의의 반어적 표현인가? 혹은 아도르노(T. W. Adorno)가 진단했듯이 자본주의 문화산업에 맹목적으로 타협하는 순응주의적 예술가들의 '단순성'(naiveté)에 대한 표징인가?

이처럼 이 시는 보는 각도에 따라서 여러 겹의 해석이 가능하다. 좋은 시가 항용 그러하듯이, 이 시 또한 시인의 전언을 생략하고 암시만으로 나머지 이야기의 완성을 독자의 몫으로 남긴다. 시인에 의해 은닉되고 변환된 텍스트를 찾아내어 풍요로운 담론 창출의 효과를 거둘 수 있는 페터 빌의 「풍향계들」은, 시는 생략함으로써 독자를 유혹한다는 점을 잘 보여준 예라 하겠다. 그리고 이런 생략을 통해 개진되는 해석의 다각적인 확산은 다시 하나의 발진지로 모아질 수 있다. 이 시의 복합적인 의미층위를 관통하는 뼈대는 하나이다. "어떤 바람도 우리를 내밀지 못한다." 전진 없는 공전(空轉)! 누구나 풍향계의 거죽은 볼 수 있다. 그러나 누구나 풍향계의 골수를 취할 만큼 심안을 가지고 있는 것은 아니다.

2) 그 배후가 궁금하다

대부분의 사람들이 풍향계를 보면, "양철손가락"을 주시한다. 풍향계란 바람이 '어디서부터' 불어오는가보다는 '어디로' 흘러가는가를 지시해주는 장치이기 때문이다. 그래서 시인 이문재(李文宰)가 갈파한 것처럼 "이 풍향계의 머리를 지상의 모든 사람들은 미래라고 명명한다. 비전이라고, 장밋빛 청사진이라고, 역사의 진행방향이라고, 진리의 빛이라고 규정하고 풍향계 머리의 바로 앞을 주목"[8]하고 꼬리 쪽은 무관심하게 방치한다. 그렇다면 '어디서부터' 흘러들어와 현재에 이르게 되었는지를 세밀하게 분석하고 반성하는 비판론자보다는 맹목적으로 '어디로' 직진해가고 있는가만을 문제삼는 미래파 신봉자들이 대접받는 풍토가 우리 사회에 착근된 이유는 무엇일까? 아마도 미래를 절대화하려는 이런 기획에는 과거에 대한 비판과 청산을 유예시키려는 지배세력의 음험한 정치적 욕망과 그들의 도덕적 두려움, 그리고 지나간 시대에 대한 기억의 고통보다는 망각의 즐거움에 쉽게 함몰되고 마는 우리들의 정신적 나약함이 웅크리고 있을 터이다. 과거를 단순히 황금시대만으로 특권화하는 낭만주의적 후일담도 문제이지만 미래를 과거와 절연된 지상천국으로 받들어 섬기는 맹목적인 유토피아주의는 더 큰 병통이다. 왜? 어제를 기억하지 못하는 자는 영원히 어제를 반복할 뿐이기 때문이다.

여기 지상의 모든 시선이 풍향계의 머리 쪽에 편재될 때, 꼬리 쪽에 초점을 맞추는 눈이 있다. 눈앞에 보이는 풍향계의 앞보다는 그 뒤의 모종의 배후를 궁금해하는 시가 이덕규의 「풍향계」이다.

꼬리 지느러미가 푸르르 떨린다

그가 열심히 헤엄쳐가는 쪽으로 지상의 모든 시선이 집중되고 있다

그러나 그 꼬리 뒤로 빛의 속도보다 더 빠르게, 더 멀리 사라져가는,

---

8) 이문재 「시인은 무엇을 보는가」, 『현대문학』 1999년 3월호, 307~308면.

초고속 後爆風의 뒤통수가 보인다

그 배후가 궁금하다[9]

"지느러미"와 "헤엄"이란 시어에서도 알 수 있듯이, 시인은 풍향계를 허공을 유영하는 물고기에 비유한다. 바람을 맞아들이는 꼬리판과 바람을 내보내는 뾰쪽한 머리 모양의 풍향계는 물고기와 그 형태나 속성에 있어서 새로운 전이의 계약을 맺을 수 있다. 여기서 시인은 "그가 열심히 헤엄쳐가는 쪽으로 지상의 모든 시선이 집중"되어 있는 머리의 앞을 주목하지 않는다. 반대로 "푸르르" 떨리는 "꼬리 지느러미"에 시선이 가닿아 있다. 그리고 계속해서 꼬리 뒤쪽에 바람의 동인(動因)인 "초고속 후폭풍"이 있었음을 깨닫는다. 후폭풍! 그것은 끔찍한 핵폭발 이후 몰아치는 광풍이 아닌가. "빛의 속도보다 더 빠르게"라는 시구가 후폭풍과 핵폭발이 짝패를 이루고 있음을 암시하는 표지이다.[10] 그러면 이와같은 핵폭발의 후폭풍 속에서 헤엄치는 물고기란 무엇인가? 단순화시켜 말하자면, 언제 돌발할지 모르는 세계 혹은 우주의 파멸에 직면해 "푸르르" 떨고 있는 가냘픈 생명체인가? 새로운 밀레니엄을 종말론적인 시선으로 바라보는 한 비관론자의 애처로운 몸부림인가? 혹은 근대화의 뒤안길에 버려진 사각지대이자 미래에 혹사당한 과거의 그늘인가? 지난 시대의 갈등과 고통, 시련과 고뇌를 증발시킴으로써 과거의 시간대를 슬그머니 잡아빼는 천박한 낙천주의에 대한 준열한 질타인가? 아니면 다매체 영상문화라는 시대적 기치 아래 줄달음질치는 오늘날의 미래편식증에 슬그머니 빗장을 걸려는 한 시인(문자문화의 기수)의 항변인가? 그것도 아니라면 환란(換亂)을 초래한 IMF체제하의 구제

---

9) 『현대시학』 1999년 1월호, 111면.
10) 홍신선 「바람에도 배후가 있다」, 『현대시학』 1999년 2월호, 49~50면.

금융시대니, 이와 봉합되어 증폭된 정리해고니, 실업문제니 하는 사회적 불안 속에 중심을 잃고 퍼덕이는 우리들의 자화상인가?

답은 이것도 되고 저것도 된다. 하나도 되고 모두 다일 수도 있다. 시가 하나의 정답만을 산출하는 일차방정식이라면, 반대로 어떤 답도 낼 수 없는 잘못된 방정식이라면, 좋은 시가 될 수 없다. 흔히들 시가 어렵다고 한다. 그러나 유종호(柳宗鎬)의 지적대로 "쉬운 시와 어려운 시가 있는 것이 아니다. 훌륭한 시와 신통치 않은 시가 있는 것이다."[11] 대입하는 미지수 X의 값에 따라 답을 달리하는 고차방정식 같은 시가 정말 좋은 시이다. 보는 각도에 따라 여러가지 풀이의 열쇠를 건네주는 이덕규의 「풍향계」가 여타의 신세대 시인들의 시와 구별되는 까닭이 여기에 있다. 이 시가 보여주는 또 하나의 미덕이 있다. 다른 행과 비견해 의도적으로 2행과 3행을 길게 늘려놓고, 행간을 띄워놓은 이덕규의 전략. 일종의 '구체시'(Konkrete Poesie)처럼 시의 가시적 형태 자체가 실제 풍향계의 모습과 닮아 있는 것이다.

3) 그리움의 무한순환

허공에 떠 있는 물고기(풍향계)는 단청의 추녀 끝에 매달린 물고기 모양의 '풍경(風磬)'과 자연스럽게 기맥(氣脈)이 통할 수 있다. 어느 절간, 목탁소리와 어우러져 잔잔히 퍼져나가는 소리의 파문(波紋). 바람에 민감한 쇳조각을 가지고 있다는 점에서 풍경은 풍향계와 닮아 있다. 그러나 풍향계와 풍경은 두 가지 점에서 갈라진다. 첫째 풍향계는 대지로부터 솟아오른 축을 중심으로 회전하나 풍경은 추녀 끝에 매달려 요동한다. 둘째 풍향계는 바람의 길을 '시각화'하는 장치라면, 풍경은 바

---

11) 유종호 『시란 무엇인가』, 민음사 1995, 64면.

람의 결을 '청각화'하는 기제이다. 시각보다 청각이, 아폴로적인 현시성보다 디오니소스적인 음(音)의 꿈틀거림이 시적 이념을 출산할 수 있는 '원초현상'과 친화력이 있다고 보는 니체(F. Nietzsche)의 미학에 따른다면, 풍경은 풍향계의 신화적 원형이라 볼 수 있다. 왜냐하면 풍향계가 바람의 방향을 가시화함으로써 과학적인 판단의 척도를 제공해주는 근대화의 산물이라면, 풍경은 바람의 의지 자체를 직접적으로 상징화함으로써 시혼(詩魂)의 메아리를 들려줄 수 있는 전근대성의 유물이기 때문이다. 문명화된 인간의 그럴싸한 세련됨에 가려진 투박한 근기(根氣)를 엿들을 수 있는 풍경. 그래서 풍경은 도구적 이성으로 단련된 현대인을 무장해제시킬 수 있는 시인의 연물(戀物)이 될 수 있다.

그렇다면 우리는 놋쇠소리를 바람결에 쏟아보내고 있는 풍경의 모습에서 인간의 어떠한 욕망의 뿌리를 염탐할 수 있을까? 이 세상 경계의 어스름 속에서 머뭇거리는 풍경 속에 잠재된 인간의 실존적 문제는 무엇인가? 이에 대한 적절한 시적 응답을 우리는 김명인(金明仁)의 『바닷가의 장례』에 있는 「安靜寺」라는 시 한 편에서 찾아낼 수가 있다.

안정사 玉蓮庵 낡은 단청의 추녀 끝
사방지기로 매달린 물고기가
풍경 속을 헤엄치듯
지느러밀 매고 있다
청동바다 섬들은 소릿골 건너 아득히 목메올 테지만
갈 수 없는 곳 풍경 깨어지라 몸 부딪쳐 저 물고기
벌써 수천 대접째의 놋쇠소릴 바람결에
쏟아보내고 있다
그 요동으로도 하늘은 금세 눈 올 듯 멍빛이다
이 윤회 벗어나지 못할 때 웬 아낙이

아까부터 탑신 아래 꼬리 끌리는 촛불 피워놓고
수도 없이 오체투지로 엎드린다
정향나무 그늘이 따라서 굴신하며
법당 안으로 쓰러졌다가 절 마당에 주저앉았다가 한다

가고 싶다는 인간의 열망이
놋대접풍으로 쩔렁거려서
그리운 마음 흘러넘치게 하는
바다 가까운 절간이다[12]

풍경은 물고기 모양을 하고 있다. 공중에 떠 있는 물고기라니, 지독한 모순이다. 그렇다면 이 모순은 왜 잉태되었는가? 해답은 간명하다. 물고기가 물을 벗어나 허공에 매달려 있기 때문이다. 그렇다면 물고기-풍경이 "깨어지라 몸 부딪"치고 "수천 대접째의 놋쇠소릴 바람결에/쏟아보내"며 "갈 수 없는 곳"이지만 가고자 열망하는 곳은 어디인가? 이 역시 자명하다. 바다인 것이다. 이 시의 마지막 시구에서 알 수 있듯이 안정사 옥련암은 "바다 가까운 절간이다." 물고기는 목전에 있는 바다를 바라보며 제 몸을 다 깨뜨려 소리로 바다에 당도하려 한다. 원적지를 향한 노스텔지어(nostalgia), 생명의 근원인 물에 대한 동경, 존재의 시원(始原)에 대한 갈망. 그러나 이것은 결코 감상에 젖은 낭만적인 그리움이 아니다. 떠날 곳을 떠날 수 없는 서러운 각인으로 인해 진저리치는 '더러운 그리움'인 것이다. 이런 밀도 높은 그리움의 강타로 인해 이제 "하늘은 금세 눈 올 듯 멍빛"이 된다.

바다는 분명 물고기가 사무치게 그리워하는 바다이지만, 이 절간의

---

12) 김명인 『바닷가의 장례』, 문학과지성사 1997, 11면.

풍경으로 매달리기 위해서 거기서 떠나온 바다이기도 하다. 그리움은 이별을 전제로 이루어진다. 이러한 측면에서 바다는 물고기가 도달하려는 종착점도 되지만 출발점도 된다. 가련하고 쓸쓸한 삶의 내면에서 바다는 희망이지만 동시에 우리네 삶의 고뇌와 번뇌를 안겨주는 고해(苦海), 즉 세상이기도 한 것이다. 즉 바다는 물고기와의 합일을 꿈꾸면서도 물고기와의 단절을 강행한다. 둘은 서로 상보하면서도 상충되는 타자이다. 바로 여기서 모순의 회전운동이 발생한다. 그리움/이별, 시작/끝, 출발점/종착점, 희망/고해, 일치/분리의 이항대립이 지양되고 하나의 소실점으로 수렴되기 시작하는 것이다. 죽음의 끝이 재생의 처음과 만나고 단절의 출구가 결합의 입구로 둔갑한다. 마치 중세의 연금술사들이 죽음과 재생의 상징물로 여겼던, 둥글게 자기 꼬리를 물고 있는 뱀 오우로보로스(Ouroboros)처럼. 이때 세계는 양극의 방향을 통합하는 원형(圓形)을 지향하게 된다. 이 우주에서 소멸하는 것은 없다. 변할 뿐이다, 새로운 형상을 취할 뿐이다. 이것이 변해 저것이 되고, 저것이 변해 이것이 될 뿐, 그 총화는 변하지 않는다. 이것을 두고 불가에서는 윤회라 하지 않는가. "수도 없이 오체투지로" 절을 하는 여인의 모습이나 "정향나무 그늘"의 반복적인 움직임이 예사롭지 않은 이유가 여기에 있다. 이처럼 김명인은 풍경이란 대상에 빗져서 우리 삶의 모순, 그리고 그 모순에 대한 모순된 저항을 노래한다. 조변석개(朝變夕改)하는 것이 인간사라면 천변만화(千變萬化)하는 것이 세상의 이치다. 불변하는 것이 있다면 대상에 대한 그리움의 열망뿐이다. 그것이 사랑이든, 진리이든. 우리 인간은 언제나 이 더러운 그리움의 고리를 끊고 평안의 상태로 접어들 수 있을까? 불가능할지 모른다. 역설은 그리움의 운명이기 때문이다. 그러나 이 모순이 바로 우리 삶의 추동력이 아닐까. 결핍과 욕망의 무한순환(그리움)은 인간이 인간인 이상 벗어날 수 없는 굴레이자 실존적 조건이라 할 수 있을 것이다.

자칫 축축한 낭만적 감상성으로 왜곡되기 쉬운 그리움이란 주제를 인간 존재의 본질과 연결시킨 눈, 초월의 종언이 선고된 지금 이 시대에 초월의 향수를 불러일으킬 수 있는 대상을 찾아 더듬는 눈, 아득한 기억의 저편에 자리잡고 있는 금방이라도 지워질 듯 희미하게 흔들리는 풍경의 처연한 아름다움을 목도하는 눈이 김명인의 눈이다.

3. 시인(詩人), 시인(視人), 시인(時人)

'시인의 눈'이라는 열쇠로 열고 들어간 세 편의 시에 대한 우리의 탐색이 두 개의 풍향계와 하나의 풍경이란 미로를 통과해 이제 막 성채의 후문 앞에 이르러 서 있다. 이제 열쇠를 찾아 문을 열고 나갈 차례만 남았다. 결론을 대신해서 미궁의 출구를 열 수 있는 세 개의 열쇠를 조립해보자.

열쇠 1. 세 시인의 눈은 서로 다른 방향성을 지향한다. "어떤 바람도 우리를 내밀지 못한다"는 시구가 암시하듯 페터 빌의 시선이 풍향계의 정중앙, 즉 '전진 없는 공회전'이라는 존재근거에 초점이 맞추어져 있다면, "그 배후가 궁금하다"는 이덕규의 시야는 풍향계의 후미 쪽을 향해 있다. 그리고 목전에 있는 바다를 열망하는 풍경—물고기를 주시하는 김명인의 눈은 무엇보다 풍경의 앞쪽을 향해 열려 있음을 알 수 있다. 정면에서, 뒤에서, 앞에서 대상을 장악하는 시인의 눈. 무엇을 보는가가 아니라, 어디서 어떻게 보는가가 중요한 것이다. 처음부터 사물의 척추를 그려줄 수는 없기 때문이다.

열쇠 2. 풍향계의 동선(動線)과 움직임의 반경이 다르다. 페터 빌의 풍향계가 제자리에서 "녹"슬어가며 아주 정적인 원운동을 한다면, 이덕규의 풍향계는 "꼬리 지느러미가 푸르르 떨린다/그가 열심히 헤엄쳐"간다라는 시구처럼 동적이고 직선적이다. 반면에 김명인의 풍경은 상/하, 좌/우, 앞/뒤로 요동하고 있다는 차원에서 입체적이다. 점→직선→입체라는 차원의 점층적인 확대가 시에 내포된 의미의 폭과 비례하는 것은 아니지만, 김명인의 시가 앞의 두 시를 품어안을 수 있는 탄력성을 지닌 것 또한 부인하기 힘들어 보인다. 왜냐하면 바다와 풍경 사이의 입체적인 움직임을 상징하는 저 도저한 윤회의 써클(circle)이 점과 직선을 품어안을 수 있는 넓이와 깊이를 가지고 있기 때문이다.

열쇠 3. 풍향계와 풍경은 비변증법적이다. 회전운동을 지향하는 풍향계와 윤회를 암시하는 풍경은 흑백논리를 지양한다. 마치 전통철학이 세운 이데아/현실, 정신/물질, 주체/타자, 존재/무 따위의 이항대립적 메커니즘을 부정하려는 듯이 돌아가는 풍향계는 '해석학적 회전관계'(hermeneutischer Zirkel)에 대한 알레고리로도 읽힐 수 있다. 상주불변(常住不變)의 진리란 존재하지 않는다. 즉 진리란 원래 있는 것을 '발견'하는 것이 아니라 그때그때의 문맥에 따라 '발생'[13]한다는 전복적인 세계관, 정→반→합이라는 전진의 원리를 신봉하는 직선적인 시간론 대신에 과거·현재·미래의 세 층위를 '동시성'의 지평에서 해석하려는 순환적인 시간론이 풍향계(풍경)의 이미지와 전혀 무관해 보이지 않는 까닭은 무엇인가. 풍향계란 전진 없는 정체(비변증법적 원운동)이지만 그 원운동이 나선형의 궤적을 따라, 때로는 원심적인 방향으로 무한히 확대되기도 하고, 때로는 구심적인 방향으로 소용돌이치면서 정곡을 찌

---

13) "진리는 발생한다(geschehen)" 혹은 "진리는 일어난다"라는 하이데거의 철학적 명제가 떠오르는 대목이다. 그에 의하면 진리란 영원히 불변하는 객관적인 실체가 아니라, 바로 '지금 여기'에서 발생하고 일어나는, 그래서 순간적으로 존재했다가 사라지고 다시 현현하는 '돌연성'(Plötzlichkeit)을 그 속성으로 한다. 이러한 맥락에서 볼 때, 바람의 속도와 방향을 매순간마다 온몸으로 체현해내며 돌아가는 풍향계의 모습과 진리는 규정할 수 없고 계속해서 발생할 뿐이라는 하이데거의 해석학 사이에는 은밀한 은유적 결속관계가 존재한다고 볼 수도 있을 것이다.

를 수 있다는 인상을 지울 수 없기 때문이리라.

풍향계를 어디서 어떻게 어느 면을 보느냐(열쇠 1), 풍향계는 어떠한 방향으로 어떻게 움직이는가(열쇠 2), 그렇다면 풍향계의 본질은 무엇인가(열쇠 3)라는 세 개의 열쇠를 정리해놓고 보니, 풍향계 자체가 시인의 눈에 대한 거대 은유로 전이될 수 있음을 엿볼 수 있다. 대지에 축을 세우고 세계의 실체를 포착하기 위해 사방을 훑으며 돌아가는 풍향계의 모습은 우리가 간절히 기대하는 시인의 눈에 다름아니다. 그러나 이 세 개 열쇠를 포개어서 출구를 열자마자, 순간 또다른 두 개의 문과 직면한다. 마지막 관문이다. 한편의 문 뒤에는 호메로스(Homeros)의 『오디쎄이아』(*Odysseia*)에 나오는 외눈박이 괴물 '키클롭스'(Kyklops)가 "하나는 하나이지 여럿일 수 없다. 나는 오직 한 면만을 본다"[14]며 잠복하고 있고, 다른 편 문 뒤에는 "시선은, 항상 무엇인가를, 누군가를, 찾는다. 그것은 불안한 기호이다. 기호로서는 유별난 역동성이며, 그 힘은 기호를 범람한다"[15]는 롤랑 바르뜨(Roland Barthes)의 전언을 온몸으로 체현하고 있는 백안(百眼)의 거인 '아르고스'(Argos)가 있다. 후일 오디쎄우스에 의해서 장님이 될 운명의 키클롭스와 백 개의 눈이 사방에 붙어 있어 잠을 잘 때도 눈은 두 개만 감는다는 아르고스. 단안(單眼)의 거인과 복안(複眼)의 거인, 이 양자택일의 기로에서 선택은 자명하다. 주저할 것이 없다. 무엇보다도 이시영(李時英)의 시 한 편을 기억 저편에서 불러낼 수 있기 때문이다.

    좋은 시인들은 항상
    자기로부터 나온 눈을 갖고 있다
    그 눈은 다람쥐의 두 눈처럼 한없이 맑고 투명하여

---

14) 도정일 「20세기 오이디푸스」, 『문학동네』 1999년 여름호, 464면.
15) 롤랑 바르트 「정면으로 응시하고」, 김인식 편역 『이미지와 글쓰기』, 세계사 1993, 111면.

이슬 그 자체이기도 하지만
급류를 거슬러오르는 연어의 그것처럼
우리의 등짝에도 붙어 있어
세계의 심연을 예감하고
그 아가리를 향해 전속력으로 자신을 던질 줄도 아는
무서운 힘을 갖고 있다

—이시영 「시인의 눈」 부분[16]

　시인의 눈은 "한없이 맑고 투명하여/이슬 그 자체"이기도 하고, "등짝에도 붙어 있어/세계의 심연을 예감하"는 "무서운 힘을" 온축하고 있어야 한다는 시구에서 자연스럽게 '아르고스의 눈'이 연상된다. "궁핍한 시대 시인들은 왜 존재하는가." 횔덜린(F. Hölderlin)은 시 「빵과 포도주」(Brot und Wein)에서 이렇게 묻는다. 시대가 어두워질수록 시대의 피뢰침이라 할 수 있는 시인의 눈은 빛나야 한다. 시대가 혼탁해질수록 시인의 임무는 배가되어야 하는 것이다. 시인(詩人)이란 '시인(視人)'이기도 하지만 '시인(時人)'이기도 하기 때문이다. 오늘날 시가 직면한 위기와 정면대결하기 위한 정공법은 바로 시인의 건강한 시력 회복에 있다 하겠다. 윤곽선이 지워진 신산한 시대를 불투명한 '점선'이 아닌 선명한 '실선'으로 잇는 눈, 현실의 문제의식과 긴장을 늦추지 않는 눈, 무엇을 보되 어디서, 어떻게, 왜 볼 것인가를 새삼 환기시켜주는 '아르고스의 눈'이 시인에게 절실히 요청되는 시대라 하겠다.

　시의 위기를 극복할 수 있는 길은 밖에서 열리지 않는다. 해체와 망각의 속도전에 도취된 불확실한 이 시대를 끌어안으며 시의 존재의미와 존재이유에 대한 확고한 자명성이 성립되는 순간, 바로 시의 위기, 아니

---

16) 이시영 『무늬』, 문학과지성사 1994, 51면.

문학의 위기를 헤치고 나갈 수 있는 돌파구가 열리는 것이다. 시인의 작은 눈에 시의 미래 전부가 달려 있다 해도 과언은 아니다. 마지막으로 한가지 덧붙이자면, 새 천년의 벽두, 이 대전환의 고갯마루에 퍼져 있는 혼탁한 포말을 걷어내고 관찰과 집중을 통해 본질을 꿰뚫으려는 명민한 형안(炯眼)이 단지 시인에게만 필요한 미덕인가?

〔『작가들』 2000년 여름호〕

김춘수와 천사, 그리고 릴케

변용의 힘

> 언제나 변용 속으로 들어가고 나와라.
>
> ─릴케

1. 만남

김춘수(金春洙) 시인의 근작 시집 『거울 속의 천사』에는 그의 시세계를 입체적으로 조망하는 데 도움이 되는 귀한 목소리가 담겨 있다.

나는 어릴 때 호주 선교사가 경영하는 유치원에 다니면서 천사란 말을 처음 들었다. 그 말은 낯설고 신선했다. 대학에 들어가서 나는 릴케의 천사를 읽게 됐다. 릴케의 천사는 겨울에도 꽃을 피우는 그런 천사였다. 역시 낯설고 신선했다. 나는 지금 세번째의 천사를 맞고 있다. 아내는 내 곁을 떠나자 천사가 됐다. 아내는 지금 나에게는 낯설고 신선하다. 아내는 지금 나를 흔들어 깨우고 있다. 아내는 그런 천사다.

그는 지금껏 천사와 세 번 만났다. 그 첫 대면은 댓살 때 호주 선교사가 경영하는 유치원 보모의 이야기 속에서 이루어졌고, 이렇게 머릿속에서만 맴돌던 천사의 모습은 예배당 천장에 걸려 있던 천사그림이나 "대중목욕탕이나 이발관의 벽에 걸린, 그림 속에 나오는 날개 달린 포동포동 살진 애들"[1]의 이미지로 굳어지게 된다. 두번째 만남의 공간은 대학시절 일본 토오꾜오(東京)의 어느 헌책방에서 우연히 집어든 독일 시인 릴케(R.M. Rilke)의 텍스트였다. 특히 릴케의 걸작 「두이노의 비가」(Duineser Elegien) 전편을 지배하는 가이없이 투명한 영혼을 지닌 치명적인 천사의 형상은 문청(文靑) 김춘수의 오목가슴에 깊숙이 아로새겨졌다. 시인의 고백대로 릴케가 언어로 조각한 천사와의 뜻밖의 조우는 시에 눈을 뜨게 되는 "啓示的인 순간"이자 "開眼의 순간"[2]이었던 것이다. 천사와의 이런 충격적인 만남 이후 결코 녹록치 않았을 50년의 시력(詩歷)을 온몸으로 통과해온 노시인은 이제 다시 세번째 천사와 마주친다. 얼마 전 천상으로 올라간 시인의 아내가 자신의 영혼을 흔들어 깨우는 천사가 되어 돌아왔기 때문이다. 그렇다면 시인은 "천사란 말 대신 나에게는/여보란 말이 있었구나"(「두 개의 靜物」)라는 시구 하나를 조탁하기 위해 이토록 오랜 세월을 에둘러왔던 것일까.

어쨌든 시인은 문학을 시작하기 이전에 천사와 만났고, 천사의 부름에 이끌려 문학이란 '미지의 나라'(terra incognita)에 발을 들여놓았으며, 그 긴 탐색의 여행 끝에서 또다시 천사와 상봉했다. 천사는 김춘수와 함께 걸어온 시적 탐험의 '낯설고 신선한' 동반자였던 셈이다. 이러한 사정으로 미루어 짐작컨대 김춘수에게 천사의 세계는 유년기 '근원체험'이자 청년기 '문학의 촉매'였고 노년기 '영혼의 각성제'였을 터이다. 시적 상상력의 무의식적 배지(胚地)이자 출발점이고 귀착점이었던 것이다.

그러나 김춘수가 천사와 단 세 번만 만났던 것은 아니다. 두번째와

---

1) 김춘수 『꽃과 여우』, 민음사 1997, 27면.
2) 김춘수 「릴케와 나의 詩」, 김주연 엮음 『릴케』, 문학과지성사 1993, 235면.

세번째 큰 만남 사이에는 또다른 천사와의 다채로운 만남들이 사금파리처럼 박혀 있다. 이 글은 이런 만남의 작은 인연들 사이를 종횡으로 누비며 발굴한 여러 천사그림 조각들로 짜맞추어진 퍼즐이다. 다시 말해 천사라는 '기표'가 수많은 '기의'를 만들고 다시 그것이 기표가 되어 계속 미끄러지면서 생기는 '차연'이라는 공간이 이 퍼즐이 움직이는 자장(磁場)이다. 이제 우리는 관념시·무의미시·순수시·절대시라는 기존의 박제화된 김춘수 신화에 연연하지 않고 그의 시세계에 흩어져 있는 천사 조각들 사이의 보이지 않는 맥락과 맥리(脈理), 그 '연속성의 잠재력'(Potenz der Kontinuität)[3]을 꼼꼼히 추적해볼 생각이다. 김춘수의 시 도처에서 출몰하는 다채로운 천사들 사이에 접속사처럼 존재하는 관계의 사유를 탐색하려는 것이 이 퍼즐놀이의 목적인 셈이다. 그리고 일찍이 릴케가 혼을 바쳐 천착했던 천사상은 이 글의 살림살이를 꾸려가는 데 좋은 길라잡이가 될 것이다. 부디 퍼즐 조각이 밑그림에 잘 들어맞지 않는다고 인위적으로 조각을 잘라 끼우는 경솔한 논리의 폭력과 정교한 지적 조작이 감행되지 않길. 그래서 김춘수의 시세계에서 "여전히 개발의 손길을 기다리고 있는 일종의 풍요로운 미개지(未開地)"[4] 하나가 발견되길. 지금 우리 앞에는 하나이면서 넷(나비·빛·눈·거울)으로 변이되는 기묘한 천사 밑그림틀이 놓여 있다.

2. 나비

알다시피 원래 천사는 하느님을 섬기고 하느님과 사람 사이를 중개

---

3) '연속성의 잠재력'이란 줄리아 크리스테바(Julia Kristeva)가 '상호 텍스트성'의 내부 작동원리로 규정한 개념이다. 이에 대한 구체적인 설명은 이 책 제1부의 「0/1의 비평에서 0/2의 비평으로」 참조.

4) 박혜경 「시와 시, 그 소통과 대화의 사잇길」, 『문학과사회』 1996년 여름호, 729면.

하는 일종의 영적(靈的) 존재이다. 신의 의지를 전달하는 천사는 하느님과 인간 사이의 중간적 존재로서 독특한 위상을 지닌다. 따라서 천사의 존재를 인정한다는 것은 지상의 세계와 차원이 다른 절대적인 세계를 인정한다는 뜻이고, 신과 인간 사이의 아득한 거리를 인정하는 꼴이다. 이렇게 볼 때 천사는 신과 인간의 대립과 단절을 상징하는 적확한 시적 소재가 될 수 있다. 그래서일까, 일찍이 릴케는 「두이노의 비가」를 열면서 "내가 이렇게 소리친들, 천사의 계열 중 대체 그 누가/내 목소리를 들어줄까? 한 천사가 느닷없이/나를 가슴에 끌어안으면, 나보다 강한 그의/존재로 말미암아 나 스러지고 말 텐데"라고 울부짖으며 인간과 천사 사이의 비극적인 거리감을 노래한 바 있다. 인간의 질서를 능가하는 강력한 천사의 위계, 인간을 압도하는 무서운 아름다움! 릴케가 "모든 천사는 무섭다"[5]고 토로하는 까닭은 여기에 있다.

　하지만 김춘수의 시에서 점묘되는 천사의 세계는 묵직한 종교적 상징과는 거리가 멀다. 오히려 그에게 천사는 나풀나풀 날아가는 나비처럼 가볍고 싱그러운 이미지로 다가온다.

　　나비는 가비야운 것이 美다.
　　나비가 앉으면 순간에 어떤 우울한 꽃도 환해지고 다채로워진다. 변화를 일으킨다. 나비는 복음의 천사다. 일곱 번 그을어도 그을리지 않는 순금의 날개를 가졌다. 나비는 가장 가비야운 꽃잎보다도 가비야우면서도 영원한 침묵의 그 공간을 한가로이 날아간다. 나비는 신선하다.

—「나비」 전문

---

5) 라이너 마리아 릴케 「두이노의 비가」, 김재혁 옮김 『릴케전집 2』, 책세상 2000, 443면.

　김춘수의 시에서 천사라는 시어가 처음 등장하는 작품이자 그의 천사관의 일단을 읽어낼 수 있는 소품이다. 우선 천사와 나비의 외형적 유사성 측면에서 볼 때, 두 날개를 달고 날아다니는 "가비야운" 나비를 "복음의 천사"에 비유하고 있는 장면은 자연스럽다. 그런데 여기서 나비-천사는 그리스도의 말씀을 전하는 위엄있는 사자(使者)라기보다는 모든 만물에 의미를 부여하는 신선한 변화의 동인(動因)이다. 그래서 "나비가 앉으면 순간에 어떤 우울한 꽃도 환해지고 다채로워진다." 그의 대표작인 「꽃」의 안경을 쓰고 이 시구를 들여다보면 "하나의 몸짓에 지나지 않았"던 "우울한 꽃"에 한 마리의 나비가 앉자, 다시 말해 "내가 그의 이름을 불러주었을 때" 갑자기 꽃은 "환해지고 다채로워진" 것으로도 해석할 수 있을 터이다. 나비로 인해 실로 엄청난 존재론적 변화가 일어난 셈이다. 이런 의미에서 나비는 무표정한 사물에 '기쁜 소식'을 전해주는 "복음의 천사"이다. 나비의 날갯짓은 존재론적 호명(呼名)의 신호에 다름아닌 것이다. 이렇듯 김춘수의 꽃이 활짝 피어오르기 이전, 그 신화의 시대에는 '미(美)'의 상징인 한 마리 나비가 너울대고 있었다.

　또한 나비는 "일곱 번 그을어도 그을리지 않는 순금의 날개를 가졌다." 물론 여기서 "순금의 날개"란 시인이 평생 좇아온 순결한 언어의 세계와 유용성 너머의 근원적인 의미, 그리고 역사가 증발한 순수한 공간을 암시한다고 볼 수 있다. 사물에 의미를 부여하는 나비의 날개는 정작 외부로부터 하등의 의미도 개입되지 않은 '백지상태'(tabula rasa)였던 것이다. 끝으로 나비는 "영원한 침묵의 그 공간을 한가로이 날아간다." 나비는 순금의 날개를 가진 "복음의 천사"인 동시에 허무의 바다를 유영하는 단독자이기도 하다. 주지하듯 고독과 침묵은 김춘수 초기 시 세계의 시적인 사유와 몽상을 가능하게 해주는 주요 모티프가 아니었던가. 하지만 "한가로이" 유영하는 나비의 모습에서 고독한 실존의 근원

적인 진상은 좀처럼 묻어나오지 않고 "관념의 무진 기갈"[6]에서 흘러나
오는 과장된 포즈만이 느껴지는 소이연은 무엇일까? 이제 갓 스물을 넘
은 시인에겐 아직 서구 취향의 관념을 자신의 것으로 온전히 소화시키
는 일이 무리가 아니었을까. 자신의 삶 전체가 커다란 물음표 앞에 서게
되는 실존적 위기 앞에서 시인의 영혼은 너무 여리고 투명했던 것이리
라. 어쨌든 우리는 이 '나비-천사'의 모습에서 "고독하고 순결한 소년적
자아가 이 세계에서 순수하게 다가오는 사물들과 그에 맞는 아담의 최
초 언어를 불러보려 했다"[7]는 김춘수 초기시의 전형적인 특징을 엿볼
수 있다.

　「나비」에는 구체적인 시공간이 없다. 나비의 활동공간은 다분히 형이
상학적 관념의 왕국이다. 이때 나비는 아름다움도 되고, 복음의 천사도
되고, 고독한 산책자도 된다. 하지만 1960년대 「처용단장」의 텍스트로
나비가 이주하게 되면, 나비는 구체적인 현실성을 획득하게 된다. 관념
의 두터운 옷을 벗자 나비의 실체와 성장배경이 드러나기 시작한 것이
다. 이제 나비는 그가 천사라는 말을 처음 들었던 호주 선교사네집 근처
에서 이렇게 파닥거린다.

　　호주 선교사네집에는
　　호주에서 가지고 온 해와 바람이
　　따로 또 있었다.
　　탱자나무 울 사이로
　　겨울에 죽두화가 피어 있었다.
　　주님 생일날 밤에는
　　눈이 내리고,

<hr>

6) 김춘수 「의미에서 무의미까지」, 『김춘수 시전집』, 민음사 1994, 502면.
7) 신범순 「무화과나무의 언어」, 『작가세계』 1997년 여름호, 64면.

내 눈썹과 눈썹 사이 보이지 않는 하늘을
나비가 날고 있었다.
한 마리 두 마리,

—「처용단장」 제1부 부분

  그의 자전소설 『꽃과 여우』에서 드러나듯 유치원에 자리잡은 호주 선교사네집은 김춘수의 무의식에 자리잡은 작은 이상국의 정부이다. 따라서 그곳은 어디에도 존재하지 않는 '유토피아'(utopia)라기보다는 어딘가 존재하는 다른 세계, 곧 '헤테로피아'(heteropia)에 가깝다. 응시할 수는 있지만 접근할 수 없는 세계, 공간적으로는 가까이 있지만 심리적으로는 멀리 떨어져 있는 곳. 한마디로 "유치원은 이상한 곳이다."[8] 그래서 그곳은 김춘수의 자의식의 영해 바깥에 떠 있는 외로운 섬과 같은 곳이고, "호주에서 가지고 온 해와 바람이/따로 또 있"는 한국 속의 이국적인 공간이다. 그곳은 당시의 암울했던 시대분위기와는 격절된 겨울에도 꽃이 피고("겨울에 죽두화가 피어 있었다") 하느님의 은총도 내리는("주님 생일날 밤에는/눈이 내리고") 예사롭지 않은 공간이다. 그리고 이런 '예토 속의 정토' 같은 별천지에서 하얀 나비가 하얀 눈송이처럼 날고 있다. 하얀 천사가 눈꽃이 되어 세상에 강림하기 시작한 것이다. 이렇게 볼 때 호주 선교사네집은 김춘수의 시세계에서 천사의 이미지가 잉태되어 발아되는 결정적인 '장소의 정령'(genius loci)이다. 하지만 그곳은 "내 눈썹과 눈썹 사이 보이지 않는 하늘"처럼 시인에겐 여전히 아득한 거리감으로 다가온다. "호주 선교사네집에는/호주에서 가지고 온 뜰이 있고/뜰 위에는 그네들만의 여름 하늘이 따로 또"(「幼年時 1」) 있기 때문이다. 그리고 이 낯섦에서 소외감이 움튼다. 동경의 응시가 좌절의 서글픔으로 굴절되는 것이다. 시인이 이 시절을 기억하면서

---

8) 김춘수 「軟氏의 낮과 밤 · 12」, 『현대문학』 1983년 2월호, 70면.

"천사는 오랫동안 나를 즐겁게 해주기도 하고 한편 나를 괴롭히기도 했다"거나 "현실에서의 나는 천사와는 아득히 먼 곳에 있었다. 그것이 또한 서글펐다"⁹⁾고 고백하는 까닭은 바로 여기에 있다.

이렇듯 김춘수의 천사는 줄곧 나비의 이미지와 겹치고 그 나비는 늘 호주 선교사네집 근처를 날아다닌다. 하지만 감동의 '나비효과' (Butterfly Effect)를 창출하는 "나비는 잡히지 않고/나비를 쫓는 그 아이의 손이/하늘의 저 투명한 깊이를 헤집고 있"(「라일락 꽃잎」)을 때가 많다. 한마디로 나비는 '말로 다 할 수 없는'(unsäglich) 천사와 같은 존재라 하겠다. 아래의 시는 나비-천사에 함축된 이런 복합적인 의미의 결들을 잘 묶어 보여준다.

호주 선교사네집, 그 붉은 벽돌집을 가로막고 있는 탱자나무 울타리 사이로 텅 빈 앞마당의 잔디밭을 넘겨보기도 하고, 언젠가 거기서 늙은 자라를 건져올리는 것을 본 일이 있는 유치원 뒤뜰의 우물물을 한동안 들여다보기도 했다. 그것들은 무슨 눈짓 같은 것을 보내는 때가 가끔 있었기 때문이다.

가을이 가고 겨울도 가고 봄이 또 와서 나비가 장다리꽃에 앉는 것을 보았을 때, 나비를 나는 이해할 수가 없었다. 언젠가 수만 수천만의 빛줄기로 흩어져서 한려수도 저쪽으로 가버린 그 많은 천사, 그들 중 하나가 아닐까, 눈앞이 하얗고 매끌매끌한 그런 것으로 동그랗게 부풀어오르더니 그것은 어느새 쾌적한 무게로 나를 지그시 누르고 있었다. 그것은 그러나 손에 잡히지가 않았다.

그해 겨울은 눈송이가 어디선가 아이들이 지피는 모닥불 위에 떨어지고 또 떨어지고 했다.

—「나비가」 전문(강조는 필자)

---

9) 김춘수 『꽃과 여우』, 27~29면.

이 시에서 우리는 천사와 나비의 친연성 이외에 천사와 빛의 밀접한
연관성을 엿볼 수 있다. 시인의 눈에 나비는 "수만 수천만의 빛줄기로
흩어져서 한려수도 저쪽으로 가버린 그 많은 천사, 그들 중 하나"로 비
치기 때문이다. 그렇다면 천사와 빛의 관계는?

3. 빛

천사란 정신(Geist)이다. 오로지 정신일 뿐이다. 육신을 적대시하
는 것은 아니다. 그렇지만 육신을 가지고 있는 것은 아니다. (…) 감
각의 온갖 높이·깊이·넓음을 포괄하고 있는 것이 그의 영역이다.
(…) 천사는 존재의 원형들인 것이다. 앞쪽으로 빛줄기를 내뿜으며
활동하는 살아 있는 원상(Urbilder, 原象)이며 근원의 힘(Urmächte)
이다.[10]

플라톤(Platon)의 이데아론에서 존재론적 위계질서의 최고 정점이자
모든 사물에 공통되는 보편적인 일자인 선(善)의 이데아가 빛의 원천인
태양에 비유되고 있듯이, 로마노 구아르디니(Romano Guardini) 역시
"존재의 원형"인 천사를 "앞쪽으로 빛줄기를 내뿜으며 활동하는 살아
있는 원상"으로 파악한다. "'빛'이란 어떤 사물이 시공간 속에 감각적으
로 '현상'하기 위한 선험적인 근거이다(현상이라는 말의 어원은 그리스
어 'phaionmenon'인데, 이 단어는 '빛'을 뜻하는 'phos'에서 왔음을 상
기하자). 빛이 없다면 어떠한 사물도 일정한 형태로서 가시화될 수 없

---

10) Romano Guardini, *Der Engel in Dantes Göttlicher Komödie*, München: Hegner 1948,
33면.

기 때문이다. 그러므로 빛은 현상의 가능태이고 현상은 빛의 현실태이다."[11] 이렇듯 만물의 근원인 빛의 '분무(噴霧)'와 "근원의 힘"으로 표상되는 천사의 '비상'은 일맥상통한다 하겠다. 릴케 역시 「두이노의 비가」에서 천사를 "꽃피는 신성(神性)의 꽃가루,/빛의 뼈마디"[12]에 비유하고 있지 않은가. 우주만상에 눈부신 "신성의 꽃가루"를 흩날리는 빛의 화신, 그리고 환한 열림을 주도하는 빛줄기("빛의 뼈마디")의 춤! 천사와 빛은 이렇게 극적으로 만나 하나로 어우러진다. 아니 천사는 스스로 빛이 되어 오롯이 발광(發光)을 시작하는 것이다.

무엇보다도 김춘수에게 천사는 빛을 지고 날아다니는 경이의 존재로 다가온다. 천사는 새로운 시야를 열어준 눈부신 광도로 그의 시선을 나포한다. 여기서 한가지 흥미로운 점은 그에게 천사와 빛을 맺어준 결정적인 은인은 바로 천사 왕국(호주 선교사가 경영하는 유치원)의 뜰에서 놀고 있던 "살결이 종이처럼 솜처럼 희고 눈빛은 바닷물" 같은 벽안(碧眼)의 두 아이였다는 사실이다. 시인은 탱자나무 울타리 바깥에서 선교사의 두 아이를 훔쳐보고 이렇게 빛과 해후한다.

아이 둘이가 어디서 날아와 거기 잠깐 머물고 있는 듯한 느낌이다. 말하자면 사람의 아이 같지가 않았다. 너무도 깨끗하고 아름다웠다. (…) 웬일일까? 나는 그 이유를 모르는 채로 하루 두어 번씩은 아까 이미 말한 대로 멀리멀리 한려수도가 뻗어 있는 수평선을 바라보며 그 윤선(輪船)이 그리는 가느다란 흰 파장을 느끼곤 했다. 그러다가 문득 넘치는 햇살 속을 사금파리처럼 금빛으로 반짝 빛을 내는 것이 있었다. 그 아이가 예수다! 하는 한 소리의 울림이다. 그것은 복잡하고 미묘했다. 내 어린 감각으로는 어찌할 수가 없었다. 그 아이는 이

---

11) 류신 「자의식의 투명성으로 돌아오는 새」, 『현대문학』 2000년 3월호, 190면.
12) 라이너 마리아 릴케 「두이노의 비가」, 『릴케전집 2』, 448면.

발소던가 공중목욕탕이던가, 혹은 그때 막 나돌기 시작한 그림책에
서던가에서 본 그 아이이면서 내가 탱자나무울 사이로 엿본 그 아이
이기도 했다. 그것은 그대로 빛이다.[13]

그리고 시인은 이때의 감동과 충격을 두 편의 시에 고스란히 담아놓
았다.

> 그것은 처음에는 한 줄기의 빛과 같았으나 그 빛은 열 발짝 앞의
> 느릅나무 잎에 가 앉더니 갑자기 수만 수천만의 빛줄기로 흩어져서
> 는 삽시간에 바다를 덮고 멀리 한려수도로까지 뻗어가고 말더라. 그
> 뒤로 내 눈에는 늘 아지랭이가 끼여 있었고, 내 귀는 봄바다가 기슭
> 을 치고 있는 그런 소리를 자주자주 듣게 되더라.
>
> —「천사」 전문

> 한 번 본 천사는 잊을 수가 없다. 봄바다가 모래톱을 적시고, 한 줄
> 기의 빛이 열 발짝 앞의 느릅나무 잎에 가 앉더니 갑자기 수만 수천만
> 의 빛줄기로 흩어진다. 그네가 저만치 새로 날개를 달고 오고 있다.
>
> —「失題」 전문

어릴 때 유치원 보모로부터 들은 천사라는 말이 수군거리는 느릅나
무의 잎들을 통과해 "수만 수천만의 빛줄기로" 분산되면서 시인의 고향
인 통영 앞바다로 퍼져나가는 의미심장한 대목이다. 천사는 나뭇잎이란
천연의 프리즘을 통해 사방으로 굴절되어 뻗어가는 풍요로운 '빛의 부
챗살'인 것이다. 빛의 본질은 경직된 직선이 아니다. "빛은 직선으로 발

---

13) 김춘수 「軟氏의 낮과 밤 · 12」, 『현대문학』 1983년 2월호, 68~69면.

산되지만 그것은 굴절되고, 확산되고, 넘치고, 채운다."[14] 빛의 황홀한 연금술로 빚어지는 천사의 에피파니(Epiphany)! 바로 이 '빛-천사'의 매혹적인 심상(心象)[15]에 시인은 평생 동안 완전히 홀려 있었던 것이다. "그 뒤로 내 눈에는 늘 아지랭이가 끼여 있었고, 내 귀는 봄바다가 기슭을 치고 있는 그런 소리를 자주자주 듣게 되더라."

또한 이 시에서 각별한 주목을 요하는 장면은 한 줄기 빛이 "갑자기 수만 수천만의 빛줄기로 흩어"지는 '변용'의 극적 순간이다. 변용, 바로 이 개념에 천사의 비밀을 풀 수 있는 열쇠가 내재해 있다. 이에 대한 결정적인 단서를 우리는 릴케의 편지 한구석에서 찾을 수 있다. "천사란 우리가 이루는 변용(die Verwandlung)——눈에 보이는 세계에서 눈에 보이지 않는 세계로 옮아가는 변용이 자기 자신 안에서 이루어진 것처럼 생각할 수 있는 피조물이라 하겠습니다."[16] 그렇다. 천사란 만물을 변화시킴으로써 사물의 본질을 포착하는 존재이자, 동시에 자신의 몸 안에 전신(轉身)의 계기와 천이(遷移)의 씨앗을 품고 있는 '순수한 모순'의 표본이다. 따라서 좀 모호한 표현이 될지 모르지만 천사란 하나이면서 여럿이고 여럿이면서 하나인 '절대 동일성'의 다른 이름이다. 헨카이 판(Hen kai pan)![17] 그래서일까, 김춘수에게 릴케의 천사는 풀잎

---

14) 자크 라캉 「선과 빛」, 권택영 외 편역 『욕망이론』, 문예출판사 1997, 223면.

15) 빛-천사의 모습을 가장 먼저 포착한 시인은 릴케일 성싶다. 그는 프랑스 싸르트르 성당에서 가슴에 해시계를 안고 있는 천사의 입상을 보고 「해시계와 천사」란 시로 감상을 남긴다. 2연과 3연을 읽어보자. "그대 미소짓는 천사, 다감한 모습이여,/수백의 입으로 된 단 하나의 입을 가지고도,/그대는 알지 못한다, 우리의 시간이 그대에게서/그대의 가득 찬 해시계에서 빠져나가는 것을.//그대의 해시계 위에는 하루의 온 시간이 동시에,/동시에 현실적으로, 깊은 균형 속에 서 있다./마치 모든 시간이 무르익어 풍요로운 듯"(『릴케 전집 2』, 180면). 하나의 입으로 천의 언어를 빚는 천사, 비동시적 동시성을 체현하고 있는 천사, 모든 세속의 시간을 미끄러뜨리는 천사. 이 모두 빛을 온몸으로 들이마시는 해시계 천사의 분신들이다.

16) 전광진 「'두이노의 비가」에 나타난 천사상」, 김주연 엮음 『릴케』, 문학과지성사 1993, 76면.

이고 바람이고 바퀴벌레이고 봄이고 여름으로 해독된다. 천사는 모든 존재 속에 깃들인 물신(物神)인 것이다. 그래서 김춘수의 천사는 가톨릭에서 말하는 천사의 9품 계보 따위로 나눠지지 않는다. 악마의 반대편에 선 절대적인 선의 상징도 아니다. 허만하(許萬夏) 시인이 간파했듯 김춘수에게 천사는 "기독교의 천사와는 다른 존재로 세계의 모든 존재 안에 살아 있는 혼 같은 것"[18]이다. 릴케는 천사를 향해 옥타브를 한껏 올리며 짧게 끊어 말했다. "변용이 아니라면, 무엇이 너의 절박한 사명이랴?"[19] 하지만 김춘수는 어깨에 힘을 빼고 이렇게 목소리를 낮춘다.

> 릴케의 천사는 풀잎이고
> 바람이다.
> 언젠가 그때
> 밥상다리를 타고 어디론가 가버린 그
> 바퀴벌레다.
> 겨울에는 봄이고
> 봄에는 여름이다.
>
> ―「처용단장」 제3부 부분

> 아시겠지만 이 땅에는
> 교회의 종소리에도 아낙들 물동이에도
> 식탁보를 젖히면 거기에도

---

17) 이 말은 그리스어로 '하나인 동시에 전부' 혹은 '개체인 동시에 총체'라는 뜻이다. 이 잠언은 독일 관념철학을 정점으로 이끈 튀빙엔대학의 세 교우(校友), 헤겔·횔덜린·셸링의 기숙사방에 걸려 있던 표어이기도 하다.
18) 허만하 『낙타는 십리 밖 물 냄새를 맡는다』, 솔 2001, 102면.
19) 라이너 마리아 릴케 「두이노의 비가」, 『릴케전집 2』, 482면.

천사가 있습니다. 서열에는 끼지 않는
천사가 있습니다.

—「치혼 僧正님께」 부분

4. 아르고스

빛은 눈을 통해 감지된다. 눈은 빛을 담는 일종의 주발이다. 그래서 천사와 관련해 김춘수 시세계에 가장 널리 편재해 있는 심상은 온몸이 눈〔眼〕인 천사이다. 김춘수는 대학시절 이 요물 천사와의 충격적인 대면을 이렇게 기억하고 있다.

> (…) 레온 셰스토프의 책에는 〈천사는 전신이 눈으로 돼 있다〉는 말이 나온다. 이 말도 아직까지 화두가 되고 있다. 내 속에도 천사가 있다. 그가 나를 보고 있다. 그에게 보이고 있는 괴로움으로부터 나는 벗어나지 못하고 있다.[20]

이때부터 시인은 자신이 세상의 시선에 온전히 노출되어 있다는 심리적 불안감에 시달린다. 온몸이 눈으로 돼 있는 천사가 자신을 지켜보고 있다는 괴로움에 결박당한 셈이다. 그리고 이런 사실은, 이승훈(李昇薰)이 예리하게 간파했듯이 "그의 시가 초기의 관념성을 극복하면서 이미지 중심의 시로 발전하는 것은 그의 무의식, 그의 트라우마가 눈과 관련됨을 암시한다"[21]는 지적과 기맥이 통한다 하겠다. 따라서 이 천사는 "시선은, 항상 무엇인가를, 누군가를, 찾는다. 그것은 불안한 기호이다"[22]

---

20) 김춘수 『꽃과 여우』, 104면.
21) 이승훈 「김춘수, 시선과 응시의 매혹」, 『작가세계』 1997년 여름호, 55면.

라는 롤랑 바르뜨(Roland Barthes)의 전언을 대변하는 백안(百眼)의 거인 '아르고스'(Argos)를 닮았다고 볼 수 있다. 암소가 된 이오를 감시하기 위해 잠을 잘 때도 두 개의 눈만 감고 아흔여덟 개의 눈은 뜨고 있다는 아르고스. '나는 본다, 고로 나는 존재한다'(Video, ergo sum)! 그래서 이 아르고스-천사 앞에서 시인이 체험하는 최초의 감정은 불안이다. 세계의 응시 앞에 단독자로서 느끼는 투명한 공포이다. 무엇보다도 "천사는 너무나 투명해서 이쪽에서는 그쪽을 볼 수 없으나 그쪽에서는 이쪽이 잘 보"[23]이기 때문일 터이다. 그래서 이런 고백도 가능해진다.

> 수정 알처럼 투명한
> 순수해진 나에게의 공포를
> 나는 알고 있습니다
>
> ─「무구한 그들의 죽음과 나의 고독」 부분

또한 이 투명한 시선의 공포가 "불쑥 짙은 그늘"로 시인을 뒤덮으면 서늘한 인식의 '추위'로 체감되기도 한다. 역설적이게도 사방으로 빛을 방사하는 아르고스-천사의 체온은 얼음처럼 싸늘하다.

내 나이 스물이 되었을 때, 어느 날 이국의 하숙방에서 쉐스토프를 읽고 있었다. 그때가 저녁 무렵도 아니고, 창가에 무슨 나무 같은 것이 서 있었던 것도 아닌데, 오랜 시간 날 기다리고 있었다는 듯이 그러나 불쑥 짙은 그늘이 이중 삼중으로 밀려오고 있었다. 나는 그 그늘 밑에 겹겹으로 깔리고 말았다. 나는 추위를 느꼈다. 쉐스토프의 책에는 "천사는 온몸이 눈[眼]으로 되어 있다"는 구절이 있었다. 그

---

22) 롤랑 바르트 「정면으로 응시하고」, 김인식 편역 『이미지와 글쓰기』, 세계사 1993, 111면.
23) 김춘수 『꽃과 여우』, 82면.

렇다면 어디선가 그때 천사가 나를 빤히 보고 있었다는 것일까?

―「그늘」 부분

그렇다고 김춘수의 시세계에서 눈은 항상 공포와 불안의 이미지로만 굳어 있는 것은 아니다. 시인의 영혼을 송곳처럼 파고들던 천사의 예리한 눈초리는 시인의 자의식을 끊임없이 깨어 있게 만드는 생산적인 긴장과 건강한 자극으로 굴절될 수 있기 때문이다. 그렇다면 어떻게 이런 전환이 가능한가? 아래의 시는 이에 대한 모종의 암시를 흘리고 있다.

> 내 친구 셰스토프는 말하더라.
> 천사는 온몸이 눈인데
> 온몸으로 나를 보는
> 네가 바로 천사라고,
> (…)
> 시방도 어디서 온몸으로 나를 보는
> 내 눈인 너,

―「소냐에게」 부분

"내 눈인 너"라는 시구가 암시하듯 "온몸으로 나를 보는" 아르고스-천사의 눈이 시적 화자인 나의 동공으로 이식되었기 때문이다. 나를 바라보는 너의 눈동자와 너를 들여다보는 나의 눈동자가 하나로 포개지는 극적인 장면을 보라. 라깡(J. Lacan)의 용어를 빌려 말하자면 '시선'(eye, 바라보기)과 '응시'(gaze, 보여짐)의 매혹적인 엇갈림이 이루어진 것이다. 라깡에 의하면 바라보기만 하는 '독선적인 주체'는 올바른 시적 자아를 잉태할 수 없다. 오히려 세계가 나를 보고 있다는 '타자의식'[24]을 통해서 주체의 진정한 탄생과 시선의 트임이 시작될 수 있는 것이다. 시인은 타자의 시선을 통해 주체가 탄생하는 감동적인 순간을 "시방도 어디서 온몸으로 나를 보는/내 눈인 너"로 요약하고 있다. 그리고 이런 각성을 통해 시인은 타자의 응시에 의해서 분열된 자의식을 자신의 시선으로 복구하는 법을 배우기 시작한다. "나는 눈을 번쩍 떴다. 조금 뒤에 나는 한 번 다시 눈을 번쩍 떴다"(「처용단장」). 이렇듯 시인은 보여짐의 고통을 안으로 삭이고 삭임으로써 자신을 포박하던 수많은 공포의 눈동자, 다시 말해 자신을 무의식적으로 짓누르던 자기 속의 타자를 객관화할 수 있는 '세계의 투시자'로 거듭나게 된다. 새로운 인식의 빛에 비추어 세상을 재구성하고 사물의 속살을 어루만질 수 있는 견자(見者)가 될 발판을 마련한 것이라 하겠다.

김춘수는 정작 릴케에게서 작시에 관해서는 한가지도 배운 것이 없다고 말했다. 하지만 그가 릴케를 통해 체득한 것이 있다면 '작시(作詩)' 이전의 사건인 '작시(作視)'이다. '시쓰기' 이전, 망막과 내면 사이에서 일어나는 '보기'일 터이다. 릴케가 『말테의 수기』(*Die Aufzeichnungen des Malte Laurids Brigge*)에서 여러 차례 되새기던 말, 즉 "나는 보는 법을 배우고 있다. 왜 그런지는 모르지만 모든 것이 내 안 깊숙이 들어와서, 여느 때 같으면 끝이었던 곳에 머물지 않고 더 깊은 곳으로 들어간다. 지금까지는 모르고 있었던 내면을 지금 나는 가지고 있다"[25]는 전언은 김춘수의 영혼에 가장 깊숙이 못박힌 내면의 풍경 가운데 하나이다. 하지만 '시인은 보는 사람'이란 명제는 너무 낯익고 진부해 보인다. 그러나 어찌하겠는가. 시인에게 이 명제만큼 우주의 무게와 맞먹을 만한 다른 뾰족한 소명도 없지 않은가. 무엇보다도 김상환(金上煥)의 간결직절한 표현처럼 "시(詩)의 가능성은 시(視)의 가능

---

24) 타자의식과 관련해 김춘수는 시인에게 이런 책무를 부여한다. "절대로 잊지 말 것/넌 지금 거울 앞에 있다는/인식/거울이 널 보고 있다는 그/인식"(「시인」).

25) 라이너 마리아 릴케 『말테의 수기』, 김용민 옮김 『릴케전집 12』, 책세상 2001, 11면.

성"[26]에 달려 있기 때문이다. 보여짐의 고통을 견디면서 보이지 않는 것을 보아야만 하는 것이 시인의 욕망이자 숙명이고 천형이다. 김춘수가 릴케를 봐도 릴케의 눈에 초점을 맞추는 연유는 여기에 있다.

> 라이너 마리아 릴케,
> 당신의 눈은 보고 있다.
> 천사들이 겨울에도 얼지 않는 손으로
> 나무에 꽃을 피우고 있는 것을,
> 죽어간 소년의 등뒤에서
> 또 하나의 작은 심장이 살아나는 것을,
> 라이너 마리아 릴케,
> 당신의 눈은 보고 있다.
>
> ──「릴케의 章」 부분

이처럼 김춘수는 사물의 이면에 숨어 있는 변용의 계기를 끄집어내는 릴케의 형안(炯眼)과 집요한 눈맞춤을 시작한다. 김춘수가 마련해 놓은 릴케의 '장(章)'은 자기 자신의 시각(時角/視覺)을 벼리고 담금질하기 위해 세운 정신수련의 '장(場)'이었던 것이다. 한편 눈은 김춘수 초기시의 한 정점인 꽃으로도 결정화된다.

> 꽃이여,
>
> 눈부신 순금의 천의 눈이여,
>
> ──「꽃의 소묘」 부분

---

26) 김상환 「이성복의 「겨울비가」로부터」, 『현대비평과 이론』 제7호, 1994, 270면.

"눈부신 순금의 천의 눈"이 암시하듯 꽃은 결코 그을리지 않는 순금의 날개를 지닌 '나비-천사'와 온몸이 눈인 '아르고스-천사'의 본령이 함께 서려 있는 최후의 낭만적 거처이다. 최원식(崔元植)의 표현처럼 "밑바닥으로부터 흔들리는 현실 속에서 시인이 의지할 수 있는 마지막 성채"[27]였던 꽃이 "잊혀지지 않는 하나의 눈짓"(「꽃」)을 타전하기 시작한 것이다. 사물의 기원에 감추어져 있는 천 개의 주름(눈)과의 끈질긴 눈맞춤, 그리고 이를 통해 터지는 눈들의 폭발적인 개화! 이것이 바로 김춘수의 초기 시학이 가닿으려던 최종 목적지가 아니었던가. 아도르노(T.W. Adorno)는 "모든 예술작품은 순간이다. 성공한 작품은 모든 집요한 관찰자의 눈앞에 나타나는, 과정의 정지상태"[28]라고 말했다. 그렇다. 김춘수의 꽃은 그 자체가 내쏘는 눈짓과 관찰자가 보내는 눈빛 사이에서 순간적으로 만개한다. 이 대목에서 겹쳐 울리는 헤겔(G.W.F. Hegel)의 전언도 경청에 값한다. 시선과 응시의 치열한 전장에서 진정한 주체가 탄생하듯, 아르고스처럼 수천 개의 눈을 내장한 대상과의 눈맞춤을 통해 예술은 "내적으로 무한하고 자유스러운 영혼을 드러나게 한다." 예술은 그 자체가 '아르고스의 눈'이다.

예술은 그것이 만들어내는 개개의 형상들을 마치 수천 개의 눈을 가진 아르고스처럼 만들어 그 개개의 부분 속에 내면의 영혼과 정신을 드러나게 한다. 또한 예술은 육체의 형상, 얼굴 표정, 거동, 자세뿐만 아니라 행동, 사건, 말, 음성 그리고 그들이 진행하는 사건의 과정을 그들이 현상하는 모든 조건하에서 도처에 눈(眼)으로 만든다. 그리고 그 눈 속에서 내적으로 무한하고 자유스러운 영혼을 드러나

---

27) 최원식 「김춘수 시의 의미와 무의미」, 『한국 현대시사 연구』, 일지사 1983, 618면.
28) Theodor W. Adorno, *Ästhetische Theorie*, Frankfurt am Main: Suhrkamp 1990, 17면.

게 한다.[29]

5. 거울

거울 역시 온몸이 눈이다. 매끈한 표면 위에 펼쳐진 수많은 방울들. "面鏡의 유리알"(「어둠」)은 눈알이다. 그래서 거울은 세계를 빤히 쳐다본다. 그러면서도 거울은 자기가 응시한 세계의 젖꼭지에서 직접 생명의 빛을 빨아들인다. 거울은 타자의 시선에 의해서 일방적으로 포획되는 수동적인 대상이 아니라 자신의 시선을 타자에게 되쏘는 능동적인 주체인 것이다. 그래서 거울을 통해 밖으로 외출한 시선은 언제나 안으로 귀환하게 마련이다. 거울은 되들어가기 위해선 빠져나가야만 하는 뫼비우스의 띠와 같은 공간인 셈이다. 따라서 거울의 표면은 잠잠한 듯 보이지만 그 심연은 시선의 역동적인 움직임으로 요동친다. 거울은 나아가기 위해 제자리를 돌고 있는 '부동(不動)의 회오리바람'이다. 움직임 속의 정지, 정지 속의 움직임! 정착을 모르는 이 이율배반의 변증법이 거울의 현상학이다. 바로 이 지점에서 전신이 눈인 천사와 거울은 한 몸이 된다. 김춘수 시에서 '거울-천사'가 탄생하는 순간이다.

거울 속에도 바람이 분다.
강풍이다.
나무가 뽑히고 지붕이 날아가고
방축이 무너진다.
거울 속 깊이

---

29) G.W.F. Hegel, *Vorlesung über die Ästhetik I*, Frankfurt am Main: Suhrkamp 1992, 203면.

바람은 드세게 몰아붙인다.
거울은 왜 뿌리가 뽑히지 않는가,
거울은 왜 말짱한가,
거울은 모든 것을 그대로 다 비춘다 하면서도
거울은 이쪽을 빤히 보고 있다.
세스토프가 말한
그것이 천사의 눈일까,

—「거울」 전문

거울에는 '디오니소스'(Dionysos)와 '아폴로'(Apollo)로 대변되는 두 세계가 끝없이 반사의 유희를 펼치며 공존한다. "강풍"이 몰아치는 거울 '속' 깊은 곳의 동적인 세계와 "뿌리가 뽑히지 않는" 거울 표면의 정적인 세계가 서로 얼굴을 마주보고 있는 것이다. 따라서 거울은 안과 밖의 경계가 소멸된 시원(始原)의 상징이다. "후비고 또 후벼봐도/갈수록 거울 속은 환하기만"(「蛇足」) 한 까닭은 여기에 있다. 동시에 "거울은 모든 것을 그대로 다 비춘다 하면서도/거울은 이쪽을 빤히 보고 있다"는 시구처럼 모든 시선을 자기 몸 안으로 수렴하면서도 무심한 듯 자신의 시선을 밖으로 방사한다. 거울은 "아무것도 잡지 않으며, 또한 그 어떤 것도 물리치지 않는다. 그것은 그저 받아들이기만 할 뿐, 아무것도 소유하지 않는다."[30] 한마디로 구심적 욕망과 원심적 의지가 서로 삼투되는 시선의 저수지 같은 공간이 거울인 것이다. 그래서일까, 김춘수는 이러한 거울의 생리에서 자신의 영원한 시적 화두인 천사의 눈을 떠올린다. 지극히 당연한 논리적 몽상이라 하겠다. 거울은 김춘수에게 아르고스-천사의 눈이 지상에서 현시할 수 있는 가장 적절한 시적 공간인 셈이다.

---

30) 롤랑 바르트, 김주환 옮김 『기호의 제국』, 민음사 1997, 95면.

일찍이 토마스 아퀴나스(Thomas Aquinas)는 "천사의 본성이란 어떤 의미에서는 신의 경상(鏡像)을 재현하는 거울"[31]이라고 스스로 거울이 된 천사의 모습을 신의 이마고(imago)로 해석한 바 있다.[32] 릴케의 「두이노의 비가」에도 천사의 본질을 거울에 비유한 의미심장한 시구가 숨어 있다. 릴케는 천사의 특장(特長)을 이렇게 요약하고 우러른다.

> 본질의 공간들, 환희의 방패들, 폭풍처럼
> 날뛰는 감정의 붐빔, 그리고 갑자기 하나씩 나타나는
> 거울들: 제 몸 속에서 흘러나간 아름다움을
> 다시 제 얼굴에 퍼담는.[33]

김춘수와 마찬가지로 릴케에게도 거울은 세계를 영상으로만 되비추는 단순한 반사경으로 인식되지 않는다. 오히려 거울은 "제 몸 속에서 흘러나간 아름다움을/다시 제 얼굴에 퍼담는"다는 시구처럼, 생산과 수용, 확산과 수렴이 동일한 현상으로 포개지는 "본질의 공간"으로 파악된다. 동서양의 거울 이미지를 비교분석한 김현의 말처럼 릴케의 거울은 "자기 자신의 아름다움을 내보내면서, 다시 그것을 받아들이는 천사의 얼굴 그 자체이다. 천사의 얼굴이 바로 그 거울인 것이다!"[34] 한번

---

31) Heinrich Kreutz, *Rilkes Duineser Elegien. Eine Interpretation*, München: C.H. Beck 1950, 40면.

32) 이와 관련해 재미있는 텍스트가 있다. 김춘수가 대학시절 인상깊게 읽었다는 릴케의 단편소설 「사랑하는 신 이야기」에는 신이 천사의 '눈'에 비치는 자신의 얼굴을 표본으로 인간을 창조했다는 이야기가 나온다. "그(신)는 천사의 눈을 거울처럼 앞에 놓고, 그 속에서 자신의 표정을 요모조모 뜯어본 다음, 무릎 위에 올려놓은 공으로 천천히 그리고 조심스럽게 최초의 얼굴을 만들었습니다"(권세훈 옮김 『릴케전집 7』, 책세상 2000, 316면). 한마디로 천사의 눈은 신이 직접적으로 현전하는 거울인 셈이다. 아니 세계는 눈의 빛나는 육화(肉化)인지도 모른다.

33) 라이너 마리아 릴케 「두이노의 비가」, 『릴케전집 2』, 448면.

더 다지고 가자면 거울은 "자기확산이 자기수렴이라는 집약현상으로 비치는가 하면, 자기수렴이라는 집약현상은 자기확산으로 우주만상에 방사된다는 뜻이다. 이처럼 끊임없이 자기순환 운동을 영위하고 있는 존재가 다름아닌 천사라는 존재다."[35]

이렇게 볼 때 천사의 얼굴이자 눈인 거울 속에서 김춘수가 다시 천사를 만나는 일은 지극히 당연하다. 시인은 거울을 통해 몇해 전 "두 쪽의 희디흰 날개"를 두고 "앵초꽃 핀 봄날 아침 홀연/어디론가 가"(「명일동 천사의 시」)버린 한 천사와 재회한다. 작고한 아내가 천사가 되어 거울 속으로 돌아온 것이다. 잠시 거울 밖으로 외출한 천사가 자기 집으로 귀환한 셈이다.

거울 속에 그가 있다.
빤히 나를 본다.
때로 그는 군불 아궁이에
발을 담근다. 발은 데지 않고
발이 군불처럼 피어난다.
오동통한 장단지,
날개를 접고 풀밭에 눕는다.
나는 떼놓고
地球와 함께 물도래와 함께
그는 곧 잠이 든다.
나는 아직 한 번도
그의 꿈을 엿보지 못하고
나는 아직 한 번도

---

34) 김현 「바라봄과 텅 빔」, 『김현 문학전집 12』, 문학과지성사 1993, 231면.
35) 전광진 「「두이노의 비가」에 나타난 천사상」, 『릴케』, 88면.

누구라고 그를 불러보지 못했다.

—「천사」 전문

시인은 아내를 '그'라는 천사로 부른다. 일반적으로 천사의 성이 남성으로—정확하게 말하면 무성(無性)에 가깝다—표상되기 때문이 아니라 '거울 밖의 시인'과 '거울 속의 천사' 사이의 애틋한 감정과 외경의 깊이를 반어적인 거리감으로 표현하기 위해 천사를 '그'라는 3인칭으로 부른 듯싶다. 천사는 그에게 항용 낯설고 신선한 존재가 아니었던가. 그래서 "나는 아직 한 번도/그의 꿈을 엿보지 못하고/나는 아직 한 번도/누구라고 그를 불러보지 못했다"고 말한다. 천사에게 '너'라는 2인칭은 좀처럼 어울리지 않는다. 그렇다고 그라는 천사는 릴케의 천사처럼 인간의 접근을 불허하는 완강하고 막강한 존재는 아니다. 무엇보다도 릴케에게 천사란 애당초부터 눈에 보이지 않는 왕국에서 변용을 이룬 채 삶의 원상을 누리는 환희의 존재인 데 반해, 이 시에서 김춘수의 천사는 일상세계 어디에나 편재해 있는 평범한 인간으로 그려지고 있기 때문이다.[36] 천사는 한가로이 "날개를 접고 풀밭에" 누워 있기도 하고 "오동통한 장단지"를 지닌 풍요롭고 육감적인 모습으로 그려지기도 한다. 애초부터 그에게 각인된 천사상은 날개 달린 포동포동한 애들이 아니었던

---

36) 날개를 접고 지상으로 내려온 인간화된 천사의 모습은 김춘수의 다른 시편에서도 종종 발견된다. 예컨대 '밤이 이슥해서 식솔들이 잠든 뒤에 천사가 왔습니다. 천사는 몹시 시장했던지 빵 한쪽을 다 먹고 차를 들며 들릴락말락 혼잣말로 누군가의 이름을 불렀습니다'(「식탁」)에서처럼 허기진 천사의 모습도 보이고, "앉았다 간 누군가의 궁둥이자국이었다. 이를테면 백년 전 안개 자오록한 한밤, 프라하 근교 보헤미아 분지의 시인 릴케네 집에 천사가 와서 차 한잔 나누고 간"(「또 의자」) 천사도 있다. 하늘을 날기만 할 것 같은 천사가 릴케의 집에 와서 차 한잔 마시고 가다니, 실로 증류수같이 투명한 천사의 모습이다. 그밖에 "소피야,/네 눈이 그처럼 아름답듯이/그런 천사도 있었나 하고/나는 생각에 잠긴다"(「소피야에게」)에서처럼 소설 속 인물이 천사로 승화되기도 하고 유치원 원장 부인을 묘사한 듯한 "행주치마를 두른 천사"(「幼年時 1」)처럼 한국화된 천사도 살짝 끼여 있다.

가. 그렇다고 천사의 신비스러운 아우라(Aura)가 모두 사라진 것은 아니다. 예컨대 그 옛날 "밤에 아낙들은/그 해의 제일 아름다운 불을/아궁이에 지핀다"(「샤갈의 마을에 내리는 눈」)는 시구가 연상되는 그 "군불 아궁이에" 그가 발을 넣어도 "발은 데지 않고/발이 군불처럼 피어"나는 장면을 보라. "천사는 그슬리지 않는다"(「盧有선생의 토로소」)는 신조를 재차 확인하고 있지 않은가.

어쨌든 이 시에서 천사는 관념의 허울을 벗어버린 구체적인 인물의 초상으로 그려지고 있다. 천사는 더이상 나비도 빛도 눈도 아니다. 작고 한 아내일 뿐이다. 아내는 그를 빤히 쳐다보고 있는 수호천사가 된 것이다. 그리고 이 응시의 힘이 다시 시인을 끝없이 깨어 있게 만든다. 시인은 '거울 속의 천사'의 눈을 통해 한시도 긴장을 늦추지 않고 있는 것이다. 이렇듯 '거울 속의 천사'는 시인에겐 약효가 뛰어난 만년의 각성제 역할을 한다. 따라서 "새벽 다섯시에 잠을 깬다./거울 속에 내가 있다./거울이 나를 보게 한다"(「또 거울」)는 시구처럼 김춘수에게 거울은 객관화된 나, 대상화된 나의 모습이 가감 없이 투영된 내밀한 자기반성의 공간이 되기도 한다. 이럴 때 '거울 앞의 시인'과 '거울 속의 시인' 사이에는 나르씨스가 탐닉하던 자기환각적인 흥분보다는 성찰의 거리와 자각의 시간이 가로놓이게 마련이다. 결국 김춘수는 거울을 통해 천사의 눈을 보고 아내와 만나고, 자신의 눈을 보고 시와 만난다.

6. 우화등시(羽化登詩)

이렇게 네 가지 모양으로 변용하는 천사 퍼즐을 근거로 김춘수와 천사에 관한 열 가지 단상을 추슬러본다.

① 김춘수의 내면에 각인된 천사상은 번개처럼 반짝 빛나는 섬광인

동시에 오랫동안 여운을 남기는 천둥이다. 천사는 예나 지금이나 한순간도 고정되지 않는 영원한 떨림이다. 그에게 천사상은 순간이며 영원인 '우주상'(imago mundi)인 셈이다. 또한 천사는 지금껏 김춘수의 시 세계를 구분해놓은 관념시니 무의미시니 하는 담벼락들을 거침없이 통과하는 유령이자, 그가 평생 풀어야 할 신비한 힘으로 가득 찬 '상형문자'이다.

② 김춘수에게 천사는 릴케와의 만남을 주선해준 사자(使者)이자 그에게 세 가지 보는 법을 전수해준 천사(天師)이다. 꿰뚫어보기: 사물을 흡사 하나의 창문처럼 여겨 그 뒤에 놓여 있는 의미나 정신까지 캐내는 방법. 김춘수의 관념시를 탄생시킨 숨은 일꾼이다. 뜯어보기: 사물을 흡사 이미지들의 조합물로 여겨 어느 부분은 취하고 어느 부분은 버리는 자유연상적 보기. 김춘수의 무의미시를 구덥게 받치는 재구성 논리의 핵심이다. 가운데 보기: 사물의 '개방된 중심'(Die offene Mitte), 다시 말해 사물이 정말 사물답게 되는 곳을 가감첨삭 없이 직시하는 방법. 꿰뚫어보기와 뜯어보기 이전에 꼭 선행되어야 할 가장 근본적인 보기. 이유인즉 가운데 보기를 외면한 꿰뚫어보기는 관념의 허방으로 빠질 위험이 많고, 가운데 보기를 무시한 뜯어보기는 '이미지를 위한 이미지' 생산의 단순한 유희로 전락할 혐의가 짙기 때문이다.

③ 천사의 전생이 나비라면 현생은 '눈+빛'이고, 후생은 시인의 아내이다. 천사의 이동수단은 빛이라는 투명한 광속열차이고, 천사의 거처는 벌집같이 많은 동공이다. 천사의 눈이 사각틀 안에서 얇게 저며져 깔리면 거울로 변신하고, 한 점으로 모아지면 꽃이라는 결정체가 된다. 천사-나비가 결빙되어 흩뿌려지면 '하얀 눈송이'가 되고, 그 눈꽃이 아르고스의 몸에 달라붙으면 '검은 눈망울'이 된다. 눈[雪]은 눈[眼]이 된다. 그래서일까, 김춘수에게 시선은 늘 얼음처럼 차가운 촌철이다. 아픈 찌름이다. 그러나 이 긴장이 김춘수를 늘 깨어 있게 만든다. 눈(eye)이 나

(Ⅰ)를 만든 셈이다.

④ 거울의 심연으로부터 한 마리 나비–천사가 날아온다. 천상으로 날아갔던 시인의 아내가 천사로 환생해 시인 앞에 너울거리고 있는 것이다. 이렇듯 천사의 전생과 후생은 내통한다. 작고한 아내에게 보내는 시인의 눈물겨운 사부곡(思婦曲)이 윤회의 수레바퀴를 돌리는 힘이다. 나비→빛→눈→거울→나비. 김춘수의 시에서 울리는 천사 변주곡의 순환원리이다.

⑤ 천사의 "살점에서 흐르는 피의 한 방울"은 "다시없는 의미의 향료"(「릴케의 章」)가 된다. 천사의 피는 의미를 실어나르는 동시에 그것을 내다버리는 수레이다. 서늘한 시혼(詩魂) 그 자체인 것이다. 그래서 천사의 몸은 거울처럼 냉랭하다.

⑥ 천사의 염색체는 기묘한 모순의 균형감각을 자랑하는 세포들로 짜여 있다. 그래서 천사는 단수와 복수, 확산과 수렴, 원심과 구심, 운동과 정지, 대상과 표상의 이항대립항 사이에서 아슬아슬한 변증법적 긴장의 곡예를 펼친다.

⑦ 천사의 출신성분은 기독교의 천사와 사뭇 다르다. 그는 어떤 "서열에도 끼지 않고 그 깐깐하고 엄전한/왕따인 천사"(「밤이슬」)인 동시에 "허름한 자켓을 걸치고 있"(「또 日暮」)는 천사이다. 그의 천사는 특정한 족보나 계보에 따라 나누어지지 않는다. 종교적 엄숙성 따위도 끼여들 틈이 없다. 천사는 세상의 어디에나 스며 있는 범신론적 정령이다.

⑧ 김춘수의 시에 등장하는 천사 가운데 상당수는 관념적이고 추상적인 속성을 띤다. 나비라는 복음천사가 그랬고, 빛의 무한 산란(産卵)이 그랬고, 전신이 눈인 아르고스와 거울이 그랬다. 한마디로 천사는 정신 그 자체였던 것이다. 그러나 근작 시집 『거울 속의 천사』에 등장하는 천사에게선 따뜻한 인간의 온기가 느껴진다. 광배(光背)가 사라진 천사가 날개를 접고 지상으로 내려온 것이다. 짐작컨대 이런 경향은 시인이

"관념의 공포증 환자처럼 되어 관념을 떨어버리기 위해서 무의미시를 30년이나 고집해왔지만 결국은 이처럼 허사였다"[37]고 스스로에게 시말서를 제출한 이후 세계를 관념이 아닌 실체로서 파악하려는 지난한 노력과 맞물려 있는 것으로 읽힌다. 드디어 김춘수의 시에서 실존이 본질에, 경험이 선험에 선행하기 시작한 셈이다. 관념이 아니라 "느낌이 진실"[38]이 된 것이다. 따라서 천사는 김춘수 시의 한계와 그 대안을 한 몸으로 보여주는 시적 장치로 읽힌다.

⑨ 김춘수의 천사는 타자를 변용시키면서 자신이 변신하고, 자신이 전신의 주체가 되면서 타자를 변화시킨다. 자아와 타자, 주체와 객체의 순수한 교환! 일종의 '가능적 존재양태'(ta dynata)로서 두 겹의 삶을 살고 있는 셈이다. 즉 천사는 세계를 끊임없이 변용시키는 미다스(Midas)의 손을 가진 '연금술사'인 동시에 자기 스스로 수렴과 확산의 반복적인 리듬을 타고 천변만화하는 '심혼(心魂)의 새'이다. 천사는 겨울에도 꽃을 피우고 우울한 꽃도 환하게 만드는 마법의 소유자이자, 동시에 자기 자신이 스스로 나비의 삶을 살다가 빛으로 퍼져나가고 홀연 눈동자로 깜박거리다가 재차 거울로 반사되는 '변신'(Metamorphose)의 대상이 되기도 한다. 이윤기(李潤基)의 어법을 빌리자면 김춘수의 천사는 물리적 변형(變形)과 화학적 변성(變聲) 너머에 존재하는 성화(聖化), 곧 변역(變易)의 화신인 셈이다. 변용의 힘! 이것이 천사의 실체이다.

> 변화를 희망하라. 오 화려하게 모습을 바꾸며
> 네게서 빠져나가는 사물을 만들어내는 불꽃에 열광하라:
> 지상적인 것을 마음대로 다루는 구상(構想)의 정신은
> 형상의 진동 가운데서 오로지 전환점만을 사랑한다.

---

37) 김춘수 「장편 연작시 「處容斷章」 시말서」, 『김춘수 시전집』, 528면.
38) 김춘수 『거울 속의 천사』, 민음사 2001, 119면.

머무름 속에 스스로를 가둔 것, 그것은 이미 굳은 것이다.[39]

⑩ 천사 마을의 촌장이던 호주 선교사의 안경과 흡사한 "테 굵은 키튼 안경을 끼고"(「유치원 원장이신 호주 선교사」) 있는 김춘수. 그 역시 좀 마르긴 했어도 콧수염 달린 꼬장꼬장한 천사-시인이다. 시인이 즐겨 매는 '나비' 넥타이가 그가 천사 마을의 주민이란 징표이다. 미셸 뚜르니에(Michel Tournier)는 천사를 이렇게 해부한 적이 있다. "인간에게는 두 팔이 있지만 날개가 없다. 새는 날개가 있지만 팔이 없다. 전자는 일을 하고 후자는 날아다닌다. 천사는 팔과 날개를 다 가지고 있다."[40] 김춘수는 다른 시인들처럼 손으로 시를 쓰지 않는다. 순금의 날개로 언어를 툭 건드린다. 그러면 대뜸 언어가 비상한다. 네 개의 수족 이외에도 그의 어깨 위에는 상상력이란 한 쌍의 날개가 돋아나 있기 때문이다. 그에게 날개는 시들지 않는 영감으로 시를 풀어낼 수 있는 힘의 원천이다.
우화등시(羽化登詩)!

7. 새로운 천사

단상을 접으려 할 참에 갑자기 날아들어온 반가운 천사 손님이 있다. 앙겔루스 노부스(Angelus Novus). 신천사(新天使)! '다 큰 어린아이' 김춘수는 파울 클레(Paul Klee)가 그린 「새로운 천사」(Angelus Novus, 1920)의 모습과 어딘가 닮아 있다. 가냘픈 몸뚱이에 애처롭게 붙어 있는 큰 얼굴, 조금은 우스꽝스럽게 보이는 천진한 얼굴 양편에 돋아난 둥글

---

39) 라이너 마리아 릴케 「오르페우스에게 바치는 소네트」, 『릴케전집 2』, 531면.
40) 미셸 투르니에, 김화영 옮김 『예찬』, 현대문학북스 2000, 267면.

고 커다란 눈, 신비스러울 정도로 아득하게 가라앉은 단추 같은 눈동자, 그리고 뭔가를 말하려는 듯 벌리고 있는 입과 한곳에 정착할 수 없음을 암시하는 날개의 움찔거림. 하지만 이 그림에 대한 발터 벤야민(Walter Benjamin)의 진지한 명상과 번뜩이는 통찰에 기대어 보면, 우리는 김춘수의 천사가 신천사의 속내까지 온전히 빼닮은 것은 아니란 사실을 알 수 있다.

클레가 그린 '새로운 천사'라고 불리는 그림이 하나 있다. 이 그림의 천사는 마치 그가 응시하고 있는 어떤 것으로부터 금방이라도 멀어지려고 하고 있는 것처럼 보이도록 묘사되어 있다. 그 천사는 눈을 크게 뜨고 있고, 그의 입은 열려 있으며 또 그의 날개는 펼쳐져 있다. 역사의 천사도 바로 이렇게 보일 것임에 틀림없다. 우리들 앞에서 일련의 사건들이 그 모습을 드러내고 있는 바로 그곳에서 그는, 잔해 위에 또 잔해를 쉬임없이 쌓이게 하고 또 이 잔해를 그의 발 앞에 내팽개치는 단 하나의 파국을 바라보고 있다. 천사는 머물러 있고 싶어 하고, 죽은 자들을 불러 일깨우고 또 산산이 부서진 것을 모아서는 이를 다시 결합시키고 싶어한다. 그러나 천국으로부터는 폭풍이 불어오고 있고, 또 그 폭풍은 그의 날개를 꼼짝달싹 못하게 할 정도로 세차게 불어오기 때문에 천사는 그의 날개를 더이상 접을 수도 없다. 이 폭풍은, 그가 등을 돌리고 있는 미래 쪽을 향하여 간단없이 그를 떠밀고 있으며, 반면 그의 앞에 쌓이는 잔해의 더미는 하늘까지 치솟고 있다. 우리가 진보라고 일컫는 것은 바로 이러한 폭풍을 두고 하는 말이다.[41]

---

41) 발터 벤야민 「역사철학테제」, 반성완 옮김 『발터 벤야민의 문예이론』, 민음사 1995, 348면.

과거의 회억과 미래에의 투기, 그 인력(引力)과 장력(張力)이 치열하게 맞부딪치는 '정지된 현재'(nunc stans) 속에서 "잔해 위에 또 잔해를 쉬임없이 쌓이게" 하는 진보의 파국을 향해 째진 눈을 부릅뜬 '역사의 천사'. 등을 돌려 미래를 향해 치닫지 않고 눈앞에 펼쳐지는 과거에서 현재로의 파노라마를 정면으로 응시하는 가냘픈 천사의 힘겨운 고투와 저항. 물론 김춘수의 심저에도 근대라는 야만적 기획과 진보라는 역사의 미망(迷妄) 자체에 대한 강한 회의가 꿈틀거리고 있었음이 분명하다. "지금까지는 역사가 인간을 심판했지만 바야흐로 인간이 역사를 심판해야 할 때가 왔다"는 베르쟈예프(N. Berdiaev)의 말은 평생 동안 그를 뒤척이게 만든 정신의 진앙(震央)이 아니었던가. 그러나 정작 문제는 이런 도저한 부정정신이 역사와 현실에 대한 비판적 성찰로 이어지기보다는 그의 시의 허리(「처용단장」 연작) 부분을 역사허무주의 혹은 역사무정부주의, 곧 세계관의 부재와 의미의 공전(空轉)이라는 또다른 절대이상 쪽으로 휘어지게 만들었다는 데 있다. 그렇다면 어쨌든 이런 태도는 이상을 위해 현실을 포기한 일종의 '강요된 화해'가 아니겠는가. 명민한 김춘수 시인이 자신이 놓은 자충수의 함정을 모를 리 없다. "역사를 외면하면 역사는 복수한다"[42]는 단언에 이에 대한 통렬한 자기반성이 그대로 녹아 있지 않은가.

실험과 반성은 충분했다. 이젠 실천과 모색이 필요하다. 역사로부터의 외면이 아니라 역사로의 정면대결이 절실한 시점인 것이다. 김춘수 역시 "사람은 역사의 진행에 정면으로 부닥치면 언제나 자신의 실존을 보게 된다"[43]고 피력하지 않았던가. 김춘수의 천사는 벤야민이 말하는 "결을 거슬러 역사를 손질하는" '역사의 천사'가 되어야 한다. 다시 말해 동질적이고 공허한 역사의 연속성을 부인하는 데 그치지 않고 "파국

---

42) 김춘수 「장편 연작시 「處容斷章」 시말서」, 『김춘수 시전집』, 527면.
43) 김춘수 「軟氏의 낮과 밤 · 1」, 『현대문학』 1982년 3월호, 237면.

으로 점철된 진보라는 연속성을 폭파하는 이 돌연한 정지상태"[44] 속으
로 천사를 새롭게 정위(定位)시켜야 한다. 관념의 천사에서 실체의 천
사로, 그리고 이제 앙겔루스 노부스! 김춘수 천사의 미래상이다.

또다시 변용의 힘이 필요한 때가 됐다. 시대의 탁한 공기를 가르는
노장의 분연한 날갯짓을 기대해본다.

[『현대문학』 2001년 10월호]

---

44) 임철규 「역사의 천사──발터 벤야민과 그의 묵시록적 역사관」, 『세계의 문학』 1993년
　　여름호, 296면.

배를 밀어올리는 시지프스

최근 안도현의 시에서 떠올린 몇가지 생각

1. 21세기 비더마이어

두루 아는 바와 같이 19세기 초 유럽의 대부분을 장악하고 위세를 떨쳤던 나뽈레옹제국을 전복시킨 힘은 국제평화와 세계질서 유지를 목적으로 영국·러시아·오스트리아·프로이쎈 같은 유럽 열강들이 맺은 '신성동맹'이었다. 봉건적 절대주의 지배체제에 존립기반을 두었던 군사·귀족·교회세력 간의 끈끈한 보수연합체가 민주주의와 혁명의 열기로 꿈틀거리던 유럽대륙의 덜미를 다시 휘어잡기 시작했던 것이다. 물론 당시 유럽의 군주들과 지배계급은 프랑스혁명과 나뽈레옹전쟁을 통해 확산된 자유주의와 민주주의 정신을 가능한 한 철저히 말살함으로써 프랑스혁명 이전, 즉 구체제로의 복귀를 간절히 희망했다. 따라서 스페인에서는 발흥하는 시민계급을 억누르기 위해 종교재판이 다시 등장했고, 프랑스에서는 왕당파들이 공화파와 나뽈레옹 추종세력들을 공격하기 시작했다. 그리고 독일에서는 검열과 가택수사, 구금 등을 통해 프랑스혁명의 동조세력(공화주의자, 자유주의자)과 민족주의 집단을 박해하기 시작했다. 특히 독일에서는 시민계급의 이데올로기였던 민족주의 운동이 처음에는 나뽈레옹의 독일 침략전쟁과 맞서 싸우기 위한 사상적 수단으로 동원되었다가, 정작 나뽈레옹이 몰락하자 메테르니히(Metternich)에 의해 철저한 탄압의 대상으로 전락하는 일대의 수난을 겪게 되었다.

이렇듯 19세기 전반에 걸쳐 진보적인 자유주의 세력이 주축이 되어 일어난 혁명들이 거듭 실패하고 왕정복고의 움직임이 일어나자 독일의 민족주의 진영 내부에서는 역사의 진보에 대한 회의가 점증하게 되었으며, 국가에 종속된 채 지방분권적인 특징이 강했던 독일의 지식인 계층에서는 현실도피적인 분위기가 고개를 내밀기 시작했다. 이미 쉴러(F. von Schiller)는 자신의 작품에서 불태웠던 혁명적인 정열 대신 '미학적 교육'이라는 탈출구를 생각하게 되었고, 횔덜린(F. Hölderlin)은 혁명적 정열의 과잉으로 인해 탑 속에 유폐된 채 광인이 되어 쓸쓸히 생을 마감했고, 뜨거운 의혈의 피가 들끓던 장 파울(Jean Paul) 역시 역사에 대한 지독한 환멸을 토로하며 1815년 이후 붓을 꺾었다. 그밖에 혁명적 지식인을 자처하던 다수의 작가들이 정치적 현실과 시민의식 사이의 분열, 현실에 대한 엄청난 무력감, 그리고 정치로부터의 완전한 배제라는 경험을 통해 공공의 아레나(Arena)에서 물러나 따뜻한 가정과 평범한 일상, 고요한 자연과 내면적 진실이라는 사적인 영역 속에서 소시민적 삶에 안주하게 되었다. 시민의 자유와 민중의 주권을 대변하던 이들은 이제 정치에 무관심해졌고 사회적인 것보다는 개인적인 문제에 눈을 돌리며 조용히 살기를 원했던 것이다. 투쟁적 휴머니즘, 민족적 해방의식, 혁명적 열정, 비판적 지성, 진보의 파토스, 영웅적 반항감 등이 썰물처럼 빠져나간 자리에 소박한 휴머니즘, 섬세한 감각, 교양있는 친교, 건전한 사고, 자연 속에 파묻힘, 정신의 도야 등과 같은 새로운 풍조가 당대의 문학적 삶을 지배하는 유력한 지표로 떠올랐다. 한마디로 저항에서 체념으로, 진보에서 정지로의 경향전환이 보수적인 시대분위기와 발을 맞춰 일어났던 셈이다. 다음의 짤막한 시구들은 당시 독일의 이러한 시대분위기를 잘 보여준다.

오직 미친 충동만이 계속 나아간다,
앞으로! 앞으로!라는 소리로 온 나라가 울린다.
나는, 가능하다면 머물고 싶다.

연못은 아침햇살 아래 조용하다.
경건한 양심처럼 평화롭다.

이러한 복고주의 시대분위기를 등에 업고 독일에서 스멀스멀 기어나온 사조가 '비더마이어'(Biedermeier)이다. "비더마이어라는 말은 루트비히 아이히로트(Ludwig Eichrodt)의 풍자소설집『슈바벤의 교장 고트리프 비더마이어와 그의 친구 호라티우스 트로이헤르츠의 시들』(1850)에 최초로 등장한다. 아이히로트는 당시 시를 창작하는 교사인 자우터(Friedrich Sauter)의 낭만·천진·우직한 시풍에 대한 풍자로서 비더마이어라는 명칭을 사용했다. 그에 의하면 자우터 시의 근본 태도는 '안락한 우직함'이며 '인생의 가장 단순한 관계들에 대한 소박한 관찰'이다. 말하자면 자우터는 그의 조그만 방, 작은 정원, 보잘것없어 보이는 자연, 마을 교장의 빈약한 봉급을 지상의 행복으로 알고 만족하는 비더마이어의 전형"[1]으로 굳어진 것이다. 권세나 명성과는 인연을 끊고 오로지 마음의 안정을 누리기 위해 전원생활만을 고집하는 자우터. 메테르니히에 의해 철저히 개인의 자유와 권리가 탄압당하고 있음에도 불구하

---

1) 지명렬 엮음『독일문학사조사』, 서울대학교 출판부 1990, 291면.

고 오히려 이런 확고한 질서의 틀 속에서 유지되는 안정된 생활에 만족하는 자우터. 구체제 복고와 혁명적 모반의 양극적 경향 속에서 자신의 정치적 무관심을 정치적 중도(中道)로 교묘하게 대처하는 자우터. 이런 자우터의 모습은 그 당시 사회적인 분위기와 문화적인 성격을 대변하는 시대사적·예술사적 명칭이 되었고, 특히 이상과 현실의 조화로운 합일을 자기 외적인 삶이 아니라 내면의 평화와 행복, 그리고 순결한 자연 속에서 찾는 복고기의 문학, 즉 19세기 전반 독일문단의 흐름을 포괄적으로 지칭하는 문학사조의 이름으로 정착하게 되었다. 이 시대를 풍미한 시인 뫼리케(E. Mörike)의 대표작 「기도」에 나오는 "우아한 겸손"이란 시구와 소설가 슈티프터(A. Stifter)의 미학적 이상인 '사소한 것에 대한 신심(信心)', 그리고 그릴파르쩌(F. Grillparzer)의 동화극 『꿈의 인생』(*Leben des Traums*)의 한 대목인 "현세에 단 한가지 행복이 있으니,/단 한가지: 내면의 조용한 평화,/그리고 죄없는 가슴"은 당시 비더마이어적 생활양식을 상징적으로 압축하고 있는 표현들이다.

따라서 우리가 흔히 독일의 19세기 전반기를 말할 때 얼른 떠올리는 풍경, 요컨대 우편마차, 그림 형제(Brüder Grimms), 물레와 고깔모자, 슈피츠베크(Spitzweg)의 「다락방의 가난한 시인」(Armer Poet in der Dachstube), 방앗간과 성 사이에서 빈둥거리는 아이헨도르프(Eichendorff)의 「타우게니히츠」(Taugenichts), 그리고 창과 뿔피리를 든 야경꾼 같은 모습들은 비더마이어 시대의 전근대적이고 시적으로 미화된 독일 농촌의 모습과 무관하지 않을 성싶다.[2] 그러나 여기서 우리가 놓치지 말아야 할 측면이 있다. 즉 외적으로 평화로운 비더마이어 시대는 혁명을 이루기 위해 치렀던 첨예한 시민전쟁의 상흔을 애써 외면하려는 낭만적인 천진함의 발로였으며, 심각한 정치·사회적 구조변화

---

2) Wolfgang Beutin (Hrsg.), *Deutsche Literaturgeschichte*, Stuttgart: Metzler 1992, 208면 참조.

및 자연과학과 기술분야에서의 혁신적인 발견과 발명(산업혁명)으로 인하여 수세기간 효력을 발휘하던 오랜 전통과 규범들이 가속적으로 청산되는 시대의 흐름을 대책 없이 부정하려는 보수주의적 반동운동이었다는 점이다. 한마디로 낡은 유럽이 서서히 종말을 고하기 직전의 '과거로의 잠정적인 귀환'과 역사적·사회적 상황과 정면으로 대결할 수 없었던 '노쇠한 낭만주의의 무능력한 연장'이 비더마이어 시대였던 셈이다.

그래서일까, 독일 낭만주의의 후기 퇴행적 형태라 볼 수 있는 비더마이어 문학에 대한 평론가들의 눈길은 그리 곱지 못하다. 비더마이어를 문학사적 시대 개념으로 처음 부각시킨 비간트(J. Wiegand)는 문학적 비더마이어를 사멸해가는 낭만주의의 지류로 보면서, 그 성격을 체념·권태·천진·고루함·현실도피 등에서 찾고 있다. 귄터 바이트(Günter Weydt) 역시 비더마이어를 "반동과 청년독일파 시대에 조용한 시골에서 은둔하는 자들의 예술"[3]로 일갈하고 있다. 문학사가인 하우저(A. Hauser)의 비판은 좀더 신랄한 맛이 있다. "초기의 낭만주의자가 열렬히 혁명을 낭만화했었다면 나중에는 그 때문에 더욱 격렬하게 혁명을 거부하게 되었으며, 그리하여 낭만주의와 왕정복고가 손을 잡는 결과를 낳게 되었다. 낭만주의 운동이 서유럽에서 정말 창조적·혁명적인 단계에 도달했을 때 독일에서는 이미 보수주의와 왕당파의 진영으로 넘어가지 않은 낭만주의자는 한 사람도 찾아볼 수 없게 되었다."[4] 다시 말해 낭만주의와 극우 보수세력 사이의 암묵적 담합으로 빚어진 퇴영적인 풍조(비더마이어)가 바로 독일의 낭만주의 운동이 다른 서유럽 국가들과 비견해 퇴색될 수밖에 없었던 결정적인 동인이었다는 지적이다.

눈밝은 독자는 이미 눈치챘겠지만, 내가 글의 허두(虛頭)에서 독일문

---

3) 같은 책 292면.
4) 아르놀트 하우저, 염무웅·반성완 옮김 『문학과 예술의 사회사 3』, 창작과비평사 1999, 238면.

학사의 한 후미진 풍경을 길게 설명한 데는 다 그럴 만한 까닭이 있었다. (단순화의 위협을 무릅쓰고 말한다면, 프랑스혁명을 1980년대 민주화투쟁으로, 신성동맹을 세계자본주의로, 산업혁명을 디지털혁명으로 바꿔 읽어보라. 비더마이어 시대는 우리 문학이 위치한 지금의 상황과 닮은 구석이 많다.) 나는 겉으로는 독일의 비더마이어 시대를 되돌아보는 척했지만 정작 속내는 사적인 영역으로의 집중과 자연과의 친밀한 교류, 그리고 정치와의 결별로 요약될 수 있는 이즈음 우리 시단의 풍경을 반성적으로 되돌아보고자 했던 것이다. 비더마이어라는 철 지난 개념을 1990년대 이후 가장 강력한 주류로 부상한 '순수 서정시' 일반에 대한 비판의 도구로 재활용하고자 했던 셈이다. 그렇다. 비더마이어 문학에 대한 위와 같은 비판들은 200여년을 훌쩍 뛰어넘은 '여기 지금', 예컨대 자신의 순결한 낭만적 이상을 위해 당대적 현실과의 관계를 의도적으로 끊고 자연 속에서 생활하고 있는 한국형 비더마이어 시인 안도현(安度眩)에게도 여전히 유효하다. 주지하듯 그의 시세계는 "80년대를 뒤흔들었던 민중적 비전의 와해, 그 허망함에 대한 쓸쓸한 자각"5)을 계기로 더럽고 추한 "인간의 마을"(「애기똥풀」)에서 투명하고 깨끗한 "여치의 마을"(「여치」)로 이주해왔다. 그리고 이런 청결한 자연 속에서 시인은 지난날 "어두운 청과시장 귀퉁이에서/지하도 공사장에서/(…)/비탈진 역사의 텃밭에서"(「모닥불」) 모닥불을 쬐던 '서울 간 전봉준'의 무겁고 어두운 이미지를 훌훌 털어버리고 비오는 소리를 한가로이 엿듣는 "가난하고 외로운 왕"으로 등극한다. 그의 시는 이제 "먹장구름 뒤"로 잠적한 자연이라는 신의 신비스러운 손에 잡힌 "게으르고 게으른" 몽당연필이 된 것이다.

---

5) 정끝별 「대중을 향해 쏴라!」, 『문학동네』 1999년 가을호, 370면.

神은 처마끝에 주렴을 쳐놓고
먹장구름 뒤로 숨었다

빗줄기를 마당에 세워두고
이제, 수렴청정이다

산골짝 오두막에서 나는 가난하고 외로운 왕이다

나, 장마비 어깨에 걸치고 언제 한번 철벅철벅 걸어다녀를 봤나
천둥처럼 나무 위에 기어올라가 으악, 소리 한번 질러나 봤나

부엌에서 고추전 부치는 냄새가 올라올 때까지
구름 뒤에 숨은 神이 내려올 때까지
나는 게으르고 게으른 사내가 되려 한다

—「장마」 전문

각박한 삶의 현장에서 멀찌감치 떨어져서 자연의 세목을 염담(恬淡)히 둘러보는 시인의 허허로움과 작은 일을 소중하게 다듬어내는 일상에 대한 따뜻한 애정이 매몰차고 박절해진 현대인의 감성을 둥글게 순화시켜주는 시 한 편이다. 은둔하는 자의 소박한 행복, 전원생활의 기쁨, 안락한 우직함, 삶에 대한 겸손, 물질적 검소함과 같은 비더마이어적 코드가 "안도현 특유의 생뚱맞고도 능청스러운 입담"[6]과 한데 어우러져 있는 작품으로 읽힌다. 이렇듯 자연의 아름다움을 느끼고 감상하는 것은 인간의 보편적인 욕구 가운데 하나일 터이며 일상 속에 출세간(出世間)

6) 김수이 「살구나무에서 배운 것」, 안도현 『아무것도 아닌 것에 대하여』, 현대문학북스 2001, 101면.

이 있다는 깨달음 역시 소중한 시적 진실임이 틀림없다. 그러나 정작 내가 이 시를 통해 제기하고픈 문제의식은 앞서 하우저가 비더마이어 문학의 한계로 꼬집었던 낭만주의와 왕정복고 사이의 모종의 결탁이 이 시의 배후에도 으밀아밀하게 그늘져 있다는 점이다. 다시 말해 나는 새로운 전성기를 구가하는 복고적 '낭만성'과 21세기 우리의 삶을 거미줄처럼 규율하고 통제하는 새로운 신성동맹 '자본'과의 은밀한 뒷거래를 밝혀보고 싶은 것이다. 겉으로 보기에 이 시의 토포스(topos)는 자본이 판치는 속세와는 아주 멀리 떨어져 있는 한적한 산 속에 위치해 있는 듯이 보인다. 그러나 이 시와 우리 시대가 맞닿는 접점을 꼼꼼히 들여다보면 얘기는 많이 달라진다.

2. 세계는 기만당하길 원한다

일찍이 아도르노(T. W. Adorno)가 "오직 자신의 고유한 법칙을 좇음으로써 사회의 상품적 성격을 부정하는 순수한 예술작품도 또한 상품"[7]으로 전락한다고 지적한 것처럼, 고도자본에 의해서 통제되는 후기 산업사회에서 생산되는 모든 예술작품은 '문화산업'(Kulturindustrie)이 내놓은 일종의 상품으로 볼 수 있다. 우리는 시장에서 맘에 드는 물건을 고르듯 서점에서 문학이라는 예술상품을 고른다. 오늘날 "예술작품이 갖는 무목적성은 시장의 익명성을 먹고 산다."[8] 여기서 우리가 절대 놓치지 말아야 할 점은 문화산업의 독특한 두 가지 생존방식, 즉 우리의 무의식을 식민화시키기 위해 개발한 두 가지 절묘한 기술이다.

---

7) 호르크 하이머 · 아도르노 「문화산업: 대중기만으로서의 계몽」, 김유동 외 옮김 『계몽의 변증법』, 문예출판사 1996, 216면.
8) 같은 곳.

첫째로 문화산업은 예술작품 수용자의 비판적 자의식을 교묘하게 말살시키는 정책을 편다. 다시 말해 문화산업은 문학 독자를 예술작품에 완전히 몰입하게 유도함으로써 독자의 비판적인 정신활동을 정지시키고 자기 자신을 망각하게 만든다. 여기서 주로 사용되는 기본 술수는 독자로 하여금 복잡한 현대사회를 떠나 자연 속에서 일시적인 위안을 찾게 만드는 방법이다. '인간은 죽기 위해 도시로 온다'는 릴케(R. M. Rilke)의 말을 역이용해 '인간이 살기 위해선 도시를 떠나야 한다'고 은근히 부추기는 것이다. 아도르노에 의하면 문명화·계몽화된 사회에 살고 있는 현대인들은 누구나 마법해제에 대한 위로의 댓가로 또다른 형태의 마법에 대한 욕망을 가지고 있다 한다. 물론 그 마법의 신비를 가장 잘 느낄 수 있는 곳은 문명과 동떨어진 자연이라는 유토피아이다.[9] 그러나 인위적인 도시문명과 동떨어진 자연 속에서 인간은 삶의 근원적인 원기(元氣)를 회복하고 갱신할 수 있다는 문화산업의 주장에는 자본주의의 총체적 메커니즘 속으로 우리를 편입시키려는 검은 속셈이 도사리고 있다. 자연을 자본의 권능에서 오는 폐단과 물질문명의 병폐를 치유할 수 있는 마지막 성소로 보는 현대인의 자동화된 의식 속에 내재한 위험을 아도르노는 「문화산업: 대중기만으로서의 계몽」(Kulturindustrie, Aufklärung als Massenbetrug)이라는 글에서 이렇게 꿰뚫고 있다.

---

9) 독일에서 자연시의 현실도피적 특성은 역사적 발전과정을 통해 자리잡게 되었다. 계몽주의와 질풍노도 시기의 자연시는 다분히 혁명적인 요소를 지니고 있었다. 이 시기에 자연은 기존의 봉건적 질서에 대항한 시민계급의 '비판적 무기'이자, "거룩하게 불타는 심장"(괴테)처럼 약동하는 저항정신의 배지(胚地)로 인식되었다. 그러나 고전주의와 낭만주의, 그리고 비더마이어 시대를 거치면서 자연시는 영혼과 사물의 일치, 자연과의 합일 그리고 도시에 대립되는 목가적 풍경을 주로 노래하는 개인적인 서정시로 변했고, 이후 이런 특성이 자연시의 전통으로 굳어져 오늘날까지 이어져온 것이다. 김용민 「전후 서독문학에서 자연시의 전개과정」, 『현실인식과 독일문학』, 열음사 1991, 494면 참조.

사회의 지배메커니즘이 자연을 사회의 병폐를 치유하는 사회의 대립물로 봄으로써 자연은 탈자연화되어 치유 불가능한 사회 속에 끌어넣어져서는 비싼 값에 팔린다. 푸른 나무나 파란 하늘이나 흘러가는 구름을 보여주는 그림에서는 자연이 공장굴뚝이나 주유소의 로고가 된다.[10)

치유 불가능한 현대사회 속에 살짝 편입되어 아주 비싼 값에 팔리는 자연, 그것은 이미 순수한 자연이 아니라 문화산업의 메커니즘에 의해서 세련되게 윤색된 탈자연화된 유명상품이라는 말이다. 따라서 아쉽지만 우리 시대 자연은 더이상 자본과 문명을 부정하는 강력한 아이콘이 되지 못한다. 오히려 그것은 자본을 확대 양산하는 "공장굴뚝이나 주유소"와 같은 로고일 뿐이다. 이 말은 뒤집어 해석해보면, 우리 시대는 비더마이어식의 해맑은 순수함과 단순한 우직함이 통하지 않을 만큼 불손하고 복잡하다는 증거이다. 산골 오두막에서 장대비를 벗삼아 맛있는 고추전을 기다리는 안도현의 시세계는 분명 순수하고 아름답다. 그러나 문제는 자연이라는 온실 밖의 현실은 결코 순정하지도 아름답지도 않다는 데 있다. 오히려 비루하고 추악하다. '억압'에 의해 관리되던 초기 자본주의와 달리 '조작'에 의해 유지되는 후기 자본주의 사회는 우리의 정신을 주술에 홀리게 하는 상품으로서 자연을 재생산한다. 대중들을 관리하는 것은 이제 거대한 조작체계이며, 이를 통해 후기 자본주의의 지배이데올로기가 사회·교육·문화의 영역뿐 아니라 신성한 자연의 속살까지 침투해들어온 것이다. 도구적 이성이 지배하는 근대 이후의 삭막한 세계를 가리키는 "제2의 자연에서 느끼는 주체의 무력감은 제1의 자연으로 도피하는 원동력이 된다."[11) 따라서 우리 시대 자연은 자연보호

---

10) 호르크 하이머·아도르노, 앞의 글 205면.
11) 김유동 『아도르노의 사상』, 문예출판사 1994, 231면.

공원이나 인간성에 대한 알리바이로 전락하기 십상이다. 서글픈 일이지만 자연을 느끼는 것 자체가 희귀한 특권이 된 세상에 우리는 살고 있다. 따라서 자본주의의 전능성에 가장 먼저 저항해야 할 문학이라는 최전선이 무기력하게 자연이라는 신화 속으로 성급히 퇴각함으로써 자본주의를 전능하게 만드는 데 한몫 거든다면, 제아무리 아름다운 안도현의 시라도 보는 각도에 따라선 아름답지 않을 수 있을 것이다. 오늘날 순수한 자연시는 온전히 정당화될 수 있는가? 우리 시대가 과연 브레히트(B. Brecht)가 「후손들에게」(An den Nachgeborenen)에서 꿈꾸던 '인간이 서로에게 늑대'(homo homini lupus)가 아니라 서로에게 협조자인 행복한 시대라고 단언할 수 있는가? 적어도 지금은 자연에 정신이 팔려 있는 문학보다 온전한 정신을 갖고 있는 문학이 절실한 때라는 것이 나의 생각이다.

두번째로 문화산업은 '예술의 자율성'이란 귀중한 개념을 악이용한다. 여기서 예술의 자율성이란 사회적 현실과 절연된 '예술을 위한 예술'의 신성한 소도(蘇塗)를 뜻하지 않는다. 사회로부터 고립된 순수한 예술의 세계를 뜻하는 말로 예술의 자율성을 이해해서는 곤란하다는 말이다. 예술은 자율적인 동시에 사회적인 이중적 존재이다. 예술은 '창문 없는 단자'가 아니라 '창문 있는 단자'인 것이다. 그러므로 예술은 사회와 비켜서 있으면서 사회와 한 몸이 되어야 하는 두 겹의 삶을 영위해야 한다. 즉 예술은 사회에 대해 저항함으로써 존재의 가치를 얻을 수 있지만, 동시에 예술은 비사회적인 자율성을 유지해야만 대사회적 저항의 자세를 견지할 수 있다. 따라서 예술의 자율성이라는 말 앞에는 그것의 변증법적 대립항인 현실이라는 말이 생략되어 있다고 볼 수 있다. 예술의 자율성은 그의 변증법적 근원인 사회를 망각하지 않는다는 조건 아래서 성립할 수 있는 것이다. 이처럼 "예술작품의 가장 불가사의한 역설은 그 자체로서 존재하는 것처럼 보이면서 또 그 자체로서만 존재하지 않는 것처럼 보인다는 데"[12] 있다. 그런데 문화산업은 전자만을 지나치게 강조·선전함으로써 그것의 짝패인 사회적 현실과의 연관관계를 '낭만적으로' 망각케 한다. 즉 모든 외적 제약에 대한 저항과 해방을 시사하는 예술의 '자율성'이란 개념을 자율성 그 자체에 종속된 예술의 '자족성'이라는 황금새장 속에 가두어버린 것이다. 여기서 문화산업의 전략이 갖는 무서움은 예술이 사회적 현실에 내재한 모순과 질곡으로부터 고립되어 자연이란 너그러운 품속과 과거의 추억이란 이상향 속에 파묻히면 파묻힐수록 우리는 더욱더 효과적으로 문화산업의 총체적인 지배하에 갈등 없이 통합되게 된다는 데 있다. 따라서 현대 문화산업은 예술의 독립성이라는 멋들어진 구호 아래 세상에 대한 불만과 좌절을 낭만적인 방법으로 자위·승화·미화하는 다음과 같은 안도현의 시구를 적극 장려한다.

> 너의 아픔 곁에서
> 너의 아픔 속속들이 적시지 못할 바에는
> 나, 서둘러 떠날란다
>
> —「오수역에서」 부분

> 세상은 혁명을 해도
> 나는 찬 소주 한 병에다
> 숭어회 한 접시를 주문하는 거라
>
> —「숭어회 한 접시」 부분

> 때때로 울컥, 가슴을 치미는 것 때문에
> 흐르는 강물 위에 돌을 던지던 시절은 갔다

---

12) 아르놀트 하우저, 백낙청·염무웅 옮김 『문학과 예술의 사회사 4』, 창작과비평사 1999, 35면.

시절은 갔다,라고 쓸 때
그때가 바야흐로 마흔살이다
바람이 겨드랑이 털을 가지고 놀게 내버려두고
꾸역꾸역 나한테 명함 건넨 자들의 이름을 모두
삭제하고 싶다

—「마흔살」 부분

물론 이 시구들은 모두 슬프게 아름답다. 하지만 예술이라는 공간이 현실의 절망을 피해들어온 낭만적 도피처와 현실의 좌절에 대한 보상으로 지어놓은 자아도취적 신전, 그리고 모든 실제 실천으로부터 자기 자신의 안전을 도모하는 상아탑이 됨으로써 현실에 대한 일체의 책임과 고뇌에서 일시적으로 벗어나려는 '망각의 시학'은 그리 아름답지 못하다. 왜냐하면 이런 "낭만화는 무엇보다도 인생을 단순화하고 단일화하는 것을 뜻하고, 모든 역사적 존재의 고통스러운 변증법으로부터 인생을 해방하는 것을 뜻하며, 해결할 수 없는 모순을 인생에서 제거하고 소원성취의 꿈과 환상에 대한 합리적 저항을 약화시키는 것을 의미"[13]하기 때문이다. 이렇듯 감상적 낭만주의의 한계는 세상으로부터 좌절한 사람들을 기분나쁘지 않게 만들어줄 수 있다는 '계산된 습기'에 있다. 우리로 하여금 적극적으로 사유하는 것을 불가능하게 만들어버림으로써 고통을 목격할 때조차 고통을 잊어버리게 만드는 달콤한 '국부마취제'가 될 수 있는 것이다.

"세계는 기만당하길 원한다(mundus vult decipi)"[14]는 모토 아래 펼치는 문화산업의 이와같은 두 가지 조작씨스템을 아도르노는 '총체적

---

13) 아르놀트 하우저, 염무웅·반성완 옮김, 앞의 책 228면.
14) 김유동, 앞의 책 34면.

관제' '기만' 혹은 '현혹'으로 규정한다. 그렇다. "전세계는 문화산업이라는 필터를 통해 걸러진다."[15] 문화산업은 가능한 모든 방법을 동원해서 우리의 비판적 자의식을 끊임없이 마비시키려 한다. 자본으로의 투항을, 사유로부터의 해방을 촉구하는 것이다. 그렇다면 우리 시대 시인들은 우리를 기만하는 문화산업의 메커니즘을 고발할 것인가, 아니면 계속해서 기만당할 것인가? 우리 시엔 촉촉한 감정은 흘러넘치지만 냉철한 의식은 금방 바닥을 보인다. 이 대목에서 들리는 시에 대한 김진수의 다음과 같은 요구는 경청에 값한다. "'시의 정치성'은 여전히 시가 감당하지 않으면 안될 부분인 것이다. 오히려 자본주의적 지배이데올로기 장치들이 더욱 정교해지고 다양해질수록 시는 더욱 '정치적'이지 않으면 안된다. 그 복합적이고 중층적인 지배권력체제와 이데올로기 장치들에 대해서 문학적 투쟁을 게을리 할 수 없다는 말이다. 문학/시를 기본적으로 정신의 반성적 사고라고 할 때, 그 반성과 전복적 사유가 정치의 층위를 배제할 이유는 어디에도 없기 때문이다."[16]

　　낭만주의의 풍요로운 세례를 받은 서정시인이자 사회정의 구현과 개인의 자유를 위해 투쟁한 이상적 혁명주의자 하이네(H. Heine)는 「바다유령」(Seegespenst)이라는 시에서 다음처럼 낭만주의적 감상성을 극복하는 계기를 마련한다. 여기서 선장의 웃음소리는 현실의 피안으로 뛰어내리려는 낭만주의 시인들을 향해 퍼붓는 세상의 질타이다(참고로 하이네는 법학박사였다).

　　나는 뱃전에 엎드려,
　　꿈꾸는 눈길로 거울처럼

---

15) 호르크 하이머 · 아도르노, 앞의 글 176면.
16) 김진수 「90년대 시의 탈정치성과 그 문제점」, 『사랑, 그 불가능한 죽음』, 문학과지성사 2000, 32면.

맑은 물 속을 들여다보았다,
바닷속 깊은 밑바닥까지
점점 깊이깊이 들여다보았다,
(…)

그처럼 깊이, 바닷속 깊이
너는 나를 피해 몸을 숨겼구나,

(…)

너의 예쁜 얼굴을,
영리하고 믿음이 넘치는 두 눈동자를,
너의 그 사랑스런 미소를——
나 이젠 다시 너를 떠나지 않겠다,
나 네게로 내려가련다.
두 팔을 활짝 벌리고
나 너의 가슴속으로 뛰어내리련다——

그러나 바로 그 순간
선장이 나의 발목을 붙잡았다,
나를 뱃전에서 잡아당기면서,
그는 화난 듯 웃으면서 소리쳤다:
"박사 양반, 당신 미쳤소?"[17]

---

17) 하인리히 하이네, 김재혁 옮김 『노래의 책』, 문학과지성사 2001, 297~300면.

3. 생산적인 동문서답

장마철 툇마루에 앉아 빗줄기를 감상하며 "부엌에서 고추전 부치는 냄새가 올라올 때까지/구름 뒤에 숨은 神이 내려올 때까지" 한껏 게으름을 피우는 시인에겐 떨어지는 빗방울 역시 예사롭지 않게 다가올 터이다.

> 빗방울하고 어울리고 싶어요
> 깨금발로 깨금발로 놀고 싶어요
> 세상의 어깨도 통통 두드려주고 싶어요
>
> —「낙숫물」 전문

낙숫물을 세상사의 과부하로 인해 피곤해진 우리의 어깨를 "통통 두드려주"는 모습으로 바꿔 읽는 시인의 마음이 너그럽고 포근해 보인다. 빗방울과 지면의 행복한 마찰에서 "통통" 울려오는 명랑한 스타카토적 교감이 축 늘어진 우리의 영혼에 아연 생기와 탄력을 주는 듯하다. 하지만 생수처럼 지친 우리의 영혼을 적셔주는 빗방울에 대한 평가도 다분히 상대적일 수 있다. 예컨대 노상에서 비를 맞으며 밤을 지새워야만 하는 철거민에게 빗방울 소리는 어떻게 들리겠는가? 브레히트는 「순수예술에 관하여」라는 토막글에서 이렇게 언급하고 있다.

메티가 말했다. 최근 시인 긴예가 이런 시대에 자연정감에 대한 시를 써도 되는가를 내게 물었다. 나는 예라고 대답했다. 그후 그를 다시 만났을 때 나는 자연정감에 대한 시를 썼는가, 하고 그에게 물어보았다. 아니오라고 그는 대답했다. 그 이유를 물은즉 그가 말하길,

떨어지는 빗방울 소리가 독자에게 기쁨 가득한 체험이 될 수 있게 하자는 과제를 스스로에게 정했지요. 이 점을 염두에 두고 때때로 한 줄씩 끼적거려보다가 저는 결국 깨달았어요. 떨어지는 빗방울 소리가 모든 사람에게, 그러니까 집도 절도 없는 그런 사람들에게도, 즉 잠을 청하려 할 때면 빗방울이 옷깃 사이로 스며들어 목덜미를 적시는 그런 사람들에게도 기쁨 가득한 체험이 되도록 하는 게 필요하다는 사실을 말이지요. 이러한 과제에 저는 그만 움찔해져서 그만두고 말았어요.

예술이라는 게 오늘만을 문제삼는 건 아니잖소라고 나는 그에게 설득조로 말했다. 그런 빗방울이야 어느 때고 있게 마련일 테니 이런 유의 시라면 오랫동안 생명을 얻지 않겠소. 그렇긴 하지요라고, 그는 슬픈 듯이 말했다. 빗방울에 옷깃과 목덜미를 적시는 그런 사람들이 더이상 없게 되면 그런 시가가 씌어질 수 있을 테지요.[18]

브레히트는 비를 맞는 사람들의 비유를 통해 암울한 시대(2차대전 직후)에 순수시가 온전히 정당화될 수 있는가를 되묻고 싶었을 터이다. 물론 순수 자연시 자체를 무조건 범죄와 동일시하는 도식적인 편향에도 문제가 있다. 자연시를 쓴다고 해서 무조건 현실을 외면한 처사라고 몰아붙이는 태도는 지난날의 이분법적인 사고가 낳은 과격성의 산물이다. 하지만 빗방울의 아름다움을 노래하면서도 이런 일이 혹시 궁핍한 사회현실로부터의 의도적인 눈돌림은 아닌지 반성해보는 일, 나에게는 아름답게만 들리는 빗방울 소리가 어떤 사람에게는 삶의 고통을 배가시키는 자연현상이 될 수 있겠구나 자문해보는 자세, 그래서 모순으로 가득 찬 이 시대에 때론 순수 자연시가 제한적으로 유보되어야만 하지 않을까

---

18) Bertolt Brecht, *Gesammelte Werke*, Bd. 12, Frankfurt am Main: Suhrkamp 1967, 32면.

진지하게 생각해보는 태도는 시인이 갖춰야 할 기본 소양임이 분명하다. 무엇보다도 "비천함과 누추함, 갈등과 고통, 좌절과 싸움 등을 통과하지 않은 아름다움이란 삶의 반쪽 진실"[19]에 머물 수밖에 없기 때문이다. 물론 한 편의 시가 세계와 삶의 모든 국면을 형상화할 수는 없을 터이다. 그러나 세계와 삶을 마주하는 태도로서 시인의 정신만큼은 전방위적이어야 한다. "빗소리는/마당이 빗방울을 깨물어 먹는/소리"(「빗소리를 듣는 동안」)로 포착하는 섬세한 시적 감각을 잃지 않으면서 우리 사회는 여전히 그 "빗방울에 옷깃과 목덜미를 적시는 그런 사람들"을 양산하고 있다는 현실의 모순을 적시하는 정신의 '유연한 치열함'이 시인의 마음속에 계속해서 살아 꿈틀거리고 있어야만 하는 것이다. 하지만 아쉽게도 최근 안도현의 시세계는 전자 쪽으로만 가파르게 경사지고 있는 듯싶다. "안도현의 최근 시세계가 민첩하고 미세한 언어감각에 비해 정작 삶의 본원적인 깊이와 무게에 대한 환기력은 미약한 인상을 주는 것도 이러한 문면에서 이해"[20]할 수 있을 것이다.

최근 안도현 시에 고루 스며 있는 자연을 아름다움의 표본실로 여기는 생각, 자연에는 섭리가 있고 인간이 배워야 할 소중한 가치가 있다는 생각에는 자연을 살아 있는 유기체로 인식하는 낭만주의적 자연철학이 배음으로 깔려 있다. 낭만주의 철학을 정초한 셸링(F. W. J. von Schelling)은 "정신이란 다만 눈에 보이지 않는 자연이고, 자연은 눈에 보이는 정신"[21]이라 규정한다. 정신과 자연은 모두가 동일한 절대자의 표시인데 다만 그 형태에 다양한 차이가 있을 뿐이라는 것이다. 여기서 그 형태의 최저단계가 물질이라면 최고단계는 자연과 정신의 아름다운 융합에 의해 빚어지는 아름다운 예술작품이다. 아름다운 예술작품에는

---

19) 박영근 「삶의 반쪽 진실」, 『시평』 2000년 가을호, 171면.
20) 홍용희 『꽃과 어둠의 산조』, 문학과지성사 1999, 256면.
21) 지명렬 엮음, 앞의 책 242면에서 재인용.

아름다운 자연과 정신이 조화롭게 깃들여 있다는 말이다. 따라서 모든 자연을 영적인 생명체로 여기고 보살피며 그들과 정다운 대화를 나누는 안도현의 시세계에는 "저기 저기서 하염없이 꿈에 취해 있는/모든 사물들 속에는 노래 하나 잠들어 있다./네가 마법의 말을 던지기만 하면, 세상은 노래부르기 시작하리라"(「주문(呪文)」)라는 아이헨도르프의 시구처럼 시라는 마법을 통해 낮은 단계의 사물들을 절대적인 미의 세계로 승화시켜 완성하려는 낭만주의의 정령이 숨쉬고 있다 하겠다. 그리고 이런 사유는 실용주의적으로 기형화된 진보의 논리가 자연에 무차별적 테러를 가하는 오늘날, 자연을 '개별적인 사물로서의 자연'(natura naturata)이 아니라 '유기적 총체로서의 자연'(natura naturans)으로 보는 기획, 즉 "우리에게 단지 그것(It)일 뿐이던 자연이라는 타자를 이제 당신(Thou)으로서 사랑해야 할 때가 온 것"[22]이라는 생태학적 환경의식과 맞물려 있다는 점에서 나름대로 당대적 고민을 함께 나눈 것으로도 해석할 수 있을 것이다.

하지만 시각을 조금 달리하면 다음과 같은 의심도 한번 품어볼 만하다. 자연에 내재한 오묘한 질서와 신비를 예술적 아름다움의 척도로 생각하는 것, 자연은 예술로 보아야 아름답고 예술은 자연으로 보아야 아름답다는 생각 자체가 혹시 인간이 자연에 투사한 일방적인 관념의 산물은 아닐까? 아도르노는 이렇게 말한다.

자연의 아름다움이란 인간의 상상력 속에서만 존재한다. 따라서 자연미는 현실 속에서는 존재할 수 없는 하나의 신화에 불과하다. 사람들은 새들의 노랫소리가 아름답다고 생각한다. 유럽의 전통 속에 사는 사람치고 비가 온 뒤에 들리는 지빠귀 소리에 감동하지 않는다

---

22) 류신 「아모 에르고 숨 Amor ergo sum」, 『비평과전망』 제2호, 2000, 46면.

면 그는 무감각한 사람이라 볼 수 있다. 그러나 그 새들의 노래 속에
는 어떤 끔찍한 공포가 내재해 있다. 왜냐하면 그것은 결코 감미로운
노래가 아니라 새들을 얽어매는 속박의 징후에 불과하기 때문이다.
그러한 공포와 두려움은 지난날 항상 재앙을 예언하는 데 이용되었
던 새떼들의 위협적인 의미 속에서도 나타난다. 자연미의 다의성은
내용적으로 신화의 다의성에 기인한다.[23]

아도르노에 의하면 지빠귀 소리는 결코 우리에게 행복한 감동을 전
해주지도 불행한 미래를 암시하지도 않는다. 그런 해석은 인간이 자연
에 주사(注射)한 "신화의 다양성", 즉 인간의 상상력의 소산일 뿐이다.
즉 "자연미는 현실 속에서는 존재할 수 없는 하나의 신화"에 다름아니
다. 이렇듯 그에 의하면 자연이 무엇인가 하는 것은 결코 말해질 수 있
는 성질의 것이 아니다. 자연이 아름답다고 말하는 것 자체가 이미 자연
을 거스르는 인위적인 행위이다. 그렇다. 어쩌면 자연은 절대적인 타자
이기 때문에 제아무리 내공을 쌓은 자라도 그 이치를 깨달을 수 없는지
모른다. 한마디로 자연을 재는 인간의 척도란 없는 것인지 모른다. 그렇
다면 니체(F. Nietzsche)의 말대로 "자연은 인간이 자연의 이름을 부를
때 느끼는 것과는 완전히 다른 것"은 아닐까? 어쩌면 "인간은 제 자신
의 척도에 자연을 끼워맞추고, 제 스스로 생각하는 자연과는 전혀 다른
자연이 있다는 사실을 망각하는 한 영원히 자연과 화해"[24]할 수 없는
것은 아닐까? 이런 측면에서 보면 '예술＝자연±X'(여기서 X는 예술가의
주관적 입김)라는 안도현 시의 기본 공식에 끼여 있는 '±'는 오히려 자연
에 대한 인간의 형이상학적 가감(加減)이자 간섭의 표현일 수도 있을

23) Theodor W. Adorno, *Ästhetische Theorie*, Frankfurt am Main: Suhrkamp 1990,
   104~105면.
24) 고병권 『니체—천 개의 눈, 천 개의 길』, 소명출판 2001, 215면.

터이다. 니체는 『즐거운 지식』(*Die Fröhliche Wissenschaft*)에서 "사물의 가치척도로서의 인간, 마침내는 존재 자체를 자기 저울대 위에 올려놓고 그것을 너무 가볍다고 생각하는 세계 심판자로서의 인간"에 내재한 "숭고한 뻔뻔함"을 나무라며 이렇게 외친 적이 있다.

(…) 어떻게 우리가 우주를 비난하거나 칭찬할 수 있는가? 냉혹함이나 부조리, 혹은 그 반대를 우주의 탓으로 돌리는 것을 경계하자. 우주는 완전하지도 아름답지도 고귀하지도 않다. 또한 이러한 것들 중 어느 것이 되기를 원하지도 않는다. 그것은 아무리 해도 인간을 모방하려고 노력하지 않는다. 우리가 갖고 있는 어떠한 미학적 그리고 도덕적 판단도 우주에는 적용되지 않는다. 우주는 자기보존 본능을 비롯하여 어떤 다른 본능도 갖고 있지 않다. 우주는 어떠한 법칙도 준수하지 않는다. (…) 언제 우리는 자연에 관한 비신격화(de deification)를 완성할 것인가?[25]

물론 니체의 이런 사고가 의인화, 알레고리, 감정이입 등을 통해 모든 자연현상들을 살아 있는 정신으로 바꾸는 최근 안도현의 시 전체에 대한 직접적인 비판으로 남용될 수는 없을 터이다. 니체의 경고에도 불구하고 자연과 인간이 서로 행복하게 공존하며 직조해내는 안도현의 시세계는 여전히 아름다운 '자연의 빛'(lumen natura)을 내뿜는다. 하지만 니체의 우주관을 외면한 안도현의 긍정적인 시세계는 어쩌면 "끝없이 펼쳐진 채 포효하며 산악 같은 파도를 올렸다 내렸다 하는 광란의 바다 위에서, 하나의 조각배 위에 그 허약한 배를 크게 믿으며"[26] 앉아 있는 뱃사공의 시각을 크게 벗어나지 못하고 있는지도 모른다. 또한 인용

---

25) 프리드리히 니체 「즐거운 지식」, 권영숙 옮김 『니체전집 5』, 청하 2001, 170~71면.
26) 프리드리히 니체 「비극의 탄생」, 김대경 옮김 『니체전집 1』, 청하 1995, 39면.

된 니체의 텍스트는 세계를 낭만화하려는 안도현의 노력, 다시 말해 "평범한 것에 신비스런 외관을, 잘 알려진 것에 미지의 위엄을, 유한한 것에 무한한 의미"27)를 부여하려는 안도현의 시적 탐색에 반성적인 성찰의 계기를 제공해줄 수 있을 것이다. 예컨대 우주 자체의 조화로운 윤리학을 표방하는 '자연 자체가 신이다'(Deus siva natura)라는 스피노자(B. Spinoza)의 명제에 대한 반명제는 될 수 있을 터이다. 하지만 이런 생각 역시 불확실한 가정에 불과하다. 왜냐하면 "우리가 갖고 있는 어떠한 미학적 그리고 도덕적 판단도 우주에는 적용되지 않는다"는 니체의 세계관 역시 자연과 인간의 행복한 원초적 교감을 무시한 채 극단으로 치달은 것으로 볼 수 있기 때문이다. 하지만 적어도 이런 니체의 사상이 지나치게 한쪽으로 쏠려 있는 안도현의 시에 무게중심을 제공할 수는 있을 것이다. 우주는 아름답다/아름답지 않다라는 긍정과 부정, 행복과 고뇌 사이의 치열한 긴장 속으로 안도현의 시세계를 옮겨놓을 수는 있을 터이다. 진정으로 아름다운 시는 모순되는 두 가지 청원이 서로 갈등하며 빚어내는 변증법적 긴장을 먹고 태어나는 것이 아닌가. 나는 안도현의 낭만주의적 텍스트가 니체의 반-낭만주의적 텍스트와 격렬하게 맞부딪치며 갈마들고, 스며들면서 어긋나기를 기대한다. 그래서 둘 사이에 '생산적인 동문서답'이 이루어지길 바란다. 지금껏 내가 니체와 아도르노를 들먹거린 소이연은 바로 여기에 있다.

예컨대 독일 시인 에리히 프리트(Erich Fried)의 「나무에 관한 애기—K.W에게」라는 시의 전문을 읽어보자. 시인은 자연과 사회, 평화와 전쟁, 순수와 참여, 평범한 일상과 드라마틱한 사건이라는 극단적인 두 세계를 서로 엇섞이게 배치함으로써 사회의 불의에 눈감고 있는 서독 중산층 소시민 이데올로기의 허위와 위선을 다음처럼 폭로하고 있다. 만약 시인이 집 밖의 현실을 외면한 채 정원의 사과나무와만 눈맞춤

---

27) 아르놀트 하우저, 염무웅·반성완 옮김, 앞의 책 228면.

했다면, 반대로 평범한 일상에 대한 골똘한 관찰은 제쳐두고 베트남이
라는 지옥만을 응시했다면 결코 아래의 시를 쓰지 못했을 것이다. 시의
관건은 극과 극 사이에 숨어 있다.

　　　정원사가 가지를 쳐준 다음부터
　　　우리 집 사과열매들은 더 커졌지
　　　그런데 배나무 잎들은
　　　병들어버렸어. 잎들이 돌돌 말리는구만

　　　　　베트남에선 나무들 잎사귀가 모두 떨어졌지요

　　　우리 아이들은 모두 건강하지
　　　근데 우리 막내녀석이 걱정이야
　　　새로 들어간 학교에서
　　　잘 적응을 못한단 말이야

　　　　　베트남에선 아이들이 죽어가고 있지요

　　　우리 집 천장수리는 썩 잘되었네
　　　이제 창틀만 좀 벗겨내고 칠만 하면 되지.
　　　집값이 오르는 바람에 화재보험료가 올랐어.

　　　　　베트남에선 집들이 폐허가 되었지요

　　　허 이런 지겨운 녀석 봤나
　　　누가 무슨 말을 하건

베트남을 들먹거리다니!
이제 좀 휴식할 틈을 주어야 할 게 아닌가!

베트남에선 많은 사람들이 벌써부터 영원한 휴식을 얻었지요.
당신들이 그것을 베푼 것이지요.[28]

4. 시민으로서의 작가

낭만주의라는 미적 정신운동은 현실에 대한 환멸의식에서 돛을 올린다. 다시 말해 기존 체제를 깨뜨릴 수 있다는 혁명에 대한 열정이 물거품처럼 사라지는 순간, 현실의 모순을 합리적으로 해결할 수 없다고 사표를 내미는 순간, 세계 현상을 이성으로 포착하고 개관할 수 없다고 믿으면서 직관에 기대는 순간, 그리고 진보에 대한 열정이 사라지고 복고반동의 물결이 일어나는 순간, 낭만주의라는 낡지만 세련된 정신의 보물상자는 수면 위로 떠올라 자신을 반짝반짝하게 닦고 광내줄 누군가의 손길을 기다린다.[29] 여기서 눈여겨보아야 할 것은 낭만주의 정신의 뿌

---

28) Erich Fried, *Anfechtungen. Fünfzig Gedichte*, Berlin: Wagenbach 1967, 69면.

29) 독일의 경우만 봐도 프랑스혁명의 흥분이 어느정도 가라앉은 후 고개를 내민 '낭만주의 문학'과 그것의 후기 진화형태인 '비더마이어 문학'이 그러했고, 1945년 독일 패망 이후 거창한 구호로 얼룩졌던 나찌 시대에 대한 멸시의 표현으로서 도처에서 싹트기 시작한 '마술적 자연시'(Naturmagische Lyrik)가 그랬으며, '68혁명' 직후 홀연 역사와 정치의 격전지에서 퇴각해 '아름다운 문학으로 복귀'를 선언한 1970년대 '신주관성'(Neue Subjektivität) 문학이 그랬다. 우리의 경우도 1919년 3·1운동의 실패에서 온 좌절감과 무력감에 대한 최초의 문학적 대응방식은 잡지『백조』를 중심으로 일기 시작한 유미적·몽상적 낭만주의였다. 또한 최근 우리 문학적 삶의 한켠을 지배하는 복고적 내면성과 낭만적 서정성으로의 역류라는 신낭만주의적 풍경 역시 1980년대 말 서구 공산주의와 사회주의 체제의 몰락 이후 전세계로 번지기 시작한 역사철학의 종언, 유토피아의 상실, 정치적 무관심, 거대 서사의 붕괴 등과 같은 멜랑꼴리적인 시대분위기와 무관하지 않아 보인다.

리인 현실에 대한 환멸의식이 현실에 대한 반성적 성찰이나 "계몽의 계몽(Aufklärung der Aufklärung), 즉 계몽 자체 속에 은닉되어 있는 물화된 이성에 대한 계몽"[30]으로 이어지지 못하고 곧잘 자기 주술로 퇴각하거나 초월적인 체념의 정서로 함몰되기 십상이라는 것이다. 허나 정작 문제는 시대에 대한 이러한 감상적인 자기합리화의 태도가 작가로 하여금 잘못된 자긍심과 권위의식을 가질 수 있게 유도한다는 데 있다. 즉 자기도취적 '낭만지수'가 높아지면 높아질수록, 역사와 정치라는 천박하고 더러운 현실세계로 내려가면 안된다는 터무니없는 '고지(高地/高志)의식'도 함께 올라간다는 것이 더 큰 병통이다. 이럴 때 '작가는 사회의 일원이며 문학은 시대의 반영'이라는 문학의 ABC는 손쉽게 무시되고, 현실 '밖'에서 유랑하거나 현실 '위'에서 홀로 독야청청 빛을 발할 수 있다는 고매한 문학적 엘리뜨의식은 고양되게 마련이다. "혼돈의 안개가 짙으면 짙을수록 그 짙은 안개를 뚫고 나오는 별의 광채는 그만큼 더 눈부실 것"[31]이라는 정신의 귀족주의는 낭만주의의 토양에서 가장 잘 뿌리내릴 수 있는 것이다. 물론 이러한 '정신 왕국의 수호자들'인 낭만주의 작가들이 현실에서 불어오는 칼바람을 피해 숨어들어가는 포근하고 어여쁜 가옥은 자연이다(물론 이들은 꿈과 내면의 세계로도 도피한다). 그리고 이 온실 안에서 이들은 정치/예술, 참여/순수, "문명/자연의 관계를 어떤 경우에도 바꿀 수 없는 영원한 적대적 대립관계로 '고정'"[32]시키면서 예술과 순수와 자연이 한데 어울려 타전하는 아름다운 '생명신호'(Vital sign)를 엿듣기 위해 토끼처럼 귀를 쫑긋 세운다. 이들에게 시인이라는 존재는 대강 이런 이미지로 굳어진다.

---

30) 칼 하인츠 보러 「독일 낭만주의와 프랑스 혁명」, 최문규 옮김 『절대적 현존』, 문학동네 1998, 21면.

31) 아르놀트 하우저, 염무웅·반성완 옮김, 앞의 책 235면.

32) 도정일 『시인은 숲으로 가지 못한다』, 민음사 1995, 358면.

나무 속에
보일러가 들어 있다 뜨거운 물이
겨울에도 나무의 몸 속을 그르렁그르렁 돌아다닌다

내 몸의 급수탱크에도 물이 가득 차면
詩, 그것이 바람난 살구꽃처럼 터지려나
보일러공장 아저씨는
살구나무에 귀를 갖다대고
몸을 비벼본다

—「시인」 전문

안도현에게는 "생명을 만드는 자연의 공장과 아름다움을 빚는 시의 공장이 같은 곳"[33]이고 이런 소중한 시 생산공장의 내부씨스템을 관리하고 수리하는 "보일러공장 아저씨"가 시인이란 존재이다. 살구나무의 생명 네트워크인 혈(물)관에 시적 상상력의 젖줄을 자유자재로 연결할 수 있는 숙련된 정신의 배관공, 자연이 타전하는 풍성한 비의와 내밀히 소통할 수 있는 섬세한 감각의 마이스터(Meister)가 시인이라는 말이다. 정말이지 시인에 대한 빼어난 정의가 아닐 수 없다. 여기서 나는 자연이 시인에게 창조적 영감을 불어넣어주는 뮤즈라는 오래된 진리 자체를 부정하고 싶지 않다. 하지만 자연과 내밀히 회통(會通)하는 것만이 시적인 삶의 전부는 아니라는 점은 짚고 넘어가고 싶다. 우선 "보일러공장 아저씨"에게서는 삶의 생생한 현장에서 흘리는 들큰한 인간의 땀냄새를 맡을 수 없다. 그의 옷에선 삶의 찌든 기름때가 묻어나오지 않는

---

33) 김수이, 앞의 글 96면.

다. 단지 흐벅지게 꽃망울 터뜨리는 "바람난 살구꽃"의 향내가 배어 있을 뿐이다. 그리고 자연의 신비를 채록할 수 있는 자의 여유가 느껴질 뿐이다. 그리고 안도현의 고백대로 "이 세상의 비밀을 훔쳐보다가 왠지 들켰다는 생각"(『아무것도 아닌 것에 대하여』 서문), 그런 무안함과 수줍음 이면에는 자신만이 우주의 원리를 직관할 수 있다는 '권위주의적 겸손'이 감춰져 있는지 모른다. 분명 "시적인 삶이란/쑥부쟁이와 구절초를 구분할 줄 아는 데서 나오는 것"(「시적인 삶」)일 수 있다. 하지만 이것은 시인이 되기 위한 필요조건이지 충분조건은 아니다. 덧붙여서 "꽃 핀 자리는 비명이지마는/꽃 진 자리는 화농인 것"(「벚나무는 건달같이」)을 갈파할 수 있는 혜안 역시 시인만이 누릴 수 있는 특권이다. 그러나 이것은 시적인 삶을 고고하게 빛내주는 보물일지는 몰라도 시적 진정성을 지탱하는 튼실한 버팀목은 될 수 없다.

낭만주의적 보수성이 낳은 이러한 고고한 '자연의 보존자'(Bewahrer der Natur)로서의 작가관을 향해 "잘 길들여진 독일문단에 나타난 야생의 괴물"(엔쩬스베르거 H. M. Enzensberger) 귄터 그라스(Günter Grass)는 우선 이렇게 직격탄을 날린다. "작가의 자리는 사회 안에 있는 것이지, 사회 위에 혹은 사회 밖에 있는 것이 아니다. 그러니 모든 정신적 오만과 애매한 엘리트정신을 버려라! (…) 천재는 더이상 우아한 광기 속에 사는 것이 아니라, 정신 버쩍 차려야 하는 우리네 소비사회에 살고 있다."[34] 이처럼 그라스는 현실과 거리를 두고 정신의 정상에 머물면서 낭만적 방랑객 행세를 하는 전통적인 작가들의 태도를 엄중히 비판한다. 그렇다면 사회 '안'에서 살아가는 존재로서의 작가는 역사, 정치, 사회, 자연과 어떤 관계를 맺어야 하는가? 그라스는 작가로서의 자신의 사회적 정체성을 진지하게 모색한 소설 『어느 달팽이의 일기』에서 이렇

---

34) 김누리 「귄터 그라스의 참여문학론」, 『독일어문학』 제13집, 2001, 15면에서 재인용.

게 대답한다. "아이야, 작가란 악취에 이름을 붙여주기 위해 악취를 사랑하는 사람이란다. 악취에 이름을 붙여줌으로써 악취를 먹고 사는 사람이란다. 그건 코에 못이 박히는 존재조건이지."35) 다시 말해 작가는 정신의 '고지'를 떠나 냄새나는 현실의 '평지'로 내려와 '보통 시민'으로서 세상사에 '참여'해야 한다는 것이다. 작가도 사회의 일원이라는 것, 작가도 사회적 존재로서의 책임있는 시민(Citoyen)이라는 것이 그가 문학을 대하는 기본 입장인 셈이다.

그렇다고 해서 그라스의 참여문학론을 혁명과 변혁이라는 매혹적인 말을 문학적으로 경솔하게 사용했던 지난날의 무모한 저항문학과 동일시하는 것은 경솔한 태도이다. 그의 참여문학은 참여니 순수니 하는 전통적인 이분법으로 분류될 수 있는 성질의 것이 아니다. 그는 문학을 정치의 시녀나 이데올로기의 '무비판적인 앵무새'로 여겼던 기존의 급진적이고 편협한 참여문학론을 철저하게 허구로 인식한다. 문학을 통해 세상을 정화시키겠다는 헛된 꿈도 꾸지 않는다. 그렇다면 그에게 있어 '참여'란 무엇인가? 한마디로 그는 '투사'로서의 참여가 아니라 '광대'로서의 참여를 주장한다. 타협을 모르는 예술세계(고지)와 타협을 통해 살아갈 수밖에 없는 현실세계(평지) 사이에서 발생하는 '긴장'을 즐기면서 견디는 광대로서 작가는 우선 세상의 민주적인 허드렛일까지 마다하지 않는 건강한 시민이 되어야 한다는 것이다. 두르작(M. Durzak)은 광대로서의 참여가 갖는 의미에 대해 이렇게 친절한 주석을 붙여준다.

그는 자신에게 일차적으로 중요한 문학활동이 현실에서 영향력이 없다는 것을 인식함으로써 스스로 광대라고 생각한다. 그러나 바로 그렇게 함으로써 그는 거창한 척도에 따라 그리고 문학을 통해 정치

---

35) Günter Grass, *Aus dem Tagebuch einer Schnecke*, in *Werkausgabe in zehn Bänden*, Bd. IV, Darmstadt und Neuwied: Luchterhand 1987, 483면.

현실을 변화시킬 수 없다는 환상에서 해방되어, 그 대신 현실의 토대 위에서 조금씩 현실을 변화시키기 시작한다.[36]

처음부터 세상(정치)과의 타협을 불온한 것으로 생각하고 비타협적인 예술세계로 침잠하는 것이 시적인 삶의 아름다운 모델로 너른 기림을 받고, 자연과 나누는 순간순간의 감응과 깨달음이 시의 이상적인 목표로 굳어지고 있는 이즈음의 우리 시단 풍속도를 떠올리니, 실로 가슴을 뜨끔하게 만드는 전언이라 하겠다. 그라스는 최근 가진 한 대담에서 자신의 참여문학론을 이렇게 설명한다.

정치적으로 보면 우리는 타협에 의해 살아갑니다. 여기서 제가 말하고자 하는 것은 결국 정신분열적인 상황 속에서 내(작가)가 움직이고 있다는 사실입니다. 한편에는 어떠한 타협도 용납하지 않는 예술적 작업이 있습니다. 그리고 다른 한편에서 나는 우연히 작가라는 직업을 가진 한 시민으로서 참여합니다. 그러나 예술가보다 시민이 우선입니다. 저는 수십년에 걸쳐 이것을 실천해왔습니다. 어떤 사람이 시민으로서 참여한다면 그는 다양한 의견이 지배하는 민주사회에서는 여러 이해집단과 관련을 맺지 않을 수 없습니다. 정부도 또한 대개 연정으로 구성되지요. 결국 타협이 이루어지지 않을 수 없는 것입니다. 우리는 타협 덕분에 살아가는 셈이지요. 그에 반해 미학적·예술적 결단은 민주주의 이전의 것입니다. 다수결에 따라 이루어지는 예술적 결정은 무미건조한 평균적 작품을 낳을 뿐이겠지요. 문학과 현실은 근본적으로 서로 대립하는 두 개의 세계입니다.[37]

---

36) Manfred Durzak, *Der deutsche Roman der Gegenwart*, Stuttgart: Kohlhammer 1973, 136면.

37) 김누리 「귄터 그라스와의 대담」, 『현대문학』 2001년 10월호, 255면.

그라스는 자신을 "우연히 작가라는 직업을 가진 한 시민"으로 규정한다. 그에게는 "예술가보다 시민이 우선"인 것이다. 그래서 그는 결코 예술을 위해 현실을 포기하지도, 현실을 위해 예술을 희생시키는 법도 없다. 그에게 문학이란 "어떠한 타협도 용납하지 않는 예술적 작업"과 타협에 의해서 살아가야 하는 현실적 삶 사이에서 발생할 수밖에 없는 극도의 긴장, 다시 말해 일종의 "정신분열적인 상황 속에서" 움직이는 불안정한 궤적의 기록이다. "민주주의 이전"의 비타협적 세계에서 펼쳐지는 "미학적·예술적 결단"과 "다양한 의견이 지배하는 민주사회에서는 여러 이해집단과 관련을 맺지 않을 수"밖에 없는 시민적 실천 사이의 모순을 견디는 것, 즉 "현실사회와의 '거리 두기'를 목표로 하는 시의 '자율성'과 그 '거리 없애기'를 목표로 하는 '시의 정치성'"38) 사이의 간극을 정신의 근육으로 메우며 끊임없이 갈등해야 한다는 것이 그가 말하는 참여문학의 핵심인 셈이다. 따라서 그에게 참여의 동기는 '확신'이 아니라 '회의(懷疑)'이다. 즉 그라스의 시민작가론은 고지와 평지, 순수와 참여, 비타협과 타협, 문학과 현실, 유토피아와 멜랑꼴리 사이의 팽팽한 긴장을 온몸으로 받아들이면서 버티는 것, 김누리의 예리한 비유를 빌리자면 "'수많은 회의에도 불구하고' 한발짝 앞으로 돌을 굴리는 시지프스적 역사의식의 표현"에 다름아니다. 한마디로 "거의 절망에서 회의하는 희망으로"39)의 험난한 도정이 그가 말하는 문학의 본령인 것이다. 절망이 짙을수록 더욱 절실해지는 것은 '견디기의 몸짓'이다. 그라스가 우리에게 까뮈(A. Camus)의 실존적 인간형인 '시지프스'(Sisyphus)를 권하는 까닭도 여기에 있을 터이다.

---

38) 김진수, 앞의 글 32~33면.
39) 김누리 「귄터 그라스의 참여문학론」, 8면.

무엇보다도 카뮈에게서 배울 수 있는 것은 그의 태도이다. 그것은 절망감을 주는 시대를 버티는 것이고, 긴 호흡으로 착취와 파괴와 증오에 저항하는 것이다. (…) 우리의 많은 새로운 저항운동들은, 예를 들면 평화운동은 너무나 빨리 체념에 빠진다. 그것은 이 운동들이 그 핵심에 있어서는 관념적인 성격을 지닌 것이라, 과도한 희망에 의지해서 유도되고, 그래서 언제든지 깊은 절망감에 빠질 수 있기 때문이다. 미래가 희망 없이 보이더라도 포기하지 않고, 체념하지 않고, 계속 저항하려고 한다면 카뮈가 도움이 될 것이다.[40]

5. 자오선의 시학

이쯤에서 우리 시의 현주소를 냉정히 짚어보자. 우리 문단엔 '시민을 초월한 작가'는 넘쳐나지만 그라스가 말하는 '시민으로서의 작가'는 많지 않다. 청정한 자연인은 도처에 숨어 있으나 실천하는 지성인은 희귀한 천연기념물이 됐다. 골방이나 산천에 유폐된 어설픈 초인은 득실거리지만 광장이나 시장에서 생활하는 보통 시민의 발걸음은 보이지 않는다. 애오라지 자연관찰과 자기고백에 빠져 있는 시인은 많지만 나와 세계가 구체적으로 어떻게 얽혔는지를 심찰(審察)하는 시인은 많지 않다. 오솔길을 산책하며 흑백 영상의 아스라한 추억을 좇는 '21세기 비더마이어'는 많아도 시대의 앞자리에서 상상력과 이성의 황금비율을 찾는 시인은 드물다. 산과 들로, 바다와 강으로, 자연도감과 일기책 속으로 '자유롭게' 유영하며 채송화처럼 옹송거리는 작가는 많아도 역사상 유례가 없을 정도로 전성기를 구가하며 우리 삶의 구석구석을 '자유롭게'

---

40) 김누리 「변증법적 알레고리 소설의 가능성」, 『독일어문학』 제75집, 2000, 258면에서 재인용.

유린하는 자본의 유령과 맞서 미학적 저항을 펼치는 작가는 현미경을 가지고도 찾을 수가 없다. 무턱대고 진보를 좇거나 아예 정지 속에 칩거하는 작가는 많아도 '진보 속의 정지' 속에서 부심하는 작가는 흔치 않다. 희귀한 주제를 찾아나서는 것이 작가의 개성이라고 믿는 시인은 많아도 우리 시대 밑바닥에서부터 밀려오는 평범한 주제들과 치열하게 고민하는 시인은 귀하다. '물아일체'라는 노장사상을 시로 옮기기에 여념이 없는 가냘픈 손길은 많이 보여도, 문학과 현실 사이에서 "거대한 돌을 들어올리지만 다시 굴러떨어지는, 그리하여 수백 번 되풀이하여 올리려는 긴장된 육체의 노력, (…) 경련하는 얼굴, 바위에 비벼대는 뺨, 진흙으로 덮인 돌덩이를 떠받드는 어깨, 그 돌덩어리를 멈추게 하기 위해 버티는 다리, 그 돌을 꽉 쥐고 있는 팔 끝, 흙투성이가 된 인간의 믿음직한 두 손"[41]은 보이지 않는다. 물론 나는 전자에 속하는 시인의 존재를 전적으로 부정할 생각은 추호도 없다. 문제는 전자에 비견해 후자에 속하는 시인의 수가 상대적으로 너무 적다는 데 있다.

왜 우리 시에는 유토피아적 희망과 멜랑꼴리적 체념의 양극을 동시에 지양·극복하는 시지프스의 빛나는 상징이 흔치 않은 걸까? 그나마 낭만주의적 자긍심을 고지의식과 연결시킨 안도현의 다음과 같은 작품에서 작은 위안을 찾을 수밖에 없다니, 실로 가슴이 갑갑해진다.

그래서 밀고 가기로 한 것이다
귓불이 연하고 빨간 아이들이 조기떼처럼 재잘대며 배를 따라왔던
거야
생각해봐, 여러 개의 손들이 한꺼번에 배를 민다고 생각해봐
배도 힘이 났던 거야

---

41) 알베르 까뮈, 이가림 옮김 『시지프의 신화』, 문예출판사 1987, 158면.

국도를 타고 가다가
지치면 미끄러운 보리밭으로도 가고……
배를 밀고 가는 나를 보았다면, 너는
시계를 들여다보며 평계를 대거나, 미친 짓이라며 손가락질했겠지
나는 배를 잠시 멈추고 네 귓구멍이 뻥 뚫리도록 뱃고동을 울려주
었을 거야
시를 읽는 시간에 자신을 투자할 줄 모르는 인간하고는
놀지 않겠다, 절교다, 하고 말이야

나는 장차 배를 밀어 산꼭대기에 올려놓을 것이다
무엇 때문에 배를 산꼭대기로 밀고 올라가느냐고?
다 알고 있겠지만, 나는 시인이거든
내가 항해사였다면 배를 데리고 수평선을 꼴깍, 넘어갔을 거야

—「낭만주의」 부분

　시인은 "시집을 내고 받은 인세를 모아서" 본래 육지에서 자란 나무
로 만들어진 폐선을 구입한다. 그렇다고 시인은 배를 수리해 "수평선을
꼴깍, 넘어"가려는 단순한 낭만주의자(항해사)의 실현을 꿈꾸지 않는
다. 오히려 시인은 누구도 거들떠보지 않는 폐선(시)을 그것의 본향인
산 위로 밀고 가려는 "무모한(?) 낭만주의자"[42]의 구상을 행동으로 옮
긴다. '육지를 항해하는 오디쎄우스'의 모험을 선택한 것이다. 시인은
"그래서 밀고 가기로 한 것이다." 육지에서 연상되는 현실의 평지를 '낮
은 포복'으로 기어감으로써 시의 나라로 입성하기 위한 '상승적 비상'을
꿈꾸는 것이라 하겠다. 포월(匍越) 속에 숨은 초월(超越)의 의지! 그러

---

42) 김수이, 앞의 글 105면.

나 바로 이 점이 안도현이 품은 숭고한 낭만주의의 실체이자 한계이다. 우선 그의 배가 맞닿은 표면, 즉 현실의 모습이 너무 낭만적으로 미화되어 있다. "귓불이 연하고 빨간 아이들이 조기떼처럼 재잘대며 배를 따라왔"다거나, "국도를 타고 가다가/지치면 미끄러운 보리밭으로도" 갔다는 시구에서 암시적으로 드러나듯, 현실의 각지고 모난 풍경이 아주 귀엽고 매끄럽게 다림질되어 있다. 또한 "시를 읽는 시간에 자신을 투자할 줄 모르는 인간하고는/놀지 않겠다, 절교다"라는 앙증맞은 선언은 시인이 애초부터 타협적인 현실과는 관계를 맺지 않겠다는 선언으로 읽힐 혐의가 충분하다. 그리고 더 큰 문제는 그의 '배밀기'(시적 지향점)의 최종목표가 산꼭대기로만 고정되어 있다는 데 있다. "나는 장차 배를 밀어 산꼭대기에 올려놓을 것이다." 평지에서 정상을 향해 등정하려는 낭만주의적 '고지의식'이 여실히 드러나는 대목이다. "올려놓을 것이다"라는 신념에서 그의 시에 세련된 형태로 음각된 고귀한 정신주의자의 향내가 난다.

　나는 이 시를 읽으면서 다시 굴러떨어질 것을 알면서도 한발짝 앞으로 돌을 굴리는 코린트의 젊은 신(神) 시지프스의 긴장된 근육과 "흙투성이가 된 인간의 믿음직한 두 손"을 만져보고 싶었다. '무모한 낭만주의자'의 포부 뒤에 숨어 있는 '회의하는 낭만주의자'의 고열(高熱)을 느끼고 싶었다. 포월을 가장한 성급한 초월의 꿈이 아니라 끝없이 초월을 유예시키면서 포월하는 집요함을 확인하고 싶었다. 그가 추구하는 낭만성이 '현실의 도피'로 함몰되지 않고 '현실의 이면' 속으로 파고들기를 바랐다. 1980년대 정치·사회적 억압과 모순에 대항해서 올곧은 교사로서 자신을 지키기 위해, 또 사회 자체의 변혁을 위해 그가 보여주었던 어기찬 열정이 '적이 사라진 시대', 아니 '적이 보이지 않는 시대'를 맞이해 어떻게 새롭게 변하고 담금질되는지를 흥미롭게 지켜보고 싶었다. 그러나 그의 시는 순정한 아름다움의 세계에 대한 절차탁마·정상탈환의 의지를 선언하며 이렇게 싱겁게 긴장의 끈을 놓아버린다. "무엇 때문에 배를 산꼭대기로 밀고 올라가느냐고?/다 알고 있겠지만, 나는 시인이거든/내가 항해사였다면 배를 데리고 수평선을 꼴깍, 넘어갔을 거야." 이 대목에서 나는 최근 우리 시에 만연한 풍토병인 낭만주의적 신서정의 한계를 함께 목도한다. 다시 강조하지만 시는 '낭만적 동경'의 최종 기착점이 아니다. 시는 "심원한 회의의 예술"[43]이다. 단순한 상승적 직선이 아니라 "적도에 부딪치거나 거기서 타버리지 않고 그것을 넘어서 숨돌림을 겪고 출발점으로 되돌아오는"[44] 끈질긴 '자오선' (Merdian)이 되어야 한다.

　끝으로 나는 용기를 내어 "무엇 때문에 배를 산꼭대기로 밀고 올라가느냐고?"라는 질문 뒤에 다음과 같은 어설픈 시구를 덧붙여본다. 부디 바라건대 이 자작시의 화살이 "바람 속을 뚫고 누군가의 가슴에 닿아/마구 떨리면서 깊어졌으면 좋겠다/불씨처럼/아니 온몸의 사랑의 첫 발성처럼"(이시영 「詩」).

　　무엇 때문에 배를 산꼭대기로 밀고 올라가느냐고?
　　다 알고 있겠지만, 나는 시인이거든
　　"거의 절망에서 회의하는 희망으로" 나가는
　　배가 다시 산 아래로 굴러떨어질 것을 알면서도
　　끊임없이 배를 밀어올리는 시지프스이거든

〔『포에지』 2001년 겨울호〕

---

43) Hugo Friedrich, *Die Struktur der modernen Lyrik*, Hamburg: Rowoht 1996, 162면.
44) 전영애 『어두운 시대의 고통의 언어——파울 첼란의 시』, 문학과지성사 1986, 143면.

제2부

다성의 메아리

무너진 바벨탑, 공포의 바벨의 도서관
짧고도 긴 매미의 일생
눈을 읽는 눈
크로노스와 싸우는 시인들
닿소리 셋이 디자인하는 비경
휴전선 원시림의 꿈

무너진 바벨탑, 공포의 바벨의 도서관

최승자·장이지·차창룡

1

우리 시대의 언어는 지금 심한 몸살을 앓고 있다. 격한 목소리로 '뻔뻔스럽게 거짓말'을 일삼는 정치인들의 구린내나는 입 속에서, 온갖 미사여구를 동원해 '정확하게 거짓말'을 늘어놓는 막강한 언론의 펜 끝에서, 원색적인 허사를 앞세워 '터무니없는 거짓말'을 토해내는 휘황찬란한 싸이버스페이스에서, 우리의 소중한 언어는 끊임없이 왜곡되고 전도되고 조작되고 거래된다. 자본의 논리에 정복당한 오염된 언어, 부당한 현실에 상처받은 불구의 언어, 언어매춘에 의해 요설로 전락한 치욕의 언어, 순수를 잃어버린 외설의 언어, 그래서 더이상 진실을 담지할 수 없을 만큼 마모된 언어. 한마디로 높은 고리로 인해 원금마저 완전 탕진된 언어라는 빈 동전! 최승자는 「언어가 어언」에서 이러한 언어에 대한 환멸과 부정적 전망을 "희망의 언어가 어언 (…) 죽음의 언어가 되었다"고 요약한다.

인간들의 언어가 어언 소들의 언어가 되었다.
소들의 언어가 어언 말들의 언어가 되었다.
말들의 언어가 어언 호랑이들의 언어가 되었다.
호랑이들의 언어가 어언 고양이들의 언어가 되었다.
고양이들의 언어가 어언 새들의 언어가 되었다.
새들의 언어가 어언 나무들의 언어가 되었다.
나무들의 언어가 어언 꽃들의 언어가 되었다.
꽃들의 언어가 어언 풀들의 언어가 되었다.

희망의 언어가 어언 절망의 언어가 되었다.
절망의 언어가 어언 죽음의 언어가 되었다.

언어가 어언 언어했다.
어언이 언어 어언했다.

—최승자 「언어가 어언」 전문

아름다운 풍경묘사나 축축한 감상의 잔가지들이 철저히 벌채되어 쌀쌀맞게 건조한 진술의 뼈대만이 덩그러니 남아 있는 작품이다. 이러한 시쓰기 방식은 타락한 언어에 대한 강한 회의와 반성적 인식에서 비롯된 언어 금욕주의의 전략으로 보아야 온당할 듯싶다. 그래서인지 이 시의 첫인상은 "평평한 밋밋한/(…)/천편일률적인 똑같은 리듬의/김빠진 맥빠진/기진맥진한 기고만장을 잊어버린/이런 시"(최승자 「이런 詩」)처럼 차갑게 다가온다. 하지만 이런 진단은 각 행의 중심에 자리잡고 앉아 매우 유쾌한 지적 현기증을 유발하는 "어언"의 함의를 제대로 파악하지 못한 성급한 처사이다. 표면적으로 이 시는 희망의 언어가 절망의 언어로, 절망의 언어가 다시 죽음의 언어로 전도되는 과정을 인간의 언어가

동물들의 언어로, 동물들의 언어가 다시 식물들의 언어로 바뀌는 '지루한 비유'를 통해 보여주려 했던 것으로 읽힌다. 그러나 정작 이 시가 우리에게 주는 전언의 핵심은 인간들의 언어가 결국 풀들의 언어가 되었다는 결론에 깃들여 있지 않다. 오히려 이 시가 품은 예리한 비수는 "어언"이란 두 글자 속에 숨어 있다 해도 과언은 아니다. 그렇다면 도대체 "어언"에 도사리고 있는 비수의 정체는 무엇인가? 크게 세 층위에서 살펴볼 수 있겠다.

1) 시각적 층위. 이 시에서 시간의 경과를 나타내는 부사 "어언"은 '알지 못하는 사이에 어느덧'을 뜻하는 단순한 수사적 기능에만 머물지 않는다. 다시 말해 "어언"이라는 기표에는 부지불식간에 현실로 다가온 언어타락 현상에 대한 비탄과 자조의 심리가 투영되어 있다는 것 이외에 또다른 메타언어적 의미가 겹쳐 있다. 잘라 말하자면 "어언"은 희망의 언어가 죽음의 언어로 뒤바뀐 우리 시대의 비극 자체를 형태론적으로 환기시킨다. 즉 언어의 '언'자와 '어'자를 슬쩍 뒤집어놓은 '어언'은 그 글자 모양 자체가 언어의 왜곡과 타락을 시각적으로 환기시키는 중요한 심미적 충격장치이다. 이렇게 볼 때 "어언"은 '어언(於焉)'인 동시에 '어언(語言)'이다. 즉 "어언"은 장식적인 부사의 범주를 넘어서 시 전체의 주제와 문제의식을 온축한 '상형문자'인 것이다. 위상학적(topologisch)인 측면에서 봐도 "어언"은 이 시의 중심이다. 각 행의 무게중심이자 시 전체를 관통하는 "어언"을 따라 선을 그으며 내려가보라. "어언"의 궤적이 시의 몸을 구덥게 떠받치는 척추의 형상을 따라 움직이고 있음을 알 수 있다. 그런데 이 중축(中軸)의 마지막 마디에서 우리는 뜻밖에도 다시 "언어"라는 단어와 마주친다. 언어의 왜곡과 전도를 암시하는 "어언"의 본적이 다름아닌 "언어"였음이 밝혀지는 결정적인 대목이라 하겠다. 특히 이 시의 마지막 연은 이렇듯 혼탁해진 언어의 살풍경을 "언어"와 "어언"의 교차 반복을 통해 시각적으로 극대화한다.

언어가 어언 언어했다.
어언이 언어 어언했다.

　굳이 이 심드렁한 말장난(pun)의 속내를 가늠해보자면 '언어(言語)가 알지 못하는 사이에 어언(語言)으로 뒤집혔다'로 읽을 수 있지 않을까. 나는 최승자의 이러한 상상력을 일컬어 '시각적 교란을 통한 각성의 전술'로 부르고 싶다.
　2) 청각적 층위. "어언"은 자신의 앞뒤에 포진해 있는 "언어"라는 시어와 함께 묘한 음악적 흐름을 만든다. 단순한 산문적 진술 안에서 반복되는 'ㅓ' 음은 "언어"와 "어언"의 관계를 음향적으로 재생하는 것이다. 앞서 살펴보았듯이 희망의 언어(언어)와 죽음의 언어(어언) 사이의 상징적 거리는 꽤 멀어 보인다. 하지만 시간적으로 보면 둘 사이는 멀면서도 가깝고 가까우면서도 먼 역설의 자장권(磁場圈) 안에 놓여 있다. 이유인즉 희망의 언어가 죽음의 언어로 전도되는 사건은 그야말로 눈 깜짝할 사이에 벌어지기 때문이다. 긴 호흡으로만 느껴지던 '어언'의 이면에 '돌연'이라는 극적 전환의 계기가 잠복해 있는 것이다. 일례로 미국 테러사태를 '언어의 충돌'이라는 측면에서 재해석해보자. 비행기 자폭 테러를 지시한 반미 성전의 영웅 빈 라덴의 말은 이슬람 과격분자들에게는 분명 희망의 언어로 각인되었을 터이지만, 그 순간 그 말은 죽음의 언어로 돌변해 미국의 심장을 관통해 폭발했다. 역으로 테러에 대한 정당한(?) 응징이라는 그럴듯한 명분 아래 내려진 부시의 보복공격 명령은 미국 행정부 내에서는 희망의 언어로 받아들여졌을 터이지만, 어느새 그 말은 죽음의 언어로 둔갑해 아프가니스탄 전역을 벌집 쑤시듯 헤집어놓고 말았다. 이렇듯 희망의 언어와 죽음의 언어는 안과 겉을 구별할 수 없는 뫼비우스의 띠처럼 서로 절묘하게 이웃하고 있다. 둘 사이는

동일성 안에서 차이를 수태하고 단절 속에서 연속을 분만하는 기묘한 되먹임(feedback)의 관계인 것이다. 최승자는 언어 자체에 내장된 이러한 패러독스(그래서 시인은 마지막 연에서 '언어가 되었다'는 수동태 대신 굳이 '언어했다'는 이상한 능동태를 만들지 않았을까?)를 'ㅓ'의 반복과 'ㄴ'의 배치를 통해 음악적으로 구현하고 있는 것이다. "언어가 어언 언어했다./어언이 언어 어언했다." 여기서 'ㅓ'의 반복이 희망의 언어와 죽음의 언어 사이의 모호한 경계를 상징한다면 'ㄴ'의 위치는 그것이 초래할 예측불허의 결과를 뜻한다. 이렇듯 시인은 희망의 언어와 죽음의 언어, '언어'와 '어언' 사이의 처절한 모순성을 'ㅓ'음과 'ㄴ'음의 교차 반복을 통해 음악적으로 보여주고 있는 것이다. 나는 이런 최승자의 전략을 '산문을 내파(內波)하는 운문의 힘'이라 부르고 싶다(이러한 음운론적 전략은 최근 최승자의 시학을 지배하는 모티프로 보인다. 최근 발표한 「나는 사람인가 간다인가?」(『창작과비평』 2001년 겨울호)에서도 최승자는 "사람은 행위인가 존재인가?"라는 묵직한 철학적 물음과의 씨름을 "사람이 간다인가, 간다가 사람인가//(…)//간다가 간다. 간다가 간다/간다가 간다 간다가 간다./간다가 간다 간다가 간다"는 언어유희를 통해 답하고 있다).

  3) 상호 텍스트성(Intertextualität)적 층위. "어언"에 내포된 의미를 골똘히 바라볼수록 동독의 멸망을 예언한 시로 널리 알려져 있는 독일 시인 요하네스 베허(Johannes R. Becher)의 「바벨탑」이 자꾸만 눈앞에 어른거린다. 동독 건국 당시 사회주의 이념 확립에 주춧돌을 놓은 문화국 장관이자 시인인 베허는 1957년, 그러니까 동독이 건국된 지 10년도 채 안된 시점에서 동독의 이념이 허망하게 무너지리라는 충격적인 예언을 시 속에 감춰놓았다. 「바벨탑」의 전문은 의외로 간명하다.

  소문은 떠들썩하고,

진실은 침묵한다.

말씀이 단어가 된다.

의미없이 소멸되기 위하여.

그것은 바벨탑.

무너질 때 무(無)로 붕괴되리라.

　그렇다. 베허의 시참(詩讖)은 그대로 적중했다. 알다시피 독일인들이 '기적의 해'(anno mirabili)라고 부르기를 주저하지 않는 1989년을 기점으로 사회주의 천년왕국을 기획하던 동독은 말 그대로 기적처럼 "무(無)로" 바스러지고 말았다. 어언, 동독은 베를린장벽의 붕괴라는 팡파르로 시작된 통일이라는 거창한 예식을 거쳐 서독사회에 합병되어버림으로써 이 지상에서 완전히 사라져버린 것이다. 재독 소설가 강유일은 얼마 전 이 시를 『한국일보』에 소개하면서 "말씀이 단어가 된다. 이 암호 같은 짧은 시구가 이 시인이 예언한 동독의 멸망이다. 말씀, 즉 전쟁과 계급 없는 사회주의국가 건설에 대한 신념에 찬 약속의 말은 건국 후 채 10년도 되지 않아 지배라는 피비린내나는 목표를 은폐하기 위한 불순한 말, 즉 공허한 단어로 전락하고 말았다"는 주석을 덧붙여준 바 있다. 이 해석처럼 곧 좌절될 동독의 꿈을 원래 하나였던 인간의 언어가 수백 개의 서로 다른 언어로 쪼개지는 전대미문의 비극(바벨탑 붕괴 사건)에 비유하는 베허의 번뜩이는 기지가 자못 흥미롭다. 차원은 좀 다르지만 '여기 지금' 우리의 현실도 여전히 말씀이 단어로 전락한 '포스트 바벨탑 시대'를 겪고 있다. 다시 말해 우리는 유토피아의 기획과 혁명적 연대의식이 사라진 텅 빈 무대에서 냉소와 환멸, 권태와 자위가 한바탕 칼춤을 벌이는 포스트모던의 시대, '전체는 진리다'라는 과격한 외침이 잦아들고 "전체는 물론 부분마저 진리일 수 없다"(아도르노T.W. Adorno)는 주장이 시나브로 설득력을 얻고 있는 해체의 시대, 오랫동안

정치·경제·사회체제를 주도해온 이성적 합리성의 부수적 결과들이 예측 불가능해짐에 따라 우리의 삶 자체가 커다란 위험에 노출된 불확실성의 시대, 다른 사람을 팔꿈치로 밀어내야만 자신이 한단계 올라설 수 있는 비연대적 '팔꿈치 사회', 그리고 먹성 좋은 자본과 허울 좋은 세계화를 앞세워 삶의 단자화와 '20 대 80의 사회'의 심화를 은근히 부추기는 신자유주의 시대를 힘겹게 살아가고 있는 것이다. 언어에 비유하자면 "소문은 떠들썩하고,/진실은 침묵"하는 시대, 희망의 언어가 죽음의 언어가 된 소통부재의 시대를 가쁜 숨을 이어가며 견디고 있는 셈이다. 이쯤에서 나는 "말씀이 단어가 된다"는 베허의 암호화된 파산선고와 "언어가 어언 언어했다"는 최승자의 투박한 잠언이 포개지는 황홀한 점이지대를 꿈꾼다. 추측컨대 이러한 나의 몽상은 사랑하는 최승자 시와 함께 누워 있으면서 동시에 베허 시를 생각하는 시읽기의 '허락된 불륜' 행위에 해당될 터이다. 내가 두 텍스트를 자유롭게 오가며 낳은 '사생아'는 기특하게도 이런 시구를 한달음에 토해놓는다.

        말씀이 돌연 단어됐다.

  지금껏 살펴보았듯이 "어언"은 "시읽기의 복수(複數)적 즐거움"(김승희)을 선사하는 신비로운 의문부호임이 틀림없다. "어언"은 이 시에 내장된 여러 의미의 층위를 자유롭게 소통시켜주는 시의 '관절'인 셈이다. 그러나 "어언"에 관한 긴 설명에도 불구하고 정작 "어언"이 뜻하는 바가 구체적으로 무엇인지는 아무도 모른다. 어쩌면 시인 자신도 그것의 의미를 요량할 수 없을 터이다. 그럼에도, 비록 선승들의 서릿발 같은 게송(偈頌)은 아닐지라도, "어언이 언어 어언했다"는 주문(呪文)이 도대체 무엇을 뜻하는지 궁금해지기 시작했다면 당신은 시인이 쳐놓은 덫에 이미 말려든 것이다. 나 역시 그 그물에 보기좋게 걸려들었다. 내가 지금 실례를 무릅쓰고서라도 "어언이 언어 어언했다"에 악착같이 붙어 있는 'ㄴ'자를 모두 떼어버리고 싶은 유혹에 시달리는 소이연은 여기에 있다.

어어이 어어 어어했다.

추측컨대 이 '이상한 악순환'(circulus vitiosus)은 무너진 바벨탑의 폐허 위에서 절망의 언어부스러기들이 안간힘을 쓰며 내지르는 자조와 탄식의 소리사슬인지 모르겠다. 아니면 시(언어)와 세계(사물) 사이의 '르네쌍스적 일체감'(푸꼬M. Foucault)이 불가능해진 시대를 사는 시인이 언어의 주검 앞에 보내는 만가(輓歌)인가? '초월적인 기의'(transzendentales Signifikat)를 잃어버린 익명화된 기표들의 힘겨운 신음소리인가? 혹은 희망없이 지속되는 삶의 절망감이 중얼거리는 독백인가, 방언인가?

아, 무너진 바벨탑아! 부디 봉황의 높은 뜻을 뱁새가 몰랐기를 바랄 따름이다.

2

장이지는 「흡혈귀의 책」에서 으스스한 공포영화의 주인공으로 책을 내세우는 기괴한 상상력을 펼친다. 그는 근엄해만 보이는 책의 어깨 위에 인간의 영혼을 빨아먹는 무시무시한 드라큘라의 검은 망토를 걸쳐준다. 정확히 말하면 장이지는 "서편에서 퍼덕거리며 날아오는 박쥐소리"와 함께 "밤이 온갖 사악한 것들과 함께 도래"하는 "초현실적인 방" 안에 가매장된 흡혈귀-책이 자신을 흔들어 깨우는 사람의 목에 날카로

운 송곳니를 가져간다는 섬뜩한 환상의 곡예를 보여준다. 인간을 삼키
고 빨아들이는 책이라는 기괴한 식인(食人)의 흡반! 시인은 사람의 자
양분을 빨아먹음으로써 호화스럽게 장정된 흡혈귀-책의 그로테스크한
외관과 그 안에 씌어진 공포의 기록을 이렇게 묘사한다.

> (…) 책은 나다. 당신은 나를 읽는다.
> 루비와 사파이어 박힌 장정, 인피(人皮)로 만든 책장,
> 갖가지 독으로 씌어진 흡혈귀의 역사,

"책은 나다"라는 단언에서 확연하게 전해지듯 생명을 얻은 책은 시적
자아의 분신이다. 그러나 그 생명체는 흉측하게 아름다운 흡혈귀의 모
습을 띠고 있다. 여기서 시인은 만약 당신이 "나를 읽는다"면, 다시 말
해 "인피(人皮)로 만든 책장"을 열고 텍스트 안으로 들어온다면 그곳에
서 당신은 가학과 피학, 해악과 훼손이 서로 피로 뒤엉킨 그로테스크한
전장(戰場)을 목도하게 된다고 말한다. 즉 인간의 독서행위를 "갖가지
독으로 씌어진 흡혈귀의 역사" 속으로 빨려들어가는 것으로 상상하고
있는 것이다. 이런 책읽기는 책의 입장에서 보면 "당신의 환상으로 피
와 살을 얻"는 육화(肉化)의 순간이지만 당신(독자)의 입장에서는 자
신의 전존재가 책의 혈관 속으로 빨려들어가는 분해의 순간과 다를 바
없다.

> 책이 책을 말한다. 당신이 나를 비추고
> 내가 당신을 비추는 곳. 우리는 함께 있다.
> 방 안에. 당신도 내 존재를 느낀다.
> 활자의 망토 뒤에 숨은 시신(屍身/詩神)을.
> 당신은 나를 읽으면서 수척해진다.

손가락은 검게 썩어가며 눈과 혀에도
독이 번진다. 식은땀이 흐른다.
담쟁이넝쿨이 유리창을 두드리는 소리에도 불안해진다.
그렇다. 불안! 나는 당신과 함께 있다.
이 초현실적인 방. 황야도 무너진 자리에서.
1페이지에서도 2페이지에서도 그 다음 페이지에서도
나는 당신과 함께 있다.

가공할 책의 흡입력에 의해 피폐해진 정신과 쇠약해진 육신, 자신의 모든 자양분을 흡혈귀 책에 전송하려는 집요한 광기. 그리고 "담쟁이넝쿨이 유리창을 두드리는 소리에도 불안"해질 정도로 예민해진 초긴장. 바로 이 순간, 시인은 "나는 당신과 함께 있다"고 외친다. 책이 당신을 읽고 당신이 책을 읽는 경이로운 화합의 순간을 노래한 셈이다. 이렇게 볼 때 이 시에서 흡혈귀와 독자 사이는 가학과 피학이 숨가쁘게 교차되는 쎄이도매저키즘적(sadomasochistisch) 관계로 위장된 행복한 삼투적 교호관계로 읽힌다. 왜냐하면 이 시에서 흡혈귀의 책이 독자에게 끼치는 '해독(害毒)'은 독자가 책과 벌이는 치열한 '해독(解毒/解讀)'의 몸부림에 대한 역설적 비유에 다름아니기 때문이다. 이처럼 시인은 결코 책과의 밋밋한 일방향적 소통을 원하지 않는다. 책의 이빨이 자신의 영혼의 급소를 찌르고, 자신의 몸이 책의 심연 속으로 빨려들어가 서로 스며들고 갈마드는 더욱 자극적이고 잔혹한 사랑을 꿈꾼다. 예컨대 "당신이 나를 비추고/내가 당신을 비추는 곳. 우리는 함께 있다"와 "1페이지에서도 2페이지에서도 그 다음 페이지에서도/나는 당신과 함께 있다"는 구절은 책과의 완전한 혼교(魂交)를 꿈꾸는 시인의 열망을 잘 보여준다.

이런 맥락에서 "초현실적인 방"에 기거하는 흡혈귀의 책은 무한한 육

모방으로 이루어져 있는 보르헤스(J. L. Borges)의 '바벨의 도서관'에 꽂혀 있을 '완전한 책'(a total book), 이른바 다른 모든 책의 주해서요 완벽한 개요서인 '책의 인간'에 대한 공포영화적 버전으로도 읽힌다. "초현실적인 방" 안에서 때로는 쥐떼로, 때로는 독거미떼로, 때로는 푸른 늑대로 자유롭게 변신하는 "활자의 망토 뒤에 숨은 시신(屍身/詩神)"! 좀 무리한 연상일지 모르겠으나, 흡혈귀의 책은 시인에 의해 컬트영화의 문법으로 새롭게 각색된 '책의 인간'의 기괴한 변신체가 아닐까 싶다. 어쨌든 이 시에서 책은 지식과 정보를 담은 활자의 집합체 그 이상임은 분명하다. 시인에게 책은 단순한 대상이 아니다. 책은 시인의 정신과 몸을 장악하려는 집요한 시혼(詩魂)의 시선이고, 목소리이고, 호흡이고, 몸이다. 바짝바짝 시인의 피를 말리는 시의 악마적(원초적) 본성, 이것이 바로 흡혈귀-책의 정체인 것이다. 너무나 매혹적인 그러나 치명적인 이 미증유의 힘! 따라서 이 시에서 "나"는 시인이 탐독하는 책인 동시에 시인을 곤혹스럽게 응시하는 시의 유령이라면, "당신"은 서음증(書淫症) 환자이자 시혼에 전존재를 내던지려는 시인 자신이기도 하다. 이렇게 볼 때 결국 시인 장이지가 숨어들어가 있었던 곳은 "나"가 아니라 "당신"이었던 것이다. 계속해서 시의 마지막 부분을 읽어보자.

당신이 환상으로 이 방을 채우고 있는 동안
나는 박쥐로 변해 당신에게로 갈 것이다.
쥐떼로, 독거미떼로. 나는 조밀한 재난이다.
완벽한 푸른 늑대 한 마리이며 분산하는 수만 개의
단어들이다. 잉크와 독, 당신의 환상으로 피와 살을 얻은
나는 죽었으나 영원히 쇠멸하지 않는다.
오늘밤 당신은 당신을 죽여야 할 것이다.
나는 그 지난한 죽음에 송곳니를 가져갈 것이다.

낙엽 쓸리는 소리, 늑대의 길게 목을 빼는 울음.

들리는가? 당신의 감각은 예민해져 있다.

들리는가? 우리는 함께 있다.

시인은 흡혈귀의 책에 자신의 영혼을 내놓음으로써 앓는 자욱한 신열의 환상을 "분산하는 수만 개의/단어들"이 자신의 영혼을 나포하는 어떤 "조밀한 재난"의 필연적 귀결로 상상한다. 여기서 "조밀한 재난"이란 타성에 젖은 시인의 정신에 고문과 충격을 가함으로써 축 늘어져 있던 시정신을 발기시키는 '지독한 봉변'으로 읽힌다. 따라서 흡혈귀의 책은 시인에게 "오늘밤 당신은 당신을 죽여야 할 것이다"라고 당당히 명령한다. 자기갱신과 신생의 꿈은 극단적인 자기부정과 자해를 통해서만 이룰 수 있다는 끔찍한 전언인 셈이다. 동시에 이 말은 처절할 정도의 자기파괴를 통해 부활의 노래를 부르겠다는 시인 자신의 비장한 의지표명이기도 하다. 그래서 시인은 오늘밤 공포의 밀실로 끌려들어가 문자-드라큘라가 내리는 행복한 처형을 받아들일 준비를 하고 있다. 자신을 유린하는 난폭한 시신(詩神)의 송곳니에 "지난한 죽음"을 헌납하려고 바벨의 도서관 중 가장 무시무시한 방 안에 꽂혀 있을 흡혈귀-책과의 독대를 청하고 있는 것이다. 끝없이 시인을 물어뜯고, 할퀴고, 찌르는 '뱀파이어 시혼'과의 원초적 교감을 위해서라면 옥쇄(玉碎)까지 마다하지 않겠다는 젊은 시인 장이지의 당돌한 담력, 그 '공포의 출사표'에 박수를 보낸다. 그러나 부디 명줄만은 보존하길. 그래서 그의 뺨에서 흘러내리는 식은땀이 보다 짙고 단단한 시의 열매로 맺어지길. 앞으로도 늘 그의 감각이 예민해져 있기를 바란다.

'공포의 도서관' 모티프와 연관해서 차창룡의 재기발랄한 상상력을 따로 기억하고 싶다. 「도서관에서」에서 차창룡은 도서관을 "계통적으로 정리된 나무의 납골당"으로, 복사실을 "지식을 태우는 연기가 스모그"

처럼 퍼져 있는 모습으로, 책을 "얇은 종이관에 안치된 시체들"로, 도서관 사서를 썩고 썩은 지식의 "똥을 펴주는 배식원"으로, 그리고 독서행위를 "시체들이 제공하는 언제나 날것인 죽은 회를 음복"하는 그로테스크한 모습으로 풍자한다. 도서관 구석구석에서 풍겨나오는 답답한 엄숙주의를 한갓 우스개로 만들어 방일하게 깨부수는 그만의 독특한 냉소와 해학이 돋보이는 장면이다. 이러한 예기치 못한 상상력의 기습작전은 그가 도서관을 욕망의 허망함이 드러나는 공간의 메타포로 파악하는 대목에서도 유감없이 발휘된다. 즉 그는 도서관을 아무리 채워도 채워지지 않는 헛된 지식욕이 끝없이 꼬리를 물고 일어나는 욕망의 격전지로 읽고 있는 것이다. 남진우의 「도서관에서의 기도」에 나오는 "일용할 굶주림?/굶주림이라면 그것은 내게 너무도 충분하다/아무리 먹어치워도 질리지 않는 탐욕의 눈빛과/어둡게 입 벌리고 있는 머릿속의 허방//(…)저 글자들의 산/죽은 나무의 무덤"이라는 시구가 오버랩되는 차창룡의 시는 이렇게 뒷문을 닫으면서 연다.

나무의 시체를 먹고 또 먹어
나의 뱃속에 도서관만한 나무 한 그루 뿌리내릴 때까지
나는 나를 낳고 나는 나를 낳고
나는 나에게서 나와 나를 낳고
먼저 죽어야 할 나의 고기로 회를 쳐 먹는 시간
먹어도 먹어도 줄지 않는 헛된 식욕을 위해
시간의 목탁을 두들기며 탁발하는

〔『현대문학』 2002년 1월호〕

짧고도 긴 매미의 일생

박영근 · 이나명 · 안도현

1. 울음

엽편(葉片)소설, 즉 '나뭇잎 한 장에 쓴 소설'이란 앙증맞은 부제가 달려 있는 이경림 시인의 『나만 아는 정원이 있다』는 매혹적인 시의 언어로 뜨개질한 짧은 소설집이다. 박상륭의 표현처럼 시인은 '앨리스'가 되어 지리멸렬한 일상의 수면 아래 깊숙이 잠수해 있는 '이상한 나라'를 두루 여행하면서 그곳에서 마주친 낯선 아름다움의 세계를 보석 같은 언어로 길어낸다. 그 가운데 「울음」이라는 제목의 시로 쓴 소설, 아니 소설로 쓴 시가 있다.

식구들이 모두 나간 텅 빈 집에는 울음소리로 꽉 찬다. 텔레비전이 들릴 듯 말 듯 한 소리로 ㅈㅈㅈㅈㅈㅈㅈ 운다. 시계는 치르르 철꺽 치르르 철꺽 울면서 간다. 탁자, 의자, 카펫, 벽, 천장, 커튼들이 일제히 징징거리기 시작한다. 나는 그것들의 울음을 밀며 천천히 비질을 시작한다. 바닥의 미세한 털들이 와아아——날아오르고 공기들이 일제히 비늘을 세운다. 아아아아아아아아아아아아아아아 공기들이 운다.
울음이 방 안 가득 차오른다. 울음들이 미역 줄기처럼 가득 차 흐느
적거리기 시작한다. 울음으로 꽉 찬 장롱, 울음들이 걸터앉아 시시
덕거리는 식탁 의자, 울음들이 디룽거리는 천장, 금세라도 울음이
터질 것 같은 수도꼭지! **찌르르르르** 전화벨이 운다. 이윽고 나도 울
음으로 꽉 찬 몸을 흐느적거리며 안방으로 건너방으로 부엌으로 흘
러다닌다.

시인이 경험하는 세계는 온통 울음소리로 북새통을 이룬다. 그곳의
모든 사물들은 자신의 전존재를 눈물겨운 소리로서 증거하고 있는 셈이
다. 여기서 시인은 사물들이 뒤집어쓴 슬픔의 빛(울음)이 사방으로 파
동치는 공기 비늘에 찔리면서 "슬픔의 힘으로 밋밋하고 멋대가리 없는
시간들"을 온몸으로 견뎌내고 있는 자신의 모습과 맞닥뜨린다. 다시 말
해 시인은 식구들이 모두 **빠져나간** 텅 빈 집 안을 구석구석 순례하면서
종국에는 "울음으로 꽉 찬 몸을 흐느적거리며" 돌아다니는 자기 자신의
'속울음'을 엿듣게 되는 것이다. 그렇다. 어쩌면 이경림 시인의 말대로
세상은 온갖 울음소리들이 "미역 줄기처럼" 가득 차 흐느적거리는 '울
음바다'이고 인간은 그 위를 표류하는 작은 '울음상자'일지 모른다. 울
음, 그것은 우리 삶의 가장 근원적인 심저에 묻혀 있는 원형질적인 앙금
의 폭발이자 모든 사물과 현상에 내장된 의지 자체의 직접적인 표현인
것이다. 이렇게 보면 시인이란 생의 존재론적 비애와 주파수를 맞추며
존재의 시원에 녹음된 심령적인 울림의 메씨지를 감청해내는 "울음의
감별사"(나희덕)와 별반 다르지 않을 듯싶다.

2. 울보

여기 그야말로 목이 터져라 울어대며 자신의 전존재를 만천하에 과시하는 녀석이 있다. "울음으로 꽉 찬 몸"을 주체하지 못한 채 얼룩무늬가 있는 배를 나무에 바싹 붙이고 부르르 부르르 떠는 작지만 요란스런 울보대장. 귀가 없다고 생각해 파브르(J. H. Fabre)가 『곤충기』에서 그가 울고 있는 곁에서 아무리 대포를 쏘아도 아무렇지 않다고 묘사한 장본인. 6~7년을 굼벵이로 어둡고 습진 땅 속에 살다가 날갯짓 2주일 만에 죽음을 맞는 한많은 사연의 주인공. 여름 한철 지상에서의 짧은 생을 위해 오랜 세월 동안 "자승자박의 흰 동굴"(최승호 「누에」) 속으로 들어가 끈질기게 참고 버티는 은수자(隱修者). 온몸이 공명판 자체인, 울음소리 그대로가 자신의 이름으로 굳어진 이 시대 최고의 나팔수, 배애애앰, 배애앰, 배앰, 맴맴맴맴맴맴, 매미!

이제부터 나는 이 계절에 만난 몇 편의 시를 통해 길고도 짧은, 아니 짧고도 긴 매미의 일생을 추적해볼 생각이다. 아니 매미를 노래한 시편들에서 어떤 소설의 장면들을 떠올려볼 작정이다. 좀더 분명히 말하자면 최수철의 소설 『매미』 속에 사금파리처럼 박혀 있는 매미에 대한 작가의 묵직한 문제의식과 신선한 상상력의 조각렌즈를 통해 시 몇 편을 골똘히 들여다볼 심산이다. 결국 시평을 핑계삼아 시와 소설 사이의 기우뚱한 경계에 잠시나마 서보는 '탈장르적 글쓰기'가 이 글의 목표인 셈이다. 내가 서두에 이경림의 「울음」을 인용한 소이연은 바로 여기에 있다.

3. 여름매미

"여름이 뜨거워 매미가/우는 것이 아니라 매미가 울어서/여름이 뜨거운 것이다"(「사랑」)라는 안도현의 시구처럼 맹렬한 여름의 무더위를 더욱더 뜨겁게 달구는 매미의 울음소리는 정작 아주 절박한 사랑찾기에 다름아니다. 지상에서 살아 있는 단 2~3주 동안 얼른 짝짓기를 하고 알도 낳아야 하기 때문에 매미는 그악스럽게 발악하며 쉼없이 울어대는 것이다. 여기서 소리를 내는 것은 수컷이다. 암컷은 배에 있는 귀로 울음소리를 알아들을 뿐 일생 동안 맴 하고 소리 한번 내지르지 못한 채 일생을 끝낸다. 그러니 수매미가 악을 쓰며 쏟아내는 울음이 절절하고 쟁쟁할 수밖에 없을 터이다. 이런 기구한 매미의 삶을 두고 흥미로운 이야기를 지어내길 좋아하는 옛사람들의 입방아가 가만히 있었을 리 만무하다. 매미로 변신한 한 남자가 하루 동안 자기 자신의 정체성을 찾아가는 여정을 그린 최수철의 『매미』에는 매미에 관한 다채로운 전설들이 부록처럼 끼여 있는데, 그 가운데 이런 이야기가 있다.

멕시코의 전설에 매미가 끝없이 울게 된 이유에 대한 이야기가 있다. 짝이 없이 숲속에서 혼자 살던 수매미가 있었다. 외로움으로 고통받던 어느 날 그는 마침내 암매미를 만났다. 둘은 서로 어울리며 기쁨의 나날을 보내게 되었다. 그러나 둘의 행복이 다른 곤충들의 질투를 불러일으켰다. 그들은 거미를 부추겨서 암매미가 약속 장소로 향하는 길목에 거미줄을 쳤다. 암매미는 거미줄에 걸려 죽음에 이르게 되었고, 수매미는 오지 않는 짝을 기다리며 한없이, 한없이 울게 되었다. 그 동화 같은 이야기는 인간들의 세상에 떠돌다가 나의 그물에도 걸렸다.

이 전설은 박영근의 「절정」을 나포하기 위해 내가 휘두른 포충망에
또다시 걸려들었다. 이 작품에서 시인은 한여름 지쳐가는 자신의 몸을
마구 흔들어대며 "숲의 여름빛 전체를" 들리게 하는 매미의 울음소리에
서 "온살을 부벼 누군가를 부르는 소리"를 엿듣는다. 오랜 세월 갑갑한
지하생활의 고통을 견뎌낸 매미가 마침내 허물을 벗고 땅 위로 치솟아
짧은 시간 동안 내지르는 울음소리에서 시인은 생의 절정의 순간을 포
착하고 있는 것이다. 전문을 읽어보자.

매,미,들,이,매,미,들이,매,미들이,매미들이
온통 살아 제 몸을 운다

한낮이 쟁쟁할수록 맹렬하게
지쳐가는 내 몸을 흔들어대고
숲의 여름빛 전체를 들어올린다,
그늘의 허기까지

뜨거운 바람 속을 거세게 두드리는 소나기

저것이 온살을 부벼 누군가를 부르는 소리라면
못견디게 만나
한몸으로 이레나 열흘쯤을 울고
어두움으로 돌아가는 것이라면
그대로 절정이다

한 삶을 지나 문득 내가 듣는

저 눈부신 허공 위의
또다른 生

그러나 끝내 몸도
주검조차 보여주지 않는다
생명의, 그 밝은 첫자리

처음에는 스타카토 리듬처럼 단조로운 파장으로 시작하다가 점점 엄
청난 소음으로 증폭하는 매미 울음소리를 쉼표의 재치있는 배치를 통해
형태론적으로 환기시키는 첫 행이 우선 눈에 띈다. 그러나 이 시에서 매
미의 울음소리에 대한 가장 매혹적인 묘사는 "뜨거운 바람 속을 거세게
두드리는 소나기"이다. 무엇보다도 이 구절은 여름을 화덕처럼 달구는
매미의 뜨거운 울음소리와 폭압적인 무더위에 거세게 저항하듯 내쏘는
매미의 시원한 울음폭포, 그리고 실제로 매미의 울음소리가 소나기를
부른다는 미신이 무리없이 한데 어우러져 빚어진 매미 울음소리에 대한
빛나는 상징으로 읽히기 때문이다. 동시에 이 시구는 매미의 울음(청
각)이 거세게 공기를 두드리는가(촉각) 싶더니 돌연 굵은 빗줄기로 형
상화되는(시각) 감각의 전이와 확대를 보여주기도 한다. 이러한 울음의
시각화는 바로 이 시의 주제인 '절정'의 순간과 맞물리면서 "저 눈부신
허공 위의/또다른 生"이라는 시구에 탁월한 상징력을 부여한다. 참사랑
은 결핍의 형태에서 가장 찬란한 법이다. 이렇듯 시인은 곧 죽음을 맞이
할 매미의 마지막 절규에서 새로운 "생명의, 그 밝은 첫자리"를 응시하
고 있는 것이다. 이렇게 보면 매미의 울음은 부재하는 사랑에 대한 가장
뜨거운 노래인 동시에 자신의 소멸을 호명하는 가장 섬뜩한 죽음의 푸
가(fuga)이다. 절정의 순간이란 무엇인가? 그것은 극단까지 치달은 꼭
지점인 동시에 곧 가파르게 추락할 전환점이 아닌가. 소멸을 위한 생성,

아니 생성을 위한 소멸이 서로 극적으로 갈라지는 교차점, 이것이 바로 시인이 갈파한 절정의 본질이다. 또한 생의 절정을 향한 매미의 운명적인 절규는 '시'라는 '벙어리 매미'를 집요하게 찾는 시인의 애절하고 처절한 몸짓으로도 해독된다. 아울러 "그늘의 허기"를 채워주는 매미의 울음소리는 "강력한 삼라만상의 삼투압을 느끼게 하는"(최수철 『매미』) 태고의 음향, 다시 말해 우리의 영혼을 들어올리는 치명적인 미지의 부름을 연상케 하기도 한다.

4. 가을매미

한여름 한껏 데시벨을 높이며 그렇게 찌렁찌렁 울어대던 매미는 대개 이르면 초가을, 늦으면 단풍이 들 무렵 자신의 생을 미련없이 버린다. 찬란한 절정 직후 찬란한 추락! 매미는 이카루스(Ikarus)의 운명을 고스란히 다시 산다. 이나명은 「매미」에서 애초부터 매미의 울음소리를 누군가를 애타게 찾는 절정의 사랑노래로 파악하지 않고 지하유배지에서 "십 몇 년 아니 몇 천 일이나 삭여온 그 울음소리가" 죽음에 직면한 매미의 단말마적 비명임을 눈치챈다. 막다른 절벽 끝으로 내몰린 자가 내지르는 비명 같은 울림! 그래서 시인은 매미를 보고 "잎 푸른 은행나무 낮은 기둥에 붙어 우는 죽음을 보았다"고 말문을 연다. 시인에게는 매미 울음소리가 한여름 이마로 날아드는 도끼 같은 햇볕처럼 "찌르르르르 찌르는 듯한" 소리로 다가오고 있는 셈이다. 알다시피 한여름 나무에 매달려 아침부터 저녁까지 그토록 모질게 울어대던 매미는 어느 순간 가쁜 숨을 몰아쉬며 땅으로 떨어져 날개를 파닥거리다가 생을 마감한다. "죽어가는 매미들이 거친 바닥을 몸으로 비비며 추는 원무!"(최수철 『매미』) 이제 이나명의 시선이 가닿은 곳은 바로 은행나무 아래 낙엽처럼 널브러져 뒹구는 푸석푸석한 매미의 주검이다. 지하감옥에서 오랜 시간 묵새겨온 제 몫의 울음을 모두 쏟아낸 후 완전히 탈수된 매미의 "바람 같은 몸피"이다. 시의 마지막 부분을 읽어보자.

> 한여름내 울음소리 커졌다 점점 작아지고
> 마침내 너는
> 햇빛 같은 날개 바람 같은 몸피를
> 씨앗처럼 훌쩍 땅에 떨구리라
>
> 그런 가을에
> 은행나무들 눈물 탱탱 여문 황금 열매들
> 알알이 매달아놓은 높고 깊은 하늘 아래
> 더 이상 울 수도 없는 눈을 뻔히 뜨고
> 땅 위를 뒹구는 너의 허물을 나는
>
> 무심히 밟고 지나가리라 무심히, 너의
> 죽음 산산이 으깨어버리리라
>
> (나는 이듬해 더 많은 죽음들이 다시 태어나리라는 걸 안다)

그러나 뜻밖에도 시인은 바싹 마른 "햇빛 같은 날개"를 가지런히 포개고 죽은 매미의 시신을 "씨앗"에 비유하고 있다. 이것은 무엇보다도 시인이 매미의 주검 속에 잉태된 새로운 생명의 계기를 시의 화두로 붙잡고 있다는 귀중한 물증으로 읽힌다. 곤충학적으로 봐도 매미의 죽음은 바로 새로운 생명 탄생과 직결된다. 실제로 암컷 매미는 나뭇가지에 알을 슬어넣고 죽는데, 수개월 후 알이 부화되면 나무 속에 들어 있던 유충은 다시 땅속으로 들어가는 것이 매미의 독특한 생리이다. 이렇게 보면 매미의 장렬한 추락, 그것은 곧 자신의 씨앗(유충)이 땅으로 하강하는 것을 한발 앞서 재현해 보이는 최후의 제의로 읽힌다. 또한 매미에 각인된 생과 사의 이 신비한 이중성은 은행나무에 달라붙은 "탱탱 여문 황금 열매들"과 속 빈 "허물"처럼 바람에 날리는 매미의 주검(꽉 참과 텅 빔), 청아한 가을하늘과 쓸쓸한 지상묘지(높음과 낮음), 그리고 풍요로움이 연상되는 '노란색(황금빛)'과 죽은 매미의 몸통에서 연상되는 '검은색' 사이의 극렬한 대비효과를 통해 정교하게 변주되고 있다. 그러므로 "너의/죽음 산산이 으깨어버리리라"라는 시인의 마지막 전언은 결코 죽음에 대한 환멸의 표시도 죽음을 초월해보려는 낭만적인 객기의 소산도 아니다. 오히려 이 말은 모름지기 인간은 '죽음을 향한 존재' (Sein zum Tode)일 수밖에 없다는 겸허한 인식과 삶과 죽음 모두를 긍정하려는 순명의 의지에 대한 역설적 표현으로 읽힌다. 우리 인간 역시 매미와 마찬가지로 살기 위해 태어나는 것이 아니라 죽기 위해 태어나는 한낱 유기체가 아닌가. 우리는 한없이 채우기 위해 살아가고, 실제로 부단히 무언가를 채우며 살지만 정작 세월이 흘러갈수록 우리의 내부는 텅텅 비어만 가고 있지 않은가. 결국 인간이란 허망한 껍데기에 다름아니라는 실존적 공허감, 그러나 그 결핍 속에서 과거의 나를 완전히 망각한 새로운 나의 탄생이 시작될 수 있다는 생각이 이 시에 깔려 있는 소중한 미덕이다. 시인이 마지막에 "나는 이듬해 더 많은 죽음들이 다시 태어나리라는 걸 안다"에 괄호를 치면서 현상학적 판단중지를 요청하고 있는 까닭은 바로 여기에 있다.

나는 이나명의 「매미」에 아로새겨진 이러한 문제의식을 최수철의 『매미』에서 산문적으로 풀어 다시 읽는다.

그러나 실제로 매미가 되고 보니, 매미들이 우는 이유는 스스로 완벽하게 건조한 껍데기가 되기 위한 게 아닌가 여겨지기도 한다. 매미의 울음소리는 결코 언어가 아니었다. 점점 더 복강을 비우고 크게 확대시켜서 스스로 완벽한 박제가 되기 위한 노력의 과정일 뿐이었다. 그 사실은 내게 실로 계시적이었다. (…) 매미로서 한바탕 울다 보면, 나 자신도 내 속의 모든 것이 비워져나가는 것을 느끼곤 했고, 그때마다 나는 내가 어떤 새로운 경지에 들어서고 있다는 느낌을 받았다. (…) 그렇듯 껍데기가 되어가다 보면, 어쩌면 언젠가는 나 자신을 완전히 몰각한 새로운 탄생을, 그 최종적인 단계의 탈바꿈을 기대할 수 있을지도 모를 일이었다.

5. 겨울매미

매미의 프로필에는 지상의 겨울이 존재할 수 없다. 그러나 뭇 생명에 대한 깊은 사랑과 연민이 짙게 깔려 있는 안도현의 「얼음매미」를 통해 매미의 생은 기적처럼 겨울까지 연장된다. 하얀 눈을 보지 못하고 죽는 매미로 봐선 큰 행운이 아닐 수 없다. 전문을 옮겨보자.

매미가 벗어놓고 간 허물 속으로, 눈이 내린다

이 누더기의 주인은 저 광활한 우주 속으로 날아갔는데

눈은 비좁은 구멍 속으로
자꾸자꾸 내린다, 그리하여 쌓인다

하늘은 몇번이나 녹았다가 얼고,

(이 겨울이 지날 때쯤 나는 매미 허물을 가만히 벗겨봐야겠다고 생
각한다)

그러면 날아갈 줄도 모르고, 발을 가슴께로 그러모은
얼음매미 한 마리가 거기 웅크리고 있겠지

시인은 한때는 생물이었으나 무생물이 되어버린, 그러나 다행히 압
살당하지 않아 제 형상을 고스란히 유지한 채 말라버린 매미의 껍데기
속으로 눈이 내려 쌓이는 장면에 주목한다. 그리고는 비좁은 매미의 허
물 속으로 켜켜이 쌓인 눈이 녹았다 얼고 다시 얼었다 녹으면서 자연스
럽게 만들어진 매미 모양의 얼음조각을 상상하기 시작한다. "저 광활한
우주 속으로 날아"간 주인(매미)이 남긴 "누더기"가 얼음매미 탄생의
거푸집 역할을 한 꼴이다. 매미가 유산으로 남겨놓은 허물 속에 '태아'
의 자세로 웅크리고 앉아 "날아갈 줄도 모르고, 발을 가슴께로 그러모
은/얼음매미 한 마리"! 무덤을 그대로 모태로 재활용하는 시인의 상상
력이 놀랍다. 신화학자 조셉 캠벨(Joseph Campbell)은 죽음과 재생의
이 역설적 순환고리를 "'자궁이라는 이름의 무덤'(tomb of womb)에서
'무덤이라는 이름의 자궁'(womb of tomb)까지 완전한 순환주기"라고
멋들어지게 표현한 바 있다. 어쨌든 이 얼음매미는 나로 하여금 이런 의
문들을 품게 만든다. 혹시 얼음매미는 지상에서 흘리지 못한 매미의 눈
물이 광활한 우주로 흩뿌려졌다가 천상의 하얀 꽃가루(눈)로 환생해 결
정화된 '눈물(매미의 존재론적 비애)의 수정체'가 아닐까? 혹은 무한한
우주로 흘러가버린 지나간 시간의 파편들이 어느새 되돌아와 투명한 실
뭉치처럼 엉킨 순금 같은 '기억의 복원체'가 아닐까? 아니면 시인의 가
슴을 뜨겁게 풀무질하던 시상(詩想)이 오랜 수련과 편답의 통과제의를

거쳐 육화(肉化)된 서늘한 '언어예술작품'이 아닐까? 그것도 아니라면 얼음매미는 모든 망혹을 버리고 자기 본연의 투명한 천성을 깨닫기 위해 동안거(冬安居)에 들어간 시인의 초상이 아닐까? 궁금할 따름이다.

6. 탈바꿈

원래 매미는 평생 한번 탈각한다. 땅속에 있던 유충은 여름이 되면 대체로 저녁 해질 무렵 땅 위로 기어나와 나무줄기나 나뭇가지에 몸을 고정시킨 후 탈피를 하여 성충으로 변신한다. 그러나 세 편의 시를 통해 매미의 일생을 추적해본 결과 첫번째 탈각 이후에도 매미는 형이상학적으로 두 번 더 변태한다. 즉 여름에 매미는 자신을 옥죄고 있던 껍질을 벗어던지고 자유롭게 비상하는 첫번째 물리적 변태의 과정을 거친다면, 가을에는 죽음을 담보로 자신의 내부를 온전히 게워내는 두번째 변태의 고행을 감수한다. 그리고 겨울에 매미는 자신이 스스로 판 무덤(허물) 속에서 얼음매미로 거듭나는 환골탈태의 경지에 이른다. 이렇듯 여름매미는 겉옷을 훌훌 벗어던지고 날아올라 생의 정점에 이르고, 가을매미는 복강을 비워 스스로를 완벽한 박제로 만드는 내공을 쌓고, 겨울매미는 그 불모의 공간 안에 투명한 자기 분신(Alter Ego)을 수태한다. 하지만 그렇게 태어난 얼음매미 역시 곧 흐물흐물 녹아 액체로 탈바꿈할 존재가 아닌가. 요컨대 매미는 동전의 양면처럼 반복되는 생성과 소멸, 해체와 구축, 탄생과 죽음의 불가해한 관계를 암시하는 알맞춤한 상징이다.

7. 죽비소리

끝으로 매미에 달라붙을 수 있는 상징적인 함의 몇가지만 짚어보자.

1) 유교에서 매미의 머리는 관(冠)의 끈이 늘어진 현상이므로 문(文)이 있고, 이슬만 먹고 살므로 청(淸)이 있고, 곡식을 먹지 않으니 염(廉)이 있고, 집을 짓지 않으니 검(儉)이 있고, 철 맞추어 허물을 벗고 절도를 지키니 신(信)이 있어 군자가 지녀야 할 오덕(五德)을 갖춘 미물로 여겼다 한다. 반대로 쓸데없는 의론과 형편없는 문장을 두고 개구리와 매미의 울음소리[蛙鳴蟬徘]에 빗대는 전통은 매미에 덧씌워진 부정적인 이미지 가운데 대표적인 것이다.

2) 매미는 수컷만 운다. 그래서 그리스의 풍자시인 크세노파네스(Xenophanes)는 이렇게 말했다. "행복할진대 매미여, 곁에서 아내가 금속성으로 울지 않고 살다니." 바가지긁기를 무기삼아 남성들의 청각을 가혹하게 고문하는 우리 시대 페미니즘 여장부들이 들으면 바로 맞장뜨자고 달려들 엄청난(?) 실언이라 하겠다. 우스갯소리였다.

3) 매미의 그악스런 발광, 그것은 생사의 경계를 넘어서 바닥 모를 심연으로 곤두박질하는 디오니소스적인 광기의 표현으로 들릴 소지가 다분하다. 박상우의 소설 「매미는 이제 이곳에 살지 않는다」에 숨어 있는 아래의 장면은 이와 무관하지 않아 보인다.

그래서 도대체 매미들이 왜 저렇게 발악적으로 울어대는 거지요? 하고 나는 묻지 않을 수 없었다. 학교 주변의 플라타너스에 지상의 모든 매미들이 집결해 최후의 울음바다를 만드는 것 같다는 생각이 들어서였다.

—모조리 미쳐가는 거야. 인간도 미치고 곤충도 미치고 나무도 미

치고…… 미치지 않은 놈은 오직 미친놈뿐이라는 말이 예언처럼 실현되는 시대가 온 거라구. 미친 것들의 아름다운 종말이 뭔지 알아? 그건 자연 소멸이야. 저렇게 발악적으로 울어대다가…… 그래, 어느 날 갑자기 소리 소문도 없이 사라져버리겠지. 하지만 시간이 흐르면 종말의 깊은 정적 속에서 또다른 광기의 싹이 움트기 시작할 거야.

4) 매미는 문명화된 도시를 떠나지 않은 대표적인 곤충이다. 매미는 콘크리트벽에 수없이 붙어서 맹렬하게 울 정도로 현대문명에 대한 적응력이 다른 곤충에 견주어 까마득히 윗길이다. 이런 의미에서 매미는 도시화된 곤충이다. 소란스럽고 혼탁하기 이를 데 없는 우리 시대를 대표하는 청각적 아이콘이다. 매미의 격렬한 울음소리는 온갖 욕망들이 나 잘났다고 바락바락 악을 써대는 세속 도시의 살풍경과 잘 어울린다. 따라서 맴맴맴맴맴, 부글부글 끓고 있는 한여름의 도심을 소란스럽게 관통하는 매미 울음소리는 김태환의 분석처럼 "도시문명, 시장사회, 자본주의 사회의 무의미성과 몰가치성에 대한 신화적 표현"으로도 읽힌다. 『매미』에서 주인공이 현금을 찾기 위해 은행에 간 아래의 장면은 뭐든 집어삼키는 먹성 좋은 자본의 힘과 반성의 기미라곤 찾아볼 수 없는 그 악스러운 매미 울음사이의 은유적 결속관계를 여실히 보여준다.

어느새 나는 당장이라도 덜덜 떨릴 정도로 온몸이 긴장되어 있었다. 도처에서 지폐와 전표들을 세는 소리, 그 팔랑거고 빠닥거리는 소리가 매미 울음소리만큼이나, 아니 그보다 더 시끄럽고 요란스럽게 들려오고 있었다. (…)
그때 문득 정신을 차리고서 주위를 돌아보니, 은행 안의 모든 사람들이 퀭한 눈으로 나를 바라보고 있었다. 그 순간 모든 움직임이 정지되어 있었고, 단지 돈 세는 기계 위에서 지폐들이 제 스스로 책장

처럼 넘어가는 소리가 매미 울음소리와 뒤섞여 내 귀를 압박하고 있
었다. 은행 안에 있는 사람들은 그 소리에 마비되어 있는 것이 틀림
없었다.

5) 매미는 잡담과 풍문, 수다와 소문이 창궐하는 말많은 이즈음의 세
상을 온몸으로 웅변하는 성능 좋은 메가폰이자 '깊이 듣기'보다는 '대충
보기'를 선동하는 스펙터클한 시대를 거역하는 멋진 반항아이기도 하
다. 매미 울음소리는 소통부재의 시대를 청각적으로 환기시키는 싸이렌
이자 이미지에 중독된 우리의 정신을 섭동(攝動)케 하는 다이모니온
(daimonion)의 소리이다. 그래서일까, 무엇보다 내게 매미 울음소리는
공부길에 귀이천목(貴耳賤目)하라는 따끔한 죽비소리로 들린다. 맴맴
탁탁, 소리에도 뼈가 있다.

〔『현대문학』 2002년 3월호〕

눈을 읽는 눈

윤제림 · 심은희 · 임선기

1

　"징그러운 발을 감추고/안 보이는 한쌍의 촉각을 세운"(이가림 「2만 5천 볼트의 사랑」) 한 마리 길다란 지네 지하철. 그 녀석이 도심 한가운데서 지상으로 꿈틀거리며 기어올라올 때가 있다. 대개 한강을 가로지르기 위함이다. 거미줄처럼 연결된 땅굴을 요리조리 미끄러지듯 달리던 '철지네'는 강을 건너기 위해 땅 위로 철커덕 철커덕 기어나오는 것이다. 햇빛이 쨍쨍한 날이면 지하철의 지상 나들이는 눅눅해진 음지의 근육들을 탈탈 털어 말리는 일광욕의 즐거움으로도 전이될 수 있을 터이다. 윤제림은 「지하철에 눈이 내린다」에서 지하철의 지상 외출에 아주 색다른 의미를 부여한다. 그에게 "지하철이 가끔씩 지상으로 올라서주는 것은/ 고마운 일이다." 왜일까? 전문을 읽어보자.

강을 건너느라
지하철이 지상으로 올라섰을 때

말없이 앉아 있던 아줌마 하나가
동행의 옆구리를 찌르며 말한다
눈 온다
옆자리 노인은 반쯤 감은 눈으로 앉아 있던 손자를 흔들며
손가락 마디 하나가 없는 손으로
차창 밖을 가리킨다
눈 온다
시무룩한 표정으로 서 있던 젊은 남녀가
얼굴을 마주본다
눈 온다
만화책을 읽고 앉았던 빨간 머리 계집애가
재빨리 핸드폰을 꺼내든다
눈 온다

한강에 눈이 내린다
지하철에 눈이 내린다
지하철이 가끔씩 지상으로 올라서주는 것은
고마운 일이다.

 지하철은 대도시에 새로이 출현한 무표정한 연옥이다.[1] 철관(鐵棺) 속에 생매장된 채 어색한 시선을 애써 감추고 있는 익명의 승객들. 더 이상 정체성을 가진 주체로서가 아니라 은박종이로 된 인형처럼 바스락

---

1) 동시에 지하철은 '즐거운 지옥'이기도 하다. 예컨대 아수라장을 방불케 하는 출퇴근 시 간 지하철의 살풍경을 "이 땅의 눈물겨운 살붙이들 모두가/서로 뺨을 맞대고/서로 어깨 를 비벼대고/서로 밀치고/서로 부추기고/서로 껴안으며" "너의 살결에/나의 살결이 닿 고/너의 숨결에/나의 숨결이 섞이는/황홀한 세상"으로 읽고 있는 이가림의 「2만 5천 볼 트의 사랑」을 보라.

거리는 생기없는 사람들. 그런데 지하철이 땅 위로 기어나오는 순간 승객들의 얼굴이 갑자기 환해진다. 심드렁한 낯빛에 돌연 생기가 돌기 시작한 것이다. 그 계기는 바로 눈 때문이다. 사람들이 한강 위로 흩뿌려지는 하얀 눈을 보는 순간 지하철 여기저기서 "눈 온다"라는 말이 동시다발적으로 흩어진다. 입을 꽉 다물고 앉아 있던 아줌마가 동행의 옆구리를 찌르며, 노인이 반쯤 감은 눈으로 앉아 있던 손자를 흔들어 깨우며, 시무룩한 표정으로 서 있던 젊은 남녀가 얼굴을 마주보며, 만화책에 몰두하던 빨간머리 여자아이는 누군가와 통화하며 이구동성으로 말한다. "눈 온다"(안도현 시인이 타고 있었다면 "워매, 눈 오시네/뭔 일이 다냐, 요것이 대체"(「눈 오시는 날」)라고 말했을 것이다). 세대를 초월해 번지는 이 말은 끊어졌던 대화의 시작, 단절되었던 소통의 재기를 알리는 소중한 징후로 읽힌다. 이렇듯 시인은 사방으로 흩어지는 눈 속에 사람과 사람 사이의 단절된 관계를 치유할 수 있는 소통의 에너지가 잠복해 있음을 오롯이 깨닫는다. "지하철이 가끔씩 지상으로 올라서주는 것"이 시인에게 더없이 고마운 일인 까닭은 바로 여기에 있다. 이처럼 윤제림의 「지하철에 눈이 내린다」는 이편과 저편을 잇는 교량, 그 다리를 통과해 한강을 가로지르는 지하철, 그리고 지상과 천상을 하나로 이어주며 온 세상을 하얗게 물들이는 함박눈이 행복하게 한데 어우러지는 아름다운 풍경을 연출해냄으로써 우리들이 잊고 사는 '인간의 고리'가 무엇인지를 가만히 되짚어보게 해준다.

눈을 읽는 윤제림의 눈망울이 미덥고 포근하다.

2

한 남자가 마을에 도착한다. "마을은 깊이 눈에 파묻혀 있었다. 성이 있는 산은 조금도 보이지 않을 뿐더러 성은 안개와 어둠에 싸여 있었다." 그는 기형도의 「숲으로 된 성벽」에 나오는 신비로운 성으로부터 초청받아 온 측량기사이다. 그러나 마을에 들어선 뒤부터는 초청되었다고 생각하는 사람은 그 자신뿐이며, 그는 마을에서 그런 사실을 알고 있는 사람을 단 한 사람도 만날 수 없다. 자신이 이곳을 방문한 이유를 증명할 길이 전혀 없는 것이다. 자신의 존재를 알아주기는커녕 오히려 마을 사람들은 그의 신분을 의심하고 거부하며 적대시한다. 그는 성의 변두리를 끝없이 방황하며 성 안으로 들어가려고 안간힘을 다해보지만 모든 시도는 수포로 돌아간다. 그는 처음 마을을 찾아올 때처럼 여전히 이방인으로서 톱밥처럼 서걱거리고 있을 뿐이다. 원래 그는 명예와 평화 속에서 생을 영위하는 사람이 아니었다. 그는 성의 매끄러운 벽을 정복하고 싶어하는 사람이었다. 그는 진정 싸우기 위해 이곳에 온 사람이었다. 성으로 들어가기. 그의 지고한 생의 목표는 너무도 분명했다. 그러나 그는 결코 성의 문을 열 수가 없었다. "대관절 이것이 싸움이었단 말이냐? 심각한 저항은 하나도 없고, (…) 그는 전투태세를 갖추고 주위를 돌아보면서 적을 찾았다. 그러나 아무도 없었다." 투쟁의 철회는 곧 죽음이다. 그는 끈질기게 세상과 싸웠지만 결국 기진맥진해 쓰러지고 만다. 온통 하얀 눈으로 점령당한 마을 어딘가에 쓰러진 남자, 그가 바로 프란츠 카프카(Franz Kafka)의 미완성 소설 『성(城)』에 등장하는 K이다. 카프카의 절친한 친구 막스 브로트(Max Brod)는 이 소설의 결말에 관해서, "카프카는 마지막 장을 쓰지 않았다. 내가 그 결말에 관해서 질문했더니, 그는 다음과 같이 대답했다. (…) **그(K)는 투쟁의 고삐를 결코 늦추지 않았지만 지나치게 피로한 나머지 죽는다.** 그의 임종 자리에 마을 사람들이 모여든다"(강조는 필자).

눈이 내린다

가벼움을
치욕처럼 여기며
부 들 부 들 떨어진다

가벼움을 저지시키기 위해
바람과 맞설 무게 따위를 갖기 위해

눈은 솜털보다 못한 온 힘으로
자신을 꾹 꾹 억누르느라
온몸을 휘청댄다

내가 나일 수밖에 없는 데까지 나아가는
완 / 전 / 부 / 정

나는 그 불가사의한 싸움을 오래오래 지켜보았다

투쟁의 고삐를 결코 늦추지 않지만
지나치게 피로한 나머지 죽어버리는 이른 생애를

눈이 그치고
시신(屍身)들 위로 하나 둘 사람들이 모여 선다

심은희는 「눈」에서 카프카가 유보해두었던 『성』의 마지막 장을 시로
형상화하는 데 성공한다. 시인은 "가벼움을/치욕처럼 여기며/부 들 부
들" 떨어지는 눈의 모습에서 허무로 가득 찬 환멸의 세계와 맞서 "솜털

보다 못한 온 힘으로/자신을 꾹 꾹 억누르느라/온몸을 휘청"대는 처절
한 실존적 고투를 상상한다. "내가 나일 수밖에 없는 데까지 나아가는/
완/전/부/정." 여리고 약하게만 보이는 눈이 품은 세상에 대한 결연한
독기! 시인은 지리멸렬한 세상과 펼치는 눈들의 "그 불가사의한 싸움"
에서 카프카의 K, 곧 "투쟁의 고삐를 결코 늦추지 않지만/지나치게 피
로한 나머지 죽어버리는 이른 생애"의 단면을 갈파해낸 것이다. 그밖에
도 「눈」은 가벼움과의 싸움으로 온 힘을 소진한 채 지상으로 추락한 눈
송이들, 그 백색의 "시신들 위로 하나 둘 사람들이 모여"드는 장면까지
K의 마지막 생을 고스란히 재현하고 있다. 시 읽는 맛을 배가시키는 부
사("부 들 부 들" "꾹 꾹")의 세련된 삽입과 함께 소설이 시를 부화시킨
드문 예로 이 작품을 기억하고 싶다.
　눈을 읽는 심은희의 눈초리가 매섭고 치열하다.

3

　쓸데없는 묘사와 수사의 곁가지들을 깔끔하게 쳐내고 사색과 명상의
운신폭을 최대한 넓혀놓은 임선기의 「밤 눈」은 눈송이들이 밤하늘에 타
전하는 '푸른' 맥박소리에 귀기울인다. '연상의 금욕주의'가 낳은 간명
한 시의 전문을 읽어보자.

　계단들마다에

　쌓이는

　흩어지는

눈송이들

어느 빈터에

앉아

눈 맞는

아이들

돌멩이들

쏟아지며

날리며

그칠 듯

그치지 않을 듯

푸른 소리들

빈터에 앉아

밤의

어둠이 듣는

　마치 하늘에서 눈이 떨어지는 모습처럼 시행을 짧게 끊어 수직적으로 배열한 것이 눈에 띈다(수직적인 차원을 물적으로 실현해놓은 "계단"을 시의 전면에 배치해놓은 것도 이와 무관하지 않아 보인다). 각각의 행이 거의 한 단어로 구성되어 있는 절제된 배열은 두 번씩 반복되는 각운("는" "들" "며" "듯")과 더불어 경쾌하면서도 몽환적인 리듬감을 만들어낸다. 이러한 형식적 고려는 '의미'보다는 '리듬'을 중시하려는 시인의 태도에서 비롯된 결과로 읽힌다. 만약 의미 쪽에 더 무게를 두었다면 시인은 이와 유사한 모양으로 행갈이를 했을 것이다.

> 계단들마다에 쌓이는 흩어지는
> 눈송이들
> 어느 빈터에 앉아 눈 맞는
> 아이들 돌멩이들
> 쏟아지며 날리며
> 그칠 듯 그치지 않을 듯
> 푸른 소리들
> 빈터에 앉아
> 밤의 어둠이 듣는

　원작과 비교해볼 때 이렇게 헤쳐모인 시(?)에서는 시인이 강조하고 있는 단어 하나하나의 이미지와 시 전편을 타고 내리던 몽환적인 리듬감이 죽어버리는 것을 알 수 있다. 이렇듯 임선기의 「밤 눈」은 에즈라 파운드(Ezra L. Pound)의 구분처럼 어휘의 무리 속에서 사고의 무도(舞

蹈)가 드러나는 '로고포에이어'(logopoeia)보다는 시에 내재한 음악성이 의미의 방향 내지 동향을 결정하는 '멜로포에이어'(melopoeia)에 가깝다. 또한 「밤 눈」은 김수영의 「눈」을 떠올리게 한다. "눈이 온 뒤에도 또 내린다//생각하고 난 뒤에도 또 내린다//응아 하고 운 뒤에도 또 내릴까//한꺼번에 생각하고 또 내린다//한줄 건너 두줄 건너 또 내릴까//폐허에 폐허에 눈이 내릴까." 이 시에 대한 해석이 분분하지만 내리는 눈을 무한히 이어지는 시간의 운동과 연관짓는 김상환의 상상력은 설득력이 있다. 그의 말대로 김수영은 "이 시를 통하여 무한정 담기는 시간을 재차 풀어놓고 있다. 그러나 어쩌면 시간은 스스로를 풀어내고 있는지 모른다. 시간이 무한히 이어지는 무한정자라면, 그래서 언제나 다시의 운동 속에 있다면, 이 무한정한 다시는 자발적 밀봉과 개봉 사이의 다시인지 모른다."[2] 단정하기("내린다")와 의심하기("내릴까"), 묶는 일과 푸는 일, 고정하는 일과 움직이는 일 사이의 교차 반복, 그것이 위의 시를 통하여 개봉된 시간의 모습일 터이다.

풍요로운 시적 울림을 공명시키는 임선기의 시에서도 시간은 쌓이고 흩어지는 눈송이처럼 반복해서 스스로를 저장하고 소비한다. 물론 이런 시간은 무지속적 순간들이 논리적으로 정돈된 연속체, 즉 시계의 초침이 계속 돌아가며 가리키는 지점들의 총체를 뜻하지 않는다. "쏟아지며//날리며//그칠 듯//그치지 않"는 밤 눈의 동선(動線)이 암시적으로 보여주듯이 그것은 우리가 흔히 세고 따질 수 있는 기계적인 시간의 연속이 아니라 인간의 의식 속에서 메아리치는 간단없는 자기성찰의 리듬이자 진득한 자기반성의 싸이클이다. 이런 맥락에서 보면 눈과 공기가 서로 맨살을 비비며 내는 "푸른 소리들"(시각과 청각 이미지가 결합된 이 시어는 김광균의 「외인촌(外人村)」에 나오는 "분수처럼 흩어지는 푸른 종

---

2) 김상환 「詩와 時」, 『풍자와 해탈 혹은 사랑과 죽음』, 민음사 2000, 63~64면.

소리"를 떠올리게 한다)은 꼬리에 꼬리를 물고 이어지는 시적 몽상의 율동, 즉 이어졌다 끊어지고 끊어졌다 다시 이어지는 사유의 오우로보로스(Ouroboros)에 대한 공감각(共感覺)적 표현으로 읽힌다. 간밤에 흩날리던 수많은 생각의 편린들, 그 눈송이들이 차곡차곡 잠들어 있는 묵상의 "빈터"는 어디에 있을까.

눈을 읽는 임선기의 눈길이 처연하고 웅숭깊다.

[『현대문학』 2002년 6월호]

크로노스와 싸우는 시인들

김진경 시집 『슬픔의 힘』, 최영철 시집 『일광욕하는 가구』,
김명수 시집 『아기는 성이 없고』

1

그리스신화에서 시간의 신 '크로노스'(Kronos)는 낫과 모래시계를 손에 쥐고 있는 모습으로 등장한다. 여기서 낫은 살아 있는 모든 것을 소멸시키는 시간의 파괴력을, 모래시계는 시간의 공허한 반복성을 상징한다. 그러나 정작 크로노스의 속성은 고야(F. de Goya)의 그림에서 사실적으로 묘파된 것처럼, 제 자식을 낳는 족족 가차없이 잡아먹는 섬뜩한 식인(食人)의 면모에서 단박에 드러난다. 인간의 총체성을 잘게 쪼개어 갉아먹는 시간의 가혹한 메커니즘에 대한 이 얼마나 적절한 비유인가. 자본주의 시계판의 분침과 시침 사이에 충직한 노예로 예속된 처참한 우리의 모습을 떠올리니, 모골이 송연해진다. 신화란 허구적 상상력의 창고에 그치는 것이 아니라 설득력있는 개념 생산의 화수분이란 점을 새삼 통감케 한다. 그러나 이 신화에서 정작 우리가 눈여겨보아야 할 대목은, 구사일생으로 살아남은 크로노스의 아들 제우스가 토제(吐劑)를 사용해 아버지가 삼킨 남매들을 내뱉게 하는 사건이다. 무엇이든 집어삼키는 폭압적인 시간의 유린을 뿌리친 인류 최초의 영웅이 탄생하는 순간이기 때문이다. 그렇다면 21세기의 벽두, 거침없이 줄달음질치는 시간이란 괴물의 발목을 붙잡은 제우스의 후예는 누구일까? 우리가 최근에 나온 시집 가운데 각기 개성있는 토제를 사용해 크로노스와 싸우는 김진경, 최영철, 김명수의 시집에 주목하는 이유는 여기에 있다.

2

『슬픔의 힘』에서 김진경(金津經)은 속도와 능률을 숭상하는 근대적 시간의 광포한 질주에서 한발짝 물러나, 가쁜 숨을 고르며 느림의 의미를 "천천히 되새김질"(「겸손한 여생」)한다. 진보를 목표로 내달리는 현대사회의 한복판, "점점 밀도가 높아지는 청동 공기 속을"(「청동 물 속을 헤엄쳐다니는」) 산책자의 행보로 유유히 가로지르면서 '건강한 느림'을 설파하는 것이다. 여기서 '건강한 느림'이라 함은 그가 탐침(探針)하는 느림의 미학이 현실도피적 발상에서 촉발되는 무위·나태·권태와 직결되거나, 현실을 초극한 자족적인 유토피아의 착상에서 비롯된 것이 아니라, 엄연한 현실의 속도에 대한 냉철한 반성을 통해 매개되는 올곧은 시간의식의 소산임을 뜻한다.

예컨대 그는 현대 산업문명의 질료적 근거가 되는 시멘트를 업고, 거리를 맹렬히 질주하는 레미콘차를 보고, "지질학적 자본의 시대가 발명해낸/육식 공룡 같다"(「레미콘차」)고 규정한다. 폭주 속에 감춰진 자본주의의 거대욕망과 파렴치한 탐식의 흔적을 발가벗기는 대목이라 하겠다. 또한 "채찍에 맞을수록 빨리 도는 팽이"를 넋놓고 바라보다가 자신이 "팽이의 속도에 얼어붙"고 있음을 깨닫고는, "돌아가는 속도의 밖으로 뱉어진 후에야/우리는 비로소 물을 수 있을 거야/이 속도가 무엇을 위

한 건지"(「딸애가 팽이 돌리기 숙제에 매달리는 동안」)라고 자문하며 속도의 황
홀감에 마비되어 무뎌졌던 시간의식을 다시금 추스른다. 여기서 가공할
만한 속도의 원심력에 의해 "밖으로 뱉어"졌다는 시적 자아의 시간체험
은 '사물의 속도'에 대한 단순한 멀미나 현기증으로 이어지지 않는다.
오히려 이것은 시간의 '밖'에서 시간의 '안'을 들여다보기 위한 적극적
인 탈주의 전략으로 읽힌다. 이렇게 시인은 형식적으로는 부단히 앞을
향해 움직이지만 더이상 삶의 동력으로서 기동하지 않는 공허한 시간의
흐름에서 단호히 이탈함으로써, "한순간 지나가는 자신의 생애"(「무서운
시간」)를 포착할 수 있는 계기를 마련한다.

　"속도가 뱉어낸 모래알로 이루어진 거대한 사막, 시는 그 사막 위를
지루하게 걷고 있는 낙타인지도 모르겠다"는 자서(自序)의 고백처럼,
김진경의 시에서 낙타는 숫자로 환원되어 경제화되는 자본의 속도와 결
연히 맞서 느림의 힘을 온몸으로 구현하는 시인의 분신이다. 이러한 느
림의 저력은 "백록담의 봉우리"와 비견되는 "새파란 하늘을 향해 거대
하게 솟은 희디흰 육봉"(「등이 휜 낙타」)에 의해서 선연하게 가시화되기도
하고, 욕망과 집착으로부터 초연한 낙타의 "단순한 생존법"을 환기시킴
으로써 절제와 비움의 미덕을 부각시키는 쪽으로 굴절되기도 한다.

　　마실 물과 먹을 것
　　그 이외의 것은 갈수록 무거운 짐이 되는
　　낙타는 사막의 단순한 생존법을 우리에게 가르치려 한다
　　낙타는 무슨 성자처럼
　　겸손하게 큰 눈을 끔뻑거린다

—「삼방산 밑에서 낙타를 보다」 부분

　드넓은 모래사막을 묵묵히 횡단하는 낙타의 유장함에서 욕망의 급류

를 타고 좌충우돌 들끓는 속세의 현장에서 출가한 '도보 고행승'의 모습이 어른거린다. 그렇다면 질주의 편벽됨과 일면성에서 벗어난 낙타는 무엇을 둘러보려고 "겸손하게 큰 눈을 끔뻑거"리는가?

그것은 시집의 해설에서 김상욱이 간파한 것처럼 "부재하는 삶의 진정성, 그로부터 야기되는 슬픔, 슬픔을 바탕으로 쏘아올리는 그리움의 몸짓"으로 괄약(括約)할 수 있는 무엇이다. "내 마음의 바닥"(「빗자루 쓰는 소리가 들린다」)에 대한 무한한 연민, "거대한 원시의 어머니"(「마산포 하루」)의 품속에 대한 동경과 같은 것이다. 그것은 때론 "동터오는 노을을 보며" 짓는 "엷은 미소"(「가을 편지」)처럼 시각적 이미지로 오롯이 빛나기도 하고, 때론 눈 쌓인 재를 넘어 사랑하는 이의 집으로 "딸랑딸랑 말방울을 울리며"(「첫눈」) 달리는 소리로도 생생하게 귓전에 감겨든다. 동시에 그것은 이불 속에서 "엄지발가락으로/누이들의 발바닥을 콕콕 찌르"(「미소」)는 촉각을 통해서도 짜릿하게 전해지며, 은은한 "치자꽃 향기"(「부처」)를 머금고 퍼져가기도 한다. 이처럼 시인이 그토록 애절하게 찾고자 하는 "그대는 어디에도 없으면서 어디에나 있"(「백자진사매국문병」)다.

이렇게 볼 때, 김진경의 『슬픔의 힘』에 임리(淋漓)한 존재의 시원을 향한 사무치는 그리움은 느림이 숙성시킨 감성적 분비물이라 할 수 있다. 그리움의 '발효(發效)'를 위한 시간의 '발효(醱酵)'! 하지만 그가 견지하는 느림의 시학이 '디지털'이란 유령의 광(光/狂)적인 스피드에 홀린 우리의 무감각한 시간의식을 꼬집어 깨우기에는 역부족이라는 아쉬움이 남는다. 왜냐하면 그의 시는 현실에 대한 비판적 개입을 매개로 느림이란 시적 주제를 끌어오는 데는 성공했지만, 느림을 통해 다시 현실과 길항하는 시적 방법론이 서정적 자연의 풍광에만 고착되어 있기 때문이다. 앞으로 그가 지향하는 느림의 미학이 생활현장과도 교호하는 '건강한 느림의 창조성'으로 전개되길 바란다.

3

　김진경이 매끈하게 다림질된 시간을 겹겹이 주름접어 느림의 권리를 모색한다면, 『일광욕하는 가구』에서 최영철(崔永喆)은 우리를 앞으로만 끌고 가는 팽팽한 시간의 '비가역성(非可逆性)'을 거슬러올라가는 지난한 노력을 아끼지 않는다. 그러면 그는 왜 지나간 시간의 뒤를 밟아가는가?

> 버스 타고 비행기 타고 우주선 타고 간
>
> 앞을 보내고
>
> 멀고 어둡고 긴 뒤를 밟아간다
>
> 차례대로 가서 처박힌
>
> 줄줄이 늘어서서 발 동동 구르며 하품하는
>
> 앞은 절벽

—「앞으로 뒤로」 부분

　인용된 시에서 명징하게 드러나듯, 한마디로 시인이 내다본 앞의 풍경이 심히 마뜩치 않기 때문이다. 암표를 사고 급행료까지 지불해가면서 "버스 타고 비행기 타고 우주선 타고 간" 길의 끝은 장밋빛 복락원의 입구가 아니라, "절벽"이나 "천 길 벼랑"(「세상 밖으로」)이라는 미래에 대한 비관적 인식이 시인을 뒤로 이끌게 한 소이연임을 짐작할 수 있다. 또한 "길의 끝이 무덤이다"(「정상에서」)라는 인식처럼 언젠가는 맞닥뜨릴 죽음에 대한 공포와 두려움도 시인의 암울한 전망을 부추겼을 터이다. 그렇다고 해서 과거를 황금시대로 인식하는 낭만적 동경이 뒷걸음을 재촉한 것도 아니다. 왜냐하면 "멀고 어둡고 긴 뒤를 밟아간다"는 시구가 암시하듯, "부끄러움도 기다림도 남은 게 없는/풍비박산의 시간"(「노부부」)을 견디지 못해 "저를 밟고 간 세월에 딱지가 앉아/곰보 얼굴이 된 난간"(「곰보 다리」)이 흉물스럽게 그의 귀로를 가로막고 있기 때문이다. 그렇다면 이러한 진퇴유곡의 암담한 상황에서도 끝까지 "서늘한 퇴로"(「쥐스킨트를 읽는 밤」)를 고집하는 까닭은?

　해답은 간명하다. "위로 뻗기만 하는 삶을 받치려고/실타래처럼 엉킨 땅 아래 상념들"(「대숲에서」)에 대한 냉철한 반성과 재인식을 통해 '생의 의지'를 북돋우기 위함이다. 달리 말하자면, "이렇게 만신창이로 허덕거린 사이/나는 다 망가져 처음으로 돌아왔다"(「20세기 공로패」)에서 들리는 삶의 초발심을 회복하기 위함이다.

> 이 독성 이 아귀다툼이 나를 새롭게 할 것이야
> 마디마디 박히는
> 민물장어 부스러진 뼈의 원한
> 힘이 솟는다
> 다 부서지면 나는 날아오를 것이야
>
> —「이 독성 이 아귀다툼」 부분

　과거로의 낭만적인 복귀는 재출발의 잠재력을 온축할 수 없는 법이다. "독성"과 "아귀다툼"으로 생채기난 삶을 온몸으로 뜨겁게 끌어안을 때, 비로소 비상의 의지와 부활의 심지를 세울 수 있게 되리라. 그에게 끝과 시작은 서로 '상충'하는 타자가 아니라 '상보'하는 타자다. 즉 '뒤'는 뒤집혀진 '앞'이다. 따라서 "민물장어 부스러진 뼈의 원한"과 같은 삶에 대한 고통과 번뇌를 극한까지 밀고 나갈 때, 생의 시작은 더욱 절실하고 치열하게 다가온다. 이제 시인은 낚시에 걸려 죽어도 따라오지 않으려는 바닷고기의 처절한 항전을 향해 부르짖는다. "파닥거려야지

갈갈이"!(「바다 고기」) 이런 소생의 의지는 "갯쑥부쟁이까지 피면 다시 출
항이다"와 "여기까지 오게 한 음지의 근육들/탈탈 털어 말린 얼굴들이
햇살에 쨍쨍해진다"란 시구로 각각 시를 종결하는 「폐선」과 「일광욕하
는 가구」에서도 고스란히 드러난다. "탈탈"에서 감지되는 과거극복의
결의, "쨍쨍"에서 느껴지는 미래를 향한 박동!

　과거나 미래, 어느 한편만을 절대화하고 특권화하는 유토피아주의는
절름발이 시간의식의 부산물이다. 그러나 '이미'와 '아직', 양편 모두의
한계에 대한 명료한 인식으로 빚어지는 긴장 속에서 자기갱신을 기투
(企投)할 때, 우리는 과거를 치유할 수 없는 영역으로 만들고 미래를 죽
음과의 독대로 서둘러 몰고 가는 선형적(線形的)인 '세속시간'(Weltzeit)
의 궤도에서 벗어나, "미래는 과거보다 더 늦은 것이 아니며 과거는 현
재보다 더 이른 것이 아니다"(하이데거 『존재와 시간』)로 압축되는 나선적
(螺線的)인 '시간성'(Zeitlichkeit)을 체험할 수 있게 된다. 최영철의 시
가 노정하는 과거로의 역행이 복고적 퇴행이나 소극적 도피가 아니라
'편력의 길'로 전환될 수 있는 계기가 여기에 숨어 있다.

4

　최영철의 시가 과거와 현재를 '직렬'로 연결한다면, 김명수(金明秀)
의 『아기는 성이 없고』는 과거와 현재를 나란히 '병렬'로 접속함으로써
시간의 기계적인 흐름에 저항한다. 그의 이러한 독특한 시간의식은 과
거와 현재의 거리가 감정적으로 밀착되어 병발(竝發)하는 사태를 방지
함으로써 이질적인 두 개의 시간 지평이 상생(相生)할 수 있는 가능성
을 제시한다.

저기 저 산등성이에 보랏빛 들국화가
무리져 피어 있다
나는
내가 태어나던 그날 그 시각의
햇살을 떠올린다

—「물결」 전문

이 시는, 언뜻 보면 시적 화자인 "나"가 들국화를 보며 회상에 젖어
들고 있다는 점에서 기존 서정시의 주제와 문법을 그대로 재현한 평범
한 시편으로 읽힌다. 그러나 "물결"이란 시의 제목을 가슴에 품고 시의
행간을 꼼꼼히 들여다보면, 서로의 타자성을 적극적으로 수용하는 '수
평성'의 시간의식이 은밀한 무늬를 내비치며 수면 위에 떠오른다. 산등
성이에 무리져 피어 있는 들국화, 그곳을 지나가는 산들바람, 그 바람에
의해 잔잔한 물결로 시인에게 밀려오는 보랏빛 수군거림, 그리고 자신
이 "태어나던 그날 그 시각의/햇살"을 반추하고 있는 시인. 보랏빛 들
국화의 "물결"(현재)과 "햇살"(과거)이 얼마나 평화롭게 '공존'하며 단
아한 '공명'을 자아내고 있는가. 화하되 하나가 되지 말라〔和而不同〕는
'차이'의 존중에 대한 시인의 염원이 내밀히 전해진다. 우리가 이 시에
서 과거가 현재를 주박하거나 현재가 과거에 혼융되는 지저분한 욕망의
흔적을 발견할 수 없는 까닭은 여기에 있다.
　이와같은 '수평성'의 시간의식은 이번 시집에서 두 가지 차원으로 변
주·심화·확대된다. 첫째, 타자성의 인정을 기반으로 형성된 시간의식
은 존재론적 탐구로 이어진다. 예컨대 "내가 봄을 보고/봄이 나를 보는
거리여/멀어라, 멀어져라!/봄이 나를 보고/내가 봄을 보는 거리여"(「遠
視」)란 시구를 보자. 여기서 "멀어져라!"란 단호한 외침은 "나"와 "봄",
주체와 객체, 인간과 자연 사이를 특정한 관계의 사슬로 연결하고자 했

던 무모한 근대적 기획을 버리고 양자 사이의 참다운 개별성과 독자성
을 겸허하게 받아들이려는 시인의 의지표명으로 읽힌다. 존재의 본성은
서로가 연루되어 얽히고설키는 데서 비롯되는 것이 아니라, "모래는 그
저 모래/바람은 그저 바람"(「인연」)이란 단언처럼, 존재에 달라붙은 모든
정념과 관념의 불순물이 제거된 순도 높은 '있음'(Sein)의 집요한 탐구
에서 드러난다는 인식이다. 동시에 이것은 '수평성'의 시간의식이 불가
(佛家)에서 말하는 모든 망혹(妄惑)을 버리고 존재 본연의 천성을 깨닫
는 '견성(見性)'의 철리를 아우르는 장면이라 하겠다.

둘째, '수평성'의 시간의식은 생명현상에 대한 진지한 성찰과 자연스
럽게 기맥이 통한다. 과거와 현재를 소통 불가능한 상태로 절연시키거
나 둘 사이를 무시로 넘나드는 신비주의적 시간론과는 달리, 과거와 현
재를 평형상태로 유지함으로써 그 사이에서 순환하는 내적인 생명에너
지를 비교적 객관적으로 투시할 수 있기 때문이다.

돌에 나뭇잎이 새겨져 있다
꽃도 줄기도
뿌리도 흔적 없다
나는 나를 생각한다.
지금 이 시간
나의 시간을 생각해본다
나는 지금 숨을 쉰다.
밖에는 이슬비가 내리고
내 그림자가 벽에 비친다

—「나뭇잎 화석」 부분

일반적으로 화석이란 과거의 시간이 응고된 결정체, 생명활동의 전

면적 정지가 가시화된 죽은 시간의 은유다. 하지만 그에게 화석은 누군 가 흔들어 깨워주기를 간절히 호소하는, 긴 휴지상태로 들어간 시간의 일시적 동면일 뿐이다. 그래서 그는 모든 생명의 수분이 탈수된 딱딱한 나뭇잎 화석을 보고도, "옛날, 그 옛날"에 내리던 "이슬비"와 "햇살"을 떠올린다. 그렇다고 매장된 시간의 부활이 감흥과 흥분의 정서로만 가 파르게 경사지지 않는다. 오히려 그것은 "지금 이 시간/나의 시간을 생 각해"봄으로써 "나를 생각"할 수 있는 명상의 화두를 부여해준다. 그리 고는 "밖에는 이슬비가 내리고" "나는 지금 숨을 쉰다"는 소박하지만 깊은 참구(參究)의 답을 내놓는다. "수억년 전"의 광합성활동과 현재의 나의 호흡작용이 오묘한 생명의 통로를 통해 접점을 찾는 순간이다. 태 고의 나뭇잎 화석이 내뿜는 산소를 지금 들이마시는 나. 과거와 현재의 행복한 공시적 만남이다. 따라서 벽에 비친 "내 그림자"는 시인의 전존 재성이 삼투된 활화석(活化石), 다시 말해 "덧없이 흐르는 시간을 멈추 게 하는/정지된 시간"(「정지된 시간에게」)의 외시(外示)이자 "해바라기 시 든 대궁/까만 씨앗 영그는"(「맨드라미」) '오래된 미래'의 현시다.

한가지 덧붙이자면, 이번 시집의 주조음인 "생명현상의 순연함과 지 극함"(이경호)은 강퍅한 가슴을 지닌 어른의 눈으로는 목도할 수가 없는 법. 따라서 그가 아이들의 무색 투명한 천진함에 각별한 애정을 쏟는 것 은 자연스럽다. "내 마음 아기 키우네/아기/내 마음 키우네"로 매듭짓 는 「아기는 성이 없고」는 동심에 대한 시인의 항심(恒心)을 잘 대변해 준다.

5

살펴본 대로 김진경, 최영철, 김명수 시인은 각각 미친 듯이 날아가는 시간의 화살을 정지시켜 늘리거나, 구부렸다 펴거나, 나란히 놓으면서 '크로노스'와 대결한다. 그러나 이들의 값진 성찰에도 불구하고 한가지 짚고 넘어가야 할 대목이 있다면, 이들의 시가 대부분 '과거-현재'라는 편향된 시간 지평 사이에서만 맴돌고 있다는 측면이다. 물론 최영철의 몇몇 시편은 미래를 향해 약동하는 것이 사실이나 아직은 출항을 알리는 기적소리일 뿐, 구체적인 방향타 설정에 대한 절차(切磋)의 고심이 미약한 아쉬움이 남는다. 김명수의 경우도 "그림자"란 시어가 암시하듯, 투사된 미래의 모습이 실체가 불분명한 씰루엣으로만 형상화된 한계를 노출하고 있다. 이러한 경향에는 짐작컨대, 회상은 현재와의 직접적인 접촉으로부터 보호받을 수 있지만 미래를 예측하거나 선취하는 일은 조만간 현재의 황폐한 손길에 휩쓸릴 수밖에 없으리라는 심리적 부담감이 내심 똬리를 틀고 있을 터이다. 물론 그리움, 기억, 추억이야말로 태생적으로 시가 돛을 올리는 근원적 정서임을 부정할 뜻은 추호도 없다. 하지만 분명 시의 진정성, 그 깊숙한 내부에는 앞에서 밀려오는 격랑의 파고를 미리 가늠해보는 참언(讖言)의 몫이 잠재해 있음을 놓치지 말자. 앞으로 이들의 시세계가 '과거지향'(Retention)의 정서로 좀더 뿌리를 튼실히 다지면서, '미래지향'(Protention)의 예지로 힘찬 날개를 달아 균형잡힌 시간의식을 벼르기 바란다.

독일 시인 횔덜린(F. Hölderlin)은 '궁핍한 시대'와 대면한 시인을 '반신(半神)'의 격으로 치켜세운 바 있다. 물론 이 말은 시인의 우상화나 찬사를 뜻하지 않을 터이다. 오히려 혼탁한 포말로 뒤덮인 시대를 꿰뚫고 앞을 내다본 자의 오연한 정신의 초상과 가열한 자유의지, 그로 인한 시련과 고통을 온전히 감당해야 하는 존재론적 비애가 서려 있다. 그의 묘비에 아로새겨져 있는 「운명」(Das Schicksal)이란 시의 한 부분은 가슴을 친다.

폭풍 중에 가장 성스러운 폭풍 속에서
내 감옥의 벽 허물어지리라
그리하여 보다 찬란하고 자유롭게
내 영혼 미지의 나라로 물결쳐가리!

〔『창작과비평』 2000년 가을호〕

닿소리 셋이 디자인하는 비경(祕境)
고원 「바다, 배 그리고 사람」

ㅅ ㅅ ㅅ ㅅ ㅅ
ㅅ ㅅ ㅅ ㅅ ㅅ
ㅅ ㅅ ㅅ ㅅ ㅅ
ㅅ ㅅ ㅅ ㅅ ㅅ
ㅅ ㅅ ㅅ ㅅ ㅅ

ㅈ ㅈ ㅈ ㅈ ㅈ
ㅈ ㅈ ㅈ ㅈ ㅈ
ㅈ ㅈ 　 ㅈ ㅈ
ㅈ ㅈ ㅈ ㅈ ㅈ
ㅈ ㅈ ㅈ ㅈ ㅈ

ㅊ ㅊ ㅊ ㅊ ㅊ
ㅊ ㅊ ㅊ ㅊ ㅊ
ㅊ ㅊ ㅅ ㅊ ㅊ
ㅊ ㅊ ㅊ ㅊ ㅊ
ㅊ ㅊ ㅊ ㅊ ㅊ

—고원 「바다, 배 그리고 사람」 전문

구체시(Konkrete Poesie)는 언어라는 기호의 이면에 숨겨진 모든 전통적인 의미를 근본적으로 부정하는 데서 돛을 올린다. 다시 말해 구체시는 언어를 인간의 정신을 대변하는 '추상적'인 관념으로 치켜세우기보다는, 손으로 직접 만지고 뒤집고 늘리고 접고 주무르고 자르고 덧붙이는 '구체적'인 오브제로 다룬다. 그러므로 구체시의 언어는 결코 추상적으로 두루뭉술하지 않다. 차갑게 물질적이고 쌀쌀맞게 형이하학적이다. 수술대 위에 올려진 언어의 적나라한 알몸! 구체시가 내건 현수막이다. 따라서 구체시를 추구하는 시인에게 언어는 더이상 인간의 정신과 사건의 의미를 전달하는 신성한 소통의 매체로 인식되지 않는다. 오히려 구체시에서 사용되는 언어는 시인이 품은 특정한 구도(構圖, Konstellation)의 집을 짓기 위해 이리저리 놓여지는 미학적 건축재료와 크게 다르지 않다. 한마디로 구체시는 종이를 화폭삼아 활자로 디자인하는 주도면밀한 '언어미술'이자 '문자바둑'이다.

그러나 1960~70년대 독일과 오스트리아를 중심으로 국제적인 운동을 형성했던 구체시는 아직도 우리에겐 낯설고 생경한 장르로 받아들여지고 있는 실정이다. 여전히 대부분의 시인들은 구체시를 서양에서 건너온 시의 아주 희한한 돌연변이 정도로 취급해 사갈시하거나 한갓 말장난쯤으로 여겨 손사래부터 치고 본다. 하지만 알게 모르게 우리 현대시 곳간의 한켠에는 구체시의 전위적인 실험정신과 기맥이 통할 수 있는 작품들이 적지 않게 쌓여 있다. 예컨대 뒤집혀진 숫자의 배열을 시로 승화시킨 이상의 「詩 第四號」는 오히려 서구의 구체시를 앞서 선취한 작품으로 제일 먼저 손꼽힐 수 있으며, 1980년대 부르주아적인 메타언어를 부정하고 새로운 언어의 가능성을 모색하기 위해 시에 그림을 삽입했던 박남철과 황지우의 해체적 전략시 역시 넓게 보면 모두 구체시의 한 변주로서 같이 묶일 수 있는 경향의 작품들이다. 1990년대 들어 활동을 시작한 젊은 시인들의 시편에서도 구체시의 꼬리는 심심치 않게 발견된다. 특히 연왕모는 「글자 3」에서 허수아비의 형상이 연상되는

'우'자를 통해 실체 없는 글자의 허상을 날것 그대로 폭로하는 신선한 발상법을 보여주었으며 한글 자음 ㄱ을 가지고 다음과 같은 상상력의 곡예를 펼치기도 했다.

　　개미의 잘린 다리

　　　　ㄱ

—연왕모「글 1」전문

　　연왕모는 더이상 ㄱ을 다른 자모음과 결합해 의미의 무궁무진한 확산을 약속하는 한글 자음의 첫 자로 인식하지 않는다. 그에게 ㄱ은 개미의 몸통에서 분리된 다리를 형태론적으로 환기시키는 꺾어진 직선에 불과할 뿐이다. 다리 하나를 잃고 허우적거리고 있을 개미, 그리고 몸통과 단절된 다리 하나! 여기서 하반신 불구가 된 개미가 기표를 잃어버린 기의를 가리킨다면, 몸통에서부터 절단된 다리 ㄱ은 지시적인 의미의 굴레에서 벗어나 "빛 없는 우주공간에 떨어져 고립되고"(채호기「글자」)만 기표를 상징한다고 볼 수 있다. 한글이 가질 수 있는 이러한 조형적 가능성을 극단까지 몰고 감으로써 한글 구체시의 길을 본격적으로 개척한 시인은 고원이다. 예컨대 그는 ㄱ을 낫이나 개미의 잘린 다리로 연상하는 유추적 발상법에서 한걸음 더 나아가 ㄱ 자체의 시각적 속성과 움직임에 주목한다.

　　ㄴ ㄱ ㄴ ㄱ ㄴ
　　ㄱ ㄴ ㄱ ㄴ ㄱ
　　ㄴ ㄱ ㄴ ㄱ ㄴ
　　ㄱ ㄴ ㄱ ㄴ ㄱ
　　ㄴ ㄱ ㄴ ㄱ ㅁ

—고원「꼭두각시의 꿈──자리바꿈과 자리차지」전문

이 시에서 ㄴ은 뒤집혀진 ㄱ이다. 아니 ㄱ은 물구나무선 ㄴ의 다른 표현이다. 여기서 재미있는 것은 ㄴ과 ㄱ 사이의 규칙적인 자리바꿈이 마치 여러 인형을 번갈아 내세우는 꼭두각시의 어지러운 춤사위를 기호학적으로 재현하고 있는 듯한 환상을 불러일으킨다는 점이다. 특히 이 시가 매혹적인 까닭은 ㄴ과 ㄱ의 역동적인 움직임 속에서 배후에 있는 다른 사람의 조종에 의해 이리저리 '꿈틀대는'(ㄴ ㄱ ㄴ ㄱ ㄴ) 망석중이의 비애가 은연중에 묻어나온다는 데 있다. 시 전체를 지배하는 '각진 긴장'이 꼭두각시의 '각진 슬픔'을 절묘하게 시각화하고 있는 것이다. 그렇다면 남의 의사에 따라 이리 꺾이고 저리 꺾이는 천형을 평생 등에 업고 살아가야만 하는 꼭두각시의 꿈은 무엇인가? 괴뢰(傀儡)에게 그것은 타자의 조정에 의해 이리저리 휘둘리는 삶이 아니라 스스로 자신의 삶을 결정하는 주체적인 생의 실천일 수밖에 없다. 공간에 비유하자면 피동적인 '자리바꿈'이 아니라 능동적인 '자리차지'가 그가 품은 희망의 실체인 것이다. 고원은 이러한 꼭두각시의 꿈을 ㅁ을 통해 구체화하는 기지를 발휘한다. 꼭두각시의 모질고 각진 운명을 상징하는 ㄴ과 ㄱ의 끝없는 교차 반복에 급제동을 거는 ㅁ! 이렇듯 ㅁ은 ㄴ과 ㄱ을 서로 극적으로 상봉케 함으로써 확보되는 자율적인 공간의 암호이다. ㅁ은 꼭두각시의 '꾸ㅁ' 그 자체이다.

　고원의 대표작으로 손꼽을 수 있는 「바다, 배 그리고 사람」 역시 한글 닿소리 자체에 잠재된 시각적 이미지를 극대화한 일종의 언어미술/마술이다. ㅅ · ㅈ · ㅊ이 각각 가로 다섯, 세로 다섯으로 가지런히 정렬된 이 시의 비의를 캐내기 위해서는 우선 십자수처럼 촘촘하게 짜여진 시 전체의 교묘한 구도와 문자 자체의 조형성에 시선을 집중해야 한다. 즉 기의의 구속으로부터 완전히 해방된 기표들의 율동을 눈여겨보아야만 이 시에 음각된 다섯 가지 비경을 훔쳐보는 정신의 호사를 누릴 수 있다.

1. 신비로운 등용문

　모든 시의 제목은 나름대로 중요한 역할을 수행하게 마련이지만 특히 이 시에서 제목이 갖는 기능과 몫은 가히 절대적이다. 만약 고원이 '바다, 배 그리고 사람'이라는 표찰을 달아놓지 않았다면 이 시는 이제 막 한글을 익히는 어린이가 글자 몇개를 또박또박 눌러쓴 연습장의 한 페이지와 별반 다르지 않을 수도 있다.

　우선 제1연에서 행을 갈아 반복되는 "ㅅ ㅅ ㅅ ㅅ ㅅ"은 파도가 일렁이는 역동적인 바다의 모습을 자연스럽게 떠올리게 한다. 시인은 ㅅ을 더 이상 모음과의 결합을 갈망하는, 그럼으로써 어떤 의미에 종속되려는 언어체계의 작은 부속품으로 파악하지 않는다. 여기서 ㅅ은 이미 그 자체가 바다를 구체적으로 보여주는 당당한 주체이다. 그렇다면 제2연의 'ㅈ'은 'ㅅ'(바다) 위에 둥실 떠 있는 'ㅡ'(배)를 연상시키는 시각적인 기호로 읽힌다. 그런데 여기서 우리가 오랫동안 눈맞춤을 해야 할 곳은 제2연의 한가운데이자, 시 전체의 중심에 휑하니 뚫린 공간이다. 도대체 왜 시인은 시의 심장부에 네모난 구멍 하나를 뚫어놓은 것일까? 아직은 그 의도를 요량할 수 없다. 순번대로 마지막 연의 'ㅊ'은 바다 '위'에 떠 있는 배 '위'의 사람을 구체화한다. 'ㅈ' 위에 얹혀 있는 짤막한 막대기(―)가 바로 사람을 환기시키는 기호인 셈이다. 동시에 ㅊ 자체가 사람의 형상과 닮은꼴이기도 하다. ㅈ 위에 얹힌 ―를 사람의 머리로, ㅅ 위에 얹힌 ㅡ를 양팔로, 그리고 ㅡ 아래 ㅅ을 두 다리로 연상해 읽으면 ㅊ은 영락없이 사람을 표현한 약호로 볼 수 있다. 그런데 앞의 두 연과 비견해 마지막 연이 무엇보다 이채로운 점은 두 개의 자음이 사용되고 있다는 사실이다. ㅊ에 겹겹이 둘러싸인 ㅅ의 자태가 마치 풀숲 깊숙이 똬리를 틀고 들어앉은 독사의 형국이다. 그렇다면 제3연의 한가운데 ㅅ 하나를

덩그러니 배치한 시인의 노림수는 무엇인가? 잘라 말한다면 제3연의
주제인 '사람'을 좀더 또렷하게 부각시키기 위함이다. 따라서 바다를 지
시하는 제1연의 ㅅ과 달리 제3연의 ㅅ은 끊임없이 사람 인(人)자를 환
기시키는 미학적 기제이다. ㅅ은 그 기호의 형태가 사람의 특성과 일치
하는 빛나는 상징인 셈이다.

　이쯤에서 잠시 해석을 미루어두었던 제2연의 빈터로 시선을 돌려보
자. 지금까지의 분석을 토대로 미루어 짐작컨대 이 침묵의 블랙홀은 무
심한 듯 가지런히 배열된 문자의 집합을 시로 거듭나게끔 변용의 기적
을 수행하는 시적·미학적 컨버터이다. 다시 말해 모든 의미의 연결고
리가 절연된 채 바다(ㅅ)만을 체현하는 단순한 '지시적'(denotativ) 기
호를 사람(ㅅ)이라는 새로운 '암시적'(konnotativ) 코드로 변환시키는
중요한 관문인 것이다. 비유하자면 잉어가 용이 되는 구체시의 등용문
(登龍門)과도 같은 곳이라 하겠다. 이 시가 발상의 기발함에만 기댄 상
업용 타이포그래피(typography)와 분명한 선을 그을 수 있는 것은 모
두 시의 배꼽에 위치한 이 신비로운 휴지(休止) 덕택이다.

2. 백색 자궁

　시의 마지막 연에서 탄생하는 사람(ㅅ)에 초점을 맞춰 다시 시를 훑
어보면 새로운 상상력의 거미줄을 칠 수 있다. 바다는 지구상의 모든 생
명체의 본거지이자 생명 자체의 원천이다. 그런데 이러한 상징으로서의
바다는 인간의 육체 안에도 있다. 바로 여성의 자궁 속 양수가 육체로
스며든 작은 바다이다. 이런 관점에서 보면, 조금은 무리한 연상일지 모
르지만, 제1연은 정사각형의 자궁 속에서 규칙적인 리듬을 따라 파동
치는 역동적인 양수의 모습으로도 확대해석할 수 있다.

ㅅ　ㅅ　ㅅ　ㅅ　ㅅ
ㅅ　ㅅ　ㅅ　ㅅ　ㅅ
ㅅ　ㅅ　ㅅ　ㅅ　ㅅ
ㅅ　ㅅ　ㅅ　ㅅ　ㅅ
ㅅ　ㅅ　ㅅ　ㅅ　ㅅ

　너무도 당연한 질문이 되겠지만, 그러면 어떻게 생명의 씨앗은 자궁 벽에 착상(着床)되는가? 바로 남녀의 육체적 사랑을 통해서 생명 탄생의 기적은 발아된다. 어떤 방법으로든 남녀의 성기가 랑데부를 이루어야만 비로소 생명의 유전자가 왕성한 자기 몸 부풀리기를 시작할 수 있는 것이다. 그리고 쎅스의 가장 기본적인 체위는 '자궁' 위에 남성의 아랫'배'를 밀착시키는 자세일 터이다. 이런 다소 발칙한 시각으로 제2연을 다시 보자. ㅈ은 양수(ㅅ)로 출렁거릴 여성의 자궁 위에 살며시 배(ㅡ)를 갖다대는 쎅스를 재현하고 있지 않은가. 이런 맥락에서 배〔船〕는 남성의 배〔腹〕인 동시에 아이를 배〔胚〕게 하는 성행위 자체를 상징한다 하겠다. 그리고 제2연의 한가운데 뚫린 백색의 공간은 모든 생명이 움트는 자궁이라는 잠재태로 읽힌다. 절대적으로 순수한 기하학적 수상(隨想)을 그림의 주제로 표방했던 러시아의 멋쟁이 화가 말레비치(K. S. Malevich)의 개념에 기대자면, 그것은 무한한 변형과 자기실행의 미래를 자신 안에 충전하고 있는 '무한의 백색'과 흡사한 공간이라 하겠다. 자궁의 이니셜로도 읽히는 ㅈ으로 사위가 겹겹이 둘러싸인 이 오묘한 샘의 깊이를 헤아려보라.

ㅈ　ㅈ　ㅈ　ㅈ　ㅈ
ㅈ　ㅈ　ㅈ　ㅈ　ㅈ
ㅈ　ㅈ　　　ㅈ　ㅈ
ㅈ　ㅈ　ㅈ　ㅈ　ㅈ
ㅈ　ㅈ　ㅈ　ㅈ　ㅈ

제3연에서는 에로스적 욕망이 좀더 강렬해진다. ㅈ 위에서 다시 한번 생명 탄생의 본능을 불사르는 -의 몸부림을 보라. 그리고 이 숨가쁜 리비도의 숲 한가운데서 잉태된 새로운 생명(ㅅ)의 홀로 의연한 모습을 보라. 이런 관점에서 보면 이 시는 다분히 딱딱하게 에로틱하고, 기호학적으로 관능적이다.

<pre>
ㅊ ㅊ ㅊ ㅊ ㅊ
ㅊ ㅊ ㅊ ㅊ ㅊ
ㅊ ㅊ ㅅ ㅊ ㅊ
ㅊ ㅊ ㅊ ㅊ ㅊ
ㅊ ㅊ ㅊ ㅊ ㅊ
</pre>

3. 구도의 비밀정원

바다, 배 그리고 사람, 이 삼총사 하면 항용 떠오르는 장면이 있다.

끝없이 펼쳐진 채 포효하며 산악 같은 파도를 올렸다 내렸다 하는 광란의 바다 위에서, 작고 허약한 조각배를 전적으로 믿으며 한 뱃사람이 앉아 있는 것처럼, 고통의 세계 한가운데 개개의 인간들은 개체화의 원리(principium individuationis)를 믿고 의지하며 고요히 앉아 있다.[1]

정확히 말하자면 이 구절은 니체(F. Nietzsche)의 말이 아니다. 이

---

1) 프리드리히 니체「비극의 탄생」, 김대경 옮김『니체 전집 1』, 청하 1995, 39~40면.

텍스트는 니체가 창안한 개념 가운데 하나인 '아폴로적인 것'(Das Apollinische)을 비유적으로 설명하기 위해 쇼펜하우어(A. Schopenhauer)의 『의지와 표상으로서의 세계』에서 인용해온 대목이다. 이유인즉 니체는 개체화의 원리에 대한 흔들리지 않는 뱃사람의 신념과 조용한 앉음새에서 적절한 한정과 절제, 광포한 격정으로부터의 자유와 해방, 그리고 완벽한 균형과 질서를 구현하는 태양신 아폴로의 모습을 연상했기 때문이다. (물론 니체 미학의 초점은 '아폴로적인 것'에 맞춰져 있지 않다. 오히려 그는 우리에게 개체화의 원리를 깨고 잔혹하고 무서운 광란의 바다, 다시 말해 '디오니소스적인 것' Das Dionysische의 본질 속으로 몸을 내던지라고 명령한다. '디오니소스적인 것'의 환희와 공포, 황홀과 도취, 무질서와 난장의 소용돌이 속으로 관습과 전통에 길들여진 우리의 영혼을 초대하고 있는 것이다.)

알다시피 쇼펜하우어는 세계는 현상과 물자체로 구성되어 있다는 칸트(I. Kant)의 이분법을 자신의 철학적 출발점으로 삼는다. 그에 의하면 우리가 눈으로 보는 현상세계는 시간과 공간의 인과율인 개체화의 원리라는 필터를 통해서 재인식되는 마야(maja, 힌두교에서 환상의 세계를 만드는 신 따위의 힘)의 세계이다. 그는 현상세계를 주체에 의해서 구성되는 표상의 세계로 파악하고 있는 것이다. 반면 직관을 통해 인식할 수 있는 실재의 세계(물자체)는 '의지'의 세계이다. 세계의 내적 본질을 맹목적인 생의 에너지 덩어리로 파악하고 있는 셈이다. 여기서 문제는 이 모순된 두 세계를 조화롭게 연결해주는 통로가 없다는 점이다. 그러므로 인간이란 존재는 현상세계와 실재세계의 부조리한 청원 사이에서 끊임없이 고통과 욕구에 시달리며 살아갈 수밖에 없다는 것이 그가 맺은 사유의 결론이다. 우리가 흔히 그의 철학을 염세주의 철학이라 부르는 이유는 여기에 있다. 여기서 그에 의하면 이와같은 고통의 질곡으로부터의 구원은 허망한 끝없이 창궐하는 욕망의 늪에서 탈출함으로써 이루어질 수 있다고 한다. 비유하자면 마치 "끝없이 펼쳐진 채 포효하며 산악 같은 파도를 올렸다 내렸다 하는 광란의 바다" 위에 떠 있는 조각배 속에 고요히 앉아 있는 뱃사람의 모습처럼 어떠한 현실적 이해관계도 개입되지 않은 예술적 관조와 나를 버리는 이타적 도덕 그리고 불교에서 말하는 니르바나(열반)를 추구하는 성찰과 참선의 자세야말로 가혹한 욕망의 연쇄사슬에서 완전히 해방될 수 있는 최선책이라는 것이다.

이런 시각에서 고원의 시를 다시 곱씹어보자. 잔혹하고 무서운 욕망의 바다(제1연) 위에 떠 있는 작고 연약한 조각배(제2연), 그리고 그 고통의 세계 한가운데서 탁한 속인으로 살기에는 애당초 그른 뱃사람 하나(제3연). 여기서 나는 독일에서도 난해하기로 정평이 난 로베르트 무질(Robert Musil)을 십년 넘게 연구하고 돌아와 대학에서 독문학을 강의하는 학자 고원의 모습이 아니라 소설가 이호철의 적절한 비유처럼 "꼭 우리나라 어느 시골 절에 상머슴으로 있다가 갓 상경해 올라와, 악다구니 끓는 이 서울 도시 풍정(風情)을 앞에 두고 어리벙벙, 반은 얼이 빠져 있는" 한마디로 "너무너무 속취(俗臭)가 없는" 시인 고원의 얼굴을 떠올려본다. 재차 염무웅의 말을 빌리자면 "영락없는 중(승려)과 같은" 시인의 얼굴을 엿본 셈이다. 이런 관점에서 보면 제2연의 정중앙에 다소곳이 자리잡은 괴괴한 빈터는 수도승 고원이 욕망의 도시 한복판에 닦아놓은 묵상의 '비밀정원'처럼 읽힌다. 아무런 부피도 무게도 없는 무욕(無慾)의 사각형! 아마도 고원 시인에게 '구도(構圖)'의 실험은 '구도(求道)'의 실천과 내밀히 얽혀 있는 것 같다.

ㅈ　ㅈ　ㅈ　ㅈ　ㅈ
ㅈ　ㅈ　ㅈ　ㅈ　ㅈ
ㅈ　ㅈ　　　ㅈ　ㅈ
ㅈ　ㅈ　ㅈ　ㅈ　ㅈ
ㅈ　ㅈ　ㅈ　ㅈ　ㅈ

4. 무언의 저항

　새로운 세기의 출발과 더불어 무언가 획기적인 변화가 일어날 것처럼 한껏 부풀어올랐던 흥분과 달뜸의 사회분위기도 막상 21세기가 시작되면서 일상의 수면 아래로 가라앉고 있는 듯이 보인다. 그러나 좀더 자세히 수면 아래의 문화 지형을 들여다보면, 1980년대 문화와 지성의 주류를 이루던 거대 이념이 사라진 공백을 포스트모더니즘이 한동안 점령하는가 싶더니, 어느샌가 그곳에 세계자본주의의 물신과 디지털의 유령이 퍼져가고 있다. 이처럼 총천연색 이미지와 스펙터클로 출렁거리는 변화된 문화 상황에서, 시의 영토를 지켜나가기란 결코 녹록치 않은 일이 분명하다. 새로운 세기에도 과연 시가 씌어지고 읽힐 수 있을 것인가라는 흉흉한 풍문까지 공공연하게 떠돌고 있는 것이 저간의 사정이다. 어쨌든 새로운 문명과 시는 좀처럼 궁합이 맞지 않는 것이 분명하다. 그럼에도 오늘날 시는 부단히 씌어진다. 아니 시는 누군가에 의해서 계속해서 씌어져야만 한다. 자신의 생명줄을 짓누르는 외부의 힘이 강해질수록 시가 펼치는 저항의 몸부림도 그만큼 치열해져야만 한다. 정과리의 말처럼 "저를 소외시키는 문명(디지털), 저를 수탈하는 문화(카피), 저를 업신여기는 문학(소설)에 맞서서" 우리 시대의 시는 저항의 깃발을 높이 치켜들어야 하는 것이다. 고원 역시 이 시를 통해 죽음에 직면한 시의 운명을 구원하려는 암호화된 저항의지를 보여준다. 여기서 우리가 제1연의 ㅅ을 '시'의 이니셜로 바꿔 읽어보면 제2연의 빈자리는 전혀 다른 차원의 세계를 열어 보인다. ㅈ, 즉 사방에서 시(ㅅ)를 압박하는 부당한 현실의 폭력(_)에 대항하여 '보이지 않는 곳에서 묵묵히' 시의 진정성을 암중모색하는 '투명한' 시혼의 울림을 들어보라.

ㅈ ㅈ ㅈ ㅈ ㅈ
ㅈ ㅈ ㅈ ㅈ ㅈ
ㅈ ㅈ 　 ㅈ ㅈ
ㅈ ㅈ ㅈ ㅈ ㅈ
ㅈ ㅈ ㅈ ㅈ ㅈ

이 '꽉 찬 텅 빔' 속에서 위기의 시를 살려내자는 '소리없는 부활의 함성'이 메아리쳐 들려오는 것만 같다. 그리고 위기에 빠진 시를 다시 한 번 내려누르고(ㅈ 위의 −) 발로 차(ㅊ)는 차(ㅊ)가운 현실의 한복판에서 오롯이 불타오르는 시(ㅅ)의 솟음(ㅅ)을 보라. 그 깃발이 우뚝하고 꿋꿋하지 않은가.

ㅊ ㅊ ㅊ ㅊ ㅊ
ㅊ ㅊ ㅊ ㅊ ㅊ
ㅊ ㅊ ㅅ ㅊ ㅊ
ㅊ ㅊ ㅊ ㅊ ㅊ
ㅊ ㅊ ㅊ ㅊ ㅊ

지나가는 길에 덧붙이자면 이 시는 독일 헤쎈주의 작은 도시 휜펠트(Hünfeld)에서 '열린 책으로서의 도시—건축물의 벽에 그린 100편의 시작품'이라는 기획 아래 열렸던 예술행사의 일환으로 초대되어 한 건물의 외벽을 멋지게 장식하고 있다 한다. (시의 현실참여라는 측면에서 봐도 이 시는 '구체적'이다.) 푸른 바다가 연상되는 파란색 외벽에 하얗게 아로새겨진 「바다, 배 그리고 사람」! 실로 탁발한 창안이 돋보인 문화 퍼포먼스가 아닌가. 우리의 삭막한 아파트 콘크리트 외벽에도 아름다운 시들이 깊숙이 둥지를 틀고 앉았으면 좋겠다. 시의 영혼으로 한결 풍요로워진 '인간화된 집'에 사는 기쁨과 뿌듯함, 생각만 해도 마냥 기분이 좋아진다.

5. 이하 추후 발표

뭐니뭐니 해도 이 시가 지닌 최고의 미덕은 독자의 상상력과 영감을 끝없이 자극한다는 점에 있다. 복고적 서정과 낭만적 습기에 식상한 자라면 고원이 꾸며놓은 구체시의 공방(工房)을 한번 노크해보라. 정서를 수단으로 감동을 불러일으키는 뜨거운 '귀의 언어'로부터 탈주를 꿈꾸는 모반자라면 이성을 무기로 상상력을 도발하는 차가운 "눈의 언어"(변학수)와 대면해보라. 언어에 축적된 천년 묵은 곰팡이 냄새를 도저히 참을 수 없는 시인이라면 한번쯤 기의의 구속에서 벗어나 자유롭게 들썩거리는 이 참을 수 없는 언어의 가벼움을 만끽해보라. 굳어버린 문맥을 떠나 토막토막 낱알로 떠돌아다니다가 어느 순간 빚어내는 닿소리 셋(ㅅ·ㅈ·ㅊ)의 파격적인 세계가 지금 당신의 기습을 애타게 기다리고 있다. 다섯번째 비경의 디자인은 전적으로 당신의 상상력에 달려 있다. 이제 시의 한가운데 터를 잡은 웅숭깊은 사각의 우물을 응시해보라. 홑으로 된 텍스트가 겹으로 열리는 미지의 허방 속을 헤집고 들어가보라. 그리고 그 안에서 자유연상의 극적 이변을 연출해보라. 지금껏 나는 텅 빈 조그만 정사각형 속에서 ① 기존의 언어를 부정하면서 새로운 언어의 가능성을 모색하는 구체시의 정문과 맞닥뜨렸고, ② 생명을 창조하는 매트릭스(Matrix)의 기하학적 내부구조를 감상하는 황홀감을 맛보았고, ③ 욕망의 도시 한복판에 자리잡은 구도의 비밀공원을 산책하는 시인의 발걸음을 뒤쫓아보았고, ④ 시를 억압하는 작금의 풍토에 맞선 소리없는 저항의 떨림을 감지했을 뿐이다. 이제 나머지 진경의 구성은 당신의 몫이다. 결여인 동시에 새로운 충족의 가능성을 가리키는 조그만 '빈집'으로 당신을 초대한다. 세상 어디에도 완전히 끝난 이야기는 없다.

끝으로 구체시의 대가인 오이겐 곰링어(Eugen Gomringer)가 뚫어 놓은 유명한 '침묵의 동굴'을 소개한다. 그동안 수많은 시인들이 다양한 각도에서 침묵을 소재로 노래했을 터이지만, 나는 이보다 더 침묵의 본질을 적시한 시를 보지 못했다. 침묵, 그것은 말하는 순간 깨지게 마련이다. 침묵에 대해 글을 쓴다는 것 자체가 이미 침묵에 대한 위반이자 모독이다. 침묵은 오직 그 자체로만 침묵이다. 그러면 이 시에서 침묵은 어디에 있는가? 앙다문 사각의 입이 연상되는 시 정중앙에 위치한 백색의 여백에 있다. 온몸으로 침묵을 증거하는 사각의 무인지대(Niemandsland)! 진리인식에 있어서 불필요한 잉여를 제거하는 '오컴의 면도날'(Occams Klinge)이 쏙 도려낸 공간처럼 보인다. 이렇듯 '침묵'(schweigen)이라는 단어 하나와 그것의 14번의 반복·배치·구성만으로도 한 편의 시는 빚어질 수 있다. 이것이 바로 구체시가 보여주는 복화술의 전략이자 축소의 미학이고 구도의 시학이다.

```
schweigen schweigenschweigen
schweigenschweigen schweigen
schweigen           schweigen
schweigen schweigen schweigen
schweigen schweigen schweigen
```

[『현대시학』 2002년 2월호]

휴전선 원시림의 꿈

고은 「휴전선」

지난 55년간 감사하다
한반도 휴전선 6백리
그 비무장지대
옛 주인들
자다 일어나 발 동동 구르며 애태우다 만 땅들
그 누구도 관리하지 않은 풀들
풀벌레들
나무
나무들
짐승들 잔짐승들 세균들
너희들을 위해서 부디 영원하라
휴전선

그 이쪽도 저쪽도 넓혀가거라
휴전선

동북아시아의 귀신 같은 희망들 여기 오라
넓혀가거라
넓혀가거라

—고은 「휴전선」 전문

DMZ, 한반도의 허리를 조이며 감겨진 동서 길이 246km, 폭 4km, 전체면적 992km²의 철조망 붕대. 군사분계선을 중심으로 남북 양쪽으로 각기 2km씩 먹어들어간 이 비무장지대는 반세기 전 민주·공산 진영의 끔찍한 이데올로기 냉전의 어정쩡한 타협의 소산이자 우리 민족사의 내전의 생채기가 치유되지 않은 채 그대로 파묻힌 참혹한 역사의 현장이다. 우리 국토의 한가운데를 가로지르는 이 이상한 완충지대는 민족상잔의 비극으로 인해 쓰러져간 영혼들이 가매장된 공동묘지인 동시에 이산가족의 한과 눈물이 서려 있는 분단의 상징인 것이다. 비록 지금 한반도는 6·15 남북공동선언 이후 '때늦은 데땅뜨'의 무드를 타고 있다고는 하나(분단체제의 이완기란 말이 무색할 정도로 최근 남북관계는 북·미간의 갈등이 악화되면서 교착상태가 장기화되고 있는 서글픈 형국이다), 엄존하는 한반도 군사대결 구조를 온몸으로 체현하고 있는 155마일 휴전선은 지금 이 시간에도 우리 강산의 하늘을 둘로 나눠놓는 무소불위의 금줄임이 분명하다. 따라서 최재봉 기자의 말대로 "비무장지대의 '비(非)'는 언제든지 떼어버릴 수 있는 혹과도" 같은 것이다. 영화 「공동경비구역 JSA」에서 믿을 수 없는 우정을 나누던 남북한 병사들이 종국에는 서로 총을 겨누며 파국적인 결말로 치닫는 장면을 떠올려보라. 분단의 시대를 넘어 통일의 시대가 운위되는 이즈음에도 여전히 "비무장지대는 죽음의 지반 위에 세워진 평화의 가건물"에 불과하며 "그곳에서 죽음은 역사적 사실이고 평화는 불확실한 미래"일 뿐이라는 엄연한 사실을 우리에게 새삼스레 환기시키고 있지 않은가.

그러므로 통일을 염원하고 기획하는 사람에게 휴전선은 가장 먼저 철거되어야 할 가건물이자 한시바삐 뛰어넘어야 할 장벽으로 다가옴은 당연지사일 터이다. "가장 높아야 내 꿈의 날개는/하늘 아래 첫동네 백두산에 있단다/(…)가장 높아야 내 날개의 꿈은/기차로 한나절쯤 달리면 닿을 수 있는 청천강 푸른 물결 위에 있단다"(「나의 꿈 나의 날개」)라는 김남주의 시구처럼 휴전선은 날개를 달고 치솟아올라 훌쩍 넘어야 할 월경(越境)의 대상임이 자명한 것이다. 분단의 벽을 넘어 비상하고자 하는 이카루스(Ikarus)의 꿈에는 국경이 따로 없다. 예컨대 동서독 분단의 상징물이었던 베를린장벽(전승국들의 분리점령이라는 지당한 형벌로서 패전국 독일에 내려진 40km에 이르는 길고도 두꺼운 콘크리트 담장)과 마주선 독일의 음유시인 볼프 비어만(Wolf Biermann)은 반쪽 '섬나라'에 살 수밖에 없는 자신의 비극적 상황을 날아오르지 못하는 '청동' 이카루스의 형상에 비유한다.

철조망 서서히 자라 파고든다
살갗 속으로, 가슴과 뼈 속으로
   뇌 속으로, 잿빛 세포들 속으로 깊숙이
철조망 붕대로 허리가 감겨
우리들의 나라는 섬나라
   납의 파도가 사방에서 부서지고 있구나

거기 프로이쎈의 이카루스가 서 있다
쇳물 부어 만든 잿빛 날개를 달고
  두 팔이 하도 아파
그는 날아오르지 못한다——추락하지도 않고
바람을 일으키지도 않고——녹아버리지도 않는다

슈프레강 위 난간에서는
—볼프 비어만 「프로이쎈의 이카루스에 관한 발라드」 부분

동서 베를린을 관류하는 슈프레강은 흔히 독일 분단의 상징으로 여겨지는 자연적 상징물이다. 그런데 그 강 위에 놓인 봐이담교의 중앙 난간 위에는 실제로 독일의 국조인 독수리상(프로이쎈의 이카루스)이 서 있다. 하지만 이 이카루스는 "쇳물 부어 만든 잿빛 날개를 달고" 있기 때문에 영원히 비상할 수 없는 육중한 천형을 평생 어깨에 지고 산다. 나는 것은 물론 추락할 수도, 바람을 일으킬 수도, 녹아버리지도 않는 영원한 앉은뱅이 이카루스! 바로 이 비극적 신화의 주인공에서 비어만은 "납의 파도가 사방에서 부서지고"("납의 파도"에서 빗발치는 총탄이 자연스럽게 연상된다) 있는 "섬나라"에 갇힌 자신의 난감한 처지를 읽어내고, "살갗 속으로, 가슴과 뼈 속으로/뇌 속으로, 잿빛 세포들 속으로 깊숙이" 파고드는 냉혹한 분단의 현실을 온전히 생체험하고 있는 것이다. 무거운 쇠날개를 힘겹게 펼치고 있는 청동 독수리상, 이것은 베를린장벽을 넘을 수 없다는 가혹한 분단의 현실과 그럼에도 불구하고 날아오르려는 시인의 비원을 한 몸으로 보여주는 탁월한 시적 상징에 다름아니다.

그런데 고은 시인은 「휴전선」의 서두에서 한국판 '치욕의 장벽'인 휴전선을 향해 "지난 55년간 감사하다"고 정중히 말하고 있으니 도대체 어찌된 영문인가? 얼른 들으면 민족의 평화통일을 서슬지게 내걸던 평소 시인의 입장과는 사뭇 거리가 있는 발언으로 들릴 수도 있겠으나, 차분히 시 전체의 맥락을 짚어내려가면 그가 왜 휴전선에게 감사의 뜻을 표하고 있는지 그 사정의 일단을 미루어 짐작할 수 있다. 거듭 말하지만 휴전선은 전쟁의 포연과 비명을 고스란히 기억하고 있는 우리 국토의 막힌 허리이자 우리 겨레의 모든 불행의 원인임이 분명하다. 하지만 바

로 그런 이유에서 휴전선 양편으로 각각 2km씩 먹어들어간 비무장지대
는 지난 반세기 동안 사람의 손길이 닿지 않은 천연의 생태공원이자 동
식물의 낙원이 되었다. 비극의 역사가 남긴 인간의 희생이 거꾸로 여타
생명체에게는 천혜의 축복으로 작용한 셈이다. 고은이 휴전선에게 "누
구도 관리하지 않은 풀들/풀벌레들/나무/나무들/짐승들 잔짐승들 세균
들/너희들을 위해서 부디 영원하라"며 예의를 갖춰 고마움을 전하고 있
는 까닭은 우선 여기서 찾을 수 있을 터이다. 그렇다고 해서 이 시를 현
대문명을 비판하는 생태시의 한 변주쯤으로만 읽는 것은 얕은 해석이
다. 왜냐하면 비무장지대를 보듬어안는 그의 '녹색 상상력'의 이면에는
한반도 분단체제에 대한 냉철한 인식과 비판, 그리고 그 대안을 모색하
는 매서운 눈초리가 도사리고 있기 때문이다.

　잘 알다시피 해방 이후 지난 반세기 동안 남북한은 공히 분단체제를
권력 연장의 수단으로 교활하게 악이용해왔다. 영도자의 봉건적 온정주
의를 근간으로 하는 국가독점 사회주의 체제와 국가 주도의 천민자본주
의 체제를 유지하기 위해 남북한 양 체제는 각기 자기 민족을 서로 증오
하게 만드는 계산된 반미·반공 이데올로기로 철저히 무장해왔던 것이
다. 김남주 시인의 절규처럼 "이렇게 집요하게/이렇게 끈질기게/이렇게
사나웁게/이렇게 악랄하게/이렇게 격렬하게/이렇게 떳떳하게/제 민족
과 제 동포를 증오하고 저주하는 국민"(「사십년 동안이나」)을 생산해내는
체질화(일상화)된 분단체제가 그동안 한반도를 치욕스럽게 더럽힌 주
범이었던 셈이다. 이렇게 보면 우리에게 삼팔선은 단지 삼팔선에만 있
었던 것이 아니었다.

　　삼팔선은 삼팔선에만 있는 것이 아니다
　　어부가 그물을 던지다 탐조등에 눈이 먼 바다에도 있고
　　나무꾼이 더는 오르지 못하는 입산금지의 팻말에도 있고

동백꽃 까맣게 멍드는 남쪽 마을 하늘에도 있다

삼팔선은 삼팔선에만 있는 것이 아니다
사람들이 오고가는 모든 길에도 있고
사람들이 주고받는 모든 말에도 있고
수상하면 다시 보고 의심나면 신고하는
이웃집 아저씨의 거동에도 있다

—김남주 「삼팔선은 삼팔선에만 있는 것이 아니다」 부분

한반도를 찢어놓은 우리 밖의 철조망보다 우리 안으로 내면화된 처벌과 경계의 삼팔선이 더 큰 병통이라는 시인의 가시 돋친 고언은 분단 55년을 은밀히 '조작'해온 남북한 체제에 대한 준엄하고 통렬한 비판에 다름아니다. 그렇다. 기껏해야 우리는 그간 비무장지대의 잠정적인 평화에도 훨씬 못 미치는 가시적인 평화만을 성취했을 뿐이다. 생태지수로 따지자면 남북한 체제는 공히 비무장지대보다 이데올로기적으로 훨씬 더 오염된 반쪽들이 아닌가. 이렇게 보면 오늘날 비무장지대는 왜곡된 역사로 점철된 북쪽과 남쪽 그 어디에도 속하지 않는 진공의 오지로서, 혹은 김일성 우상화와 국가보안법으로 신음하던(는) 한반도 내에서 유일하게 우리 민족의 '야성'이 보전되어온 생명의 땅으로서 새롭게 자리매김될 수 있을 터이다. 무엇보다도 지난 반세기 동안 남과 북은 혼란스럽고 시끄러웠어도 이곳만큼은 침묵과 고요의 정토로 남아 있을 수 있었기 때문이다. 이와 비슷한 이유에서일까, 비무장지대에 대한 기발한 해석이 돋보인 박청호의 장편 『갱스터스 파라다이스』에는 이런 의미심장한 대목이 나온다. "여긴 자연 그대로야. 역사의 시간이 멈춘 곳이니까. 오염되지 않았어." 이런 관점에서 박청호는 DMZ의 의미를 다음처럼 재평가하고 있다.

우리나라의 근·현대사에서 가장 비극적인 현장이자 심지어 미래에까지 하나의 역사적 징표로서 남게 될 DMZ는 역설적이게도 고립되고 소외된, 그러나 독립적인 중세의 시공간을 만들어내고 있다. 어쩌면 이 땅에서 가장 신성한 시간이 존재하는 곳인지도 모른다. 일상의 틈 사이로 들어와 있는 신화로서의 시공간, (…) 그 완벽한 절대의 시공간, 천년왕국은 언제쯤 이 땅에 도래할 것인가. 그곳의 시작은 아마도 비무장지대, 여기가 아닐까.

박청호가 그리는 천년왕국의 꿈을 통일론에 적용시켜보면 가장 바람직한 통일의 새 길은 남북한이 맞닿은 "독립적인 중세의 시공간"에서 열리는 것이 마땅하리라 여겨진다. 그 누구의 나라도 아닌 "완벽한 절대의 시공간", 그래서 누구나 열고 들어갈 수 있는 화해와 관용의 땅에서 통일의 깃발을 올리는 것이 당연한 수순이라 하겠다. 우리가 새로운 통일의 모델을 창출할 수 있는 최적의 거푸집은 바로 분단과 가장 민감한 위치에 있는 경계선 그 자체인 것이다. 동서독 분단에 관한 총체적인 성찰을 선보인 폴커 브라운(Volker Braun)의 2행시(Distichon) 한 편이 이를 잘 입증한다.

장벽에 바싹 붙여놓인 나의 침상, 그렇게 나는 세계들 한가운데 누워
꿈꾸며 들어간다 그 누구의 것도 아닌 나라로, 누구나의 문으로.

—폴커 브라운 「베를린 경구 3」 전문

이쯤에서 나는 「휴전선」을 통해 고은이 제시하는 새로운 통일론의 청사진을 엿본다. 그것은 '단일민족'이라는 절대적인 신화에 기초한 낭만주의적 통일론이나 통일이 남북한의 모든 문제를 일거에 해결할 만병통

치약이라는 감상적인 통일론이 아니다. 그렇다고 해서 '더 잘사는 반쪽'
이 '더 못사는 반쪽'을 흡수·편입한다는 경제통일론에 고은이 덥석 손
을 들어주는 것도 아니다. 고은은 이제 '분단상태 그대로가 하나가 된'
(Getrennt vereint) 남북한의 성급한 합병을 갈망하지 않는다. 무엇보다
도 김누리의 예리한 지적처럼 "2세에게 '합법적으로' 수조원의 자본을
양도할 수 있는 남한의 기형 자본주의와 자식에게 '당의 규약대로' 절
대권력을 양도할 수 있는 북한의 봉건 사회주의가 통일이 된다고 해서
정상적인 사회를 이룰 가능성은 희박"하기 때문이다. 비유하자면 남북
한의 고질적인 모순은 덮어둔 채 통일의 희망만을 이야기하는 것은 고
질병을 앓는 두 환자가 치료를 위해 병원 대신 결혼상담소를 찾는 형국
으로 전락할 수 있기 때문이다. 그렇다. 고은의 표현대로 "지금 남과 북
은 그 자신의 본분을 입다물고 돌아봐야 마땅하다." 다시 말해 우리는
통일을 남북한의 모순을 극복하고 양 체제를 동시에 개혁하는 절호의
기회로 삼는 슬기로운 지혜를 한데 모아야 할 때이다. 그의 분석대로
"분단극복은 이제 구호의 시기"를 벗어났으며 "단계로서의 인식과 실천
의 일상이 요구되는" 시점에 이르렀기 때문이다. 따라서 지금 절실한
문제는 연방제니 국가연합이니 하는 통일의 형식이 아니라 '통일한국'
이 어떤 사회적 실체를 갖느냐는 구체적인 내용이다. 요컨대 이데올로
기적 감상주의를 뛰어넘어 '모두 다 인간다운 삶이 가능한 바람직한 사
회'를 만들기 위한 진지한 숙고와 실천 가능한 비전이 시급한 것이다.
통일시대를 미리 사는 들뜬 감정이 아니라 통일을 준비하는 차분한 이
성이 필요한 때라 하겠다. 어쨌든 한반도의 통일은 우리가 잠든 사이에
'도적'같이 찾아온 8·15해방의 전철을 되밟아선 안된다. 이런 관점에서
이해영의 다음과 같은 문제의식은 경청에 값한다.

　　통일은 언제나 '재'통일이 아니라 새롭게 만들어가야 할 '신'통일을

의미한다. 그 말은 분단상태의 문제점과 갈등을 그대로 옮기는 것이 아니라, 그것을 지양하는 과정으로 이해해야 한다는 것이다. 남북한 간의 엄밀한 체제 비교는 어느 한쪽의 절대적 우위를 말하기 어렵게 만든다. 과연 누가 북한 노동자의 권리가 남한 노동자의 그것에 미치지 못한다고 말할 수 있으며, 남한 시민의 권리가 북한 시민의 권리보다 못하다고 할 수 있을 것인가. 그런 의미에서 통일은 남한 자본주의를 혁신하고, 북한 사회주의를 개혁하는 과정이라고 인식해야 한다.[1]

남과 북의 개혁세력이 각기 자기 체제 안에서 고유의 역할을 실천하면서 하나의 큰 연대의 틀 속에 통일운동을 전개하자는 것이 이해영이 제기하는 '신'통일론의 핵심이다. 그렇다. 홍윤기의 적절한 비유처럼 "바로 어제 떠난 집으로 되돌아가고 싶다는 애절함이 지금까지 통일담론을 지속시켜온 심성적 기반이었다. 그러나 누구나 이제는 안다. 옛집은 더이상 없으며, 돌아가더라도 집은 새로 지어야 한다는 것을."

우리 시대 '사색하는 낭만주의자'답게 고은은 이러한 새집짓기의 방법, 즉 '신'통일의 설계도를 비무장지대가 갖는 독특한 '연속성의 잠재력'에서부터 구상하는 신선한 시적 상상력을 선보인다. 한반도에 세워질 '더 인간적인 사회' 구현의 가능성을 남쪽도 북쪽도 아닌 그 중립적인 접점에서 찾고 있는 것이다. 한반도 '국토화엄'의 발진지, 휴전선! 이처럼 고은은 남한의 '잘못된 자본주의'와 북한의 '잘못된 사회주의'를 변증법적으로 지양할 수 있는 거점으로서 휴전선의 상징성에 주목하면서 한반도의 '탈영토화적 재영토화'라는 새로운 역사적 책무를 폐광 같은 비무장지대에 부여하고 있는 것이다. 그래서 작품은 다음과 같이 맺어진다.

---

1) 이해영 『독일통합 10년의 정치경제학』, 푸른숲 2000, 28면.

그 이쪽도 저쪽도 넓혀가거라
휴전선
동북아시아의 귀신 같은 희망들 여기 오라
넓혀가거라
넓혀가거라

"넓혀가거라/넓혀가거라"! 거듭되는 이 명령형은 통일을 향한 시인의 낭만적 열정에서만 말미암은 것은 아니다. 이 간단한 끝맺음의 함의는 결코 간단하지 않다. 이유인즉 이 구절에서부터 절망의 무덤에서부터 양쪽으로 세를 넓혀가는 희망찬 생명의 대합창("귀신 같은 희망들")이 퍼져나오고, 한반도의 허리에서부터 자생적으로 솟구치는 자주통일의 결연한 의지가 엿보이며, 비무장지대의 '잠정적'인 평화가 '확정적'인 평화로 굳어져 동북아시아 전체로 '확장'되리라는 확신에 찬 전망이 내비치기 때문이다. 그러므로 이 작품은 '성(聖) 아무데도 없는 나라'(utopia) 건설을 위한 급진적인 통일이데올로기의 신화화(神話化)에서 탈각해 분쟁의 씨앗을 머금은 이질적인 체제들의 상호의존적 대치를 극복할 창조적인 체제동질화의 단초를 우리 국토의 '또다른 곳'(heteropia)에서부터 잡아내는 시인의 직관이 창작으로 형상화된 값진 문학적 결실이다. 요컨대 고은은 휴전선에서 "권위주의적 자본주의와 권위주의적 사회주의를 극복하는 제3의 길"(신광영)을 발견하고선 한껏 신명이 나 있는 것이다. 이 시에 대한 최원식의 평가대로 "상흔 속에서 다른 세상이 피어난 오묘한 휴전선의 양방향 확대에서 통일의 새 도정을 예감한 시인은 정녕 견자(見者)다." 휴전선이여, DMZ여, 부디 백두에서 한라까지 "넓혀가거라/넓혀가거라"! 이 '매우 유쾌한 요청'이 바로 고은이 생태시 버전으로 각색해 쓴 '신'통일론의 요체이다. 팔모로 봐도

고은은 일찍이 문익환 목사가 소년처럼 가슴에 품어왔던 '휴전선 원시
림의 꿈'을 다시 꾸고 있는 것이다.

그도 아니면
이런 꿈은 어떻겠소?
그 무덤 앞에서 샘이 솟아
서해바다로 서해바다로 흐르면서
휴전선 원시림이
압록강 두만강을 넘어 만주로 펼쳐지고
한려수도를 건너뛰어 제주도까지 뻗는 꿈,
그리고 우리 모두
짐승이 되어 산과 들을 뛰노는 꿈,
새가 되어 신나게 하늘을 나는 꿈,
물고기가 되어 펄떡펄떡 뛰며 강과 바다를 누비는
어처구니없는 꿈 말이외다.

—문익환 「꿈을 비는 마음」 부분

〔『현대시학』 2002년 3월호〕

제3부

경계에 선 시인,
경계 위에 핀 꽃

자의식의 투명성으로 돌아오는 새

수평성의 시학

비트도시를 산책하는 전사, 싸이보그 021

경계에 선 시인, 경계 위에 핀 꽃

나뭇잎 시인, 나무 인간

세 겹의 길 : 길, / 길. / 길

나이틀라이트

자의식의 투명성으로 돌아오는 새

1990년대 오규원의 시세계

1

새 천년의 서곡이 울려퍼지고 있는 '여기 지금', 왜 오규원(吳圭原)의 '날〔生〕이미지'인가? 그의 개인적 시사(詩史)는 기존의 관념을 해체하고 새로운 시론을 개진해온 과정에 다름아니었다. 시의 산문화 경향을 주도해, 이후 해체시로 이어지는 봇물이 되기도 했던 1970년대 연작시 「양평동」이나, 패러디 시의 원형이 된 1980년대 초의 연작시 「시인 구보씨의 일일」, 그리고 1980년대 후반 도구화된 언어의 자동성을 깨뜨리려는 일련의 광고시들은 이론적 방법과 실천적 시화(詩化) 사이의 끊임없는 모색을 통해 이루어낸 산물들이었다. 그렇다면 온갖 영상매체와 전자매체를 통해 현실과 가상, 사실과 환상, 실존과 실감의 경계선이 불투명해져버린 세기말, 그래서 우리들의 신체의 감각도 기계에 오관(五官)의 권리를 양도해버린 채, 모든 관계성은 씨뮬레이션의 기호들 속으로 둔주하고 있는 작금의 현실에서 오규원의 시는 당대성에 대한 문제의식에서 비롯된 어떠한 인식의 전환을 보여주는가? 단순화가 허락된다면, 그의 시는 빛의 속도로 세상을 뒤바꾸며 유령처럼 떠도는 가짜 이미지들의 대척점에 항체로서 서 있다. 그의 시는 실재를 가상과 맞바꾸려는 졸렬한 기교나 사실과 환상을 구분 못하는 낭만적인 감상성에서부터 멀리 떨어져 있는 것이다. 그래서 그는 실재를 무시하는 오만을 가지거나 현상을 초월하려는 망상을 꿈꾸지도 않는다. 오히려 그는 '현상하는 세계는 모두 신성하다. 세계는 인간의 의미부여와 조작과 조립에 상관없이 자율적으로 존재한다. 이 평등한 사실 앞에 우리들은 좀더 겸손해져야만 하지 않겠는가'라는 전언을 자신의 시에 묵묵히 담아내고 있을 뿐이다. 우리들의 말초적 욕구를 어르는 디지털 영상의 횡행, 이 북적거리는 가짜 이미지의 창궐 속에서 1990년대 오규원이 굳건히 변호해온 '날이미지'가 유의미할 수 있는 까닭이 여기에 있다.

그럼에도 왜 오규원의 '날이미지'가 아니기도 한가? 오규원의 시가 지닌 특장(特長)은 그의 시가 빠질 수 있는 함정도 된다. 탁월성과 한계는 동일한 현상의 양면이 될 수 있기 때문이다. '날이미지'라는 표찰을 달아줄 수 있는 1990년대 오규원의 시와 관련하여 제기하지 않을 수 없는 점은 그의 시적 변모와 동행하여 불쑥 머리를 내민 모순을 어떻게 이해할 것인가의 문제이다. 그것은 최근 그의 시의 주조음인 현상학적 환원에서 발생하는 표리의 감정이다. 즉 대상을 향해 질주하는 의식의 흐름이 아무런 반성적 계기 없이 현상에 그대로 반사되어 처음의 의식과 다시 중첩되는 현상학의 부작용인 것이다. 이러한 측면에서 보면 "현상에 충실하자"(「안락의자와 시」)는 오규원의 시적 인식론이 오히려 현상에 대한 그의 무관심을 위장하는 말로 느껴질 수도 있다. 무엇보다도 날카로운 비판의식으로 대변되어온 지금까지의 시와 변별되는 일상의 하찮은 사물이나 자연의 풍경을 고감도의 정밀렌즈로 포착하여 재단한 '날이미지'의 시들이 현상을 구제하려는 시인의 핍진한 노력에도 불구하고, 현상의 미궁에 갇혀 맴도는 유아론(唯我論)적 패배의식이나 소시민적 일상성으로 함몰할 수도 있기 때문이다. 그럴 때 그의 시에는 공(空)으로서의 색(色), 본질은 없고 현상만이 남을지 모른다. 일찍이 정과리가 지적한 대로 사회적 현실을 외면한 현상의 과도한 집착은 '파시스트적 가속도'로 질주하는 "현대 한국사회에 대한 자신의 감당할 수 없는 이질감의 비극적 인식을 심화시킨 것"이라는 비판도 되받을 수 있을 것이다. 사고는 점점 얄팍해지고 몸짓은 점점 거칠어지는 세기전환기의 신산한 풍경에서, 그동안 견지해온 오규원 특유의 아이러니와 위트, 풍자와 야유의 정신이 경직된 현상의 그림 속에 매몰되어 있다는 혐의를 벗기 힘든 연유가 여기에 있다.

　긍정, 그리고 부정. 역동적이고 풍요로운 사유의 축제가 변증법임을 인정한다면, 이제는 다시 부정의 부정을 할 차례이다. 이 글은 1990년대 오규원의 시에 대한 양가적(兩價的)인 측면을 모두 감싸안고 나갈 수 있는 새로운 길을 모색해보고자 마련한 자리이다.[1] 그러기 위해서 우리는 직유와 은유를 위시한 비유적 사고체계를 버리고 세계를 "그 세계의 현상 자체"로 파악하려는 기획에서 구축된 오규원의 '날이미지'의 영역을 넘어서야만 한다. 여기서 넘어서야만 한다는 말은 '날이미지'를 전면 부정한다는 차원이 아니라, '날이미지'의 온전한 수용을 거쳐 또다른 세계의 입구에 이르러야 한다는 의미다. '뛰어넘기'가 아니라 '기어넘기', 초월(超越)이 아니라 포월(匍越)의 과정인 것이다. '날이미지'를 넘어서려는 자리에서, 먼저 '날이미지'의 전형이 될 만한 시 한 편을 보듬어안아 꼼꼼하게 곱씹고 가려는 이유가 여기에 있다.

---

1) 이 글은 1990년대 오규원이 상재한 세 권의 시집 가운데 『사랑의 감옥』(문학과지성사 1991)을 제외한 『길, 골목, 호텔 그리고 강물소리』(문학과지성사 1995)와 『토마토는 붉다 아니 달콤하다』(문학과지성사 1999)를 대상으로 한다.

2

대방동 조흥은행과 주택은행 사이에는 플라타너스가 쉰일곱 그루, 빌딩의 창문이 칠백열아홉, 여관이 넷, 여인숙이 둘, **햇빛에는 모두 반짝입니다.**

대방동의 조흥은행과 주택은행 사이에는 양념통닭집이 다섯, 호프집이 넷, 왕족발집이 셋, 개소주집이 둘, 레스토랑이 셋, 카페가 넷, 자동판매기가 넷, 복권 판매소가 한 군데 있습니다. 마땅히 보신탕집이 둘 있습니다. 비가 오면 모두 비에 젖습니다. 산부인과가 둘, 치과가 셋, 이발소가 넷, 미장원이 여섯, 모두 선팅을 해 비가 와도 **반짝입니다.**

빨간 우체통이 둘, 학교 담장 밑에 버려진 자전거가 한 대, 동작구 소속 노란 소형 청소차가 둘, 영화 포스터가 불법으로 부착된 벽이 셋, 비디오 가게가 여섯, 골목에 숨어 잘 보이지 않는 전당포 안내 표지판과 장의사 하나, 보도블록 위에 방치된 하수도 공사용 대형 원통 시멘트관 쉰여섯이 눈을 뜨고 있습니다. 아, 그리고 ××↓↓↓표 가변차선 표시등 하나도!

대방동 조흥은행과 주택은행 사이에는 한 줄에 아홉 개씩 마름모꼴로 놓인 보도블록이 구천오백네 개, 그 가운데 깨어진 것이 하나, 둘…… 여섯…… 열다섯…… 스물아홉…… 마흔둘……
—「대방동 조흥은행과 주택은행 사이」 전문(강조는 필자)

객관적인 익명의 정조만 감돌 뿐 시인의 존재는 전혀 감지되지 않는 시다. 시인이 관찰한 대상들은 그 어디에도 구기거나 펴거나 잘라낸 흔적이 없으며, 시적 대상과 시인의 심리적 거리가 감정적으로 밀착되어 있지도, 반대로 현학적으로 이완되어 있지도 않다. 단지 시인은 "대방동 조흥은행과 주택은행 사이"에 있는 여러가지 사물들을 기계적으로 나열하고 있다. 비유적인 묘사를 포기한 채, 순전히 공간적인 인접성의 구성원리에 따라 시인의 시선이 가닿은 여러가지 사물들의 수를 세고 있을 뿐이다. 굳이 관찰시점의 특징을 말한다면, 처음에는 먼 곳에 놓여 있는 비교적 덩치가 큰 건물들을 관찰하다가 차츰 작은 사물들로 시야가 좁혀지고 있다는 인상이 든다. 그렇다고 해서 시점의 이동 자체가 무엇인가를 시사하는 것도 아니다. 다만 문제가 되는 점이 있다면 시인이 응시하고 있는 사물의 종류와 양일 것이다. 시인은 무엇을 주목하고 세고 있는가? 그것은 도시공간에 산재한 현대 산업문명의 다양한 부산물들, 즉 우리가 거리에서 흔히 볼 수 있는 가로수, 빌딩, 점포, 가게, 병원, 음식점, 술집, 안내 표지판, 보도블록 등등이다. 하지만 관찰자의 관심은 그것들의 사회적 역할과 몫에 있는 것이 아니다. 단지 그 양에 초점이 맞추어져 있을 뿐이다. 그러므로 이 시에서 문제가 되는 것은 대상의 내용적인 코드를 따지고 묻는 '존재의 이유'가 중요한 것이 아니라, 대상의 현상적인 정황을 묻는 '존재의 증명'일 터이다. 결국 이 시는 '있음' 자체가 한 편의 시가 될 수 있다는 시인의 확고한 믿음과 개념화되기 이전의 세계를 있는 그대로 포용하려는 시인의 의도가 극단적으로 반영된 '날이미지'이다.

그러나 여기서 시읽기를 그칠 때, 이 시에는 단지 평범한 도시공간의 풍경만이 덩그러니 남게 된다. 그래서 우리는 이 시의 내부 깊숙한 곳으로 육박해들어가야만 한다. 그럴 때 우리는 이 풍경 자체가 무엇인가를 환기시키고 있음을 깨닫게 된다. 무엇보다도 우리가 시의 제목 「대방동 조흥은행과 주택은행 사이」와 이 시에서 열거된 사물들의 사이를 눈여겨보면, 모든 가치를 경제적인 효용가치와 교환가치로 통합하는 은행의 생리와 철저하게 숫자로만 명명된 사물들 사이에 어떤 암시적인 연관성이 관통하고 있음을 깨닫게 된다. 즉 도저한 물량주의로 우리 사회를 거미줄처럼 규율하고 통제하는 은행의 구조와 "개소주집이 둘, 레스토랑이 셋, 카페가 넷, 자동판매기가 넷, 복권 판매소가 한 군데" 하는 식으로 모든 것을 숫자로 치환하는 관찰자의 물화(物化)된 의식이 은밀히 맞물려 돌아가고 있음이 바로 그것이다. 그렇다면 시인은 양적인 계산 안에 모든 것을 용해시키려는 욕망, 바로 이것이 우리 삶을 삶답지 못하게 만드는 배금주의의 사회구조가 인간과 맺는 삶의 비극적 양상임을 눈치챈 것인가. 이런 비극적 상황인식은 제4연의 깨어진 "보도블록"에서 기반을 상실한 후기 산업사회의 불안정한 미래상과 존재의 파편화된 자화상이 겹치면서 그 절정에 도달한다. 그러므로 그 분열된 의식, 조각난 보도블록을 세는 시인은 이렇게 주춤거릴 수밖에.

깨어진 것이 하나, 둘…… 여섯…… 열다섯…… 스물아홉…… 마흔둘……

결국 이 시는 현대인의 물화된 의식 속에 잠재된 편벽성과 일면성을 노출시키며 숫자가 사실적 조작의 정보단위로 군림하는 자본주의의 속성을 "사실들의 열거성과 사실들의 허위성" 사이의 미세한 간극에서 체험되는 '범속한 트임'(profane Erleuchtung)의 효과를 통해 표현하고 있다. 즉 산문화된 진부한 현실 위에 이질적인 예술적 가상공간을 돋을새김해놓는 것이 아니라, 현실 아래에 또다른 세속적인 산문을 음각함으로써 생기는 '음영'을 통해서 인식의 상투성을 해체하려는 고도의 노림수가 이 시에 담긴 비의이리라. 달리 말하면 평범함을 통한 평범함의 뒤집기, 낯익은 것을 통해 낯설게 하기라는 '소외효과'로 요약될 수 있을 것이다. 따라서 "일상 속에 있으면서 그 일상의 여러가지 굴레에 갇히지 않는 방법이나 태도, 그것은 완전한 초월이나 종교적 해방이 아니라 세속적이며 인간적인 경험이라는 점에서 벤야민이 말하는 '범속한 트임'의 한 체험일 수 있다"는 오생근의 분석은 오규원의 시적 사유의 본질에 가닿은 비평적 성찰이다. 그러므로 오규원의 시에는 거대한 이데올로기나 현란한 언어의 유희는 없다. 세계의 모습이 있는 그대로 그려진 '사실성'이 있을 뿐이다. '솔직한 사실성'이라고 표현해보면 어떨까. 그런데 이 더없이 잠잠하기만 한 '솔직한 사실성'이 우리에게 신선한 충격을 던져준다. 이러한 맥락에서 우리는 '솔직한 사실성' 앞에 또 하나의 형용사를 덧붙일 수 있을 것이다. '무섭고 솔직한 사실성'!

그러나 이렇게 결론을 맺고 지나간다면 우리는 이 시에 내포된 중요한 사실 하나를 흘리고 간 셈이 된다. 우리는 이 시의 해석을 통해서 오규원의 친절한 설명대로 "세계의 실체인 '頭頭物物'의 말(현상적 사실)"이 어떻게 시라는 형식에 옮겨졌는지도 알았고, '날이미지'가 "눈에 보이는 사실보다 더 무겁고 충격적인 심리적 총량으로서의 사실감"을 내뿜고 있다는 점도 체험할 수 있었다. 하지만 이것은 '날이미지'의 실체이자 그것의 부가가치이지, '날이미지'의 시원(始原)은 아니다. '날이미지'가 무엇이고 그것의 심미적 효과는 어떠한 것인지는 밝혀졌지만 그것이 어디서부터 왔는가에 대한 물음의 답으로는 불충분했던 것이다. 앞당겨 말하지만 '날이미지'의 시원을 짚고 넘어가는 작업은 '날이미지'를 안고 넘어선 '최종 목표점'(telos)이 어디인가를 밝혀내는 일과 직결된다. 그렇다면 '날이미지'의 발진지는 어디인가? 사고의 단초는 "대방동 조흥은행과 주택은행 사이"에 놓여 있는 여러가지 사물들의 틈에서 함초롬히 빛나고 있는 제1연과 2연의 "햇빛에는 모두 반짝입니다"와

"반짝입니다"라는 시구에서 열린다.

'빛'이란 어떤 사물이 시공간 속에 감각적으로 '현상'하기 위한 선험적인 근거이다(현상이라는 말의 어원은 그리스어 'phaionmenon'인데, 이 단어는 '빛'을 뜻하는 'phos'에서 왔음을 상기하자). 빛이 없다면 어떠한 사물도 일정한 형태로서 가시화될 수 없기 때문이다. 그러므로 빛은 현상의 가능태이고 현상은 빛의 현실태이다. 이러한 차원에서 1990년대 오규원 시의 화두로 자리매김한 "현상에 충실하자"(「안락의자와 시」)는 말은 '빛을 좇아가자'는 말과 등가라 볼 수 있다. 그렇다면 현상의 근원인 빛의 근원은? 바로 태양이다. 그러므로 해는 오규원의 '날이미지'의 근원의 근원이 되는 셈이다. 오규원 시의 도처에서 빛과 해 이미지가 자주 등장하는 이유가 바로 여기에 있다.

> 식탁 위 과일 바구니에는
> 포도 두 송이
> 오렌지 셋
> 그리고
> 딸기 한 줌
>
> 창밖의 파란 하늘에는
> 해가 하나 노랗게 물러 있고
>
> —「식탁과 비비추—정물a」 부분

> 사루비아를 땅에 심었다 꼿꼿하게
> 선 그 위에 둥근 해가 달라붙었다
>
> —「사루비아와 길」 부분

물에 잠긴 길은 양광으로 반짝인다

—「비둘기의 삶」 부분

목련꽃이 피자 꽃몽우리에 앉았던 햇살이
꽃봉오리에서 즉각 반짝 하고 빛났습니다

—「꽃과 새」 부분

어느 인상파 화가의 정물화처럼 "노랗게 물러 있"는 해는 단순히 나열된 과일들의 허무적 공간 사이에 생생한 리얼리티를 부여하기도 하고, "사루비아"와 "물", 그리고 "목련꽃"에 역동적인 생명성을 공급해주기도 한다. 인용된 시에서 해가 없다면 이 시들은 운문적 긴장을 상실한 채, 단순한 산문의 평면성으로 주저앉아버리지 않겠는가. 이렇듯 오규원의 시에서 해는 시인의 눈에 지각된 하나의 이미지를 "빛을 내보내는 곳에서 존재는 빛나는 형태를"(「안락의자와 시」) 이루는 '날이미지'로 재생시켜주는 동인(動因)이다. 빛의 아우라(Aura)는 이처럼 강렬한 것이어서, 날이 흐려 "비가 와도 반짝"(「대방동 조흥은행과 주택은행 사이」)이고 "모두 모래들이 모여들어 밤까지 반짝"(「길」)인다.

그런만큼 오규원의 시에서 사물들은 모두 뚜렷한 그림자를 가지고 있다. 여기서 그림자는 '날이미지'를 은폐하기 위한 수단이 아니라, 그것의 현현을 좀더 부각시키기 위한 반어적 장치이다. 예컨대 "나는 지금 꽃밭 속에 아니 꽃 속에/있다 흰 꽃의 그림자가 검다/붉은 꽃의 그림자가 검다"(「꽃과 그림자」)라는 시구에서 명징하게 나타나듯이 꽃의 음영은 흰색과 붉은색의 광도와 색채를 보다 분명하게 만들어주는 광배(光背)의 역할을 한다. 또한 "(…)개미들은/자기의 그림자에 발이 젖어 있다"(「사당과 언덕」)란 시구가 보여주듯이 시인은 햇빛과 선명하게 대조되는 개미의 미세한 움직임을 그림자를 통해서 포착해내기도 하고, 날아

가는 나비의 역동적인 동선(動線)을 빛과 그림자가 서로 교차되는 찰나
에서 다음처럼 잡아내기도 한다.

> 담장 안을 엿보는 사내의
> 얼굴에 나비의
> 그림자가
> 시커멓게 달라붙었다가 떨어진다
>
> —「처음 혹은 되풀이」 부분

　이 얼마나 생동감있는 이미지인가. 대략 훑어본 대로 오규원의 '날이
미지'는 황현산의 해석처럼 "사물의 은폐 현상과 '신본주의적(神本主義
的)'이거나 '인본주의적(人本主義的)'인 또는 '물본주의적(物本主義的)'
인 시상(示像)에 의한 존재의 파편화에 대응하여" 파생된 것임이 자명
한 이치지만, 그보다는 빛, 그보다는 더 근본적으로 태양이란 광원(光
源)에 대한 시인의 각별한 현상학적 애정과 관심에 젖줄을 대고 있는
것이기도 하다.

3

　빛과 태양이 '날이미지'의 선험적 조건임이 밝혀진 이상, 그것을 좇는
시인의 시선이 늘 하늘로 향해 열려 있는 점은 자연스럽게 이해가 된다.
마치 "가지의 끝이 하늘로"(「입구」) 들려 있는 향일성(向日性)의 식물처
럼. 혹은 "하늘로/가는 길을 가지 위에 얹어"(「물과 길 2」)놓은 나무처럼.
같은 맥락에서 시인은 "제멋대로 하늘을/들고 있다"고 보이는 "牧丹꽃
다섯 송이"가 태양을 향해 직립하는 순간을 "어깨를/바로잡는 순간이

하늘에/닿는 시간이"며 "장엄하다고 웃고"(「民畵 1」) 있는 순간으로 감득한다. 그리고 이 순간은 '날이미지'의 시원인 태양이 있는 하늘을 향해 자연스럽게 분출되는 천진무구한 시인의 꿈이기도 하다. 이러한 형국에서 오규원의 시계에 현란한 잡색 속에서 실체를 잃어버린 현상들은 부정적인 이미지로 다가온다. 시인은 하나의 이름 속에 고유성의 회복을 거부하는 일회성의 기호들, 은유적 사고체계의 지휘 아래 자행되는 무차별한 오명의 프로쎄스 속에서 무명(無名)이 되고 무명(無明)의 지점을 향해 질주하는 사물들의 타락은 현상의 시원인 태양을 망각하는 우리들의 오만불손한 인식과 더럽혀진 자의식에서 비롯된다고 생각한다. 그러므로 시인은 현대인의 무절제한 의식의 방황과 침침해진 자의식의 영혼을 치유할 수 있는 처방으로서 햇빛을 제시한다. 이 말은 뒤집어 생각해보면, 햇빛의 차단은 현상의 부재이고, 동시에 자의식의 부재이며, 끝내는 존재 자체의 부재를 의미한다.

커튼 한쪽의 쇠고리를 털털털 왼쪽으로 잡아당긴다 세계의 일부가 차단된다 그 세계의 일부가 방안의 光度를 가져가버린다 액자 속에 담아놓은 세계의 그림도 명징성을 박탈당한다 내 안이 반쯤 닫힌다 (…)
　　　　　　　　　　　　　　　　　　　　　　　　　—「새」 부분

이 시에서도 드러나듯이 커튼을 통한 "光度"의 사라짐은 사물의 참된 본성인 "명징성"의 형해가 바스러지는 무화(無化)의 과정이고 '세계의 일부의 차단'이며 이는 결국 자의식의 단절("내 안이 반쯤 닫힌다")이라는 귀착점에까지 이른다. 이처럼 시인에게 햇빛은 사물의 본성이 태어나는 모태이며 자의식의 탯줄일 터이기에 햇빛의 차단은 바로 존재의 폐위를 의미한다. 그러나 반대로 햇빛의 온전한 수용은 오규원의 시에서 존재의 진정성과 생명력을 획득하는 동력으로 기동한다. 예컨대 체

넘의 상태로 "길 한가운데 네 다리로 서서 딛고" 있는 움직임이 없는 강
아지의 "작은 발등에 일광이 가득"한 순간, "지금 막 일광을 탁탁 떨며
길을 막고 있는 돌무더기를 기어넘고 있습니다//그 강아지 한쪽 눈에
코스모스가 들어가 꽃을 매답니다"(「시월 俗說」)라고 이어지는 시구처럼
강아지는 활기찬 삶의 동력과 원근적인 시야를 회복하기도 하고 "골목
의 입구에서 양광이/담벽 위의 라일락 나뭇잎 몇몇을/반짝 들어올렸다"
(「골목 1」)에서처럼 가벼워짐으로써 역동적인 생명의 상승기류에 동승하
기도 한다. 사물의 자생력을 복원시키는 이러한 햇빛의 이미지가 차분
하게 형상화된 또다른 시 한 편을 읽어보자.

그 집은 네카강변에 있다
그 집은 지상의 삼층이다
일층은 땅에
삼층은 뾰족하게 하늘에
속해 있다 그 사이에
사각의 창이 많은
이층이 있다
방안의 어둠은 창을 피해
서 있다
회랑의 창은 모두
햇빛에 닿아 있다
그 집은 지상의 삼층이다
일층은 흙 속에
삼층은 둥글게 공기 속에 있다
이층에는 인간의 집답게
창이 많다

네카강변의 담쟁이덩굴 가운데

몇몇은

그 집 삼층까지 간다

―「휠덜린의 그 집」 전문

　언어에 의한 소묘라고 할 수 있는 이 시에서 휠덜린(F. Hölderlin)의 집은 "햇빛에 닿아 있다"는 11행을 분기점으로 다른 차원으로 전이되고 있다. "땅에" "뾰족하게" "사각의 창"이라는 시어에서 풍기듯 생명력을 상실해 주변의 것들과 동화되지 못하던 집이 "햇빛에 닿아 있다"라는 인식의 전환 이후 좀더 정화된 느낌을 주는 시어인 "흙 속에" "둥글게" "인간의 집답게/창"으로 바뀌어 스케치되고 있는 것이다. 이처럼 쉽게 윤곽선을 상실하고 흐릿해질 수 있는 풍경이 시인의 시선에 또렷하게 포착되는 계기는 바로 햇빛이다. 천재적 광기로 생을 마감한 시인 휠덜린의 암울한 운명을 상징하는 "방안의 어둠"이 햇빛에 의해 따뜻하게 보듬어지는 순간, 휠덜린의 집은 이제 과거의 시간에 응고된 화석이 아닌, '여기 지금'(hic et nunc)의 생생한 이미지로 부활하는 계기를 마련하게 된다. 그리고 그것을 축복해주듯이 "네카강변의 담쟁이덩굴"이 집 전체를 휘감으며 빛을 좇아 올라간다. 이 빛의 엄청난 역동성에도 불구하고 그것을 담아 잡아내고 있는 풍경은 얼마나 고즈넉한가. 정중동(靜中動)! 문자 그대로 빛의 강력한 생명력을 참으로 해맑은 카메라렌즈로 절제 있게 관찰하는 시인의 남다른 미학을 엿볼 수 있는 장면이다.

　위의 시에서 빛과 흙이 만든 온기(溫氣)로 집을 뒤덮으며 기어올라가는 "담쟁이덩굴"은 명료한 인식을 향한 시인의 의지가 투시된 자연적 등가물로서도 해석이 가능하다. 왜냐하면 태양은 우주의 배꼽이고 빛의 근원이지만 동시에 인식의 핵도 되기 때문이다. 전통적으로 계몽화된 이성을 햇빛에, 아둔하고 무지한 이성을 장님의 눈에 비유하지 않는가.

따라서 빛의 근원인 태양을 향한 "담쟁이덩굴"의 끈질긴 저력은 바로
현상에 대한 올바른 관찰을 통해서 '명철한 인식'(cognitio clara)의 처
녀성을 회복하려는 시인의 강한 의지를 벼리고 담금질한다. 마치 자신
의 신분이 위장된 소공자가 다시 자신의 궁전으로 되돌아가는 것같이,
인식에 달라붙은 모든 허위의 장식을 떼어버리고 순수한 의식 본래성을
회복하려는 험난한 도정이 바로 뒤엉켜 올라가는 "담쟁이덩굴"의 진면
목인 것이다.

> 지상의 모든 담이
> 벽이 끝나는 곳이 하늘이다
> 여기저기 엉겨붙어
> 담의 끝까지 간 담쟁이가
> 불쑥 몸을 드러낸 하늘 앞에
> 전신이 납작해져 있다
> 하늘에는 담쟁이가
> 엉겨붙을
> 담이나 벽이 없다

—「하늘」 전문

　담이나 벽이 끝나는 곳에서, 즉 하늘이 시작되는 곳에서 성장을 멈출
수밖에 없는 것이 담쟁이의 천형이다. 그럼에도 담쟁이덩굴은 하늘로
뻗기를 욕망한다. 그래서 "불쑥 몸을 드러낸 하늘 앞에/전신이 납작해
져 있다"는 표현은 '더이상' 올라갈 수 없음에 대한 한계 인식이 아니라,
'그럼에도' 그 한계를 초월해 올라가려는 고통의 외시(外示)이자 순수
한 자의식에 도달하려는 끈질긴 욕망의 외화(外化)로 읽힌다. 하늘(태
양)을 향한 시인의 시선은 이처럼 집요하여 인위적으로 잘린 나뭇가지

의 끝에서도 일관된다.

> 이 집에 사는 사내는 몇 년 전에
> 지나다니기가 불편하다고 잣나무
> 밑부분의 가지를 서너 개 잘라버렸다
> 그 자리에는 가지 대신 투명한
> 공기가 가득 뻗어 있다
>
> ―「조주의 집 3」 부분

가지 끝에 뻗은 길, 인식의 중심을 향한 의식의 자기 외출! 하지만 이 '지향성'(Intentionalität) 속에서 시선은 되돌아오기 힘든 한계선까지 질주하려는 욕망을 갖게 마련이다. 그리고 김상환의 예리한 표현처럼 그 가시거리 밖으로 벗어나자마자 "시선은 정지해버리고 그 초점은 곧 허물어질 것이다. 거기서 아득함이라는 것이 현상한다. 시(視)가 거기서 비시(非視)의 어둠 속에 초점을 잃어버리기 때문이며, 바로 그 경계에 부딪쳐 그 초점이 허물어지기 때문이다." 하지만 시선의 추락과 붕괴와 상실이 일어나는 바로 그 극점에서 시선은 매번 자신의 초점을 일으켜세울 것이다. 지향성이라는 마법에 "중독"된 시선의 지난한 몸부림. 이제 빛을 향한 시인의 욕망은 치열하다 못해 애절하고, 애절하다 못해 처절하다.

> 아무도 가지 않는 길을
> 막고 있지 않다
> 가지 하나, 허공에
>   중독되어 있다
>
> ―「뜰 앞의 나무」 부분

그렇다면 자기동일적인 것에 안주하지 않고 항상 무엇인가를 지향하
는 데서 오는 인식의 자기분만적 고통("중독")을 시인은 어떻게 극복하
려 하는가? 이제 시인은 나뭇가지 위에 앉아 있는 '새'를 주목하기 시작
한다. 무엇보다 시인은 태양의 빛을 좇는 새의 비상에서 가시거리의 한
계를, 지향성의 극점을 초극하려는 치열한 자의식의 날갯짓을 목도할
수 있기 때문이다.

> 돌밭에서도 나무들은 구불거리며 하늘로
> 가는 길을 가지 위에 얹어두었다
> 어떤 가지도 그러나 물의 길이
> 끊어진 곳에서 멈춘다
> 나무들이 멈춘 그곳에서 집을 짓고
> 새들이 날아올랐다 그때마다
> 하늘은 새의 배경이 되었다 어떤 새는
> 보이지 않는 곳에까지 날아올랐지만
> 거기서부터는 새가 없는
> 하늘이 시작되었다
>
> ─「물과 길 2」 전문

> 밤새 나뭇가지 끝에 앉았던 새 한 마리
> 새벽 하늘로 날아갔다
>
> ─「저기 푸른 하늘 안쪽 (…) 들어간다」 전문

먼저 인용된 시에서 가지 속에 흐르는 생명의 힘줄인 "물의 길"은 상
승적인 지향성의 수액을 상징하며 "길이/끊어진 곳"과 "나무들이 멈춘

그곳"은 현재라는 시간에 응고된 시선(의식)의 한계점을 의미한다. 그리고 시인은 그 극점을 넘어서 비상하는 새를 통해서 과거와 미래로 열려 있는 시간성의 트임, 즉 의식의 열림을 기대하는 것이다. 그리고 두 번째 시에서 "밤"의 어둠은 비가시성의 고통과 혼돈을 의미한다면, 반대로 태양의 빛이 더욱 또렷해지기 시작하는 "새벽"의 여명은 의식의 명징성이 재점유되는 시간이다. 따라서 "나뭇가지 끝"을 박차고 태양에 접근하는 새의 비상은 의식이란 사유하며 머무는 것이 아니라 항상 무엇인가를 지향한다는 후썰(E. Husserl)의 사유를 잘 보여주는 장면이다. 결국 오규원의 시에서 새는 담쟁이덩굴과 나뭇가지의 한계를 뛰어넘어 모든 인식의 발원지, 즉 자의식의 뿌리를 향해 날아가려는 시인의 가열한 의지를 온몸으로 체현해내고 있는 시적 장치라 하겠다.

4

이 글을 매듭짓는 의미에서 세 가지 단상을 추슬러본다. 첫째, 오규원의 새에 아로새겨져 있는 초극의 이미지는 현상을 초월함으로써 도달하려는 종교적 해탈주의로나, 혹은 무의 세계로 도취되는 극단적인 허무주의로나, 혹은 현실을 외면하면서 예술지상주의를 꿈꾸는 탐미주의의 심연으로 침몰하지 않는다. 왜냐하면 오규원의 새는 분명히 현상의 가시영역을 초월하려 하지만 그 떠남의 의지는 되돌아옴을 전제로 한 외출이기 때문이다. 직선적인 의식의 여행이 아니라 출발점과 도착점이 같은 순환적인 원의 궤도를 따르기 때문이다. 그는 한 산문에서 "'길'이란 한 세계를 다른 세계로 이어주는 꿈의 실체"라고 말한 적이 있다. 그래서 그런지 새가 가는 길도 "처음도 끝도/숨기고 있는 길"(「물과 길 1」)이며, "이쪽과 저쪽으로 가는 길이 하나 있었다/동과 서인지 남과 북인지로 가는 길이 하나 있었다"(「길」)란 시구처럼 하나이면서 둘이고 둘이면서 하나인 길이다. 또한 그 길은 "허공에서 생긴/새들의 길은/허공의 몸 안으로 다시/들어갑니다/몸 안으로 들어간/길 밖에서/다른 새가 날기도 하고"(「새와 길」)라는 시구가 암시하듯이 안과 밖의 경계를 자유롭게 넘나들기까지 한다. 그러므로 '새'는 전적으로 의식이 자신을 떠나서 바깥으로 떠나는 모습이며, 동시에 그렇게 줄달음질치다가 다시 자신에게로 돌아오는 모습이다. 날아오른 "새는 어느 허공에 묻혔는지 보이지"(「처음 혹은 되풀이」) 않다가도, 콩새 한 마리 "몸을 그곳의 하늘에다 깨끗이"(「물물과 높이」) 지우다가도, 어느틈에 다시 돌아와 앉는다. '불귀(不歸)'의 새가 아니라 '회귀(回歸)'의 새인 것이다.

　(…) 가슴이 흰 박새도 그 길을 따라 솟구치고는 얼마 후 돌아와 재재거렸다

—「박새」 부분

　둘째, 원점 회귀의 궤적을 따르는 새의 움직임에서 견주어보건대, 오규원의 새는 관념의 부정을 통해 '날이미지'를 제시하고, 이를 통해서 다시 관념의 텃밭이라 볼 수 있는 자의식의 '영도(零度)'로 환원하는 노정을 보여주는 자연적 대응물이다. 철저하게 인간의 관념적 개입을 배제한 채 주변의 사소한 풍경이나 정황을 있는 그대로 관찰한다는 측면에서 오규원의 시는 우선 미시적인 것처럼 보인다. 하지만 현상 그대로의 세계('날이미지')라는 외적 우회로를 통해 결국 자의식으로 복귀한다는 측면에서 그의 시는 거시적인 틀 안에서 주조되고 있다고 보아야 할 것이다. 물론 이 자의식은 세계를 자기 쪽으로 편입시켜 끌어들이기보다는 세계를 향해서 자신을 활짝 열어젖힘으로써 도착하는 자의식이다. 따라서 우리가 오규원의 '날이미지'를 안고 넘어선 곳은 인간의 손

때가 묻지 않은 산수화나 풍경화, 혹은 일상의 사물들이 있는 그대로 그려진 정갈한 정물화만이 걸려 있는 전시장이 아니다. 그곳은 현대문명의 조폭한 침투에 의해서 물화된 혼탁한 정신과 가짜 이미지들의 혼성 모방에 의해서 타락한 영혼이 완전히 치유된 자의식의 '백지상태'(tabula rasa), 따뜻한 햇빛이 내려쬐는, 그래서 관념의 찌든 옷을 훌훌 벗고 "팬티 바람으로 누워"(「보리수 아래」) 있을 수 있는 "알몸의 놀이터"(「집과 길」)와 같은 곳이다. 오규원의 시가 의식이 현상에 그대로 반사되어 처음의 의식과 다시 중첩되는 현상학의 덫에서부터 빠져나갈 수 있는 계기가 바로 여기에 있다.

셋째, 오규원의 시에서 개방된 자의식이 가지는 투명성은 현상과 진리, 외양과 본질을 가르는 고정된 이분법적 '관점(觀點)' 속에서 사상된 근원적인 '시점(視點)'의 회복을 통해서 형성되는 '날이미지'로부터 비롯되며, '날이미지'는 다시 빛의 원천인 태양에서부터 비롯된다. 그러므로 우리가 그의 시를 도식화해본다면, '태양→날이미지→자의식'의 삼 단계 과정으로 요약할 수 있을 것이다. 그런데 새가 태양을 향해 비상한다는 것은 바로 자의식의 명징성과 처녀성을 회복하기 위한 날갯짓이 아니었던가. 여기서 자연스럽게 태양과 자의식은 서로 그 입구와 출구가 맞닿은 자웅동체, 이원일체(二元一體)임이 드러난다. 태양과 자의식은 '날이미지'를 축으로 원운동을 하고 있는 셈이다. 결국 우리가 '날이미지'를 업고 넘어가려 했던 곳은 '날이미지'의 출항지이자, 동시에 '날이미지'의 기착지였다. 이러한 측면에서 우리는 '날이미지'를 넘어서려 했지만 한 발자국도 넘어서지 못하고 만 것인지 모른다. '날이미지'의 앞으로 가기 위해 뒤로 간 형국이고, 뒤를 파고들어 앞으로 전진한 격이다. 하지만 얻은 것은 분명히 있다. '날이미지'를 넘으려는 것 자체가 또 하나의 관념이고 망집이었음을 생체험하고 난 후 깨닫는 서늘함. 이와 동시에 시원과 목표가 하나로 맞물려 돌아가는 '날이미지'의 총체성이

원융무애(圓融無碍)의 우주적 원리와 닮아 있음을 통감하고 느끼는 즐거움. 호라티우스(Horatius)는 "시인은 가르치거나 즐거움을 준다"고 했다. 우선 오규원의 시는 우리에게 즐거움보다는 가르침을 준다. 하지만 이 인지를 통한 충격의 뒤란에는 다시 즐거움이 남는다. 한마디로 '서늘한 즐거움'!

지금도 어디선가 "붉은 해"를 직수굿하니, 아니 뚫어지게 응시하고 있을 새 한 마리. 자의식의 투명함으로 오롯이 빛나는 "알몸의 놀이터"를 향해 비상하려고 "가끔 몸을 기우뚱하며" 머뭇거리고 있는지 모른다. 아니다. 새는 이미 그곳에 갔다가 되돌아와 "허공을 파고 있는/그 나무 꼭대기에" 나볏하게 앉아 있는지 모른다.

> 허공을 파고 있는
> 그 나무 꼭대기에는 새가 한 마리
> 가끔 몸을 기우뚱하며
> 붉은 해를 보고 있다
> 날개가 달린 그 나무의 가지

―「나무」 부분

〔『현대문학』 2000년 3월호〕

수평성의 시학

김광규의 시세계

1

마치 바다와 하늘이 편안하게 맞닿은 수평선처럼 김광규의 시는 평온한 일상의 수면 위에 가로누워 있다. 그는 절제할 수 없는 감정의 심연 속으로 함몰하거나, 정반대로 규정할 수 없는 관념의 단애와 충돌하지 않고 자신의 시적 상상력과 맞닿은 현실의 단면을 정직한 언어로 조탁해낸다. 그러므로 그의 시는 고도의 상징적 표현이나 두툼한 은유적 묘사의 옷을 입어 입체적이기보다는 투명한 일상의 언어이기에 산문적이고 평면적이며, 바로 그렇기 때문에 촘촘한 사색의 체로 거른 정제된 시어들은 견고한 객관성과 힘있는 설득력을 얻게 된다. 난해한 어휘와 불명료한 문장, 왜곡된 감수성과 도전적인 실험성, 과장된 수사와 요설 등으로 그로테스크·유희화되는 혼탁한 세기전환기의 대척점에서 김광규의 시는 잔잔한 목소리로 직면한 현실의 세목을 샅샅이 톺아본다. 그의 시가 보여주는 이러한 미덕은 맑은 날 언덕 위에서 드넓은 수평선을 조망하는 탁 트인 시야와 올바른 행위는 올바른 생각에서 오고 올바른 생각은 올바른 언어에서 출발한다는 소박한 가치관, 그러면서도 감상적인 낭만주의나 진부한 보수주의로 빠지지 않고 현실의 문제의식과 긴장을 늦추지 않는 명철한 인식에 의해서 선명하게 가시화된다.

이러한 의미에서 김광규의 시세계는 위상학적으로 보면, '수직-지향적'(vertikal-intentio)이지 않고, 다분히 '수평-지향적'(horizontal-intentio)인 성향을 띠고 있다. 즉 단절의 날카로움으로 첨예화된 문명 중심적인 수직선이 아니라 연속의 부드러움과 조화를 이루며 펼쳐지는 자연의 수평선이 김광규 시의 본적이라면, 모든 일상적인 척도를 뛰어넘는 혼란과 무질서의 조급한 감성적 외화가 아니라 넉넉한 수평선처럼 존재의 한계를 그대로 인정하고 수용하는 소박함과 특정한 욕망에 가파르게 경사지지 않는 항심(恒心)이 그의 시세계의 원적(原籍)이다. 이처럼 김광규의 시는 기복 없는 '평상심'에서 공급받는 '수평적인 사고'의 균형감각 위에 조율되어 있어 만약 그의 시에 수준기(水準器)를 놓아본다면 물 눈금은 어느 한편으로 기울어짐 없이 중앙에 머물러 있을 것이다.

2

그의 시에서 수평적인 것과 직각이 되어 곤두박질하는 수직적인 운동은 대개 부정적인 이미지로 그려지고 있다. 예컨대 다음의 시는 수직성과 수평성 사이의 가치편중적 관계에 대한 사고의 단초를 흘리고 있다는 점에서 세심한 관찰을 요한다.

감나무에서 짖어대는 까치는
곧장 마당으로 날아오지 않는다

우듬지에서 잠깐 망설이다가
윗나뭇가지로 옮겨앉고
맨 아래 굵은 나뭇가지로 깡충 뛰어
계단을 내려오듯
새밥그릇으로 내려앉는다
조심스럽게 몇 번 쪼아먹고
금방 날아가버린다

전신주 꼭대기나 연립주택 추녀에서
먹을 것을 보면 비둘기는
훠훠 날개를 퍼덕이며
거의 수직으로 내려온다
새밥그릇을 다 비울 때까지
게걸스럽게 먹어댄다
사람이 가까이 가도
날아가지 않는다

—「새밥」 부분

이 시에서 우리는 무엇보다 까치와 비둘기의 동선(動線)에 주목할 필요가 있다: 먼저 갈지 자(之)로 나뭇가지를 옮겨앉으며 "계단을 내려오듯" 하강의 포즈를 취하고 있는 까치. 여기서 계단을 인간의 수직적인 상승욕구를 표출하는 장치라기보다는, 수직적인 하강의 가속도를 늦추려는 일종의 제동장치로 해석해본다면, 계단은 욕망의 분출과 범람으로 괄약(括約)할 수 있는 작금의 현실사회 속에서 감정의 완충적 피드백을 상징하는 기제로 볼 수 있다. 즉 계단이란 수직적인 운동을 지양하려는 수평성의 적극적인 참여와 개입, 다시 말해 수평성에 대한 시인의 의지를 체현한 시적 장치인 셈이다. 그래서 그런지 까치는 먹이를 향해 그대로 직진하지 않고 조심스럽게 우회하듯 "잠깐 망설이다가" 내려온다. 반대로 목표를 향해 "거의 수직"으로 직강하의 궤적을 따라 움직이는 비둘기. 주변을 폭넓게 관조하지 않고 맹목적으로 돌진하는 비둘기의 조급한 날갯짓은 절제와 관용의 미덕을 상실한 현대인의 모습과 무관해 보이지 않는다. 왜냐하면 수평선에서 유추될 수 있는 안정과 평안의 본성을 거세당한 채 "사람이 가까이 가도/날아가지 않"는 비둘기의 파렴치함과 "새밥그릇을 다 비울 때까지/게걸스럽게 먹어"대는 탐욕스러움은 바로 통제가 되지 않는 현대인의 욕망을 반영한 우화적인 자화상으로 보이기 때문이다. 이와는 대조적으로 자신과 주변에 대한 비판적인 성찰을 통해 먹이에 대한 과도한 집착을 버리고 감각적인 욕구를 적절히 통제하면서 "조심스럽게 몇 번 쪼아먹고/금방 날아가"는 까치는 수평성을 견지하는 시인의 눈에 의미심장한 풍경으로 포착됨을 알 수 있다.

잠시 살펴본 대로, '수직성/수평성'의 대칭구조 속에서 후자에 대한 내밀한 희원이 김광규의 시집 『가진 것 하나도 없지만』(문학과지성사 1998)의 주조음을 형성한다. 이를 통해 촉발되고 전개되는 다양한 변주를, "수직으로 숨막히게 쏟아지는/적도의 햇빛을 온몸으로 받으며" "단단한 마당발로/이승이 끝날 때까지 천천히"(「우부드를 지나서」) 걸어가는 할머니의 걸음걸이에서도, 그리고 "저마다 목청 높여 부르짖는데/(…) 어디를 가나 그래도 바람결에 실려/끊임없이 중얼거리는 소리"(「중얼중얼」)에서도 들을 수 있다. 직각으로 쏟아지는 강렬한 "적도의 햇빛"과 "느닷없이 쏟아지는 열대의 소나기" 속을 유유히 가로질러 걸어가는 주름살진 노인의 행보, 그리고 "자장면 하나에 짬뽕 둘!/경제성장률 하향 조정! 임금 총액 동결!/예수를 믿지 않으면 지옥에 갑니다!"(「중얼중얼」) 같은 소리의 난무 속에서 자신을 향해 나직나직 중얼거리는 자성의 소리에서부터 각각 수직적인 것과 대조되는 각(角)이 없는 수평적인 삶에 대한 동경이 오롯이 드러남을 볼 수 있다. 이처럼 김광규의 시들이 자아내는 표상들은 급강하해 정곡을 찌르거나 급상승해 격정적인 열정을 토해내는 수직적인 동역학에 맞서 잔잔한 물결처럼 퍼져나가는 정태적인 시적 공간을 창조한다.

이러한 맥락에서 하늘을 향해 수직으로 쌓아올린 대성당 또한 그의 망막에 부정적인 형상으로 인식되는 것은 자연스럽다.

161m 종탑 끝까지
그 많은 벽돌을 한개 또 한개
500년 동안
수직으로 쌓아올렸다
그 많은 벽돌공의 손끝으로
완공된 대성당에서
100년이 지난 오늘도 성스러운
미사를 올리고 있다
입구에서는 건축 노동자들이 머리띠를 두르고
연좌 데모를 하는 중이고

—「대성당」 전문

이 시에서도 알 수 있듯이, 시인의 시선은 "수직으로 쌓아올"린 대성당에 초점이 맞추어져 있지 않다. 천상을 향해 올려지는 "성스러운/미사"에도 관심이 없기는 매한가지다. 오히려 시인의 눈은 대성당의 벽돌을 땀흘려 쌓아올린 "벽돌공의 손끝"과 평면적인 대지에 삶의 터전을 둔 "건축 노동자들", 그리고 그들이 가로 두른 "머리띠"에 고정되어 있는 것이다. 여기서 "머리띠"란 닿을 수 없는 곳을 향해 토해내는 추상적인 기도가 아니라 우리 삶의 구체적 변혁을 위한 의지와 주장이 여실히 스며 있는 시적 소재로 읽힌다. 말하자면, 수직적인 권위와 위계질서에서 탈구됨으로써 시야에 들어오는 수평적 연대의 세상을 상징한다 하겠다.

김광규의 시세계에서 또 한가지 눈여겨보아야 할 장면은, 「새밥」에 등장하는 "감나무에서 짖어대는 까치"와 "전신주 꼭대기나 연립주택 추녀에" 둥지를 튼 비둘기의 상이한 거처와 대비적인 행동양태에서 암시적으로 드러나듯, '수직/수평'의 대칭적 이미지가 '문명/자연'이라는 새로운 짝패로 바뀌면서 현대 산업사회와 물질문명에 대해 비판의 칼날을 들이대고 있는 대목이다.

> 호텔과 오피스텔 빌딩 하늘 높이 치솟고
> 지하철 공사 땅속 깊이 파들어가는 곳
> (…)
> 옛날의 잠자리 한 마리
> 이제는 어디로 날아가나
> 머리가 온통 눈이 되어 두리번거리며
> 앉을 곳 찾아 허공을 떠돈다
>
> ―「마포 사거리」 부분

> 금관악기 같은 목소리로 가끔
> 우수리의 숲과 들판을 부르던 사슴
> 드높은 철책으로 둘러싸인
> 우리 속 진흙밭에서
> 풀 한 포기 밟아보지 못하고
>
> ―「금관악기 같은 목소리로」 부분

진흙 담벼락에 삐걱거리는 싸리문
장독대에 채송화 피어 있는 집 지나서
꼬불꼬불 골목길을 천천히 돌아가던 바람
갑자기 고층 건물 모서리에 부딪혀 울부짖고

—「길을 물으면」 부분

인간의 수직적 욕망을 대표하는 공간인 "호텔과 오피스텔 빌딩" "지하철" "드높은 철책" "고층 건물" 등은 시인이 부정적인 시선으로 바라보는 현대적 삶의 요소들이다. 시인은 가을 소식을 전해줄 잠자리 한 마리조차 편안히 앉을 곳이 없을 정도로 문명의 갈퀴에 파헤쳐진 마포 사거리를 바라보며, "태어난 뒤 처음으로/죽어서 땅 위에 내려앉"을 수밖에 없는 잠자리의 운명을 "아스팔트와 콘크리트와 철근과 유리창 사이에 갇혀/지친 몸으로 이승을 헤매"(「마포 사거리」)는 현대인의 삭막한 도시적 삶에 비유하고 있다. 또한 수평적인 "들판"에서 노래하던 사슴의 미성이 차디찬 금속성의 벽에 차단되고, 자연친화적인 사물들과 동화되어 "천천히 돌아가던" 바람이 "갑자기 고층 건물 모서리에" 찢겨 울부짖고 있음을 안타까운 시선으로 쫓고 있다. 이처럼 김광규는 자연의 건강한 생명력과 산업사회의 무기체적인 금속성 사이의 반향을 통해서 우리에게 자연에 대한 관심을 상실하고 살아가는 삶이 결코 인간적일 수 없다는 지극히 단순하면서도 잊기 쉬운 진리를 거듭 강조한다. 결국 김광규의 시에서 수직선이 인간에 의해 가공된 문명의 외곽선이라면 수평선은 있는 그대로 간직된 자연세계의 경계선이다. 단순한 도식화가 허용된다면, '수직성·인공/수평성·자연'이라는 거친 요약이 가능하며, 여기서 김광규의 시는 물론 전자가 아닌 후자 쪽에 무게중심을 두고 있음을 재론하는 것은 췌언에 불과하다.

3

그렇다면 수직성과 수평성을 시간적인 차원으로 확대해보면 어떤 속도감의 차이를 느낄 수 있을까? 각이 커 경사가 높을수록 추락의 가속도는 살이 붙게 마련이고 각이 작아 경사가 완만할수록 하강의 속도는 감속되게 마련이다. 이러한 맥락을 따를 때 공간적인 차원의 '수직/수평'의 관계가 시간의 날개를 달면 우선 '빠름/느림'이라는 새로운 관계로 전이될 수 있다. 이런 속도감의 차이는 앞서 인용한 「새밥」의 경우처럼 먹이를 향해 "거의 수직으로 내려"오는 비둘기의 조급한 움직임과 망설이다가 "계단을 내려오듯" 천천히 내려앉는 까치의 날갯짓에서도 감지되고, 종(縱)으로 줄달음질치는 다람쥐의 행보를 횡(橫)으로 가로질러 느릿느릿 기어가는 "민달팽이"의 모습에서도 느껴진다.

가끔 다람쥐가 쪼르르 달려가는
전나무숲 산책길을 가로질러
민달팽이 한 마리
기어간다

—「느릿느릿」 부분

"쪼르르 달려가는" 다람쥐와 비견해, "전나무숲 산책길을" 유유히 기어가는 민달팽이의 유장함에서 대지와 동화되는 넉넉한 시간의 여유를 느낄 수 있음은 물론이다. 여기서 주목할 것은 '빠름/느림'이라는 객관적인 속도의 차이가 '부정/긍정'이라는 가치판단의 범주와 재차 전이의 계약을 맺고 있는 측면일 터인데, 이는 사람의 눈빛과 몸짓을 통해서 다음처럼 표현된다.

구멍에서 머리만 내밀고 바깥 세상을 살피는
생쥐처럼 반짝이는 눈
재빠른 움직임
그렇구나 운전을 시작한 뒤부터
그의 눈빛과 몸놀림이 달라졌구나
착하고 맑은 사슴의 눈으로 한때
어릿거리며 천천히 걸어오던 명륜동 길로
보행인들을 헤치고 자동차를 몰면서 그는

—「어딘가 달라졌다」 부분

운전을 시작한 뒤부터 달라진 모습을 "생쥐"와 "사슴"의 눈빛으로 비유하고 있는 이 시에서도 시적 화자는 "생쥐처럼 반짝이는 눈"과 같은 기회주의적인 행동이나 "재빠른 움직임"이 자아내는 성급함이 아니라, "착하고 맑은 사슴의 눈"처럼 순수함과 "어릿거리며 천천히 걸어"가는 삶의 여유를 동경한다. 김광규에게 빠름(문명의 속도)이란 시간을 뒤쫓는 성급한 현대인의 세속적 삶과 연결된다면, 반대로 느림(자연의 속도)은 자신의 주위를 뒤돌아볼 수 있는 성찰과 관조의 여백을 제공한다. 빠름이 내면화되기 이전의 현실적 시간이라면 느림은 시계판의 시간을 의식의 캡슐 속에 끌어들여놓고 재창조하는 주관적인 시간의식을 의미하는 것이다.

그렇다고 해서 김광규가 지향하는 느림은 황지우의 「살찐 소파에 대한 日記」에서와 같이 현실을 외면한 채 무위(無爲)가 지배하는 절망의 밑바닥까지 침잠하거나, 정반대로 현실을 초극해 도달하려는 자족적인 유토피아로 함몰되지 않는다. 오히려 그의 시가 견지하는 느림은 현실에 대한 시적 긴장을 함축하고 있기에 역동적인 지속이며 비판적인 순간의 현시라는 이중의 노림수를 감추고 있다. 산문적인 세속의 시간에서 운문적인 시적 시간으로의 귀환은 현실도피나 초월적인 착상에서 오는 것이 아니라 비판적인 현실인식을 통해 매개된다. 예컨대 느림의 배경에는 "고속 전철이 달려갈 때마다/견고한 금속성"의 "시간이 흘러가는 소리"(「발틱해의 청어」)처럼 광(光/狂)적인 스피드로 내달려온 전후 50여년간의 현대사가 시인 특유의 아이러니를 통해 압축되어 있는 것이다.

> 디디티 살충제를 몸에 뿌리던 옛 시골 마당에서
> 검은 머리에 노랑색 물들이는 서울의 골목길까지
> 우리는 겨우 바지만 입고 달려왔는가
>
> —「바지만 입고」 부분

> 시간을 보낸 적도 있다 군대 생활 3년
> 끝내고도 향토예비군과 민방위군으로 30년
> 토끼뜀과 원산폭격과 선착순 반복하며
> 견뎌왔다 공화국이 몇 번 바뀌었던가
> 나이 오십이 넘어서야 겨우
> 동물 같은 세월을 털어버리고 잠시
>
> —「무너진 건물더미에 깔려」 부분

시인은 한국의 현대사가 달려온 험난한 도정을 "시골 마당"에서 "서울의 골목길"까지 "바지만 입고" 질주해온 것으로 묘사하고, "토끼뜀과 원산폭격과 선착순 반복하며" 견뎌온 무의미한 시간을 "동물 같은 세월"로 일갈하고 있다. 이런 인식의 배경에는 현실의 역사적 시간 속에서 시간은 향유되지 않고 소비되고(아니 시간이 우리를 소비하고 있는

지도 모른다) 증발되어 허구의 찌꺼기만을 남겨놓았다는 비판이 반석으로 깔려 있다 하겠다. 기계적인 시간은 형식적인 발전의 매체로서만 존재할 뿐 개인적 고유성이라 할 내면적인 풍요로움을 가져다주지 못한다. 따라서 현실을 지배하는 객관적인 시간은 외관상으로 볼 때 '흐름'이지만 본질적인 차원에서는 완전한 '정체'인 것이다. 그러나 김광규가 지향하는 느림은 형식상으로는 '정체'에 가깝지만 내용상으로는 알맹이가 찬 삶의 '동력'으로 가동한다. 그에게 시간 지양의 철학은 삶으로부터의 도피가 아닌 삶의 무기가 되는 것이다.

그러므로 김광규의 시에서 시간은 무한대로 팽창해나가는 욕망의 리듬이 아니라, 반대로 한없이 "줄어드는 시간"(「곰취나물」)과 같은 절제의 미덕이고, 목표를 향해 돌진해나가는 전진의 욕구가 아니라, "보이지 않는 운명이 퍼져가는 그런 속도"(「느릿느릿」)다. 또한 시간은 "빨리 달려갈수록 내게서 멀어"(「지나가버리는 길」)지지 않고 점점 자의식에 가까워지는 것으로 인식되고, 분침과 시침이 무한히 돌아가는 시계판의 공전(空轉)이 아니라, "좀처럼 움직이지 않는/해시계"의 "잠깐 멈추었던 그 시간"(「해시계」)으로 감지된다. 그래서 시인은 공허한 시간에 의해서 가속도가 더해지는 외부세계의 속도전에 맞서 가쁜 숨을 고르며 "눈을 눕힌 채/생각도 없이/느릿느릿"(「느릿느릿」) 기어가기를 원하고, "묻기 전에 대답을 준비하고/살았을 때 묘지를 마련해야 한다/뒤돌아보지 말고/앞만 보고 달려야/살아남"을 수 있게 된 각박해진 현실을 "거북이처럼 느릿느릿 기어가"(「빨리 먼저 앞질러」)고 있는 것이다.

이처럼 김광규에게 느림은 더이상 권태·무위·나태 등을 의미하는 식물인간의 응고된 시간이 아니라 오히려 과거를 농축하고 미래를 선취한 시적 시간의 은유이다. 다시 말해 느림이란 빠름과 대비되기 때문에 객관적으로 판단할 수 있는 상대적 느림이 아니라, 속도의 폭을 초월한 절대적인 '시간성'의 미학을 상징한다. 하이데거(M. Heidegger)의 시간

철학에 의하면 시계판의 노예로 전락한 인간이 정돈하고 세며 기록하는 객관적인 세속의 시간은 과거-현재-미래가 불가역적(不可逆的)으로 연속하는 강제적인 논리성을 그 원리로 한다. 하지만 시간성이란 연속이나 이전 이후를 받아들이지 않고 과거-현재-미래라는 세 가지 시간 지평을 항상 한 점으로 수렴한다. 따라서 모든 것을 숫자로 치환하며 전진의 프로쎄스를 절대적 원칙으로 삼는 공적인 시간과는 달리 '시간성'이란 철저한 직선적인 흐름에서 벗어나 자신의 내부공간 속으로 환원하기에 마치 정지된 것과 같은 신비로운 정역학적 공간을 연출한다. 이러한 '시간성' 안에서 우리는 과거를 회상하고 현실을 직관하며 미래를 투시할 수 있는 '비동시성의 동시성'을 체험하게 된다. 그럴 때 우리는 시인의 말대로 "안으로 슬기를 쌓으며/속으로 자랄 것이다"(「어린 거북이」). 이처럼 양적인 시간의 흐름을 맹목적으로 뒤쫓지 않고 시간을 반성의 내부공간으로 이전시켜 내면화함으로써 현대사회의 속도위반에 제동을 걸려는 전략이 김광규의 느림의 미학인 것이다.

4

그렇다면 인간의 자유의지와는 완전히 독립된 채, "빨리 먼저 앞질러 달려가"도록 조종하는 가혹한 시간의 메커니즘을 "거북이처럼 느릿느릿 기어가"는 느림의 미학을 통해 지양함으로써 김광규가 진정으로 지향하는 바는 무엇인가? 생존이라는 절대적인 사명 앞에 그저 앞만 보고 살아야 했던 한 세대의 슬픈 초상화를 "거북이"와 "민달팽이"처럼 가로질러가며 반추해보고자 했던 것은 무엇인가? 느림에는 목표를 향한 추진력은 결여되어 있지만 뒤를 보고 옆을 볼 수 있는 여유가 있다. 지나온 삶을 통찰해보고 주변의 것들에 관심을 표시하며 앞으로의 삶에 대한 좌표 설정을 가늠해볼 여지가 있는 것이다. 개인주의적이고 이기적인 현대적 삶의 풍속도에서 스쳐지나가는 사소한 것들에 대한 시인의 관심은 이런 측면에서 자연스럽게 이해될 수 있다. 가까운 곳에 있지만 쉽게 그 존재의 가치를 망각하게 되는 것에 관한 그의 남다른 애정이 잘 표현된 시 한 편을 읽어보자.

> 서재의 한구석
> 박새나 비둘기 소리 가끔 들려오는
> 창가의 흔들의자에 앉아
> 작은 산 한 자락 바라보는 곳
> 언제나 앉아 있고 싶은 자리
> 바로 옆에 있건만
> 왜 밤낮 비워두나
>
> 운전석 뒷자리
> 잠깐 신문을 뒤적거리며
> 카세트 음악을 듣거나
> 나의 뒷모습을 바라보는 곳
> 앉아서 기다리고 싶은 자리
> 바로 뒤에 있건만
> 왜 노상 겉옷만 싣고 다니나
>
> 가까운 곳 또는 먼 곳에
> 앉고 싶은 자리 놓아둔 채
> 다른 자리에서 왜
> 모두들 한세상을 다른 자리에서

살아가고 있나

　"작은 산 한 자락 바라"볼 수 있는 여유와 "나의 뒷모습을 바라보"는 자성의 시간을 "서재"와 "운전석"으로 공간화하고 있는 것이 이 시의 매력이다. 바쁜 일상에 휘말려 비록 "바로 옆에" 있고 "바로 뒤에" 있지만 바라볼 사이가 없는 "서재의 한구석"과 "운전석 뒷자리"는 일종의 정신적 휴지(休止)의 해방구인 셈이다. 이처럼 비록 작고 보잘것없는 것이지만 삶의 큰 의미와 가치를 품고 있는 것들을 가감 없이 비교적 객관적으로 묘사하는 그의 학자다운 눈초리의 이면에는 현상에 대한 욕심 없는 배려와 이해의 눈망울이 숨어 있다 하겠다. 그는 욕망으로 채워넣을 주머니 많은 옷보다는 "어차피 빈손으로 홀로 떠날 길이라면 (…)/ 그 많은 주머니를 만들었단 말인가/주머니 없는 옷 한 벌이면 될 것을"(「주머니 없는 옷」)이라고 말하며 허심(虛心)을 동경하기도 하고 새밥을 훔쳐먹고 있는 고양이를 보아도 "그저 배고픈 동물들에게 먹을 것을/나누어주려는 것밖에는"(「새밥」)이라고 말하는 넉넉한 마음을 보이기도 한다. 그리고 그는 강원도 산골 여행길에서 나물을 사도, "굳이 누구에게 선물로 주겠다든가/건강한 채식을 하려는 욕심은 없었다/다만 향긋한 냄새/가벼운 무게"(「곰취나물」) 때문에 산다. 김광규식의 사랑이란 대상을 완전히 소유하려 들거나 대상과의 빈틈없는 합일을 꿈꾸는 사랑이 아니라 작은 것에서 느끼는 행복과 은밀한 기쁨, 일상 속에서 늘 새롭게 눈뜨는 진실, 검박한 삶의 가치 발견 등이 그러한 사랑을 이루는 요소들이다.

　김광규의 시에서 사소한 사물들에 대한 애정은 또한 이웃과 사회에 대한 관심으로 굴절된다. 시적 소재로 하찮은 사물들이 선호되듯, 그의 시에서 묘사되는 대부분의 인물은 사회적 모순과 부조리에 의해서 소외된 가난한 노동자들이다. 일용잡부로 변해버린 고향 친구의 삶에 찌든 얼굴(「석근이」)과 "일터로 다시는 돌아가지 않을 듯/단호한 걸음걸이로 언덕길을 내려"오는 "머리 감고 퇴근하는 노동자들"(「탄곡리에서」), 그리고 호텔을 드나들며 "환차익으로 재미보는 일본 관광객들/모피 외투를 입어보려고 한국에 온 듯/인도네시아의 부잣집 가족들/점심을 약속한 유명인사들" 사이에서 "깨지기 쉬운 유리에 매달려 살아가는 잡역부"(「유리 닦는 사람」)의 면면은 그 대표적인 실례들이다. 또한 세상 구석구석을 면밀하게 바라보는 꼼꼼한 그의 시선은 IMF 관리체계로 귀결되고만 역사의 총체적 아픔을 한 몸에 안고 있는 인물로 의인화된 "불도 켜지 않은 채, 모서리 창가에 앉아, 밤새도록 구시렁거리는 저 노틀"(「밤새도록 잠 못 이루고」)도 놓치지 않는다. 하지만 시인은 생채기난 이들의 삶 속에서 더욱 절실하게 피어오르는 소생의 의지를 발견하기도 한다. 즉 "구석자리에 숨어서 일하던/막일꾼 아저씨와 아줌마들"에게서 "덥쳐내린 죽음의 무거운 어둠 헤치고/햇빛 찾아 꿋꿋하게"(「구석자리 사람들」) 살아가는 삶의 추동력을 감지하기도 하고, 길거리에 삶의 터전을 마련할 수밖에 없었던 "옥수수를 팔던 할머니"에게서 "미라가 되어 가볍게 쓰러질 때까지/한 번도 눕지"(「옥수수를 팔던 할머니」) 않는 생의 의지를 엿보기도 하는 것이다.

　사소한 사물과 소외된 사람에 대한 그의 연민은 『물길』(1994)에서부터 뚜렷해진 죽음이라는 다소 무거운 주제로까지 이어진다. 그렇다고 해서 죽음에 대한 그의 인식은 내일에 대한 희망의 완전 부재로 추동되는 종말론으로도 치닫지 않고, 죽음을 분기점으로 도래할 지상낙원의 유토피아를 기대하는 신비주의로도 과장되는 법이 없다. 그에게 죽음은 공포의 대상도 초월의 극점도 아닌 것이다. 오히려 죽음은 아무런 저항감 없이 다가오는 친밀한 실존적 조건일 뿐이다. 유한한 현존재가 자신의 한계를 시간의 무한성으로 덮어 숨기지 않고, 오히려 그것을 겸허하고 담담히 받아들이려는 태도, 하이데거의 표현을 빌리자면 출생과 죽음 사이의 '시간 간격'(Zeitspanne)에 대한 올곧은 인식과 수용이 그에게서 죽음의 불안을 몰아낼 수 있게 하는 것이다. 따라서 현존재의 본질을 '죽음을 향한 존재'(Sein zum Tod)로 정의하는 하이데거의 사고에 대한 치열한 대면은 성민엽이 간파한 것처럼 시인으로 하여금 "살아 있는 모습으로 서서 죽는 나무"를 발견하게 하며, 그 나무를 "혼자서 바싹 마른 채 열반"(「서서 죽는 나무」)하는 것으로 상상하게 한다. 또한 죽음에 관한 다소 철학적인 인식이 실제적인 삶의 자리로 내려오면, 때로는

> 내가 먼저 죽어야
> 마누라가 깨끗하게 치워주지
> (…)
> 내가 먼저 세상을 떠야
> 영감이 나를 묻어주지
>
> —「약수터 가는 길」 부분

에서 보여지듯, 죽음은 타인에 대한 따뜻한 배려와 사랑으로도 전이되기도 하고, 때로는

> 가진 것 없어 편안한 마음
> 늙기도 그만둔 지 오래되었다
> 어느 때 헤어져도 괜찮을 만큼
> 가뿟하게 그러나 하루를 한평생처럼
> 살아간다
> 진실로 함께 살아간다
>
> —「금혼식」 부분

라는 시구처럼 달관의 경지에도 이른다. 말하자면 삶의 끝자락이 평화롭게 펼쳐져 있는 시인의 수평적인 사색 안에서 이제 죽음을 향해 전진하는 현실의 시간은 멈춰선 것처럼 보인다. 이처럼 일상의 하찮은 소품이나 소외된 이웃과 같은 뒤에 '있었던' 것이나 옆에 '있는' 것에 대한 그의 애정과 사랑은 앞으로 '있을' 죽음까지 따스하게 보듬고 있다 하겠다.

5

우리는 지금까지 김광규의 시집 『가진 것 하나도 없지만』을 중심으로 그의 시세계의 제법 내밀한 부분까지 들어가보았다. 공간적인 차원에서 시작된 수평성에 대한 우리의 탐색이 느림의 미학이란 시간의 미로를 통과해 우리 삶의 실제적인 무대인 시·공간이란 후문으로 나오기까지 그린 궤도는 김광규의 시세계가 만만치 않은 확산의 원심력과 의미장력(意味張力)을 확보하고 있음을 보여준다.

그러나 여기서 우리가 절대 잊지 말아야 할 점이 있다. 왜냐하면 수평선과 수평선, 수직선과 수직선끼리 만나서는 공간이 만들어지지 않기 때문이다. 사각형으로 상징되는 삶의 공간은 성질이 서로 반대인 수평선과 수직선이 서로 엇갈려 만날 때 가능하다. 수평선과 수직선은 어느 한 점에서는 조응하게 마련이다. 둘 사이에는 서로가 아무리 외면하려고 해도 필연적으로 교차할 운명이 내재해 있기 때문이다. 말하자면 서로는 상대를 철저히 부정하려 들지만 동시에 상대를 통해서만 존재의 이유를 획득하는 변증법적 긴장 안에서 상생한다. 이러한 의미에서 수평선과 수직선은 '상충'하면서도 '상보'하는 타자들이다. 「끝의 한 모습」

은 이에 대한 적절한 준거를 제시해준다는 점에서 주목에 값한다.

천장과 두 벽이 만나는 곳
세 개의 평면이 직각으로 마주치는
방구석의 위쪽 모서리가
가슴을 답답하게 한다
빠져나갈 틈도 없이
한곳으로 모여
눈길을 막아버리는 뾰족한 공간이
낮이나 밤이나
나를 숨막히게 한다
빗소리와 새들의 노래 들려오는 창문
산수화 한 폭 걸려 있는 넓은 벽
현등이 매달린 천장
이들이 마침내 이렇게 만나야 하다니
못 한 개 박혀 있지 않고
거미줄도 없는 하얀 구석에서
앞으로 갈 수도 없고
뒤로 물러설 수도 없는
꼭지점에서 멈추어
이렇게 끝내야 하다니
결코 바라보고 싶지 않은
낮의 한구석
그대로 눈길을 돌릴 수 없는
밤의 안쪽 모서리

—「끝의 한 모습」 전문

세 개의 수직선이 날을 세워 한 점에서 만난 방구석의 모서리가 시인에게 "앞으로 갈 수도 없고/뒤로 물러설 수도 없는/꼭지점"으로 지각되는 장면에서 명징하게 드러나듯, 이 시는 수직적인 것에 대한 부정적인 인식을 극단까지 몰고 감으로써 탈출구 없는 인간 존재의 끝을 첨예화하고 있는 것처럼 보인다. 이러한 맥락에서 인간의 수직적인 상승욕망이 충돌하여 폭발하는 부동의 일점(一點), 즉 "방구석의 위쪽 모서리"는 분명히 죽음이라는 인간 존재의 종점으로 읽힌다. 그러나 이 시를 꼼꼼히 되씹어보면 "천장과 두 벽이 만나는" 모서리는 수평적 인식과 수직적 인식이 얼마나 쉽게 자리바꿈할 수 있는가를 보여주는 은유적 장치로도 해석이 가능하다. 이러한 사고의 극적 전환의 계기는 "세 개의 평면이 직각으로 마주치는"이란 시구에서 유추될 수 있다. 즉 횡으로 가로누워 있던 평면이 직각으로 날을 세워 일어나면 뾰족한 수직선이 되고 반대로 곧추서 있던 수직선이 각(角)을 풀어 옆으로 드러누우면 평면이 될 수 있다는 시점의 이동이 그 변환의 코드인 셈이다. 직각으로 만나기 전에 세 개의 평면은 원래 시인의 수평성에 대한 동경이 구체화된 "빗소리와 새들의 노래 들려오는 창문/산수화 한 폭 걸려 있는 넓은 벽/현등이 매달린 천장"이었다. 하지만 이 "세 개의 평면이 직각으로 마주치"면 돌연히 "결코 바라보고 싶지 않은/낮의 한구석"도 되고, "그대로 눈길을 돌릴 수 없는/밤의 안쪽 모서리"로도 둔갑하고 마는 것이다. 결국 이 꼭지점은 존재의 끝이라는 죽음의 비유도 될 수 있지만 수평성에서 수직성으로, 혹은 수직성에서 수평성으로의 패러다임 전환에 대한 시적 표현으로도 볼 수 있다 하겠다.

살펴본 대로 수평성과 수직성은 영원히 교통할 수 없는 두 개의 머리가 아니라, 하나의 머리에 두 얼굴을 동시에 가진 야누스다. 수직선이 없다면 수평선을 수평선으로 인식할 자 누구이며, 그 반대의 관계도 마찬가지가 아닌가. 김광규의 「끝의 한 모습」은 수평적인 것이 갑자기 수직적인 것으로 전도되는 존재론적 비애를 담담한 어조로 담아내고 있지만 이것은 동시에 수직적인 것이 사고의 극적 전환을 통해서 얼마나 쉽게 수평적인 것으로 환원될 수 있는가를 반어적으로 암시해주고 있는 것이기도 하다. 극과 극은 회통(會通)할 수 있다는 김광규 특유의 사고의 탄력성을 엿볼 수 있는 대목이다. 따라서 수평성이란 산들바람이 김광규라는 칠현금을 지나가면서 빚어지는 그의 시 이면에는 수직성이 힘의 균형을 바투며 서 있음을 간과할 수 없다. 김광규의 시는 분명히 수평성의 프리즘을 통과해 분사되는 정태적 공간·자연·느림·여유·반성·일상·죽음과 같은 일곱 가지 색깔로 채색되어 있다. 하지만 이는 수직적 상상력의 소산물들(역동적 공간·문명·빠름·파토스·전진·일탈·생성)을 무조건 부정함으로써 이루어지는 것이 아니라, 수직적인 것과의 비판적인 인식의 거리를 통해 얻어지는 것들이다.

그러나 만약 김광규가 수평성의 타자인 수직성을 조금이라도 외면한다면, 그 순간 그의 시는 입체적인 긴장을 상실하고 단선적인 평면으로 주저앉을 가능성도 배제할 수 없다. 앞으로 그의 시가 수평성에 대해 섣불리 낙관하지 않으면서 동시에 수직성과의 교호(交互)에 관해 신중히 회의(懷疑)하는 자세를 끝까지 견지해야만 하는 까닭은 여기에 있을 터이다. 또 한가지 짚고 넘어가야 할 측면은, '수평-지향적' 편향을 띤 그의 시세계에서, 우리는 시인의 영혼을 우주적 영혼으로 비상시키는 도저한 수직의 목소리를 여간해서 듣기 힘들다는 점이다. 예컨대 수직적 창조성이 내뿜는 근원적 에너지와 실존적 고뇌의 깊이를 벼르는 가시와 같은 언어는 좀처럼 보이지 않는다는 점이 그의 시가 지닌 태생적 한계라 하겠다. 허만하 시인이 말했던가, "시인의 언어는 기대지 않는다/그의 언어는 수직으로 선다/중천에 얼어 있는 눈부신 햇살처럼"(「장미의 가시·언어의 가시」, 『비는 수직으로 서서 죽는다』)이라고. 앞으로 김광규의 시가

보다 살아있는, 보다 끈질긴 저력을 발휘할 수 있으려면 '수평성/수직
성'의 단순한 가치대립적 이분법을 뛰어넘어, 그 사이의 복합적인 얼개
에 대한 치열한 시적 탐구가 계속해서 동반되어야 할 것이다. 진정한 삶
이란 결국 수평성과 수직성이 어우러져 만들어내는 중첩과 사이공간의
산물이 아닌가.

〔『리튼넷』 제3호, 2000〕

비트도시를 산책하는 전사, 싸이보그 021
이원의 시세계

Log-in

입을 앙다물고 있는 이원 시의 씨스템 프로그램을 해킹하기 위해, 나는 시인이 구축해놓은 시성(詩城)의 뒷문과 링크를 시도한다. 밤새 애면글면, 묵직한 자물쇠를 이리저리 뜯어본 후, 내가 해독한 패스워드의 목록은 아래와 같다. 뽑아낸 암호체계가 복잡해 좀처럼 가닥을 잡을 수 없지만 이원 시의 허브 속으로 깊숙이 침투해들어가려면, 이 목록을 조합해 열쇠를 만들 수밖에 없다.

철로 된 도시/제2의 자연/철근/혼합매체/딱딱한 공기/알약/미끄러지다/기표/이미지/무골질 은유/그림자/하이퍼-리얼/마네킹/플러그/콘센트/전자사막/반인반전(半人半電)/디지털/on-off/로봇/포스트-휴먼/산책자/전사(電士/戰士)/싸이보그 021

File 1. 철로 된 도시, 금속화의 욕망

철은 기계 및 도시문명을 상징하는 대표적인 금속이다. 그러나 철은 근대 도시문명을 태동시킨 물질적 주역의 자리에만 머물지 않는다. 이제 철은 그것을 도구로 삼아 근대 산업문명을 태동시켰던 인간의 손에서 벗어나 자기 자신의 독자적 진화논리를 획득한 이데올로기로 변모했다. 철은 인간의 삶의 구조를 변화시키는 사회적 권력의 형태, 곧 인간을 지배하는 '파국의 유령'으로 옷을 갈아입은 것이다. 20세기 초 산업화된 대도시의 암울한 모습을 시적으로 형상화하는 데 주력해온 독일 표현주의 시인 파울 쩨흐(Paul Zech)는 「철로 이루어진 도시」라는 시에서 인간을 가위누르는 철의 악마적 메커니즘을 이렇게 고발한다.

절규한다——: 철로 된 도시!
강철로 만든 거대한 가위들이 마치 탑처럼
거기에서 너를 이미 움켜쥐고,
네 숨쉬는 것, 생각하는 것, 그리고 네 얼굴까지도 짓누른다.

현대 기술문명의 견인차 역할을 담당해온 철이 인간의 정신과 사고까지 깔아뭉개는 가혹한 생명체로 돌연변이했다는 시인의 전언이 섬뜩하다. 그러나 도시 전체가 철로 만들어진 거대한 '자동장치'(Automat)인 동시에 인간을 철저히 지배하는 '독재자'(Autokrat)로 변모했다는 사실을 환기시킴으로써 근대 산업사회의 황폐한 이면을 들춰내고자 한 시인의 비판적 감각은, 오늘날 우리 시각으로 보면 조금은 진부해 보이는 것이 사실이다. 그것은 아마도 우리는 이미 '철로 된 도시'라는 메타포가 더이상 신선한 충격으로 다가오지 않는 사회, 다시 말해 철로 된 견고한 구조물이 내뿜는 경직성과 낯섦, 차가움과 건조함, 딱딱함과 단단함이 이미 '제2의 자연'(zweite Natur)으로 굳어진 후기 산업사회에 살고 있기 때문이다. 일찍이 루카치(G. Lukács)가 내다본, "외부세계는 완전히 인습에 의해 지배되고, 제2의 자연이라는 개념이 실현되는 세계로서, 영혼과 어떤 관계도 찾을 수 없는, 감각적으로 낯선 법칙성의 요체"[1]가 된 살풍경은, 오늘날 우리가 매일 대면하는 지극히 일상적이고 '자연스러운' 도시의 풍경이 된 지 오래다. 더욱이 우리는 "캐나다 토론토의 k가 보낸 첨부파일을 클릭한다/붉은 장미들이 이슬을 꽃잎에 대롱대롱 매달고/흰 울타리 안에서 피어난다"(「나는 클릭한다 고로 나는 존재한다」)[2]는 가공된 현실을 실제 자연으로 느끼는 시대, 인공미가 곧 자연미가 된 씨뮬레이션 시대의 한복판에 살고 있지 않은가.

이원의 시세계가 돛을 올리고 있는 지점은 바로 여기다. 그는 생리적으로 '나무로 된 숲'보다는 '철로 된 도시' 쪽으로 몸이 열리는 시인이다. 차가운 도시의 풍광이 자아내는 서늘함에서 시적 상상력의 날개를 펼치는 시인. "적어도 이제 기계들은 삶에 먼저 도착했다", 혹은 "수술실에서 회복실로 통하는 복도에서는 피냄새가 아니라/기계 소리가 먼저 규칙적으로 들려왔다"(「바코드」)고 서슴없이 말하는 냉혈한 중성 시인. 어느 인터뷰에서 고백한 것처럼 "남들에게 딱딱하거나 건조하게 보일지 몰라도 내게는 더없이 흥건하고 부드럽게 느껴지니까. 강이나 꽃을 보면 마음이 움직이는 이가 있는 것처럼 나는 그냥 도시적 풍경들을 보면 마음이 움직인다"[3]는 시인이, 바로 이원이다.

<hr>

1) Georg Lukács, *Die Theorie des Romans*, Frankfurt am Main: Luchterland 1971, 99면.
2) 이 글에서 인용한 작품의 출처는 이원이 상재한 두 권의 시집 『그들이 지구를 지배했을 때』(문학과지성사 1996)와 『야후!의 강물에 천 개의 달이 뜬다』(문학과지성사 2001)이며 면수는 생략한다.
3) 이원·이장욱 「가장 건조한 배회, 혹은 질기고 오래가는 詩를 위한 접속 코드」, 『현대시』 2000년 5월호, 187면.

말끔하게 다 지어진 신축 건물 앞은

그냥 지나쳐도

골조공사가 한창인 신축 공사장 앞에서는

어김없이 발걸음이 멈춰진다 나는

철골이 세워진 공사장만 보면 멀리서도 가슴이

뛴다 철골들은 어디에서나 망설임없이

가로로 세로로 어긋나며 박히고

허공 속으로 단호하게 솟아 있다

그 철골들 앞에서 내 몸 속에도

저런 것들 몇 개쯤은 버티고 있으리라

강풍이 불어도 폭우가 쏟아져도 부러지지 않을

저런 것들이 녹슨 몸이 되어도 주저앉지는 않을

저런 것들이 내 내부에도 몇 개쯤은

박혀 있으리라 두드리고 자르고 박는

금속성의 단호한 소음을 딛고 우뚝 선

철근들 앞에서 나는

—「단단한 것에 대하여」 부분

"철골이 세워진 공사장만 보면 멀리서도 가슴이/뛴다"는 시구에서 확연히 드러나듯, 그에게 철근은 생의 의지를 북돋우는 매혹적인 사물로 다가온다. 그렇다고 해서 시인은 90여년 전 이딸리아 미래파들이 "자동차는 여신보다도 더 아름답다"고 선언하면서, 역동적인 기계문명에 대해 터뜨린 맹목적인 경탄과 광기 쪽으로 경도되지 않는다. 오히려 시인은 "허공 속으로 단호하게 솟아 있"는 구조물에서 자신의 내면적 삶의 공간을 단단히 지탱해주는, "강풍이 불어도 폭우가 쏟아져도 부러지지 않을" 버팀목을 투시한다. 다시 말해 건축물의 뼈대를 이루는 '철근'에서 자신의 삶을 떠받치는 강단의 시정신, 곧 생의 근기(根氣)를 읽어내고 있는 것이다. 그러나 나는 이 시에서 이원 시를 해독하는 데 필요한 키워드 하나를 훔쳐본다. 싸이보그! 단단하고 딱딱한 사물에 대한 시인의 관심과 애정에서부터 신체를 재무장하려는 보철술(保鐵術, prosthesis), 곧 마리네띠(F. T. E. Marinetti)가 미래예술의 종착점으로 설정한 '인간 육체의 금속화'에 대한 내밀한 욕망의 흔적을 읽어낸 것이다. 이러한 '고체화의 욕망'은 그의 시 도처에서 빈번히 출몰하는 철제 고가사다리, 시멘트, 주물, 헬멧, 레고블록, 타일, 거울, 유리, 나사못, 철사, 철망과 같은 사물에 그대로 투영되어 있다. 그리고 아예 시인은 「질기고 오래가는 인체를 위한 접속 코드」라는 시에서 자신의 연물(戀物)들의 목록을 "석고/채색된석고/브론즈/벽돌/시멘트/스틸/유리/알루미늄/철망/철판/금속/플라스틱/비닐/고무/아크릴/세라믹/대리석/혼합매체"로 정리·발표하기까지 한다. 사태가 이런 형국이니, 그가 "오 참을 수 없는 존재의 가벼움!"(「과제」)이라 비꼰 무색·무취·무형의 기체인 공기 역시 고체화의 거푸집이 덮어씌워지는 것을 피하기는 힘들었던 모양이다.

> 밤의 흐린 불 속에
> 공기가 철근처럼 삐죽삐죽 뽑혀져 있다
>
> —「서울의 밤 그리고 주유소」 부분

File 2. 딱딱한 공기, 알약 같은 공기

"철근처럼 삐죽삐죽 뽑혀져" 있는 공기, "꼬챙이 같은 공기"(「표지판 앞」)는 시인의 가슴팍을 아프게 찌르게 마련이다. 그래서 그런지 그의 시에서 "공기는 물기가 모두 증발한 그들을 드릴처럼 쑤셔"(「작업현장」)대는 예리한 송곳의 이미지로 등장하거나, "유리 같은 공기"(「1997, 빌어먹을, 공기」)처럼 날카로운 파편조각으로 나타난다. 공기들이 "포장지처럼 바스락거린다"(「길 또는 그물」)거나 "레고블록 같은 공기들은 허공에 끼워지고 있다"(「공중도시」)는 시구 역시 고체화에 대한 시인의 욕망과 무관하지 않아 보인다.

조금만 더 안으로 밀고
들어와줄 수는 없겠니
들어와 숨막히게 아니 몸막히게

—「공기에게」 전문

시인에게 공기는 막힌 숨통을 트이게 하는 생명수가 아니다. 반대로 그것은 "방부제 냄새가 가득한 공기"(「전자사막 밑으로 황하가 흐른다」)처럼 인간의 신체 안으로 침입해 숨줄을 틀어막고 정신의 기맥을 닫아 막는 폐색(閉塞)의 징후로 다가온다. 그렇다면 시인은 왜 공기를 딱딱한 레고블록이나 모나고 각진 파편들의 소립자로 상상하는가? "비닐봉지 속의 알약 같은 공기들"(「정오의 이미지」)을 들이마신 자의 절망적 포즈인가. 일상의 권태와 무력감에서 오는 실존적 공허감에 대한 괴로운 자기 증언인가. 사방이 꽉 막힌 세계를 가학하기 위한 피학의 제스처인가. 아니면 이미 우리에게 원격통신을 보내오고 있는, 그러나 아직은 수수께끼로서만 수신되는 새로운 존재에 대한 시인의 갈망인가.

File 3. 미끄러지는 기표, 은유의 해체

이원 시의 표면은 유두분면처럼 매끈거린다. 거울처럼 냉랭하고 미끄럽다. 그래서 시인은 "내 앞까지 온 길은 거울 앞에서/접촉불량 회로처럼 끊어"(「모니터, 캔산소, 거울」)지고, "새들에게도 지구는 미끄럽고 둥글다고"(「지구는 미끄럽고 둥글다」) 말한다. 또한 "사방과 벽과 바닥에는 미끈거리는 흰색 타일이 붙여졌다"(「인체를 위한 접속 코드 1」)는 시구처럼, 미끈거림의 이미지는 단단한 것을 좋아하는 시인의 생리와도 손을 잡는다. 이런 '방수성(防水性)'이 그의 시의 주조음인 '반서정(反抒情)'과 내적인 통신망을 구축하고 있음은 물론이다. 덧붙여서 "미끄러운 벽에 사방을 두리번거리는 내가 복제된다"(「실크로드」)는 시구에서 여실히 드러나듯, 미끄럽다는 말이 풍기는 뉘앙스는 '흡수'와 '고정'보다는 '반사'와 '복제' 쪽에 잘 어울린다. 이런 이유에서 미끄럽다는 시어는 내면적 실체성이 증발한 현대인의 운명과 질감이 느껴지지 않는 현대적 사물들의 속성을 비유하는 적절한 상징어가 될 수 있다. 하지만 미끄럽다는 단어에 파인 사유의 골짜기는 생각보다 훨씬 깊다.

> 4/18 밤 9시 금성과 7도 접근
>
> 5/7 오후 5시 남쪽에서 해왕성과 0도 9분 접근
>
> 6/8 오전 11시 사자좌와 1도 접근
>
> 7/7 오후 3시 북쪽 하늘에서 목성과 4도 접근
>
> 7/10 아침 9시 황소좌와 0도 8분 접근
>
> 8/10 새벽 3시 수성과 1도 2분 접근
>
> (…)
>
> 11/22 저녁 7시 남쪽 하늘에서 화성과 0도 6분 접근

12/22 밤 9시 북쪽 하늘에서 천왕성과

.

.

.

.

.

　　　미끄러운

　　　　　무골질

　　　　　　　은유

　　　　　　　　　—「1999 달의 운행 계획」 전문

　시인은 1999년 달의 운행계획을 월별로 정리해간다. 정확히 말하면, 달의 공전주기에 따라 계속해서 변화하는 달과 다른 행성들과의 접근 각도를 꼼꼼히 체크해간다. 여기서 시적 사유의 촉수가 내뻗는 지점은 달과 다른 행성들은 '접근'할 뿐 결코 '랑데부'는 하지 못한다는 사실이다. 은유적 '결합'의 감동 대신 환유적 '대치'의 유희만이 일어나는 것이다. 그것을 시인은 "미끄러운/무골질/은유"라는 표현으로 요약한다. 주지하듯, 사실을 그대로 반영하거나 재현하던 전통적인 기호는 씨뮬레이션의 시대(정보화의 시대)에 접어들면서 모든 지시대상으로부터 해방된, 스스로 지시대상을 획득한 자율적인 자기증식 체계가 되었다. "실재가 이미지들과 기호들의 안개 속으로 사라진다"거나 "모든 것은 복제이고 이미지이다. 원판은 없다"는 보드리야르(J. Baudrillard)의 주장은 바로 이런 문맥에서 기동한 것이다. 일관된 맥락으로 수렴되지 않는 산종(散種)된 기표들의 파노라마, 전체에 환원될 수 없는 파편들의 디아스포라(diaspora)! 이렇듯 씨니피앙(기표)과 씨니피에(기의)가 서로 미끄러지며 빚어내는 차이와 대조의 관계망에서 해체론의 중심 개념인

'차연의 흔적'이 발생한다. 이런 맥락에서 볼 때 이 시는 기표와 기의,
언어와 사물, 가상과 실재 사이에서 펼쳐지는 '미끄러짐'의 아슬아슬한
곡예를 달과 행성들 사이의 관계로 형상화하는데 성공했다는 점에서,
도래할(한) 씨뮬레이션시대를 조망하는 귀중한 전망대를 제공한다 하
겠다.

　특히 이 시를 매듭지으면서 동시에 활짝 사색의 문을 열어놓는 "은
유"라는 시어는 시적 긴장을 끝까지 유발시키는 매혹적인 단어이다. 은
유란 무엇인가? 은유는 서로 구별되는 두 타자 사이의 차이의 존재론을
바탕으로 해서 성립하지만, 그럼에도 불구하고 두 타자간의 근친성을
회복하려는 언어유희이다. 가령 '시간은 강이다'라는 은유적 표현에서,
시간과 강은 각기 다른 범주에 속하는 개별적인 타자들이다. 그러나 그
둘간의 차이성이 중첩되고 대비되면서 은폐된 두 사물간의 연계 가능성
이 발견될 때 둘은 연결고리를 찾을 수 있게 된다. 다시 말해 비유되는
것(원관념, 시간)과 비유하는 것(보조관념, 강) 사이의 차이성과 유사
성이 서로 부딪치며 이룩해내는 새로운 의미의 전이가 바로 은유인 것
이다. 때문에 개체의 비동일성을 동일화하는 은유적 욕망은 내면화, 주
관화, 개념화, 관념화의 길을 피할 수가 없다. 이런 맥락에서 아리스토
텔레스(Aristoteles)가 은유를 에피포라(epiphora), 곧 구체적인 것에서
추상적인 것으로, 감성적인 것에서 정신적인 것으로의 언어의 상승적인
전용(轉用)으로 정의한 것은 서구의 전통적인 동일성의 철학과 결코 무
관하지 않다. 그런데 시인은 이런 전통적인 은유의 개념을,

　　　미끄러운

　　　　무골질

　　　　　은유

처럼 미끄러지듯 행갈이를 함으로써 또다시 미끄러뜨린다. 원관념과 보조관념, 달리 표현하면 기의와 기표, 실재와 이미지 사이에 존재하리라고 믿어 의심치 않았던 은유적 정합의 관계가 오래된 휴머니즘의 미명하에 자행된 일종의 정신착란임을 가시적으로 보여주고 있는 셈이다. "미끌미끌한 마우스"(「新밀레니엄」)로 솔기 없이 마름질된 디지털 세상을 미끄러지듯 누비고 다닐 시인에게 애초부터 미끄러지지 않는 은유는 궁합이 맞지 않는 모양이다.

File 4. 그림자, 하이퍼-리얼

빛 그리고 그림자. 태양이 있어야 그림자도 생긴다. 알다시피, 플라톤(Platon)의 이데아론에서 존재론적 위계질서의 최고 정점인 선(善)의 이데아는 빛의 원천인 태양에 비유된다. 따라서 플라톤에 의하면 모든 존재는 빛 아래에서만 비로소 가시성을 획득한다. 존재는 빛에 의해서 비로소 그림자를 갖게 된다는 말이다. 이렇게 볼 때 그림자는 본질적으로 이데아의 모방적 유사물이다. 그림자는 실체에 종속된 부차적 씰루엣, 재현 이미지에 불과한 것이다. 이것이 바로 플라톤 이후 서양적 사유의 일반을 지칭하는 '광학적 형이상학'의 핵심이다. 향일성(向日性) 식물로서의 철학! 그러나 베르그쏜(H. Bergson)에 와서 이 관계는 뒤집어진다. 그가 볼 때, 이미지(기표, 그림자)는 이데아(기의, 태양)보다 더 많은 함량의 실재성을 온축한 잠재태이기 때문이다. 아미지는 실체의 '아류'가 아니라, 실체의 '원판'이라는 것이다. 김상환이 꿰뚫어본 대로 "영상(이미지)은 어떤 모방이나 지시관계의 산물이 아니다. 영상은 어떤 인과관계의 산물도 아니다. 영상을 종속시켜왔던 모든 지시관계나 인과관계는 영상 이후에 오는 것으로 설정되어야 한다. 베르그쏜적 의

미의 영상이란 물질세계를 구성하는 일차적 요소이다. 지각 앞에 나타
나는 모든 사물은 그 자체로서 영상이고, 그래서 외면적 물질세계는 영
상의 총체에 불과하다."[4] 이런 인식은 이원 시에 그대로 적용될 수 있
다. 그는 모든 시적 대상을 이미지로 파악한다. 왜냐하면 그에게 세계는
무한한 변형과 자기실행의 미래를 자신 안에 충전하고 있는 이미지의
영도(零度) 상태에 다름아니기 때문이다. 그래서 그의 시에서 이미지의
힘은 가히 선험적이라 할 만하다. 그가 어떤 대상을 봐도, "이미지만 샀
다"(「접속」)고 주장하는 까닭은 여기에 있다. 그의 시에서는 내용보다는
이미지, 기의보다는 기표, 태양보다는 그림자가 선행한다.

> 아이라는 기표를 불렀더니
> 아이가 그림자까지 붙이고 나타났다
> 아이에게 아이스크림을 내밀었더니
> 입이 생기고
> 다섯 개의 꼼지락거리는 손가락이 생긴다
> 아이스크림은 아직 녹지 않았다
> 아이는 금방 생겨난 입으로 깔깔거린다
> 아이스크림은 받지도 않고 계속 깔깔거린다
> 그사이 녹아내린 아이스크림이
> 아이의 그림자에 달라붙었다
> 그림자를 손으로 찍어보니 달다
> 아이의 그림자만 뜯어먹고
> 아이를 지웠다
> 흔적도 없다

---

4) 김상환 「영상과 더불어 철학하기」, 『예술가를 위한 형이상학』, 민음사 1999, 355면.

아이에게 주려고 했던 방한복만
덩그마니 남았다

—「아이라는 기표를 위한 상상」 전문

　'아이라는 기표'는 아이의 단순한 평면적 모방이 아니다. 기표는 그림자까지 붙어 있을 정도로 입체적이다. 여기서 아이에게 아이스크림을 내미는 행위는 아이라는 기표와 관계를 맺기 위한 상징적인 포즈로 읽힌다. 그러자 '아이라는 기표'는 "입이 생기고/다섯 개의 꼼지락거리는 손가락이 생긴다." 이렇게 육체성을 획득한 기표는 이제 "금방 생겨난 입으로 깔깔거"리며 웃기까지 한다. 기표는 단 하나의 의미에 고정되거나 그 의미에서 파생되지 않고, 타자와의 관계 속에서 또다른 의미를 낳으면서 자가증식한다는 점을 아이와 아이스크림의 관계를 통해 구체화하고 있는 대목이다. 여기서 우리가 눈여겨보아야 할 지점은 "녹아내린 아이스크림이/아이의 그림자에 달라붙었다"는 부분이다. 이 말은 아이스크림을 아이(실체)가 먹은 것이 아니라, 그림자(이미지)가 먹었다는 뜻이다. 그래서 시인은 "그림자를 손으로 찍어보니 달다"고 말한다. 의미의 값은 아이라는 실체에 '있었던' 것이 아니라 아이라는 기표, 즉 그림자에 달라붙어 '있다'는 뜻이다. 그래서 시인은 아이스크림을 먹지 않고 "그림자만 뜯어먹"는다. 그림자는 빛의 부산물이 아니라 그림자 스스로 빛을 발산하고 있다는 점이 자연스럽게 증명된 셈이다. 그림자는 어느 한 아이에게만 종속된 씰루엣이 아니라, "그림자는 여전히 누가 입어도 된다"(「인체를 위한 접속 코드 2」)는 시인의 인식은 이런 배경에서 나왔다 볼 수 있다. 그러나 이미지는 요상한 유령과 같은 것이어서 아이를 지우면 "흔적도 없"이 사라진다. 이미지는 분명 우리가 만지고 맛볼 수 있는 객관적 실재는 아니기 때문이다. 덩그러니 남은 것은 "아이에게 주려고 했던 방한복"뿐이다. 이처럼 이 시는 이미지는 실재는 아니지만 실재보다 더 실재 같은 '의사-실재'(pseudo-real)이고 현실보다 더 현실적인 '하이퍼-리얼'(hyper-real)이란 점을 아이, 아이스크림, 그리고 그림자의 삼각관계를 통해 보여준 생생한 드라마다.

'하이퍼-리얼'은, 보드리야르의 말처럼, 매스미디어와 테크놀러지의 확산으로 점점 사물의 실재성이 소멸되어가는 우리 시대의 키워드이다. 일찍이 벤야민(W. Benjamin)이 예언했던 '아우라'(Aura)가 상실된 기술복제시대의 존재론적 화두와 같은 연장선상에 있는 용어라 하겠다. 현실과 가상의 경계가 갈수록 가뭇없어지는 씨뮬레이션시대를 활보할 이원 시인에게도 이제 새로운 인식체계, 새로운 신경망 이식이 필요한 시점이 됐다. 아니 아래의 시를 보니, 그는 이미 이미지가 활개치는 이 세상을 '이미지의 중량(重量)'으로 인식하기 위해 자신의 "그림자의 신경망", 즉 이미지 재현과 수행을 위한 인공지능 씨스템을 자신의 "하드디스크"에 다운로드시켜놓았다.

> 나는 내 그림자의 신경망을 잘라내어
>
> 한낮 하드디스크 구석에 심는다
>
> —「나는 신경망을 심는다」 부분

File 5. 마네킹-인간

이원 시 곳곳에 진열되어 있는 마네킹은 존재의 의미를 상실한 현대인의 공허함을 온몸으로 체현한다. 덧붙여서 "아날로그의 시간과 디지털의 시간이 범벅이 되어 흐드러지는 그 사이로 팔만 가진 마네킹들이 불쑥 불쑥 튀어나온다 마네킹의 손목은 클라이맥스처럼 텅텅 비어 있다"(「드라마」), "마네킹들이 깨진 햇빛을 눈 대신 끼고"(「정오의 이미지」)와 같은 시구가 보여주듯, 마네킹은 온전한 모습이 아니라 사지가 절단되어 있거나, 눈알이 빠진 기형적인 불구의 형태로 불현듯 나타나기 때문에 그로테스크한 충격효과까지 자아낸다. 여기서 한걸음 더 나아가, 시인은 살아 움직이는 인간마저 마네킹처럼 석화(石化)된 복제품으로 인식하는 창백한 시적 상상력을 보여준다. 예컨대 좌우로 뾰쪽뾰쪽 내뻗친 시행들이 그로테스크한 분위기를 시각적으로 증폭시키는 아래의 시를 보자.

<blockquote>

유리문 밖은 차들이 굉음을 내며 도로를 질주한다
여자와 사내는 모른다 어디쯤이 이 세계의 통제선인지는
헐거운 세계를 조이고 있는 나사못처럼
단단한 등만 보이고 있는 여자와 사내

여자와 사내를 열고 밤이 산업용 석회액을 부어넣는다
굳은 후에 사내와 여자를 뜯어낸다
엉킨 전선 다발 같은 것이 석고 밖으로 빠져나온다

—「간이식당」 부분

</blockquote>

그야말로 "한 무리의 주물 같은 남녀가/같은 시간의 자루 속에 멈추어 있다"(「노란 정지선」)가 빠져나온 형국이다. "실습용 재료와 같은 사내와 여자"(「서울의 밤 그리고 주유소」)라니, 모골이 송연한 차디찬 시적 상상력의 귀결이다. 그러나 이런 차가운 마네킹들 사이에도 따뜻한 인간의 피가 도는 '마네킹-인간'도 서 있으니, 정말 극과 극은 통하는 모양이다. 플라스틱 인형에 인간의 숨결을 불어넣으면 인간보다 더 인간적인 마네킹이 탄생할 수 있다는 사실을 나는 이 시구를 통해 처음 알았다.

그리움에 지친 날은 마네킹도
발뒤꿈치가 올라간다

—「쇼윈도」 부분

다소 생뚱하게 들릴지 모르지만, 나는 이 시에서 다시금 싸이보그에
대한 시인의 내밀한 욕망을 엿본다. 싸이보그(cyborg)란 무엇인가? 인
간과 기계가 수렴된 새로운 혼합체, 싸이버네틱 유기체(cybernetic
organism)의 준말이 아닌가. 그리움에 지쳐 힘겹게 발꿈치를 들어올리
는 마네킹은 이미 충분히 싸이보그적이다.

File 6. 플러그+콘센트

잠시 온 길을 되짚어보자. 이제 이원 시인은 인간의 형상을 본떠 만
든 철로 된 '테크노 드레스'도 한 벌 마련했고, 디지털시대의 딱딱한 공
기도 시음해봤다. 씨뮬레이션시대를 꿰뚫어보는 다양한 이미지 적응훈
련과 하이퍼-리얼 체험과정을 무사히 통과했다. 싸이보그 시인이 될 거
의 모든 정비를 끝낸 셈이다. 이제 무엇보다 필요한 것은 동력이다. 싸
이보그의 혈맥을 타고 힘차게 돌아갈 '전류'가 바로 그것이다. 독일 시
인 폴커 브라운(Volker Braun)의 시집 『나를 위한 도발』(*Provokation
Für mich*)에 수록된 시에는 이런 인상적인 부분이 있다.

우리들의 시는 열망과 동경이 고압으로 들끓는 배관망(網)의 밸브
이고,
우리들의 시는 강력한 전류가 쉬지 않고 파동치는 전신 케이블이다.

시의 사회적 소통기능 강화를 위한 네트워크 구축("배관망")을 부르짖는 브라운의 재기발랄한 테크놀러지적 상상력이 돋보인다. 브라운과 마찬가지로 이원 시에서도 전기는 인간과 세계, 인간과 인간을 회통(會通)시키는 역동적인 에너지로 파동친다. 우선 시인이 사람들을 "탯줄 같은 그 플러그들을 매단 채" "몸 밖에 플러그를 덜렁거리며 걸어"(「거리에서」)가는 모습으로 그리고 있다는 것은, 그가 전기적 상상력으로 세상을 보고 있다는 반증이다. 여기서 "플러그를 덜렁거리며 걸어"가는 인간은 정체성을 상실한, 뿌리(콘센트) 뽑힌 현대인의 초상임이 자명하다. 이 말은 뒤집어 생각해보면, 플러그는 현대인의 탯줄 곧 욕망의 젖줄 같은 것을 상징한다 볼 수 있다. 이런 맥락에서 그의 시에서 단전(斷電)이나 방전(放電)은 세계와의 절연이나 단절, 곧 세계와의 불화와 직결된다. "끊어져버린 전기처럼 한 사내/등받이가 없는 간이의자에 앉는다/그가 꽂힐 콘센트가 보이지 않는다"(「간이식당」). "밤 12시 불빛이 사라진 아파트—묘지 문화 또는 방전된 에너지"(「95. 10. 4일의 스윙」).

그러나 반대로 플러그가 콘센트와 연결되면, 마치 격렬한 광합성 작용이 일어나듯, "태양의 피가 직접 수혈된다 전류가 급격히 증가한다 사과가 철망의 리듬으로 흔들린다 ‖ ‖ ‖ ‖ (…) ‖ ‖ ‖ ‖ 프로볼트"(「사과의 전압」)로 생명의 에너지는 급상승한다. 태양이라는 광원(光源)이 전원(電源)과 새로운 전이의 계약을 맺는 순간이다. "해에도 칩이 내장되어 있"(「나는 클릭한다 고로 나는 존재한다」)어서일까. 도래할 전자시대에 재빠르게 발맞추는 태양의 존재론적 변신이 눈부시다. **"보도블록 위에서 반짝거리는 것은 햇빛일까 전자 알갱이일까"**(「실크로드」)라는 질문의 답이 후자가 되는 까닭도 여기서 찾을 수 있겠다.

이제 "늘 어딘가에 꽂히고 싶은 플러그"가 된 시인은 자신의 모체(Matrix)인 콘센트에 대해 다음처럼 명상을 시작한다.

그러므로 비어 있는 저 콘센트는 내가 기어이
들어서야 할 一柱門이다
비어 있는 저 콘센트는 내 몸이
들어가고 싶은 전자사막의 첫 입구이다 사람들은
이제 생각하지 않고 인식한다 그러므로
비어 있는 저 콘센트는
이 세계를 해킹하기 위한 나의 해적선이다
해적선의 메인 컴퓨터로 들어가기 위한
로딩 프로그램이다

—「콘센트에 관한 명상」 부분

콘센트는 오프라인에서 온라인으로 들어가는 첫 입구이다. 일본의
디지털 전도사인 하라시마 히로시(原島博)의 재미있는 발상처럼, 콘센
트는 얼굴을 마주보고서야 신뢰를 쌓아가던 '면(面)인류'에서 전신케이
블에 의지하는 '선(線)인류'를 거쳐, 급기야는 컴퓨터를 통해 "이 세계
를 해킹"하는 '점(點)인류'로 진화해가는 일차 관문이다. 인간을 '전자
(電子)인류'로 인도하는 통과제의의 성소와 같은 곳이다. "컴퓨터를 켜
자마자 17인치 모니터가 얼굴을 진공청소기처럼 쭉 빨아당겼다 눈코입
이 딸려들어가고 가죽만 책상의 모서리로 흘러내렸다"(「자화상」)란 시구
가 보여주듯, 콘센트와 플러그가 깍지 끼자마자 시인의 몸은 컴퓨터 속
으로 쑥 "딸려들어간다". 이렇듯 콘센트는 현실의 세계에서 가상의 세계
로, 아날로그의 세상에서 디지털 세상으로, 아톰(atom)의 세계에서 비
트(bit)의 세계로 빨려들어가는 블랙홀인 것이다. "가로 7cm 세로
12cm의/직사각형 틀 안에도 우주는" 들어 있었던 셈이다.
　그런데 문제는 반인반전(半人半電)의 싸이보그 시인이 콘센트라는

"一柱門"을 통해 그토록 들어가려는 세계가 "전자사막", 곧 "사방이 온통 투명한 벽인 허공"뿐인 세상으로 그려지고 있다는 점이다. 우리가 싸이버 에덴이라 생각했던 그곳이, 바람을 가르며 신나게 항해할 풍요로운 정보의 바다가 아니라, "이곳에는 발자국이 찍히지 않습니다/모래 위에 태양의 병이 창궐하고/별의 뼈와 바람의 피가 쌓인다고 전해"(「사막을 위한 변주」)지는 삭막한 사막이라니. "몸 속에 자동응답기를 설치하고/버튼을 외출로 눌러놓고//나는 한낮의 햇빛 속으로/양을 치러 간다"(「사막에서 1」)는 시가 강하게 환기시키는, 들뢰즈(G. Deleuze)가 인류의 미래 모습으로 예견한 신(新)유목문화에 대한 풍자적 알레고리로 넘기고 가기에는 사막의 이미지가 너무 어둡고 강하다. 테크놀러지에 의해 말끔히 소독된 디스토피아의 황사바람이 전자사막에서 휘몰아쳐 나오는 느낌이다. 불모의 사막을 떠돌아다니는 전자 유목민! 더더욱 "사람들은/이제 생각하지 않고 인식한다"며 생각하는 근대적 주체인 '코기토'(Cogito)까지 부정하고는, 어렴풋이 자동화된 '가상주체'(the virtual subject)의 등장까지 내비치고 있는 형국이니, 왠지 두렵고 찜찜하다. 도대체 어찌된 영문인가. 왜 시인은 디지털 신세계에 대해 공경(恭敬)과 공포(恐怖)의 이율배반적 감각을 동시에 밀고 가는가? 답은 싸이보그의 인공두뇌에 입력되어 있다.

File 7. 싸이보그

이원에게 있어 싸이보그는 어떤 존재인가? 크게 세 가지 차원에서 접근할 수 있다.

1) 싸이보그는 한 몸이면서 동시에 두 세상을 사는 현대인, 다시 말해 현실과 가상의 세계를 끝없이 넘나드는 '디지털 비트족'의 총칭이다. 컴

퓨터, 인터넷, 디지털 위성방송, 휴대전화, 텔레뱅킹, 이메일, 바코드, CD, MP3, 컴퓨터 게임 등등, 디지털 테크놀러지는 현대인의 일상 전체를 헤집어놓고 있으며, 우리 삶의 디지털화는 역전될 수 없는 거대한 문명의 추세이다. 여기서 문제는, 우리가 디지털에 의존하면 할수록 인간과 기계 사이의 경계는 희미해지고, 우리의 신체적 지각과 행동은 컴퓨터와 미디어 구성물에 통합됨으로써 우리의 주체성 경험은 심각한 변화를 맞이하게 된다는 점이다. 최첨단 디지털 테크놀러지가 내뿜는 스펙터클한 광휘에 노출된 이상, 우리는 이미 싸이보그로 변신중이라는 말이다. 윌리엄 미첼(William Mitchell)의 표현대로, 오늘날 현대인은 눈/텔레비전, 귀/원격통신, 근육/발동기, 손/원격조정기, 그리고 두뇌/인공지능을 지닌 '싸이보그 시민'(Cyborg citizens)[5]이다. 즉 "사이보그는 수많은 멀티미디어의 그물망에 얽혀 있는 현대인들의 자기규정의 양식"[6]인 것이다. 예컨대 "아이의/머리가 있던 곳에 사각의 모니터가 얹힌다"(「아이는 공을 두고 갔다」), "양쪽 눈에 모니터가 와 박힌다 모니터가 내 눈을 대체한다"(「실크로드」)는 시구처럼 인간의 육체는 기계의 인공지능 회로로 대체되어 신경조직이 디지털 코드로 재편성된다. 또는 "s와 나는 다시 하강 에스컬레이터 앞으로 간다 반씩 나누어 283→213 방향으로 s가 걷는다 나는 283→313 방향으로 걷기로 한다"(「미로에서 달마를 만나다」)는 시구가 보여주듯, '바코드화'된 현대인은 대상을 숫자나 기호로 환원하여 재인식한다. 어디 이뿐인가. 세상에서 벌어지는 참혹하고 비극적인 사건을 뉴스로 접하고도 "죽음은 기계처럼 정확하다"고 인식하는 싸이보그. "h의 DNA에 내 유전자의 일부를 잘라붙인/복제아기 신청서"를 냄으로써 생명을 조작하려는 싸이보그. "증발되기 쉬운 물질인 나를/일몰 무렵의 안락사로 예약"(「전자사막에서 살아남기 위해」)함으로

---

5) 홍성태 엮음 『사이보그, 사이버컬처』, 문화과학사 1997, 241~64면 참조.
6) 이진우 「멀티미디어 정보시대의 정신과 육체」, 『영상문화』 2000년 창간호, 42면.

써 죽음의 시간을 스스로 '기획'하는 싸이보그. 그리고 감각(눈물샘)마
저도 씨뮬레이션의 기호 속으로 둔주(遁走)해버린 시대에 살고 있는 싸
이보그.

눈물이 나오질 않는다

전자상가에 가서
업그레이드해야겠다
감정 칩을

—「사이보그 3—정비용 데이터 B」 부분

2) 싸이보그는 생로병사의 고통에 시달릴 수밖에 없는 육체라는 고
깃덩어리에서 완전히 해방됨으로써 도달할 수 있는 '순수한 디지털 자
의식'의 다른 이름이다. 역설적이지만 싸이보그는 신체적·생리적 한계
를 초월하기 위해 인간의 육체를 기계화함으로써 얻어지는 디지털 자아
의 총아다. '안티-휴먼'(anti-human)을 극단까지 밀어붙임으로써 탄생
된 '포스트-휴먼'(post-human)! 이런 맥락에서 싸이보그는 디지털시
대, 즉 탈(脫)인간 시대를 헤쳐나갈 새로운 시적 자아의 모델이 될 수
있다. 그렇다면 실재 신체의 껍데기에서 빠져나와 순수한 디지털 자의
식이 된 이원은 무엇을 볼 수 있었던 걸까? "클릭 한 번에 세계가 무너
지고/한 세계가 일어"(「나는 클릭한다 고로 나는 존재한다」)서는 가상공간의
진풍경도 보았을 테고, "막힌 세계 너머에는 광활한/신대륙이 펼쳐지고
있겠지만/창은 금방 벽이 되어 내 앞"(「나는 검색 사이트 안에 있지 않고 모니
터 앞에 있다」)을 가로막는 시작도 끝도 없이 얽히고설킨 디지털 미궁도
헤매보았을 터이다. 또한 그 속에서 시인은 나의 정체성을 물어보는 실
험도 감행할 수 있었을 것이다. 그러나 결과는 참담하다. "나……나누

고/……나오는…나홀로 소송……또나(주)……/나누고 싶은 이야
기……지구와 나……"(「나는 클릭한다 고로 나는 존재한다」)라는 리스트가
보여주듯, '실재-나'(real-Ich)와의 잡종교배를 통해 복제·양산된 수많
은 '의사-나'(pseudo-Ich)와 독대하는 실로 아찔한 경험을 한 것이다.
'다중정체성'과 '순간성'을 특징으로 하는 싸이버스페이스에는 '나'의
존재근거를 확정짓는 범주가 부재하다는 사실을 뼈저리게 확인한 셈이
다. 결국 시인은 나는 어디에도 없지만 동시에 어디에도 있을 수 있다는
'존재의 가변성' 앞에 심드렁해졌을 것이다. 우리는 마우스를 꿀럭거리
면서 모든 것을 가지게 되었지만 동시에 어떤 것도 가지지 못한다는 사
실을 깨달은 것이리라.[7] 이처럼 시인은 디지털 자의식이 되어 가상세계
를 떠돌아다녔지만, 결국 그가 만난 것은 "나는 정보가 아니어서/의자
를 엉덩이에 놓고/허리를 의자의 등받이에 바싹 붙"(「나는 검색 사이트 안
에 있지 않고 모니터 앞에 있다」)이고 앉아 땀을 흘리는 디지털 바깥의 자아
였던 셈이다. 그의 디지털 여행기에는 더듬거리는 듯하면서도 실제로는
디지털 유령의 실체를 적시(摘示)한 이런 인상적인 부분도 있다. 우리
는 디지털을 이용하는가, 그것에 "길들여져"가는가? 디지털은 낙원의
열쇠인가, 판도라의 상자인가?

　(…) 아, 나는 그것이 어떤 것인지를 알고 있어요……그것
은………정확해요. 끊임없이 움직이지요……지치지 않아요. 네 그것
은 즉각적이지요……나는 분명 그것을 알아요. 전문적인 용어는 생
각나지 않지만……그것은 회의하지 않아요. 그것은……달의 표면이
나 깊은 바닷속도 갈 수 있어요. 또……그것은 기억도 하고 판단도
해요. 그래요 그것은……우리 인간과 밀접한 관련이 있어요……우

---

7) 류신 「거미, 상징의 파천황(破天荒)」, 『현대문학』 2001년 1월호, 297~301면 참조.

리는 그것의……일부예요. 우리는 그것과 결합할 수도 있어요. 우리
는 그것에 연결되어 있어요………아 그것은 날마다 빠른 속도로 생
겨나요. 우리는……그것에 갇혀가고 있어요……그것이 가리키는 방
향에………우리는 잘 길들여져 있어요.

—「사이보그 2— 정비용 데이터 A」 부분

3) 싸이보그는 '조직'된 사회에서 기계처럼 '조작'되는 현대인의 다른
표현이다. 로봇보다 더 로봇처럼 살아가는 인간-로봇, 누군가 쎄팅해
놓은 프로그램에 의해 꼭두각시처럼 움직이는 자동화된 현대인의 알레
고리, 그 정점에 싸이보그가 놓여 있다. 일찍이 독일의 극작가 뷔히너
(G. Büchner)는 「레옹세와 레나」(Leonce und Lena, 1836)라는 드라마
에서 "한쪽은 신사이고 한쪽은 숙녀라는 말씀이옵니다. 하지만 조작품,
즉 기계장치에 지나지 않습니다. 판지(板紙) 및 시계태엽으로 만든 것
에 지나지 않습니다. 이 둘은 모두가 오른쪽 발 새끼발가락 발톱 밑에
섬세한 용수철을 달고 있사옵니다. 그걸 약간만 누르면 기계장치는 오
십년은 넉넉히 돌아간답니다"라며 결혼하는 남녀의 모습을 '조작품'에
비유한 바 있다. 이 장면은 로봇이 인간의 완전한 모방이 아니라 인간이
완전한 로봇이 되어버린 시대에 대한 잔혹한 풍자에 다름아니다. 이원
시에 등장하는 싸이보그 역시 기계에 예속된 현대인을 재현하는 적절한
시적 기제이다. 예컨대 '외출 프로그램'이란 부재가 딸린 「사이보그 1」
에는 빼다/꽂다, 잠그다(닫다)/열다, 내리다/올리다와 같은 행위의 단
순반복적 운동을 나타내는 동사들로만 빼곡하다. 사람의 부드럽고 연속
적인 움직임이라기보다는 자동 로봇의 각지고 단속적인 동선(動線)을
연상케 하는 대목이다. 동시에 'on/off', 즉 개폐와 점멸(點滅)을 뜻하는
동사들은 0과 1로 된 2진법을 이용하여 고속으로 논리적 계산을 수행하
는 디지털 알고리즘을 문자로 풀어낸 것처럼 읽힌다.

　　(…) 가스렌지의 중간 밸브를 확인하고, 앞쪽 베란다 창을 닫고, 베
란다 창의 고리를 잠그고, 뒤쪽 베란다 창을 닫고, 베란다 창의 고리
를 잠그고, 거실의 창을 닫고, 창의 양쪽 고리를 잠그고, 이중창을 닫
고, 이중창의 양쪽 고리를 잠그고, 이중창 위로 블라인드를 내리고,
방들의 창을 닫고, 창들의 양쪽 고리를 잠그고, 이중창들을 닫고, 이
중창들의 양쪽 고리를 잠그고, 이중창들 위로 블라인드를 내리고, 가
방을 들고 집을 나서고, 기계들에 기숙하는 나는 집을 나서자마자 주
유소로 뛰어갑니다.

—「사이보그 1—외출 프로그램」 부분

　　외출하기 전 집 안 곳곳을 단속하는 행위를 극사실적으로 묘사함으
로써 현대인은 자유의지에 의해서 스스로 행동하는 존재라기보다는 외
출 프로그램이 지시하는 명령체계에 따라 순차적으로 움직이는 기계화
된 존재라는 측면을 부각시키고 있는 시다. 특히 "기계들에 기숙하는 나"
라는 부분은, 이제 더이상 인간이 기계를 다루는 주체가 아니라 반대로
기계가 인간을 부리는 주인이라는 사실을 극명하게 보여주는 대목이라
하겠다. '기숙(寄宿)'이란 무엇인가? 독립할 능력이 부족해 남의 집에
몸을 부쳐 기거하는 일종의 기생적 삶의 양식이다. 이처럼 현대인의 운
명을 쥐락펴락하는 보이지 않는 검은 손은 '테크노폴리'(technopoly),
곧 기술이 독재하는 전체주의의 망령인 것이다. 따라서 정과리의 말대
로, 기술문명이 우리에게 준 선물은 우호의 '선물(膳物)'이 아니라 언젠
가는 희생의 댓가를 치러야만 하는 '선물(先物)'이다.[8] 정해진 시간표의
지시에 따라 한정된 공간을 쳇바퀴 돌듯 움직이는 한 직장여성의 일상

---

8) 정과리 「컴퓨토피아는 장밋빛인가」, 『문명의 배꼽』, 문학과지성사 1998, 119면 참조.

관찰기인 「사이보그 5—매뉴얼(회사원 97-01-pd038, 우, 26세)」에 박혀 있는 "내가 뭐 기계야 그래 나 기계야 하며 바쁘게 서류를 만든다"는 구절은 기술지상주의의 댓가를 혹독히 치르는 인간의 고역을 선명하게 보여준다. 기계문명에 호출당해 무미건조한 삶을 '충직히' 연기해낸 인간의 하루일과는 이렇듯 허무하게, 그러나 아주 정확하게 끝난다.

그는오늘도 뇌에입력된운영프로그램을 무사히끝마쳤다.
—「사이보그 4—씻기 프로그램」 부분

File 8. 디지털 '이편'

이원 시에 등장하는 싸이보그의 상징성들을 한곳으로 모아보면, 우리는 전자 네트워크 세상을 바라보는 그의 독특한 관점을 유추해낼 수 있다. 당겨 말하면 그는 디지털 예찬론자도 디지털 비관론자도 아니다. 오히려 그는 디지털 '중독자'이면서 디지털 '반성자'이다. 디지털 쾌감과 반감을 한 몸에 지닌 시인이란 말이다. 즉 디지털 공간은 못 만들 게 없는 꿈의 생산공장이라는 디지털 '복음론'과 디지털 신호는 광적인 스피드로 전세계를 휘돌아 질주하지만 정작 우리는 그 폭풍의 눈 속에 공백의 기표로 침몰되어갈 것이라는 디지털 '묵시론'을 천칭에 달아 변증법적 무게중심을 모색하는 시인이 이원이다. 치명적 전략은 극단에서 오는 것이 아니라 경계로부터 비롯되는 법. 대부분의 시인들이 디지털 '옆'으로 곁불이나 쬐러 오거나, 아니면 디지털 '밖'에서 디지털 '안'을 백안시하고 디지털 '안'에서 디지털 '밖'을 외면하고 있는 데 반해, 이원은 디지털 '안'과 '밖'을 모두 아우를 수 있는 경계에 서 있다는 점에서 색다른 시적 지향성을 보여준다. 이렇듯 그는 가상과 현실의 지도리에서 두 겹의 세계를 살고 있는 시인 '디제라티'(digerati)이다. 그가 디지털 테크놀러지의 발전과 더불어 새롭게 발생하는 문화적 현상들을 남보다 빨리 받아들이고 그 생리를 파악함으로써, 디지털시대에 인간의 정체성 문제는 어떻게 변형되고 있으며 인간다운 삶의 가치는 어떻게 사유될 수 있는가를 성찰할 수 있는 까닭은 바로 여기에 있다. 테크놀러지의 축복과 재앙을 동시에 내다보는 포스트-휴먼! 따라서 그는 '비트도시'(City of bits)[9]의 아케이드를 활보하며 자신을 스쳐가는 이미지들을 초연한 위치에서 향유하는 '산책자'(flâneur)이자 디지털 문명의 어두운 이면을 냉소적인 시선으로 비판하는 '전사(電士)'이다. 앞으로 시인이 무엇이든 줄 수 있다고 우리를 호리며 감실대는 디지털 유령의 오만과 위선을 폭로하고 그것과 맞서 싸우는 당당한 '전사(戰士)'로 진화되길 기대한다. 그러기 위해서 시인은 디지털 '저편'에 현실이 내동댕이쳐진 것이 아니라, 현실은 디지털 '이편'에 원래부터 존재해 있는 것이라는 엄연한 사실을 절대 잊지 말아야 할 것이다.

　　(…) 치통은 가상현실이 아니다. 배고픈 자도 시뮬레이션의 떡에 의해서 배를 채울 수는 없다. 인간이 죽는다는 사실은 결코 미디어에서 발생하는 사건이 아니다. 어쨌든, 디지털세계의 '이편'에는 우리의 둘도 없는 현실이 엄연히 존재한다.[10]

---

9) 이 글의 제목은 윌리엄 미첼의 『비트의 도시』(김영사 1999)에서 빌려왔다.
10) H. M. 엔쩬스베르거, 류신 옮김 「디지털 복음」, 『열린지성』 제7호(2000년 봄/여름호), 36면.

Log-out

　이원의 시 가운데 「2050년 시인 목록」이라는 흥미로운 시가 있다. 이 시에서 번호를 달고 등장하는, "사이보그 001"에서부터 "사이보그 010"까지 10명의 인조인간들은 우리 시대 시인들의 다양한 군상에 대한 냉소적인 우의로 읽힌다. 무엇보다 이 시가 흥미로운 것은 시의 끝자락에 "(이하 추후 발표)"라는 꼬리표가 달려 있다는 점이다. 긴 여운을 남기면서 묘한 시적 긴장을 유발시키는 일종의 '열린 마침표'라 하겠다. 이제 나는 이 마침표를 지우고 '싸이보그 021'이라는 목록 하나를 추가 발표하고자 한다. 분명 이런 시도는 시인의 절대적 권리인 시작(詩作)에 대한 일종의 월권행위에 해당될 터이지만, 금줄 너머를 함부로 그리워한 자의 어설픈 항소쯤으로 너그럽게 이해해주면 좋겠다. 그리고 내가 이원 시인에게 '싸이보그 021'이란 표찰을 달아준 이유는, 눈밝은 독자는 눈치챘겠지만, 이름 '이원'을 숫자로 치환하면 '둘one'이 될 수 있기 때문이다.

　싸이보그 021: 중성 같은 여성 싸이보그. 잿빛 테크놀러지의 회로에서 '푸른꽃'을 피어올리는 미다스의 손을 가졌다고 함. 축축하고 말랑말랑한 것은 살짝만 닿아도 온몸에 소름이 돋지만, 건조하고 딱딱한 것에서는 생의 충동을 느끼는 이상체질. 취미는 비트도시 산책과 전자 일광욕. 디지털 요괴와 싸우기 위해 지구방위군 소속 싸이보그 특공대로 입대 예정.

〔『시와반시』 2000년 여름호〕

경계에 선 시인, 경계 위에 핀 꽃

송찬호 시집 『붉은 눈, 동백』

송찬호 시인의 세번째 시집 『붉은 눈, 동백』은 봄에 포위되어 있다. 시집의 도처에서 "파릇파릇 새싹이"(「희생」) 푸른 잎맥을 밀어올리고, 반가운 친구가 찾아온 봄밤, "가지마다 이렇게 애틋한 감잎이 돋아"(「봄밤」)나며, "복사꽃 흐르는 물에 술잔만을 띄우고 돌아"(「봄날」)오는 고즈넉한 풍경이 출몰하고, "봄날 강가에서 배를 기다리다 머리 흰/강물을 빗질하는 늙은 버드나무"(「머리 흰 물 강가에서」)의 노곤함이 봄빛 속에 아른거린다.

여기서 단연 우리의 넋을 빼놓는 봄의 본령은 시집의 길목마다 난숙한 꽃잎을 벌리고 각혈하듯 붉은빛을 내뿜는 동백꽃. 수줍은 듯 꽃망울을 머금고 있을 뿐 봉오리를 터뜨리지 않고 있는 "선홍빛 뺨의 애기 동백"(「향일암 애기 동백」)도 간간이 눈에 띄지만, 시집 전편에 걸쳐 폭넓게 그려지고 있는 동백꽃은 그야말로 만발하여 홉뜬 '붉은 눈'으로 우리를 노려보고 있다. 그 눈빛이 얼마나 매서운지, "눈초리는 눈비를 몰고 다니는 시커먼 구름처럼 꿈틀거"(「이른 아침 창가 나뭇가지에 동백이 앉아 있었네」)린다. 시인이 원래 시집의 푯대로 세우고자 했던 '봄의 극락'이 겨울

의 끝을 선포하는 동백꽃의 쟁쟁한 기운을 통해 흐드러지게 펼쳐져 있
는 것이다. 윤대녕의 「상춘곡」에 나오듯, "동백(冬柏)은 기실 춘백(春
柏)"이다.

이 동백꽃의 농밀한 상징성은, 대범하게 말해서 지상의 곤고하고 부
박한 삶 속에서 치열하고 부단히, 그리고 홀로 꼿꼿하게 빚어내는 견결
한 영혼의 눈부신 무늬이다. 시인을 옭아매는 현실계의 질곡으로부터
벗어나 아름다운 이상향, 즉 이 시집에서 자주 등장하는 '산경(山經)'에
가닿고자 하는 초월의 열망이 "사자처럼 용맹한"(「동백열차」) 붉은 전사,
동백꽃에 온전히 투시되어 있는 것이다. "꽃 보러 가는 길/山經으로 가
는 길"(「동백」)이다. 그래서 "동백은 결코 땅에/항복하지 않는 꽃이다/거
친 땅을 밟고 다니느라/동백의 발바닥은 아주 붉지/그런 부리부리한 동
백이/앞발을 번쩍 들고/이만큼 높이에서 피어 있단다"(「山經 가는 길」)라
는 시구가 단적으로 보여주듯이, 동백꽃은 수동적인 식물성의 한계를
뛰어넘어 맹수처럼 포효하며 지사적 풍모와 예지(叡智)적 자태를 드러
내기도 하고, 운문적 서정성을 짓밟고 있던 근대성의 산문화된 각질을
뚫고 "한 방의 총성으로/지옥을/천국으로 바꾸기 위해/날아"(「총알」)가
는 불온한 총알의 이미지로 변주되기도 한다. 한마디로 시간의 질서를
거스르는 동백의 개화는 관습화된 현실의 더께를 뚫고 피어오르는 가열
한 시정신의 찬연한 현시에 다름아니다.

그런데 동백꽃이 이 정점에서 그대로 멈춰선다면, 그의 시는 희망없
이 지속되는 현실과의 치열한 대면을 외면한 초월적 비상으로 가파르게
경사지거나, 유토피아에 대한 맹목적인 동경으로 함몰될 소지가 있다.
말 그대로 유토피아(utopia)란 '어디에도 존재하지 않는 왕국'이 아닌
가. 송찬호의 동백꽃이 이곳에 바치는 탐미적 헌화에 머문다면, 동백꽃
의 생생한 이미지에도 불구하고 그의 시는 현실과 유리된 형이상학적
관념의 허공 속으로 소진되고 말 것이다. 하지만 송찬호의 시는 피안의

세계만을 추수하지 않는다. 그의 동백은 현실의 땅에 깊이 뿌리박고서 '어딘가 존재하는 다른 세계', 즉 헤테로피아(heteropia)의 접점에서 나 볏이 꽃잎을 벌리고 있다. 그래서 그는 만개한 동백꽃 속에서 "정말 그 곳에는 꺼지지 않는/화염의 산이 사방을 밝히고/불사의 샘물이 흐르고 있"(「동백의 등을 타고 오신 그대」)는 "동백국"을 보다가도, "아니라네 아니 라네 나는 꽃 한 송이에 미혹되어 또 동백의 헛것을 이야기하고/있음이 분명하네"라 자각하며 얼른 찬물로 세수를 한다. 그리고는 이렇게 고쳐 적는다. "동백의 혀는 붉으나 공명과 불후를 노래한 적 없"(「이른 아침 창 가 나뭇가지에 동백이 앉아 있었네」)다고. 동백꽃에 주입했던 뜨거운 정념을 추스르는 대목이라 하겠다.

따라서 이제 시인은 동백꽃에서 혁명적 '분출'의 정점을 읽어내는 동 시에 그것의 이면에 감춰진 '낙화'의 계기에 주목한다. 여기서 낙화라 함은 진리와 통정하는 긴장의 줄을 늦추거나 아주 놓아버리는 포기와 단념을 뜻하지 않는다. 오히려 과도한 초월의 의지로 인해 빨갛게 멍든, 다시 말해 "동물원의 쇠창살을 찢고/집을 찢고/아버지를 찢고/나뭇가 지를 찢고 나와/이렇게/불끈"(「山經 가는 길」) 달아오른 욕망이 냉엄한 자 기반성과 비판적 성찰 쪽으로 굴절되는 생산적인 '체념'(Entsagung)을 의미한다. 안으로 열정을 삭이고 삭여 깨닫는 한계에 대한 명철한 인식, "쓰린 삶을 다스려낸다는 거"(「봄밤」)다. 그래서 시인은 '만발한 동백'과 '목 부러진 동백'을 상호모순적인 동시에 상호포괄적인 타자로 파악하 기 시작한다. 물론 이러한 변증법적 긴장은 "아직도 시로 빵을 구울 수 있"는 "동백국"과 "동남풍/바람의 밧줄에 모가지를 걸고는/목숨들이 송 두리째/뚝, 뚝 떨어져내"리는 "동백 교도소"(「나, 동백꽃 보러 간다」)가 서 로 팽팽하게 길항할 때만 유지될 수 있다.

이상 혹은 현실, 어느 한편에만 두 발을 딛고 있는 자는 어쨌든 안정 적이다. 현실과 이상, 각각에 한 발씩 걸치고 있는 자는 변통이 좋다. 그러나 둘이 힘겹게 만나는 경계에 선 실존은 늘 고통스럽다. 이상 속의 현실, 현실 속의 이상의 '동시성'을 생체험해야 하기 때문이다. 따라서 그곳에는 항상 긴장과 떨림이 있게 마련이고, 그 존재론적 극한과 독대해야만 하는 것이 시인의 천형이다. 그래서 시인은 "무릇 생명이 태어나는 경계에는/어느 곳이나/(…) 저렇게 떨림이 있지 않겠어요?"(「관음이라 불리는 향일암 동백에 대한 회상」)라고 말하다.

　이런 경계에 대한 시인의 소명의식은 언어와 사물의 관계에 대한 모종의 암시를 흘리는 「동백이 활짝」에서도 일관된다.

　　마침내 사자가 솟구쳐올라
　　꽃을 활짝 피웠다.
　　허공으로의 네 발
　　허공에서의 붉은 갈기

　　나는 어서 문장을 완성해야만 한다
　　바람이 저 동백꽃을 베어물고
　　땅으로 뛰어내리기 전에

　강건한 사자의 역동적인 동세(動勢)에 비유되는 동백꽃의 열림, 바람이 베고 간 후 목 부러진 동백꽃의 투신, 그리고 개화와 낙화의 첨예한 어름에서 "나는 어서 문장을 완성해야만 한다"고 부르짖는 시인. 이 시가 에둘러 말하듯, 송찬호에게 시쓰기란 이미 현존하고 있는 것을 이름 지어 파악하는 것도, 또한 눈앞에 스쳐지나간 대상들을 기억해 표현하는 것도 아니다. 이와는 반대로 시란 언어가 처음으로 존재하고 있는 것을 현존하도록 해야 한다. 즉 시인은 허공에서 활짝 핀 동백꽃이 한순간 목이 부러져 떨어져내리기 직전까지, 그 보이지 않는 존재의 촘촘한 밀도와 궤적을 포착해 언어로서 생생하게 증명해내야만 하는 것이다. 프랑스의 시 전문지 『포에지』(Po & Sie)의 편집장 끌로드 무샤르(Claude Mouchard)가 "그의 시어는 실제 사물을 가리키더라도 언어 그 자체로 존재하는 새로운 상상의 세계를 만들어낸다"고 평가한 까닭이 바로 여기에 있다. 이 상찬이 계속 유효하려면, 송찬호는 열림과 접힘, "人面과 獸心"(「목 부러진 동백」), 이상과 현실, 관념과 실재, 그리고 언어와 사물이 서로 강하게 충돌하며 긋는 선, 그 서늘한 경계로 끝없이 자신을 불러세워야만 할 것이다. 그럴 때, 그 경계에서 "山經" "동백국" "아름다운 문자의 나라"를 온몸으로 체현하는 야멸찬 동백꽃이 피어나리라. '경계(境界)' 위에 솟아오르는 '경(經)'의 세계!

독일 시인 슈테판 게오르게(Stefan George)는 「언어」(Das Wort)라는 시에서 "먼 곳에 경이와 꿈을/나는 나의 왕국의 경계에까지 가져왔다//(…) 그 위에서 나는 그것을 밀도있고 강하게 파악할 수 있었다/지금 그것은 경계선 전체에서 꽃피어 빛나고 있다"며, 경계의 속내를 간파한 바 있다. 이것을 함민복 시인은 "모든 경계에는 꽃이 핀다"(「꽃」)고 짧게 끊어 말한다. 그리고는 "눈물이 메말라/달빛과 그림자의 경계로 서지 못하는 날/꽃철책이 시들고/나와 세계의 모든 경계가 무너지리라" 일갈한다. 송찬호는 이 시퍼렇게 날선 경계에 선 시인이다. 그런만큼 그는 균형의식을 견지해야만 한다. 긴장을 놓치는 순간, 한쪽으로 꼬꾸라질 수도 있기 때문이다. 계속해서 송찬호 시인이 "아슬아슬한 시의 경계"(「나비經은 언제 오는가」) 위에서 평형봉을 좌우로 흔들며, 고난도의 아름다운 언어 곡예를 보여주기 바란다. 이 경계 위에 핀 동백꽃이 앞으로 어떠한 열매를 맺게 될지, 또 그것으로 짠 동백기름이 어떤 문자향(文字香)을 머금고 타오를 수 있을지, 자못 그의 '외줄타기' 묘공(妙工)이 기대된다.

〔『문학동네』 2000년 여름호〕

나뭇잎 시인, 나무 인간

윤희상 시집 『고인돌과 함께 놀았다』

미셸 뚜르니에(Michel Tournier)의 산문집 『짧은 글, 긴 침묵』 가운데 눈길을 붙잡는 대목이 있다. "나무는 형이상학자, 행동인, 그리고 시인이라는 세 종류의 커다란 인간 가족의 이미지들을 그 속에 함께 담고 있다." 여기서 '형이상학자'란 나무의 뿌리 부분을 투시하는 자의 총칭. "눈에 보이지 않는 방식으로 나무에 자양분과 안정성을 동시에 제공하는" 나무의 발 쪽을 눈여겨보는 자의 진지함에서 존재의 근거를 밝혀내는 고독한 철인의 모습이 어른거린다. '행동인'이란 곧게 뻗은 나무의 줄기를 응시하는 자의 호칭. 나무의 척추인 줄기에서 연상되는 "충동, 솟아오름, 하늘을 향한 화살표"와 같은 수직적인 이미지는 생의 의지를 곧추세우는 행동인의 모습과 포개진다. 끝으로 '시인'이란 가지들에 달린 수많은 잎새들에서 자신의 모습을 발견하는 자의 애칭. 아무런 의미가 없는 듯 매달린 나뭇잎을 보고, "그것은 나무의 허파요 마치 날아가는 듯 퍼덕거리는 수천 수만 개의 날개요 바람결이 나무 속으로 지날 때면 다 함께 수런거리는 수천 수만 개의 혀"라고 노래할 수 있는 자, 시인이 아니면 누구이겠는가.

최근 처녀시집 『고인돌과 함께 놀았다』를 상자한 윤희상은 이런 나뭇잎을 빼닮은 시인이다. "고향 마을에 있는/매천서원 앞뜰에 단풍나무 한 그루/단풍잎 모양으로 우습게 매달려/나는 그 위에서 놀았다"(「누가 단풍잎을 떨구어놓았을까」)라는 시구가 단적으로 보여주듯, 그는 나무 위에서 놀다가 스스로 나뭇잎이 된 시인이다. 때론 서늘한 그늘을 만들어 고단한 삶을 위무해주고, 때론 피폐한 영혼을 명상의 길로 안내해주는 잎새들. '무익'할지는 몰라도 결코 '무의미'하지 않은 나뭇잎의 이미지는 이번 시집에서 크게 세 가지 차원으로 변주되며 확대·심화된다.

1. 나뭇잎은 평평하다

나뭇잎은 굴곡이 없이 평탄하다. 따라서 그는 보이지 않는 심연을 헤집으려는 관념론자의 무모한 포즈를 취하지도, 자기 자신의 감정을 과장하는 낭만주의자의 격앙된 목소리를 내지르지도 않는다. 그저 '평평한' 나뭇잎처럼 '평안한' 일상의 편린들을 '평범한' 언어로 가감 없이 보여준다. 예컨대 그는 강화도에서 고인돌을 보고도 죽음, 무의식, 샤머니즘과 같은 거창하고 묵직한 테마를 떠올리지 않는다. 단지 그는 이렇게 쓴다.

> (…) 참깨밭 한켠에 놓여 있는 고인돌
> 옆에 돗자리를 깔았다. 과일을 먹었다.
> 똥을 싸고, 오줌을 쌌다. 다섯 살 된 딸은
> 고인돌 위에서 춤을 추었다. 우리는 고인돌과 함께
> 놀았다. 나뭇잎 사이에서 해가 지고 있었다.
> ―「고인돌과 함께 놀았다」 부분

먹고 싸고 놀고 즐기는 소시민적 일상의 평온한 삶, 널찍한 돌 한 장이 평상처럼 얹혀 있는 지석묘, 그리고 석양을 등진 평평한 나뭇잎. 시집 전체를 관류하는 검박한 '평(平)'의 미덕이 '은유적 동아리'(metaphorische Verklammerung)를 이루는 아름다운 장면이다.

분별과 집착으로부터 초연한 '평'의 미덕은 평상심에서 촉발되는 '명료한 인식'으로 포착할 수 있는 법. 그의 시에는 모호함과 애매함의 흔적이 없다. "은행나무 밑에 서 있으니/은행나무 잎이 떨어졌다/감나무 밑에 서 있으니/감나무 잎이 떨어졌다"(「홍릉수목원」)는, 어찌 보면 지나칠 정도로 단순한 논리적 사유가 시의 윤곽을 또렷하게 만든다. 물론 이것은 근대의 합리적 이성을 치켜세우기 위함이 아니다. 오히려 실타래처럼 뒤엉켜 진정한 소통이 불가능해진 현대문명의 복잡성에 대한 비판적 성찰이 반석으로 깔려 있는 것이다. 그는 "아저씨 건포도 식빵을 주세요/그러면 아저씨는 나에게 건포도 식빵을 주고,/아저씨 소보로 빵을 주세요/그러면 아저씨는 나에게/소보로 빵을"(「뉴욕제과 주인 아저씨는 보청기를 끼고 있다」) 주는 입력과 출력이 정확하게 맞물리는 투명하고 정직한 사회를 꿈꾼다.

2. 나뭇잎은 가볍다

그래서 "풋풋하게 둥둥 뜬다"(「사랑」). 그에게 무거움이란 이 시대의 불필요한 군살이 짓누르는 과도한 압력과 부담을 상징한다면, 가벼움이란 쓸데없이 달라붙은 모든 불순물이 제거된 순도 높은 상쾌함의 은유다. 이 시집에서 무거움과 가벼움의 상반된 이미지는 어둠과 빛의 대비를 통해 선연하게 가시화된다. 예컨대 저수지에 빠진 배구공을 "물 위로 가볍게/뜬다 개 짖는 어둠 속에서 어두워지지 않고/저수지 물 위에 핀 흰 꽃"(「수련」)으로 묘사하는 장면이나, "가을에는/어두운 밤에도 어두워지지 않고/빛나는 단풍잎을/앞뜰에 살짝 떨구어놓았다"(「누가 단풍잎을 떨구어놓았을까」)라는 시구에서 가벼움과 빛의 친연성이 단박에 드러난다.

그렇다고 해서 가벼움에 대한 그의 관심은 경박함으로 휘발되거나, 초월적 비상으로 기화되지 않는다. "지상으로부터 90센티 위에/떠 있고 싶어/떠다니고 싶어"(「나는 점점 가벼워진다」)란 시구가 암시하듯, 가벼움을 통한 우화(羽化)의 범위는 "지상으로부터 90센티 위"를 넘지 않는다. 여기서 "90센티"란 바로 절제된 욕망의 거리, 한 견인주의자(堅忍主義者)의 '앉은키'를 상징한다. "줍고, 버리고/줍고, 버리고/또다시 줍고, 버"(「돌을 줍는 마음」)리는 무한한 욕망의 버성김에서 이탈함으로써 발생하는 '겸허한 상승', 이것이 바로 가벼움의 실체인 것이다. "만들고 있는 그릇에/무엇을 담아야겠다고/생각하지도 않는다"(「그릇 만드는 여자」)는 도공의 하심(下心)과 허심(虛心)은 그가 견지하는 비움의 정신을 잘 보여준다. 가득함을 죄다 게워낸 자의 넉넉함이라고나 할까. 급기야 시인은 "나는 빵이다//빵은 나다"(「빵은 나다」)라고 단언하기에 이른다. 모든 것을 품어안아 무화(無化)시키는 '0'의 자궁, 자성진공(自性眞空)의 동경이 강하게 표출되는 대목이다. 그러나 사위에 미만해 있는 현실적 정황은 어떠한가. "어디, 마음 편히/그림을 걸어둘 벽이 없는가/(…)그림에 빼앗긴 나여"(「취미」)라는 시인의 고백처럼, 욕망의 과잉으로 얼룩진 현실의 벽 앞에서 진아(眞我)에 대한 참구(參究)의 여백을 찾는 일은 결코 녹록치 않으니, 씁쓰름함을 감출 수 없다.

3. 나뭇잎은 흔들린다

잎사귀끼리는 서로 뺨을 부비면서 도란거린다. 그래서 나뭇잎은 촉각으로 말한다. 나뭇잎 시인인 그가 인간의 오관(五官) 가운데 특별히 촉각에 애정을 쏟는 까닭도 여기에 있을 터이다. 다른 감각과 비견해, "입과 입이 맞붙는다 손과/손이 맞붙는다 발과 발이 맞붙는다"(「무거운 새의 발자국」)는 시구에서 확연하게 느껴지듯, 지각 주체와 지각 대상이 직접 접촉해야만 촉각은 기동한다. 그래서 보고 듣는 것보다 만지는 것은 근본적이다. 그에게 봄은 꽃의 향기나 자태로 오지 않고 "무릎을 만지듯"(「봄」) 짜릿하게 전해진다. 심지어는 사진을 보아도 "귀가 간지럽다"(「앨범을 볼 때마다」)고 한다.

이처럼 그에게 타자와의 진정한 교감은 "지문을 따라 물결로 번지는/느낌" "쓰다듬는 것" "서로를 만지는 것"(「만지는 것」)에서 비롯된다. 그런데 한가지 짚고 넘어가야 할 점은, 촉각은 쌍방향적 소통을 전제로 이루어져야 한다는 것이다. 일방향적 접촉은 일종의 폭력으로 전락할 혐의가 짙기 때문이다. 「나무와 새」에서 잘 나타나듯, 능동("새는 대답을 듣기 위해 나무를 흔듭니다")과 피동("새는 대답을 듣기 위해 흔들립니다")의 경계가 가뭇없어질 때, 비로소 촉각은 이질적인 타자 사이를 완전한 사랑으로 통합할 수 있다. 타자와의 '동행'을 향한 첫 징검돌은 "내가 비 속으로 들어가 비에 젖고,/비가 내 속으로 들어와 나에게 젖"어 "결국은 서로에게 서로를 맡긴 채 걸"(「어떤 동행」)을 때 놓아지는 것이다.

살펴본 대로, 윤희상의 시는 분명해서 솔직하고, 비어 있어 투명하고, 만질 수 있어 친밀하다. 난해성을 목표로 '안개지수'를 높이는 젊은 시인들의 틈에서, 윤희상 시의 으뜸가는 요결(要訣)인 질박하고 명징한 이미지, 장식이 없는 단정한 옷차림과 같은 시어, 그리고 심리적 분석이 배제된 간결주의(Lakonismus)의 시학은 단연 돋보인다. 덧붙여서 그의 시의 또다른 장기는, 시를 읽고 "되돌아오는 길은 가는 길과/전혀 다른 오는 길"(「길」)이란 점이다. 왜냐하면 이 평범하고 평화롭고 평온한 일상의 길목 길목마다 개인적 삶의 내상(內傷)과 부침 많은 역사의 생채기가 숨어 있기 때문이다. "육교 위에서/군고구마를 팔고 있"(「겨울」)는 남자의 신산한 삶, "못"으로 상징되는 남성의 폭력과 상품화된 성의 논리에 희생당한 여인과 소녀의 질곡(「못 이야기」 「청진동」), "대학생 형들은 떠나고/나는 이불 뒤집어쓰고/울었다"(「198052703時15分」)는 장면으로 압축된 광주 민주화항쟁의 충격과 공포, 그리고 분단의 상처(「민들레」) 등이 나뭇잎 뒤에서 언뜻언뜻 내비치는 비극적 풍경들의 면면이다. 이처럼 그의 시는 삶의 비애와 역사의 상처를 양각하지 않고 낯익은 일상의 풍경 속에 음각함으로써 독특한 긴장성을 확보한다.

하지만 그런만큼 그의 시는 자칫 발을 헛디디면, 본말전도의 함정에 빠져 무표정한 일상과의 얕은 타협으로 주저앉을 위험성도 적지 않다. '나뭇잎'은 홀로 존재할 수 없는 법. 무엇보다도 줄기 없는 가지와 잎새도, 뿌리 없는 줄기도 상상할 수 없기 때문이다. 앞으로 그가 "잎이 큰 오동나무 아래서"(「비 오는 날」) 비를 피하고 있는 '나뭇잎 시인'의 범주에 안주하지 않고, 뿌리는 대지에 천착해 존재의 심연을 꿰뚫고, 줄기는 곧게 뻗어 현실을 관통하면서, 잎새들로 언제나 싱싱한 에스프리를 내뿜는 '나무인간'이 되어주길 기대한다. 반인반수(半人半樹)의 맹아를 다음의 시구(「나무 생각」 부분)에서 엿볼 수 있다.

> (…) 나무가 나의 몸의 모든
> 살과 물을 가져가고, 나무의 뿌리가 뼈 속까지
> 스몄더라 결국, 나는 나무였더라.

[『문학동네』 2000년 가을호]

세 겹의 길: 길, / 길. / 길
고창환 시집 『발자국들이 남긴 길』

1. 길의 고고학

길은 그 스스로 공간을 차지하고 있으면서, 동시에 서로 다른 두 공간을 연결하는 매개로서 존재한다. 그래서 길은 움직이지 않으면서 움직이고, 옮겨다니면서도 정지해 있는 특유한 존재성을 획득한다. 이처럼 길은 정주와 유목을 동시에 욕망한다. 연속성의 희구이면서 불연속성의 확인인 것이다. 예컨대 길 자체를 목적으로 여행을 떠나는 사람은 흔치 않다. 그런 점에서 길은 목적지에 도달하기 위한 수단이다. 말하자면 정착을 위한 노정이 길의 궤적인 셈이다. 하지만 우리는 대부분 길 위에서 더 많은 시간을 보낸다. 인간과 인간 사이, 방과 방 사이, 집과 집 사이, 강과 강 사이, 산과 산 사이를 잇는 여러 갈래의 길 위에서 이리저리 서성거리고 머뭇거린다. 만나기 위해 길을 가고 헤어지기 위해 길을 떠난다. 어쩌면 우리는 목적지를 향해 길을 떠난다기보다는, 당장 문을 나서면 맞닥뜨릴 길을 향해 들메끈을 동여매고 있는지도 모른다. 이렇게 볼 때 길은 삶의 수단인 동시에 목적이기도 하다. 삶의 기원이자 나를 찾는 편력의 과정이며 생을 정리하는 종점인 셈이다. 조금은 진부해 보여도, 흔히 길이 삶에 비유되는 까닭은 바로 여기에 있다.

1990년대 초 신경림은 전국의 산천 구석구석을 기행하며 큰 것과 거창한 것에 밀려 있던 작고 하찮은 것, 못나고 힘없는 것들을 보듬고 감싸안으며 시의 '참길'을 모색한 바 있으며(『길』), 비슷한 시기 송기원은 저잣거리와 뒷골목을 주유하며 음습한 곳에 버려진 비천한 목숨들의 후끈한 살냄새를 시로 승화시킨 적이 있다(『마음속 붉은 꽃잎』). 한편 황동규는 다양한 여행체험을 바탕으로 삶과 죽음의 옹근 의미에 천착한 일련의 시를 발표했고(『풍장』), 이문재는 고독한 산책자의 시선으로 현실의 속도전에 의해서 가려진 삶의 내밀한 의미를 복원하는 데 주력했다(『산책시편』). 그리고 최근 고은은 티베트 지역을 순례하고 나서 "생각건대 나를 키운 것은 진리가 아니고 길이었다"라는 고백을 토로한 바 있다(『히말라야 시편』). 길과 연루되어 떠오른 몇몇 시인들을 나열했을 뿐이지만, 다양한 각도에서 삶에 비유될 수 있는 길이라는 시적 소재는 시인의 영원한 연물(戀物)이 됨은 누구도 부인하지 못할 성싶다.

고창환의 처녀시집 『발자국들이 남긴 길』 또한 '길＝삶'이라는 도식에서 출발한다. 그러나 시적 사유의 씨앗이 특별하지 않다고 해서 그 과실의 맛마저 시금털털한 것은 아니다. 거개의 시인들이 밖으로 난 길을 따라 떠돌며 삶의 의미를 성찰하고 있다면, 그는 살갗을 파고드는 안쪽의 길에 대한 탐색을 통해 존재의 근본적인 깊이, 그 미지의 현장으로 오체투지한다. 길의 '현상학'이 아니라 길의 '고고학'에 발굴의 붓을 갖다대고 있다 하겠다. 그렇다고 해서 그가 마음 안에 존재하는 길, 흔히 말하듯 도(道)를 닦는 수도자의 선(禪)적인 포즈나 공염불을 흉내내고 있다는 말은 아니다. 오히려 그의 시는 평범하고 무표정한 일상의 순간에서 포착되는 "마음의 굴절"(「낙타의 길」), 달리 표현하면 내면의 길의 존재론적 신비와 비애가 자아내는 독특한 울림을 잡아내고 있다는 점에서 인상적이다. 흔히 '길 위의 시인'이라 일컫는 김명인이 「침묵」이란 시에서 묘파한 "누구나 제 안에서 들끓는 길의 침묵"을 '고창환의 청각'으로 채록하기 위해 귀를 쫑긋 세우고 있는 것이다. 좋은 시란 흔히 그렇듯, 조금은 단순하고 뻔해 보이는 것들을 비틀고 뒤집어 그 이면을 들여다본 후, 본 것을 안으로 묵히고 묵혀 '압축된 언어경제'로 풀어낸 기록의 산물이 아닌가. 항용 단순해 보이는 명제에서 신선한 사색의 향연이 펼쳐지게 마련이다. 우선 고창환의 시는 길에 대한 진부한 비유에서 '돛'을 올리는 것이 사실이다. 그러나 그의 시가 '닻'을 내리는 곳은 결코 케케묵은 시의 구대륙이 아니다. '세 겹의 신비로운 길'로 뒤덮인 신세계라고나 할까. 그리고 그곳에는 고창환의 시가 도처에 파놓은 황홀한 '덫'들이 숨어 있다. 이제 나는 그 낯선 길을 따라 모험을 시작하려 한다. 지친 발자국을 끌면서.

2. 길에 찍은 쉼표, 마침표, 그리고 방점

그 첫번째 길목에서, 나는 수족관 옆에 붙어 있는 다음과 같은 소품 하나를 본다.

이끼 낀 수초 사이
몇 마리 수마트라가 빠져나온다
수없이 되밟아 걸었을 길
이끼는 유리벽에도 달라붙어 있다
둥근 기포가 올라온다
수면 위엔 한 점의 구름도 없다
발자국 위에 찍힌 발자국이

부글거린다 썩어가는 내부의 길이다
자신의 똥과 살비듬들이 더럽혀놓은 생
그것을 어쩌지 못해
온몸으로 꼬리를 젓는 길

숨쉬는 일도 길을 걷는 것이다

―「길」 전문

　화려한 외관을 자랑하는 수족관의 밑바닥을 자세히 들여다보면, 그
곳에는 관상어들의 "똥과 살비듬들"과 같은 지저분한 것들이 가라앉아
있음을 볼 수 있다. 또한 유리벽에는 이끼 같은 것이 달라붙어 있게 마
련이다. 여기서 시인은 그것들을 수마트라가 "수없이 되밟아 걸었을
길"의 분비물, 다시 말해 지금까지 수마트라가 소비한 시간의 침전물로
보고 있다. 이런 맥락에서 수마트라가 숨쉬며 끝없이 올려보내는 "둥근
기포"를 "발자국 위에 찍힌 발자국이/부글거"리며 "썩어가는 내부의
길"로 바꿔 읽고 있는 장면은 고개가 끄덕여진다. 그렇다. 시인은 갑갑
한 수족관 안에서 여러 갈래의 길을 내며 유영하는 수마트라의 모습에
서, 우리 삶의 비루한 자화상을 포착해내고 있는 것이다. '수족관(水族
館)'이 아니라 '공기족관(空氣族館)' 안에 살고 있을 뿐이지, 실상 우리
인간의 삶은 수마트라의 그것과 크게 다르지 않다는 인식이 돋보인다.
일정한 사각의 테두리 안에서 먹고, 싸고 그리고 숨쉬며 걷는 수마트라
의 길, 그것은 결국 '공기족관' 안에서 온갖 욕망의 분비물로 자신의 길
을 스스로 "더럽혀놓은 생", 그럼에도 그 길을 관통하며 "온몸으로 꼬리
를 젓"듯 살아갈 수밖에 없는 우리네 모듬살이의 핍진한 모습이 아니던
가. "가련한 空氣族들이여!"(황지우 「살찐 소파에 대한 日記」) 그래서 시인은
시의 끝자락에 "숨쉬는 일도 길을 걷는 것이다"라는 경구를 한달음에

토해낸다. 어쩌면 시인의 말대로 삶이란 '살아가는' 것이 아니라 '밟고 가는' 것일지 모른다. 비록 그 내부는 곪고 부패하고 썩어가지만, 그 길이 바로 우리 삶의 '생명길'일 수밖에 없다는 처연한 각성이 돋보이는 대목이다. 죽음과 함께 가는 삶, 삶과 함께 가는 죽음. 죽음의 '연기(延期)'에 의해 펼쳐지는 삶의 '연기(演技)', 그런 생과 사의 질기고 성긴 '연기(緣起)'! 이 장면에서 이진명의 「밥」이란 시의 한 구절이 떠오르는 소이연은 무엇일까? "얼마나 밥을 먹어야/앞으로 얼마나 밥을 먹어야/죽을까."

이런 맥락에서, 이 시의 제목 '길' 옆에 붙은 쉼표는 이중적인 해석이 가능하다. 일반적으로 길은 무질서한 세계를 질서화하는 문명의 발자국이다. 그러나 시인은 8분음표처럼 숨가쁘게 이어지는 큰길에서 벗어나 묵상의 소롯길로 들어가기 위해 쉼표(휴지休止의 순간)를 찍었으리라는 독해가 그 하나라면, "숨쉬는 일도 길을 걷는 것이다"(, =길)라는 도저한 문제의식을 상징적으로 가시화하기 위해 의식적으로 쉼표를 첨가했으리라는 추측이 다른 하나일 터이다. 따라서 쉼표는 합리성으로는 포착되지 않는 길의 존재론적 비애에 대한 사색의 입구이자, 그 성찰이 안으로 곰삭아 흘러나오는 출구의 상징이다.

이리하여 고창환은 길에 대한 자신의 시적 탐색에 종지부를 찍을 수 있는 준비를 하게 된 셈이다. 길에 대한 성찰의 끝에 마침표 하나를 꼭 눌러쓸 수 있게 된 것이다. 이제 나는 수족관이 있던 길을 빠져나와 "진눈깨비 날리는 육교 아래" 누워 있는 한 남자의 주검을 목도한다. 길 옆에 '마침표' 하나가 돋을새김된 「길.」이란 시의 부분을 들여다보자.

그의 길은 깨진 보도블록 사이에 있다
부스러진 빵조각을 움켜쥐는 더러운 손에
너덜거리는 외투 속에 있다 사람들이 비껴가는

그 지저분한 틈새에 박혀 있다
마른 바람이 툭툭 치고 지나가는
엉킨 머리카락 단단한 얼음 알갱이에 숨어 있다

（…）

마침내 더 이상 끌고 다니지 못할 만큼
삶이 무거워질 때
진눈깨비 날리는 육교 아래나
오후의 공원 귀퉁이 얼어버린 그늘에 누워 있는 길
제 무게를 힘겹게 지탱하던
지상의 없는 길, 뚝뚝 부러지는 소리 들린다

길의 끝은 죽음이라는 단순명료한 인식이 이 시의 씨눈이다. "한때는 그의 길도 뜨거운 삶을 관통했"을 시절이 있었을 터이지만, 종국에는 지하도의 후미진 구석에서 "악취를 풍기는 삶"으로 일생을 마감하게 되는, 사늘하게 죽은 한 부랑자의 구겨진 삶의 끝. 시인은 여기서 삶을 향한 욕망과 열정이 식어 꽁꽁 얼어붙은 생의 길이 "뚝뚝 부러지는 소리"를 듣는다. 아니 인간 존재의 유한성과 한계의 비극적 끝자락을 엿본 것이다. 하지만 고창환의 길에 대한 사색이 여기서 마침표를 찍는다면, 그의 시적 도정은 '죽음을 향한 길'에 대한 모색에 지나지 않으리라. '길의 끝은 무덤이다'라는 생각 자체만으로는 시적 인식으로서 함량미달이다. 죽음이 삶의 서러운 무게를 융융(融融)히 품어줄 수는 없는 법이다. 문제는 그런 명료한 인식 '이후'의 대안이다. 길에 함의된 질량과 밀도, 그것은 태산의 무게에 버금가는 것이 아닌가. 길이라는 시적 주제는 죽음이란 종언으로 그리 간단히 끝날 문제만은 아니다.

이 점을 의식한 듯, 고창환의 시는 길에 덧붙인 쉼표나 마침표의 주석에만 머물지 않는다. 그는 계속해서 숨쉬는 생명의 길과 죽음을 향한 비극적인 길이 함께하는 ‘못난 뜨개질’, 그것이 수(繡)놓는 또 하나의 길의 문양을 진지하게 성찰한다. 당겨 말하지만, 그 길은 참으로 오래 견뎌온 ‘추억의 길’이라 명명할 수 있는 어떤 무늬를 지닌다. 그리고 그 길은 “벌어져가는/상처만이 따뜻하게 모든 것을 품”(「균열」)어안을 수 있는 “몸을 열어서 뱉어낸 길”(「거미가 걷는다」)과 내통한다.

> 갈라진 살갗이 낯선 신음을 흘릴 때
> 내부에서 울리는
> 둥글고 단단한 소리들
> 상처만이 마음에 길을 만든다
>
> —「枯木」 부분

> 썩지 않는 추억은 이미 길이 아니다
>
> —「박제된 새는」 부분

여기서 길은 생각, 추억, 기억으로 바꿔 읽을 수 있음은 물론이다. 과거의 상흔을 더듬는 생각의 갈래들은 마음속에 난 길, 바로 추억의 길이다. “저장된 시간들은 조금씩 물컹거리고/깊고 환한 내부의 어디선가/꿈틀거리는 이름들”(「스위치는 알고 있다」)의 소환! 충분히 발효된 이 시간의 즙에서부터 고창환이 숨겨놓은 세번째 길의 속살이 드러난다. 이제 우리는 육교 밑, 그 남루한 삶의 비극적 풍경을 뒤로하고, 시집의 도처에서 출몰하는 “노을이 지네 아무도 없는 저 길/바람이 부네 바람이 끌고 가는, 텅 빈 저녁”(「옛 집터」)이란 시공간 쪽으로 발걸음을 재촉해보자. “발자국이 길어지는 늦은 저녁/(…)/발자국들이 끌고 온 기억들이

붐비고/질척이며 뒤엉키는 웅성거림"(「상동 시장을 지나며」)에 토끼처럼
귀를 쫑긋 세워보면서. 그 세번째 길가에서 나는 작은 창문이 있는 집과
불현듯 마주치게 된다.

> 창틀 구석마다
> 먼지가 쌓여 있다
> 먼지 속은 따스하고
> 애벌레 같은
> 한 무더기의 꿈이 자란다
> 속으로 움츠린 것들은
> 겹겹의 주름으로
> 더 이상 채울 것이 없다
>
> 길은 언제나
> 살갗을 파고든다

—「길」 전문

시적 화자는 눈에 띄지 않지만, 아마도 시인은 창가에 서서 물렁거리
는 공기들이 축축해지는 저녁의 풍광을 물끄러미 바라보고 있을 터이
다. 그리고 이내 그의 시선은 "창틀 구석마다" 쌓여 있는 먼지에 오랫동
안 머물러 있었으리라. 일반적으로 "먼지는 죽고 싶어도 죽을 수 없는
그 긴 시간에 대한 환유. 늙고 쭈글거리는 불모의 시간. 젊음을 청산하
지 못한 시간"(이문숙 「공중먼지의 힘」, 『詩評』 2000년 창간호)으로 전이의 계약
을 맺기 십상이다. 그러나 고창환의 먼지는 좀 다르게 읽힌다. 그는 헛
된 삶의 욕망과 번뇌가 모두 증발된 시름의 흔적으로서, 소멸할 수밖에
없는 운명에 처한 존재들이 자아내는 처연한 아름다움으로서, 과거의

사슬 속에 묶여 있고 어둠 속에 묻혀 있던 봉인된 시간의 미세한 입자로서, 그리고 애잔한 바람결에 실려와 쌓인 추억의 앙금으로서 먼지의 속내를 갈파한다. 그래서 시인은 가만히 속삭인다. "먼지 속은 따스하고/애벌레 같은/한 무더기의 꿈이 자란다"고. 다른 곳에서 시인은 "지나온 길들이 단단한 어둠의 입자들로 채워지는/그 순간을 나는 추억이라 부르리"(「푸른 저녁」)라 일갈한 바 있다. 결국 이 시에서 길은 추억의 다른 표현이다. 지나간 시간의 층위들이 "겹겹의 주름으로" 잔뜩 "움츠린 것들". 우리의 "살갗을 파고"드는 오래된 시간의 침, "칼처럼 벼려지지 않는 무딘 날"!(「오래된 것들은」) 이 시는 「길」이란 표찰을 달고 있지만, 사실 자세히 들여다보면, '길이란 밖으로 흘러나가는 것이 아니다. 나 자신과 소통하기 위해 지난 시간을 불어오는 것이다. 곧게 뻗은 단단한 아스팔트길은 쉽게 발바닥을 길들이고 지치게 한다. 그러나 안으로 구부러져 들어오는 기억의 길은 발바닥에 "화인처럼 화끈거리는 추억의 문장들"(「발자국들」)을 아로새긴다'라는 시인의 전언이 여실히 스며 있는 '투명한 방점' 하나가 찍혀 있는 셈이다. 이런 맥락에서 「길」은 고창환 시의 영토 선언이다. 그의 시가 구축하고 있는 시학의 현수막인 것이다. 이 시가 시집의 맨 앞자리에 포진해 있는 까닭도 여기에 있을 터이다.

3. 다시, 세상의 길로

　지금까지 나는 고창환 시의 영토에 놓여 있는 '세 겹의 길'을 힘겹게 걸어왔다. 아니 정확히 표현하자면, 나의 독법과 나침반을 통해 '세 겹의 길'에 대한 흐릿한 크로키를 작정해본 셈이다. 숨쉬는 길(「길」), 죽음의 길(「길」), 추억의 길(「길」). 물론 이 길들은 서로 평행선을 그리며 제각기 줄달음질치지 않는다. 서로 만나고 엇갈리며 포개진다. 고창환의

길이 '세 갈래 길'이 아니라, '세 겹의 길'이 되는 연유는 바로 여기에 있
다. 숨쉬는 길(생명의 길)의 끝은 명부(冥府)의 입구가 된다. 그리고 소
멸의 길, 그 어두운 터널의 출구는 다시 신생의 탯줄과 기맥이 통하게
마련이다. 토마스 만(Thomas Mann)이 말했던가. "죽음의 체험이 결국
은 삶의 체험이 되고 인간에의 길이 된다"고. 이렇듯 그의 길은, 시집의
해설을 쓴 정과리의 말처럼 "소멸과 신생의 끝없는 순환적 교대를 되풀
이한다." 그리고 그는 계속해서 "그 되풀이가 어떻게 진행 혹은 변주될
지에 대해서는 아직 그는 면밀히 탐구하고 있지 않다"는 지적을 놓치지
않고 있다. 그러나 실상 그는 고창환 시의 핵자(核子)인 추억의 길, 혹
은 기억의 길이란 제3의 길은 놓치고 있다. 생명의 길과 죽음의 길이 만
나 충돌하며 열리는 또 하나의 길, 에로스와 타나토스의 사이 그 영원한
무한순환의 메커니즘을 깨는 미학적 직관의 길, 생과 죽음이 서로 깍지
낀 틈을 뚫고 끈질기게 부유하는 기억의 길, 그리고 창틀 먼지가 충전하
고 있는 아주 오래된 시간의 길을 흘겨본 셈이다. 한 젊은 시인은 노래
한다. "추억이란 마모되면/수만 년이 지난 어느 날의 또 다른 이름,/어
느 어두운 방의 방사선이 들여다보는 찰나의 化石"(윤병무 「찰나의 化石」,
『5분의 추억』)이라고. 그렇다. 추억의 진정성은 과거에 주박된 자의 사사
로운 감상의 토로에서 비롯되지 않는다. 추억은 미래의 어느 순간, 지나
간 시간이 '여기 지금' 새롭게 현상되는 불멸의 사진이다. 과거와 현재
와 미래가 서로 동시에 호흡하는 "찰나의 (活)化石"! 메마른 먼지 속에
서 꿈틀되는 "애벌레 같은/한 무더기의 꿈"의 에피파니인 것이다. 정과
리가 못내 아쉬워했던 "소멸과 신생의 끝없는 순환적 교대" 이후의 변
주는 이미 이렇게 진행된 것이다.

그러나 고창환의 길에 대한 모색은 여기서 멈춰서면 안될 것이다. 무
엇보다도 "오래된 것들을 더듬어보는 일은/세월에 깃들인 발자국을 되
짚어 걷는 것이다"(「오래된 것들은」), 즉 '길=추억'이란 공식은 자칫 발을

헛디디면, 과거에 대한 낭만적 동경이나 현실도피를 위장한 퇴행 쪽으로 가파르게 경사질 혐의가 짙기 때문이다. 진실의 추구를 포기한 허무주의의 낙수로 떨어질 가능성도 있다는 말이다. 추억이 단순한 개인적 감상주의에만 머문다면, 그의 시의 중심축인 생명과 죽음의 강강술래, 그 '둥근 공〔球〕'은 일순간 '텅 빈 공(空)'으로 전락할지도 모른다. 그러므로 이제 시인은 창틀에 켜켜이 쌓인 먼지의 틈 안에서 자라는 그 '꿈'(「길」)이 무엇인가를 구체적으로 밝히는 데 주력해야만 한다. 실로 중차대한 문제는 아스라한 기억의 현상이나 애잔한 추억의 미학을 되새기는 것이 아니라, 오히려 "녹슬어가는 지난 세월을 두드리다 보면/만만한 것은 하나도 없다"(「못을 박으며」)는 생의 의지로 창밖에 펼쳐지는 엄연한 현실을 내다보는 일이 아니던가. 진창이 되어버린 우리 삶의 현장을 적시(摘示)하는 일이 아닌가. 아니 그 뻘밭에 뛰어들어 뒹굴며 구석구석 '발자국'을 남기는 일이 아닌가. 그러므로 고창환이 이번 시집에서 펼쳐 보인 '세 겹의 길'은 우수와 감상, 직관과 탐미 쪽으로 함몰되지 말고, 반드시 반성과 발견, 개안과 갱생 쪽으로 굴절되어야 한다. 미네르바의 부엉이가 날아드는 삶의 쓸쓸한 황혼녘에서부터 삶의 신산고초와 화간(和姦)하는 중앙무대, 그 뜨거운 생의 정오로. "까닭 없이 우울해진" "느릿느릿 물렁거리는 어둠 속을 빠져나"(「雨期」)와 "온몸을 다해서 구부러지기도 하며/쿵쿵 세상을 울리는 일"(「못을 박으며」) 쪽으로. 앞으로 고창환의 '세 겹의 길'이 "세상이 끌어당긴 팽팽한 저 길들"(「거미가 걷는다」) 밑에 짓눌리고 억압된 우리 삶의 슬픔과 아픔을 구체성의 몸으로 녹여내는 기제가 되길, 그래서 우리 사회의 부조리와 모순을 재인식하는 계기로 진화해가길 바란다. 바로 그곳에서부터 고창환의 시는 '제4의 길'을 염탐할 수 있으리라.

　아래의 시는 고창환의 시가 "세상의 길들"을 다시 받아들이기 위해 뱃머리를 돌리며 부르는 나지막하면서도 헌걸찬 출정가로 들린다.

견딜 수 없을 때까지 기다렸으리
한없는 무게를 채워
더 이상 붙잡지 못할 흔들림
썩은 살갗 속에서도 씨앗은 움트리
도려낸 기억 속에서조차
짓물러진 발자국을 들춰낼 수 있으리니
흠집 없는 영혼이 어디 있으리
세상이 얼마나 많은 상처를 품고 있는지
흙바닥 뒹굴어보면 알겠네
떨어져서도 놓지 못한 이름이여
남김 없이 비워버리면
세상의 길들 받아들일 수 있을까
흔들리지 않는 꿈의 뿌리들
다시 몇 겹의 흙먼지 덮고 부화될 수 있을까
견딜 수 없을 때까지 기다려야 하리

—「落果」 전문

〔『작가들』 2000년 겨울호〕

나이틀라이트

나희덕 시집 『어두워진다는 것』

나이틀라이트(Nightlight). 콘센트에다 바로 꽂아 쓰게끔 설계된 조그만 밤등. 빛의 사라짐을 제일 먼저 눈치채고 자동으로 불을 켜는 앙증맞은 전구. 이윤기(李潤基)는 소설 『햇빛과 달빛』에서 나이틀라이트의 숨은 재주를 이렇게 묘사한다. "해가 지면 나이틀라이트가 제일 먼저 어둠의 에움을 감지하고 반짝 켜진다. (…) 나이틀라이트는 기특하게도 밤과 낮 사이에다 금을 긋는다. 더 정확하게 말하면 어둠과 밝음 사이에다 금을 긋는다." 밤을 밝히기 위해 불을 켜는 것이 아니라 어둠에 대한 갈망으로 스스로 빛을 내뿜는 나이틀라이트. 밤과 낮의 "어긋남을/이토록 경쾌하게 보여주는"(「빗방울, 빗방울」) 소품도 없을 듯싶다.

나희덕의 네번째 시집 『어두워진다는 것』은 이런 나이틀라이트의 모습을 빼닮았다. 어둠과 밝음 사이를 가르는 나이틀라이트처럼 그녀의 시도 밤과 낮 사이에 금을 그으며 따스한 빛의 분무(噴霧)를 시작한다. 정확히 말하자면 햇빛이 자신의 씰루엣을 모두 거두어들이는 순간, 그녀의 시는 오롯이 발광(發光)을 시작하는 것이다. 여기서 발광이란 어둠을 집어삼키는 빛의 오만한 확산을 가리키지 않는다. 그것은 어두워지면서 더더욱 선명해지는 삶의 본연의 모습을 관찰하여 밝게 하는 '관심(觀心)'에 대한 '관심(關心)'의 지속적인 발산을 뜻한다. 시인의 말대로 "어두워진다는 것, 그것은 스스로의 삶을 밝히려는 내 나름의 방식이자 안간힘이었던 셈이다."

이런 맥락에서 어둠의 시작은 꿈과 환락의 밤으로 들어가는 입구도, 불면이 만들어놓은 메마른 사색의 세계로 넘어가는 문턱도 아니다. 시인에게 일몰 무렵의 시간대는 "그토록 오래 서 있었던 뼈와 살/비로소 아프기 시작하고/가만, 가만, 가만히/금이 간 갈비뼈를 혼자 쓰다듬는 저녁"(「어두워진다는 것」)으로 다가온다. 저녁은 빛의 찬란함에 가려 있던 존재의 상처가 비로소 제 모습을 드러내는 아픔의 시간이자, 그 상처를 보듬어 쓰다듬는 치유의 시간이다. 저녁은 포근하지만 아프기 시작하고 슬프지만 따뜻해지는 휴식의 시간이자, '대낮' 같은 세상사의 들뜬 변동에 부화뇌동하지 않고 삶의 "환한 상처"(「上弦」)를 '황혼'의 차분함으로 "가만, 가만, 가만히" 관조하는 진실의 시간인 것이다. '어둠의 대가'로 일컬어지는 파울 첼란(Paul Celan)의 시 가운데 이런 암호 같은 시구가 숨어 있다. "어둠을 말하는 자만이 진실을 말한다." 나희덕 역시 어둠 속에 길을 뚫는다. 하지만 첼란보다 어깨에 힘을 빼고, 적당히 에둘러서, 저벅저벅 걸어오는 어둠을 향해 이렇게 나지막이 속삭인다. "가만히 들었습니다 저녁이 오는 소리를"(「그 복숭아나무 곁으로」).

일몰 후 컴컴해지기까지의 어스레한 동안은 빛과 어둠이 숨가쁘게 교차하는 시간이다. 그래서 다소 생뚱하게 들릴지 모르지만, 나이틀라이트에 불이 켜지는 순간은 어둠의 세계가 빛의 세계를 꿀떡 삼키는 '일식(日食)', 곧 '일식(日蝕)'이 벌어지는 경이로운 순간으로 읽힌다. 어둠 속에 빛이 있고 빛 속에 어둠이 있는, 그야말로 경계 소멸의 극적 사건이 벌어지는 황홀한 시간이라 하겠다. 이런 맥락에서 보면 일식은 태양·달·지구가 일직선상으로 늘어서 있을 때만 생기는 희귀한 천체

현상만은 아닐 터이다. 그것은 밝음과 어둠 사이에 주름이 접힐 때마다 일어나는 '매일의 사건'(acta diurna)이다. 고감도 '경계(境界)인식' 쎈서를 내장한 시인의 나이틀라이트가 이를 놓칠 리 만무하다.

그래서일까, "미륵 한쌍이 석양 속으로 사라진다/두 개의 점, 흰 광목빛"(「흰 광목빛」)이라는 시구에서 드러나듯, 시인은 해질녘 나무그늘에서 버스를 기다리고 있는 어느 노부부의 모습에서 어둠과 빛의 기묘한 뒤섞임을 갈파해내기도 하고, "7월의 한복판에" 유예된 11월을 맞이하면서 "삶의 기복이 늘 달력의 날짜에 맞춰 오는 건 아니라고/이 폭염 속에 도사린 추위가 말하고 있다"(「도끼를 위한 달」)고 서슴없이 말하기도 한다. 또한 의자를 봐도 "그는 앉은 채 눕고 앉은 채 걷는다/혹은 앉은 채 훨훨 날고 있을 때도 있다"(「한그루 의자」)고 상상하고, 딱딱한 계단 역시 "한 걸음 올라가려고 하면/출렁 계단은 늘어나 휘어지고/가만히 앉아 있으면/차르륵 계단은 줄어들어 달팽이집만해진다"(「돌베개의 꿈」)며 아코디언과 같은 사고의 유연성을 선보인다. 그늘/빛, 차가움/뜨거움, 앉다/눕다, 걷다/날다, 딱딱함/물렁함, 늘다/줄다의 경계가 실로 무색해지는 대목이라 하겠다. 이렇듯 "어느 한편에 일방적으로 귀속되지 못하고 그 '사이'를 우두커니 하염없이 오래도록 거니는 균형에 대한 의지"(유성호)가 이번 시집 전체를 관통하는 주조음이다.

일식 못지않게 '월식(月蝕)' 또한 경계가 바스러지는 사건이다. 태양에 의해서 생긴 지구 그림자 속에 달이 들어옴에 따라 달의 표면이 보이지 않게 되는 순간, 해와 달과 지구의 경계는 가뭇없어지기 때문이다. 그렇다고 시인은 월식을 구경하기 위해 숲으로 가지 않는다. 시인에게 월식은 "하룻밤 사이 수십 개의 달이" 이우는 일상의 사건일 뿐이다. 놀랍게도 시인은 "불이 환하게 켜진 수술대 위에서/점점 여위어가는 달"을 목도한다.

해에서 가장 멀리 떨어져 있는 달이
해에서 가장 가까운 달에게로 걸어가고 있다
달 속의 해와 해 속의 달이 만나고 있다

저토록 밝은데 이토록 어둡다니,
네 얼굴이 차츰 여위는 것은
내 그림자 때문이다
미안하다, 너를 비껴가지 못했다

—「月蝕」부분

　"저토록 밝은데 이토록 어둡다니", 아니 저토록 어두운데 이토록 밝다니! 존재의 명암(明暗), 그 날선 지도리에 선 자의 절창이다. 신산한 삶의 생채기를 온몸으로 끌어안은 자의 절절한 육성이다. 상처투성이인 삶의 속살에서 빚어지는 고통의 코로나(corona)! 이 찬란한 슬픔! 바로 이것이 앞서 언급했던 "환한 상처"(「上弦」)의 실체일 터이다. 즉 "썩어갈 슬픔"(「탱자」)의 극적 현시이자, 자신의 "마음을 검게 그슬린 火田으로"(「지푸라기 허공」) 만든 사람의 속내일 터이다. 이렇듯 나희덕 시에 장착된 나이틀라이트는 조도에 따라 작동하는 것만은 아니다. "핏빛 울음이 터지기 직전"(「석류」) 같은 삶의 통증이 안으로 삭혀지고 삭혀져 만들어진, 그 발효의 에너지로 일루미나트를 뜨겁게 달구는 것이다. '어둠의 보균자'인 그녀의 시가 어둠과 내통하면 할수록 오히려 더더욱 밝아지는 까닭은 여기에 있다. 한마디로 그녀의 시는 음지에서 핀 '곰팡이 예술'이 아니다. 오히려 빛의 그늘 속에서도 "무기력의 힘으로 너무 단단해진"(「사월의 눈」) '소금의 예술'인 것이다.

　이번 시집에 장착된 나이틀라이트는 음향에도 예민한 반응을 보인다. 시인에게 세계는 이미지로도 다가오지만 소리로도 파동치기 때문이

다. 일찍이 독일 낭만주의 시인 아이헨도르프(Eichendorff)가 "모든 사
물들 속에는 노래 하나 잠들어 있다./네가 마법의 말을 던지기만 하면/
세상은 노래부르기 시작하리라"(「주문(呪文)」)라고 썼듯이, 그녀 역시 모
든 존재에 깃들여 있는 음악적인 영혼의 신비로운 파상(波狀)에 주파수
를 맞춘다. 그래서 시인은 "이 봉우리에서 저 봉우리로/구름 옮겨가는
소리/지붕이 지붕에게 중얼거리는 소리/(…)/밭 밑의 흙이 자글거리는
소리/(…)/마른 꽃대들 싸르락거리는 소리"(「소리들」)에도 귀를 쫑긋 세
우고, "小滿이 지나면 들리는 소리/초록이 물비린내 풍기며 중얼거리는
소리"(「小滿」)도 냄새 맡고, "달게 와닿는 빗방울마다/너무 많은 소리들
이 숨쉬고"(「몰약처럼 비는 내리고」) 있음도 피부로 느낀다.

　그렇다고 시인의 전감각이 "소리들로 하염없이 붐비는"(「소리들」) 세
상을 향해서만 열려 있는 것은 아니다. 때론 이 다채로운 소리의 향연
속에서 "침묵의 궁륭으로 들어가는 입구"(「기둥들」)를 찾아나서기도 한
다. 이유인즉 빛의 모태가 어둠인 것처럼(그리스신화의 세계창조 설계
도에 따르면 태초의 '카오스'로부터 닉스〔Nyx, 밤〕와 에레보스〔Erebos,
어둠〕가 태어났고, 이 둘 사이에서 아이테르〔Aither, 창공〕와 헤메라
〔Hemera, 낮〕가 태어났다), 소리 역시 침묵에서 잉태되었다고 생각하
기 때문이다. 모든 말과 소리는 침묵에 묻은 불필요한 얼룩이 아닌가.
침묵에서 멀어진 소리는 한갓 소음에 불과한 것이다. 이렇듯 그녀의 나
이틀라이트는 첼란이 유토피아적 언어로 요약한 "침묵의 형상을 따른
하나의 말"(「머릿단」)을 찾기 위해 어둠을 충전해 등을 밝힌다. 침묵은 어
둠의 심연 속에 둥지를 틀고 있지 않은가. 하지만 이 지점에서 또 하나
의 존재론적 아픔이 시인을 뒤척이게 만든다. 결코 소리만으로는 흑암
(黑暗)의 세계를 채록할 수 없다는, "소리가 남긴 기억"의 뿌리를 캐낼
수 없다는, 생의 근원적인 비애를 읽어낼 수 없다는, 언어의 처녀성(침
묵의 말)을 되찾을 수 없다는 뼈저린 인식이 시인의 오목가슴을 아프게

파고들기 때문이다.

저 소리로는
저 소리만으로는
스스로 暗電될 수 없어

소리를 기록할 수 있다고 믿게 된 때부터
상처를 반복할 수 있다고 생각한 그 때부터
돌아갈 수 없게 되었다
소리가 태어난 침묵 속으로

—「축음기의 역사」 부분

정리해보자. 시인의 영혼에 장착된 나이틀라이트는 언제 불을 켜는가? ① "몸을 비추던 햇살이/불현듯 그 온기를 거두어"(「어두워진다는 것」)갈 때, ② "흰꽃과 분홍꽃 사이에 수천의 빛깔이 있다는 것을"(「그 복숭아나무 곁으로」) 깨닫거나 "회화나무와 느티나무 사이를"(「해미읍성에 가시거든」) 소요할 때, ③ "썩어 문드러진 탱자 속에서" "탱자꽃"(「탱자」)이 환하게 피어오를 때, ④ "밖은 半톱씩 어두워져"(「음계와 계단」)가지만 오히려 그곳에서부터 삶과 죽음이 하나로 뒤엉키는 '내재 공간'(immanenter Raum)이 움틀 때, ⑤ 자연이 타전하는 음악적 명향성(鳴響性)과 순간순간 한 몸이 될 때, ⑥ "울음의 감별사"(「이 복도에서는」)로서 소리가 존재의 비명임을 짚어내고, 소리의 연금술사로서 침묵은 존재의 원음임을 체득할 때. 결국 '어두워진다는 것', 그것은 귀소(歸巢)하는 존재들을 위해 오지랖 넓은 '어머니 자연'의 자궁이 활짝 열리는 시간이자, 서로 모순되는 두 가지 청원이 맞부딪쳐 생기는 사이와 간극을 정신의 근육으로 메우는 시간이고, 삶의 진실이 온전히 벌거벗는 탈각

(脫殼)의 시간이자, 그 각질의 이면에 박힌 삶의 애환과 질곡과 고통들이 소리로서 구현되는 시간이고, 아무것도 이야기하지 않으면서 모든 것을 이야기하는 '침묵의 복화술'과 내밀한 소통을 갈망하는 시간이다.

앞으로 시인의 나이틀라이트가 어느 곳에 선명한 칼금을 그으며 빛을 머금을지, 그리고 어떤 경계를 넘나들고 차이를 묶어내며 깜박거릴지, 흥미롭게 지켜볼 일이다. 세상의 어둡고 구석진 곳에 깊이 뿌리내리고서, '치열하고 단정한' 빛의 수증기를 내뿜고 있을 시인의 신형 나이틀라이트가 벌써 눈앞에 어룽거린다. 누군가 그랬다지, 산수유는 꽃이 아니라 나무가 꾸는 꿈이라고. 과분한 욕심일 터이지만 나 역시 아슬아슬한 경계 위에서 피워올릴 나희덕 시인의 정갈한 꿈, 그 밤등이 환하게 터트릴 '꽃빛' 아니 '빛꽃'에 흠뻑 취해보고 싶다.

글을 매듭짓기 앞서 『햇빛과 달빛』의 한 구절이 다시 떠오른다. "어둡고 밝은 거, 그거 둘이 아니더라고……." 우연의 일치일까, 어둠과 밝음을 가르는 Nightlight란 단어의 알파벳 배치를 자세히 보라. 밤(Night)과 빛(Light)은 그 모양이 너무 닮아 있지 않은가. 둘의 유일한 차이점인 N과 L 또한 얼마나 가까운 사이인가. 둘 역시 M(edium)을 사이에 두고 통정하는 의형제지간이 아닌가. 빛이 어디서 왔느냐는 질문에 어떤 도사는 촛불을 훅 불어서 껐다 한다. 누군가 내게 어둠은 어디서 왔느냐고 짓궂게 묻는다면, 나는 얼른 나희덕 시인의 나이틀라이트를 콘센트에 꽂아 보이겠다.

〔『문학동네』 2001년 가을호〕

비평의 연기, 연기의 비평

> 호숫가 나무들 사이에 조그만 집 한 채.
> 그 지붕에서 연기가 피어오른다.
> 이 연기가 없다면
> 집과 나무들과 호수가
> 얼마나 적막할 것인가.
>
> —베르톨트 브레히트(Bertolt Brecht) 「연기」 전문

시인은 호숫가에 서서 건너편을 물끄러미 바라봅니다. 괴괴한 호수, 그 주변으로 펼쳐진 숲과 나무들, 그 안에 파묻힌 작은 집, 지붕 위로 모락모락 피어오르는 연기. 이 얼마나 고즈넉한 풍경입니까. 물론 시인의 시선은 숲과 호수 전체로 가물가물 번져가는 연기의 끝자락을 오랫동안 쫓고 있었을 테지요. 그리고 문득 다음과 같은 단상 하나를 이리저리 만지작거려보았을 것입니다. 이렇게 말이지요. 그런데 저 연기는 뭘까, 연기는 어디서 흘러나오는 걸까? 부엌과 연결된 굴뚝이겠지. 아마도 지금 저 집의 부엌에서는 어머니가 가족들을 위해 저녁식사를 준비하고 있을

거야. 식탁을 비추는 따스한 불빛, 그 아래 옹기종기 모여 있을 식구들, 삶의 곤고함을 잠시 잊은 채 나누는 정다운 담소. 아 그렇다면 연기는 허공에서 완전히 소진되고 말기에 붙여진 무상의 상징도, 사물의 윤곽을 흐릿하게 가릴 수 있기에 따라붙은 은폐의 상징도 아니겠구나. 바로 연기는 모래알처럼 버석거리는 척박한 우리네 삶을 포근하게 보듬는 순정의 위안처가 될 수 있겠구나. 전망부재의 무인지대(Niemandsland) 위에 피어오르는 내밀한 희망의 꽃, 그 연대의 끈이 연기일 수 있겠구나. 바로 여기까지가 시인이 들여다본 연기의 속내일 터입니다. 이처럼 이 시에서 연기는 자연과 사물과 인간을 하나로 잇는 신비한 생명의 '아우라'(Aura)로 새로운 전이의 계약을 맺고 있습니다. 그래서 시인은 이렇듯 자신있게 말합니다.

    이 연기가 없다면
    집과 나무들과 호수가
    얼마나 적막할 것인가.

문학평론 역시 이런 연기와 같은 존재가 되면 얼마나 좋을까요. 언어의 배면에 축적되어 있는 미학적·역사적·문화적 함의 속으로 깊숙이 침잠해들어가 그것들을 살아 움직이는 의식과 감정의 통로로 연결하는 비평. 거창한 문학적 이념이나 국적불명의 이론을 앞세우지 않고 문학 텍스트를 자신의 '눈'으로 꼼꼼히 읽어가는 "낮은 목소리의 비평"(하응백). 언론 편파에 밀리고 문단 권력에 나동그라져 올곧은 평가가 유예된 작품이나, 평론가의 사시(斜視)와 게으름 때문에 부당하게 소외된 작품에 위안의 손길을 내밀며, 생기와 활력을 불어넣어주는 연기와 같은 비평.

물론 작품을 한번 통째로 삶아먹을 기세로 덤벼드는 불같은 비평도 필요한 세상입니다. 뒤로 넘어질 만한 가설과 쟁점을 거푸 토해내는 가시 돋친 비평도 경청에 값할 때가 더러 있습니다. 하지만 뭔가를 작심하고 비판적 호오(好惡)의 칼날부터 벼르기 앞서, 무엇보다 선행되어야 할 비평의 기본적 소임은 문학 텍스트에 대한 깊이있는 이해와 폭넓은 사랑이 아닐까요. 아쉽게도 요즈음 우리 비평계가 잃어가고 있는 아름다운 덕목은, 세상의 구석구석에 사금파리처럼 박혀 빛나는 삶에 대한 정직한 기록들 속으로 잔잔히 스며들어, 훈연(薰煙)과 같은 문자향(文字香)을 빚어내는 '비평의 연기'가 아닐까 생각합니다. 여기서 '연기(煙氣)'란 작가와 텍스트, 텍스트와 텍스트, 텍스트와 현실 사이에 실타래처럼 뒤엉킨 진리의 '연기(緣起)'를 애면글면 모색하는 진정한 비평의 '연기(演技)'에 다름아닐 터입니다. 물론 이 '비평의 연기'는 언제나 싱싱하고 투명한 에스프리를 견지해야 합니다. 자칫 방심하거나 긴장을 늦추면, '연기의 비평'은 돌연 텍스트를 혼탁한 장막으로 뒤덮는 불투명한 '안개의 비평'으로도 둔갑할 수 있을 테니까요. 끝으로 용기를 내어 시 아닌 시 한 편을 조립해봅니다.

텍스트의 정글 속에 조그만 집 한 채.
그 지붕에서 연기가 피어오른다.
이 연기가 없다면
텍스트와 작가와 독자는
얼마나 적막할 것인가.

찾아보기

ㄱ

「가까이할 수 없는 書籍」 72
「가을 편지」 216
『가진 것 하나도 없지만』 276, 289
「간빙기의 지상에서」 71
「간이식당」 307, 309
『갈릴레이의 생애』 87
「감자꽃 폐가」 41, 45
강유일 180
강윤후 61
『갱스터스 파라다이스』 244
「거리에서」 309
「거미」(김수영) 46, 56
「거미」(김언희) 57
「거미」(이면우) 48
「거미」(조말선) 42, 48, 56
「거미, 혹은 언어의 감옥」 52
「거미가 걷는다」 337, 341
「거미가 짓는 집」 56
「거미를 기다리네」 44, 49
「거미를 잡다」 53
「거미여인의 춤」 47
「거미여인의 키스」 49
「거미줄」(이문재) 46

「거미줄」(정호승) 46, 54
「거미줄」(최승호) 56
「거미집」 45
「거울」 126
『거울 속의 천사』 106, 132
게오르게(S. George) 324
「겨울」 330
「겸손한 여생」 214
「枯木」 337
고원 225, 227~29, 234~35, 237
고은 239~49, 332
『고인돌과 함께 놀았다』 325~26
「고인돌과 함께 놀았다」 326
고창환 331~42
「골목 1」 264
곰링어(E. Gomringer) 238
「곰보 다리」 218
「곰취나물」 283, 286
「공기에게」 299
「공중도시」 299
「공중먼지의 힘」 338
「과제」 298
「관망」 59
「관음이라 불리는 향일암 동백에 대한
　회상」 323

「구겨진 종이」 76
구르비치(G. Gurvitch) 32
「구석자리 사람들」 287
「95. 10. 4일의 스윙」 309
구아르디니(R. Guardini) 114
「국립도서관」 75
「귀여리에는 거미줄이 많다」 45, 50
「균열」 337
「그 복숭아나무 곁으로」 344, 348
「그늘」 121
그라스(G. Grass) 164~68
「그릇 만드는 여자」 328
그릴파르쩌(F. Grillparzer) 141
「글 1」 227
「글자」 227
「글자 3」 226
「글자들의 나목이 되고 싶다」 73
「글자 밖에서」 84
「글자 속에 나를 구겨넣는다」 84
「금관악기 같은 목소리로」 278
「금혼식」 288
「기도」 141
「기둥들」 347
기형도 52, 72, 77, 206
『길』 332
「길」(고창환) 338~39, 341
「길」(오규원) 261, 270
「길」(윤희상) 330
「길,」 334, 339
「길.」 335, 339
「길 또는 그물」 299
「길을 물으면」 279

김광규 273~93
김광균 211
김남주 241, 243~44
김누리 167, 246
김명수(金明秀) 214, 219, 222~23
김명인(金明仁) 98, 100~102, 333
김병익(金炳翼) 57
김상욱 216
김상환(金上煥) 57, 91, 122, 211, 267, 303
김수영(金洙暎) 46, 56, 72, 75, 211
김승희 181
김언희 56~57
김우창(金禹昌) 26
김진경(金津經) 214~17, 222
김진수 151
김춘수(金春洙) 106~37
김태환 201
김현 127
김혜순 75
까뮈(A. Camus) 167
「꼭두각시의 꿈—자리바꿈과 자리차지」 227
「꽃」(김춘수) 110, 124
「꽃」(함민복) 324
「꽃과 그림자」 261
「꽃과 새」 261
『꽃과 여우』 112
「꽃의 소묘」 123
「꿈을 비는 마음」 249
『꿈의 인생』 141
「끝의 한 모습」 289~90, 292

ㄴ

「나, 동백꽃 보러 간다」 322
「나는 검색 사이트 안에 있지 않고 모
　니터 앞에 있다」 313~14
「나는 사람인가 간다인가?」 179
「나는 신경망을 심는다」 306
「나는 점점 가벼워진다」 328
「나는 클릭한다 고로 나는 존재한다」
　60, 296, 309, 313~14
『나를 위한 도발』 308
『나만 아는 정원이 있다』 188
「나무」 272
「나무 생각」 330
「나무에 관한 얘기—K. W에게」 159
「나무와 새」 329
「나뭇잎 화석」 221
「나비」 109, 111
「나비가」 113
「나비經은 언제 오는가」 324
「나의 꿈 나의 날개」 241
「나의 새여」 18
나희덕 45, 50, 189, 343~49
「落果」 342
「낙숫물」 153
「낙타의 길」 332
남진우(南眞祐) 48, 66, 68, 71, 82,
　187
「낭만주의」 170
「내가 나를 모른다는 것은 희망적이
　다」 82

「너의 입술」 81
「노란 정지선」 307
「노부부」 218
노자(老子) 43
「누가 단풍잎을 떨구어놓았을까」 326,
　328
「누에」 190
「눈」(김수영) 211
「눈」(심은희) 207~208
「눈 오시는 날」 205
「뉴욕제과 주인 아저씨는 보청기를 끼
　고 있다」 327
「느릿느릿」 280, 283
니체(F. Nietzsche) 55, 98, 157, 159,
　232~33

ㄷ

「다른 자리에서」 286
「단단한 것에 대하여」 297
「대방동 조흥은행과 주택은행 사이」
　256~58, 261
「대성당」 277
「대숲에서」 218
데까르뜨(R. Descartes) 61, 71, 89
데리다(J. Derrida) 55, 76
「도끼를 위한 달」 345
『도덕경(道德經)』 43
「도서관」 63
「도서관에서」 186
「도서관에서의 기도」 187
도정일(都正一) 36

「독자에게」 72

「돌베개의 꿈」 345

「돌을 줍는 마음」 328

「동백」 321

「동백열차」 321

「동백의 등을 타고 오신 그대」 322

「동백이 활짝」 323

「두 개의 靜物」 107

두르작(M. Durzak) 165

「두이노의 비가」 107, 109, 115, 127

「둥그런 거미줄」 54

「드라마」 307

들뢰즈(G. Deleuze) 311

「등이 휜 낙타」 215

『디지털시대의 글쓰기』 77

「딸애가 팽이 돌리기 숙제에 매달리는 동안」 215

「또 거울」 130

「또 日暮」 132

뚜르니에(M. Tournier) 134, 325

「뜰 앞의 나무」 267

ㄹ

라깡(J. Lacan) 51, 121

「라일락 꽃잎」 113

「레미콘차」 214

「레옹세와 레나」 315

루쏘(J. J. Rousseau) 76

루카치(G. Lukács) 296

릴케(R. M. Rilke) 107~109, 115, 117~18, 122~23, 127, 129, 131, 146

「릴케의 章」 123, 132

ㅁ

마리네띠(F. T. E. Marinetti) 298

「마산포 하루」 216

『마음속 붉은 꽃잎』 332

「마포 사거리」 278~79

『마하고니시의 성장과 몰락』 58

「마흔살」 150

만(T. Mann) 340

「만지는 것」 329

말레비치(K. S. Malevich) 57, 231

「말의 몸——몽염 8」 73

『말테의 수기』 122

『매미』 190~91, 194, 196, 201

「매미」 194, 196

「매미는 이제 이곳에 살지 않는다」 200

「맨드라미」 222

「머리 흰 물 강가에서」 320

「머릿단」 347

「명일동 천사의 시」 128

「모니터, 캔산소, 거울」 300

「모닥불」 143

「목 부러진 동백」 324

「몰약처럼 비는 내리고」 347

「못 이야기」 330

「못을 박으며」 341

뫼리케(E. Mörike) 141

「무거운 새의 발자국」 329

「무구한 그들의 죽음과 나의 고독」 120

「무너진 건물더미에 깔려」 282

무샤르(C. Mouchard) 324

「무서운 시간」 215

무질(R. Musil) 234

문익환 249

『문학의 죽음』 65

「문화산업: 대중기만으로서의 계몽」 146

「물결」 220

「물과 길 1」 269

「물과 길 2」 262, 268

『물길』 287

「물물과 높이」 270

「미로에서 달마를 만나다」 312

「미소」 216

미첼(W. Mitchell) 312

「민들레」 330

「民畵 1」 263

ㅂ

「바다 고기」 219

「바다, 배 그리고 사람」 225, 228, 236

「바다유령」 151

『바닷가의 장례』 98

바르뜨(R. Barthes) 27~29, 103, 120

「바벨의 도서관」 69

「바벨탑」 179

바슐라르(G. Bachelard) 39

바이트(G. Weydt) 142

「바지만 입고」 282

「바코드」 296

바흐만(I. Bachmann) 18, 27, 34

바흐찐(M. Bakhtin) 29, 31~32

박남철 226

박상륭 188

박상우 200

「박새」 270

박영근 192

「박제된 새는」 337

박청호 244~45

「반야왕거미」 44

「발자국들」 339

『발자국들이 남긴 길』 331~32

「발틱해의 청어」 282

「밤 눈」 208, 210~11

「밤새도록 잠 못 이루고」 287

「밤이슬」 132

「밥」 335

백낙청(白樂晴) 20

「백자진사매국문병」 216

『법철학』 18

「벗나무는 건달같이」 164

베르그쏜(H. Bergson) 303

베르쟈예프(N. Berdiaev) 136

「베를린 경구 3」 245

베허(J. R. Becher) 179~81

벤야민(W. Benjamin) 24, 41, 69, 135~36, 259, 306

『변증법과 사회학』 32

변학수 237

보드리야르(J. Baudrillard) 301, 306

보르헤스(J. L. Borges) 64, 69, 185

「보리수 아래」 271

「봄」 329

「봄날」 320

「봄밤」 320, 322

「부처」 216

『붉은 눈, 동백』 320

뷔히너(G. Büchner) 315

브라운(V. Braun) 245, 308~309

브레히트(B. Brecht) 58, 87, 148, 153~54, 350

브로트(M. Brod) 206

「비 오는 날」 330

비간트(J. Wiegand) 142

『비는 수직으로 서서 죽는다』 292

「비둘기」 21

「비둘기의 삶」 261

비어만(W. Biermann) 241~42

빌(P. Will) 93~94, 101

「빗방울, 빗방울」 343

「빗소리를 듣는 동안」 155

「빗자루 쓰는 소리가 들린다」 216

「빨리 먼저 앞질러」 283

「빵과 포도주」 104

「빵은 나다」 328

ㅅ

「사과의 전압」 309

「사당과 언덕」 261

「사랑」(안도현) 191

「사랑」(윤희상) 327

「사루비아와 길」 260

「사막에서 1」 311

「사막을 위한 변주」 311

「사십년 동안이나」 243

「사월의 눈」 346

「사이보그 1—외출 프로그램」 315~16

「사이보그 2—정비용 데이터 A」 315

「사이보그 3—정비용 데이터 B」 313

「사이보그 4—씻기 프로그램」 317

「사이보그 5—매뉴얼(회사원 97-01-pd038, 우, 26세)」 317

「蛇足」 126

「山經 가는 길」 321~22

『산책시편』 332

「살찐 소파에 대한 日記」 281, 334

「삼방산 밑에서 낙타를 보다」 215

「삼팔선은 삼팔선에만 있는 것이 아니다」 244

「상동 시장을 지나며」 338

「상춘곡」 321

「上弦」 344, 346

「새」 263

「새밥」 275, 278, 280, 286

「새와 길」 270

「생업」 85

「샤갈의 마을에 내리는 눈」 130

「書庫」 72

「서서 죽는 나무」 288

「서울의 밤 그리고 주유소」 298, 307

「석근이」 287

「석류」 346

『성(城)』 206~207
성민엽 288
「세상 밖으로」 217
셸링(F. W. J. von Schelling) 155
「소냐에게」 121
「소리들」 347
「小滿」 347
소크라테스(Socrates) 76
송기원 332
송찬호 320~24
「쇼윈도」 308
쇼펜하우어(A. Schopenhauer) 233
「수련」 328
「순수예술에 관하여」 153
「숭어회 한 접시」 149
「숲으로 된 성벽」 206
쉴러(F. von Schiller) 139
『슈바벤의 교장 고트리프 비더마이어
　　와 그의 친구 호라티우스 트로이헤르
　　츠의 시들』 140
슈티프터(A. Stifter) 141
슐레겔(F. Schlegel) 23
「스위치는 알고 있다」 337
스피노자(B. Spinoza) 159
『슬픔의 힘』 214, 216
「詩 第四號」 226
「詩」 172
「시월 俗說」 264
「시인」 163
「시인 구보씨의 일일」 253
「시인의 눈」 104
「시적인 삶」 164

「시집」 65
「식탁과 비비추——정물a」 260
신경림 332
신광영 248
「新밀레니엄」 302
「失題」 116
「실크로드」 300, 309, 312
심은희 207~208
쏜탁(S. Sontag) 28

ㅇ

『아기는 성이 없고』 219
「아기는 성이 없고」 222
아도르노(T. W. Adorno)　39, 69, 94,
　124, 145~46, 150, 156~57, 159,
　180
아리스토텔레스(Aristoteles) 302
『아무것도 아닌 것에 대하여』 164
「아이는 공을 두고 갔다」 312
「아이라는 기표를 위한 상상」 305
아이헨도르프(Eichendorff)　141, 156,
　347
아이히(G. Eich)　21, 27, 34
아이히로트(L. Eichrodt)　140
아퀴나스(T. Aquinas)　127
안도현(安度眩)　143~44, 147~49,
　155~59, 163~64, 169, 171, 191,
　197, 205
「안락의자와 시」 254, 260~61
「安靜寺」 98
「앞으로 뒤로」 217

「애기똥풀」 143
「앨범을 볼 때마다」 329
「약수터 가는 길」 288
얀들(E. Jandl) 63~65
「양평동」 253
「어느 날 아침」 75
『어느 달팽이의 일기』 164
『어두워진다는 것』 343
「어두워진다는 것」 344, 348
「어둠」 125
「어딘가 달라졌다」 281
「어떤 동행」 329
「어린 거북이」 284
「언어」 324
「언어가 어언」 175~76
「얼음매미」 197
엔쩬스베르거(H. M. Enzensberger)
  164
「여치」 143
「연기」 350
연왕모 66, 76, 226~27
염무웅 234
「염소 혹은 인텔리」 75
「옛 집터」 337
오규원(吳圭原) 253~72
『오디쎄이아』 103
「오래된 것들은」 339~40
「오래된 書籍」 52, 72, 77
오생근 259
「오수역에서」 149
「옥수수를 팔던 할머니」 287
「외인촌(外人村)」 211

「雨期」 341
「우부드를 지나서」 276
「운명」 223
「울음」 188, 190
「遠視」 220
「月蝕」 346
「웹에서 길을 잃다」 61
「幼年時 1」 112
「유리 닦는 사람」 287
유성호 345
유용주(劉容珠) 56
「유전자는 그리워만 할 뿐이다」 46
유종호(柳宗鎬) 97
「유치원 원장이신 호주 선교사」 134
유하 49, 52~53
윤대녕 321
윤병무 340
윤제림 203, 205
윤희상 325~30
「음계와 계단」 348
『의지와 표상으로서의 세계』 233
「이 독성 이 아귀다툼」 218
「이 복도에서는」 348
이가림 203
이경림 188~90
이경호 222
이광호(李光鎬) 34
이나명 44, 49, 194, 196
이대흠(李大欽) 66, 81, 83~84
이덕규 95, 97, 101
이덕무(李德懋) 42
「이런 詩」 176

「이른 아침 창가 나뭇가지에 동백이 앉
　아 있었네」 320, 322
「2만 5천 볼트의 사랑」 203
이면우(李冕雨)　47~48
이문재(李文宰)　46~47, 89, 94, 332,
　338
이상　226
이선영　66, 73, 84~85
이승훈(李昇薰)　119
이시영(李時英)　103~104, 172
「20세기 공로패」 218
이영진　91
이원　58, 60, 66, 79, 294~319
이윤기(李潤基)　44, 133, 343
이윤택　91
이진명　335
「2050년 시인 목록」 319
이철성　66, 72, 75
이해영　246~47
이호철　234
「인연」 221
「인체를 위한 접속 코드 1」 300
「인체를 위한 접속 코드 2」 305
『일광욕하는 가구』 217
「일광욕하는 가구」 219
임선기　208, 210~12
「입구」 262

ㅈ

자우터(F. Sauter)　140~41
「자화상」 310

「작업현장」 299
「장마」 144
「장미의 가시 언어의 가시」 292
장이지　182, 185~86
장정일　65
「저기 푸른 하늘 안쪽 (…) 들어간다」
　268
「전자사막 밑으로 황하가 흐른다」 299
「전자사막에서 살아남기 위해」 58,
　312
「절정」 192
「접속」 304
정과리　53, 85, 235, 255, 316, 340
정끝별　59
정복여　41, 45
「정상에서」 217
「정오의 이미지」 299, 307
「정지된 시간에게」 222
정호승(鄭浩承)　43, 46, 54
조말선　42, 48, 56
「조주의 집 3」 267
『존재와 시간』 61, 219
「주머니 없는 옷」 286
「주문(呪文)」 156, 347
「중얼중얼」 276
「쥐스킨트를 읽는 밤」 218
『즐거운 지식』 158
「지구는 미끄럽고 둥글다」 300
「지나가버리는 길」 283
지마(P. V. Zima)　32
지젝(S. Žižek)　27
「지푸라기 허공」 346

「지하철에 눈이 내린다」 203, 205
「질기고 오래가는 인체를 위한 접속 코
  드」 298
「집과 길」 271
『짧은 글, 긴 침묵』 325
쩨흐(P. Zech) 295

ㅊ

차창룡 186~87
「찰나의 化石」 340
채호기(蔡好基) 66, 73, 77, 81~82,
  84, 227
「책 속의 칼」 71
「책」(이원) 79
「책」(채호기) 77
「책꽂이의 책이 내 삶의 단면이냐?」
  83
「처용단장」 111~12, 118, 122, 136
「처음 혹은 되풀이」 262, 270
「198052703時15分」 330
「1997, 빌어먹을, 공기」 299
「1999 달의 운행 계획」 301
「천사」 116, 129
『천일야화(千一夜話)』 53
「철로 이루어진 도시」 295
「첫눈」 216
「청동 물 속을 헤엄쳐다니는」 214
「청진동」 330
첼란(P. Celan) 344
「총알」 321
최수철 190~91, 194, 196

최승자 54, 175~76, 178~79, 181
최승호(崔勝鎬) 43~44, 56, 69, 190
최영철(崔永喆) 214, 217, 219,
  222~23
최원식(崔元植) 124, 248
「축음기의 역사」 348
「취미」 328
「치혼 僧正님께」 119
「침묵」 333

ㅋ

카프카(F. Kafka) 206, 208
칸트(I. Kant) 19, 80, 233
캠벨(J. Campbell) 198
커넌(A. Kernan) 65~66
「콘센트에 관한 명상」 310
크리스테바(J. Kristeva) 29~30, 35
크세노파네스(Xenophanes) 200

ㅌ

「타오르는 책」 68
「타워 크레인——고독한 산책자의 몽
  상」 89
「탄곡리에서」 287
「탱자」 346, 348

ㅍ

파운드(E. L. Pound) 210
파울(J. Paul) 139

『파이드로스』76
「폐선」 219
『포에지』 324
「표지판 앞」 298~99
푸꼬(M. Foucault) 65, 182
「푸른 저녁」 339
『풍장』 332
「풍향계」 95, 97
「풍향계들」 93~94
「프로이쎈의 이카루스에 관한 발라드」
 242
프리트(E. Fried) 159
플라톤(Platon) 76, 114, 302
플루서(V. Flusser) 77

ㅎ

「하늘」 266
「하늘의 그물」 43
하라시마 히로시(原島博) 310
하우저(A. Hauser) 142, 145
하응백 351
하이네(H. Heine) 151
하이데거(M. Heidegger) 61, 79, 219,
 283, 288
하종오 45, 53
「한그루 의자」 345
함민복 324

「해미읍성에 가시거든」 348
「해시계」 283
『햇빛과 달빛』 343, 349
「향일암 애기 동백」 320
허만하(許萬夏) 118, 292
「虛有선생의 토로소」 130
헤겔(G. W. F. Hegel) 18, 124
호라티우스(Horatius) 272
호메로스(Homeros) 103
「홍릉수목원」 327
홍윤기 247
홍정선(洪廷善) 37
화이트(H. V. White) 28
황동규 332
황종연(黃鍾淵) 32
황지우 226, 281, 334
황현산 262
「회저」 69
횔덜린(F. Hölderlin) 18, 104, 139, 223,
 265
「횔덜린의 그 집」 265
「후손들에게」 148
후썰(E. Husserl) 269
「휴전선」 240, 242, 245
「흡혈귀의 책」 182
「희생」 320
「흰 광목빛」 345
『히말라야 시편』 332

류신 평론집
다성의 시학

초판 발행/2002년 12월 13일

지은이/류신
펴낸이/고세현
편집/강일우 김정혜 문경미 이명애
펴낸곳/(주)창작과비평사
등록/1986년 8월 5일 제10-145호
주소/서울 마포구 용강동 50-1 우편번호 121-875
전화/영업 718-0541,0542 · 701-7876
　　　편집 718-0543,0544 · 기획 703-3843
　　　독자사업 716-7876, 7877
팩시밀리/영업 713-2403 · 편집 703-9806
홈페이지/www.changbi.com
전자우편/literat@changbi.com
지로번호/3002568

ⓒ 류신 2002
ISBN 89-364-6312-8 03810

* 이 작품은 대산문화재단의 '대산창작기금'을 받았습니다.
* 이 책 내용의 전부 또는 일부를 재사용하려면 반드시
　저작권자와 창작과비평사 양측의 동의를 받아야 합니다.
* 책값은 뒤표지에 표시되어 있습니다.